지독하게
그리고
뜨겁게

지독하게
　그리고
뜨겁게

초판 1쇄 인쇄일 2016년 05월 25일
초판 1쇄 발행일 2016년 05월 27일

지은이 ǀ 래아
펴낸이 ǀ 김기선
편집장 ǀ 김은지

펴낸곳 ǀ 와이엠북스(YMBOOKS)
출판등록 ǀ 2012년 7월 17일 (제382-2012-000021호)
주소 ǀ 서울시 도봉구 노해로 379, 1005호(창동, 대성빌딩)
전화 ǀ 02)906-7768 / **팩스** ǀ 02)906-7769
E-mail ǀ ymbooks@nate.com

ISBN 979-11-322-3761-7 03810

값 9,500원

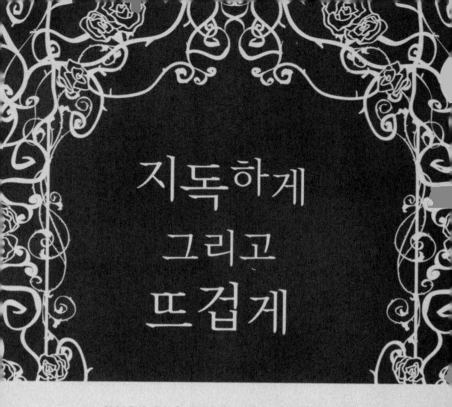

지독하게
그리고
뜨겁게

YMBOOKS ROMANCE STORY

래아 장편소설

BOOKS

차 례

프롤로그

그대로 두는 거였다.

내 마지막 남은 양심을, 인간성을…… 선택했어야 했다.

결국에 나는…… 너를……. 너무나 사랑하는 너를…….

"쌤……."

"그렇게 부르지 마."

소윤을 내려다보는 비산의 얼굴은 잔뜩 흐트러진 채였다.

"그럼…… 뭐라고 불러요……?"

사랑이란 거…… 평생 모르고 살 줄 알았어. 다른 사람의 감정을 읽고 산다는 거…… 불가능할 줄 알았다고.

"그냥…… 부르지 마."

유일하게 내게 죄책감을 느끼게 하는 존재가 너라서. 세상 유일하게 내게, 사랑이란 생소한 감정을 주고, 웃음이란 낯선 반응을 일으키게 만드는 존재가…… 바로 너라서. 한소윤. 나는…… 내가 인간이라면…… 너를 가지면 안 된다는 것을 알아. 그치만 소윤 아……. 나는 나의 인간성을 포기하고서라도, 양심을 죽이고서라도 너를 가지고 싶어. 너를 안고 싶다. 한소윤.

비산의 입술이 소윤의 희고 여린 살을 머금었다. 그녀의 한쪽 눈이 찡긋, 일그러졌다.

"흐읏……!"

여린 짐승 같은 그 목소리에 한 번도 느껴보지 못한 전율이 온몸을 타고 내렸다. 그러쥔 여린 살은 세상 그 무엇보다도 부드러워, 비산은 천천히 눈을 감아버렸다.

멈출 수 없어. 나는 이제…… 멈출 수 없어. 미안하다, 한소윤. 미안하다…….

1. 돌아온 꽃 선생님

"흑…… 흑……."

온기가 넘쳤던 커다란 집은, 얼음장처럼 차가운 한기를 전해주고 있었다. 대리석 바닥에, 그 작은 몸을 할 수 있는 최대한으로 웅크린 채로 소윤은 바들바들 떨고 있다. 이태리 장인이 만든 고급 소파와 아버지가 좋아하던 각종 양주가 가득 담긴 엔틱 장식장, 한 시절의 추억이 깃든, 어른 키만 한 괘종시계. 눈을 돌리는 곳마다, 눈이 아플 정도로 선명한 빨간 딱지가 붙여져 있다.

스물셋. 모자란 것 없이 자라온 말괄량이 한소윤. 아버지의 죽음과 함께 해일처럼 닥쳐든 불행은 너무나 생소하고 두려운 것이라, 어떻게 감당해야 할지, 어떻게 헤쳐 가야 할지 짐작도 할 수 없었다. 그저 깜깜하기만 한 눈앞을 멍하니 응시하며 하릴없는 눈물만 뚝뚝 흘러낼 뿐이었다.

"아빠…… 나 어떡해……? 나 이제…… 어떡하냐고…….."

흐느끼는 목소리가 입술을 비집고 새어 나왔다. 불러도 돌아올 리 없는 그 대답이 너무나 간절해, 소윤은 묻고 또 물었다.

어찌해야 되냐고. 아무런 걱정 없이 살아왔던 이 철딱서니 없는 딸은, 이제…… 무얼…… 어떻게 해야 하냐고.

뚜벅뚜벅.

당장 내일부터 어디서 잠을 자야 할까 걱정하던 소윤은 정적 속에서 뚜렷하게 울리는 구둣발 소리에 경기를 일으키듯 어깨를 떨었다. 또다시 채권자인가 보다. 이번엔 머리채라도 잡아 흔들려나……. 그렇게라도 분풀이를 해서 속이 시원해지기라도 하면 다행이다. 머리카락 조금 빠진다고 죽지는 않으니까. 그렇지만 아버지를 욕하는 건 도무지 참기가 힘들었다. 얼마나 좋은 분이셨는데, 얼마나…… 따뜻한 분이셨는데. 소윤의 아버지는 그 누구라도 존경할 만한 분이셨다. 하지만 그에 대해 단 한 톨도 모르는 사람들이 그 가벼운 입으로 아버지의 명예를 갈기갈기 찢을 때마다 소윤의 가슴도 찢어졌다. 시퍼렇게 멍이 들었다. 부디, 지금 오고 있는 채권자는 자신의 머리채를 힘껏 잡아 흔들고, 시원하게 쌍욕을 하고 사라지길, 소윤은 빌고 또 빌었다.

그리고 그 발소리가, 자신의 앞에서 멈췄을 때.

"……먹을래?"

"……?"

질끈 감았던 눈이 아주 천천히 열렸다. 그리고 눈앞에 내밀어진 막대 사탕을 깜빡, 또 깜빡. 두 눈을 깜빡이며 바라봤다. 채권자가 채무자의 가족을 만났을 때 하는 첫마디치고는 너무나 다정해서……. 소윤은 순간 이 사탕에 수면제라도 묻어 있지 않나 의구심마저 들었다.

"뭐 좀 먹었어?"

하지만 다시 들려온 목소리에 소윤이 천천히 얼굴을 들었다. 몸에 딱 맞는 블랙 슈트가 멋들어졌다. 균형 잡힌 몸은 흠잡을 데가 없을 정도로 훤칠했다. 조각처럼 날렵한 턱 선 위로 매끈하고 시원한 입매가 보였고 이내 산능선이처럼 우뚝하게 솟은 콧날을 지나 마주친 맑고 깊은…… 그 눈은.

"……!"

"귀신이 따로 없네."

"선…… 생님?"

"배고프지?"

그가, 5년 전 자신을 가르쳤던…… 자신의 짝사랑이자 과외선생님인 비산이라는 걸 인지하는 순간, 눈에서 뚝뚝, 덜 잠긴 수도꼭지처럼 눈물이 쏟아져 내리기 시작했다. 긴 다리를 굽혀 소윤의 앞에 쪼그려 앉은 비산이 예의 그 따뜻하기 이를 데 없는 미소를 지으며, 그녀의 머리를 흩뜨렸다.

"울지 마. 예쁜 눈 부어서 사라질라."

"흐엉…… 선스앵느임! 으앙!"

"아이고오…….'

달려드는 소윤이 때문에 비산은 뒤로 발라당 자빠지고 말았다. 하지만 아이처럼 자신에게 스스럼없이 안겨오는 소윤을, 비산은 미소로 받아줬다.

'여전하구나, 이 녀석…….'

비산의 얼굴에 걸린 건 분명히 미소였지만, 아프고 쓰라린 미소. 딱 그것이었다. 그 밝고 맑기만 하던 아이 한소윤. 하룻밤 새 고아가 됐고, 하룻밤 새 빚더미에 깔려버린 이 가여운 아이를…….

'어쩌면 좋냐…….'

비산의 셔츠가 흥건해지도록 소윤은 눈물과 콧물을 잔뜩 흘려냈지만, 그는 여전히 따뜻한 미소를 지으며 그녀의 등을 쓰다듬었다.

"쉬…… 쉬……."

긴장이 다 풀려버릴 정도로, 졸음이 몰려올 정도로 따뜻하고 다정한 손길에. 그 목소리에……. 소윤은 아버지가 돌아가시고 처음으로 극심한 불안에서 조금이나마 벗어날 수 있었다. 정말로 다행이었다. 5년 동안 연락조차 하지 못했던 그가 왜 하필이면 이 순간에 이곳을 찾았는지 이해는 가지 않았지만. 그가 와서 정말로, 정말로…… 다행이었다.

비산이 안내한 식당은 허름했지만, 된장찌개와 노릇하게 구운 조기가 포함된 점심특선은 수라상이 부럽지 않을 정도였다.

"여기 내 단골집이야."

"진짜…… 맛있어요."

정말로 맛이 있어서 맛있었던 건지, 아니면 이틀 동안 주렸던 배 때문에 맛있었던 건지 분간하긴 힘들었지만 눈물이 날 정도로 맛있었던 건 분명했다. 팔짱을 낀 채, 비산은 그 긴 다리를 꼬고 앉아 허겁지겁 밥을 먹는 소윤을 가만 바라봤다. 차분하게 가라앉은 그 시선을 알아챘다면 아마도 소윤은 식사를 제대로 하지 못했으리라. 노릇한 조기 살을 젓가락으로 발라내던 그녀는 갑자기 들어온 생각에 젓가락의 움직임을 뚝, 멈췄다.

'우리 아빠 조기 엄청 좋아하셨는데.'

또 눈물이 난다. 얼굴을 일그러뜨리지 않아도, 그냥 원래부터 흘러내렸던 것처럼 너무도 자연스럽게 후두둑, 볼 위로 떨어지는 눈물이 안쓰럽기만 했다.

"천천히 먹어……."

그리고 또다시 다정한 목소리가 소윤의 귀로 흘러들어 왔다. 마치 등을 쓰다듬어주는 착각을 불러일으키는, 거품처럼 부드러운 그 목소리가.

여고시절을 온통 설렘으로 살게 했던 과외선생님, 강비산. 그렁한 눈을 들어, 소윤이 비산을 바라봤다.

싱긋.

희한하게도 웃는 얼굴인데 슬픈 얼굴처럼 보였다, 비산은.

"쌤, 근데 여기…… 왜 갑자기 온 거예요?"

소윤이 얼른 눈물을 훔쳐내며 아무렇지 않은 것처럼 물었다.

"응? 그냥…… 생각나서……."

"그냥…… 생각나서?"

"응……."

어느 날 갑자기 연락이 끊긴 선생님은 5년 동안 단 한 번도 연락을 해온 적이 없었다. 아버지와 개인적인 인연으로 자신의 개인과외를 시작했지만, 연락이 끊긴 뒤에는 이쪽에서 연락할 방도가 없었다. 그런데 정말 절묘한 타이밍에 집까지 찾아오다니. 게다가 아무런 용무 없이 그냥…… 생각이 나서 왔다고? 아무래도 납득이

가지 않았지만, 소윤은 더 이상 캐묻지 않았다. 지푸라기라도 잡아야 했기에 그 이유가 어찌 되었든, 이 순간에 나타난 사람이 비산이란 사실은 그리 나쁘지 않았으니까. 물론, 초라한 모습을 보이게 된 건 싫긴 하지만.

마지막 남은 밥알 하나까지 깨끗이 비운 소윤이 물을 한 모금 들이켜고는 비산을 바라봤다. 먹을 땐 몰랐는데, 문득 자신이 너무 게걸스럽게 먹은 게 아닌가 싶어, 그제야 얼굴이 달아올랐다.

"다 먹었어? 뭐 더 시켜줄까?"

다시 들려온 다정한 울림. 언제 봐도 그윽한 눈빛과 그 목소리는 정말이지 기가 막히게 잘도 어울렸다.

"그대로네요, 선생님……."

패션의 완성은 얼굴이라더니, 전에도 그랬지만 쌤, 슈트가 얼굴발을 받고 있네요. 어쩜 5년 전이랑 똑같이…… 멋있을 수가 있죠? 아니, 더 멋있어지셨나……?

그런 생각 할 시기가 아니란 건 잘 알지만, 눈앞에 앉은 그림 같은 그의 모습에 소윤은 감탄을 하지 않을 수가 없었다.

"그래? 더 멋있어진 게 아니고?"

"그것도 여전하시네요."

한 번씩 던지는 썰렁한 농담도. 그런데 어쩌죠, 선생님? 저는 너무…… 달라졌는데요.

"소윤아……."

아릿할 정도로 낮고 부드러운 그 울림에, 소윤이 말라빠진 입안을 혀로 한 번 훑었다. 밥을 먹고 물을 넘겼는데도, 어째서 선생님 앞에만 있으면 이렇게 입이 마르는 걸까.

5년이나 지났는데도. 이미 그 설레던 마음은 추억이 되어버렸는데도.

"네, 선생님."

차분한 대답이 조심스럽게 입 밖으로 흘러나왔다. 무슨 말을 하려고 저렇게나 진중한 목소리로 내 이름을 부른 걸까, 선생님은.

갑자기 난데없이 나타나선, 도대체⋯⋯ 무슨 말을 하려고⋯⋯.

"너⋯⋯."

"⋯⋯?"

"우리 집에서 같이 살래?"

"⋯⋯예에?"

"우리 집에서 살자. 같이."

전혀 개연성이라곤 눈곱만큼도 없는 말이었다. 5년 만에, 그냥 생각나서 찾아왔다는 선생님은 소윤이 예상할 수 있는 범위를 훨씬 벗어난 이야기를 꺼냈다. 그야말로 말도 안 되는 이야기처럼 들려서 반쯤 벌어진 입으로 소윤은 그 지독하게 잘생긴 얼굴을 빤히 바라보기만 했다.

"쌤, 어디 아파요?"

그게 갑자기 무슨 말이에요? 소윤이 눈을 동그랗게 뜨고 물었다.

"아니. 나 말짱한데?"

이상한 상황은 분명한데도, 그의 말대로 딱히 그가 이상해 보이지는 않았다. 근데⋯⋯ 왜?

"혹시, 월세를 감당 못 할 정도로 궁핍해요?"

"모르나 본데, 내가 사는 집 내 명의야."

"근데 왜요?"

"뭐가?"

"근데 왜 저보고 같이 살자는 거예요, 갑자기?"

"왜긴. 너 갈 곳 없잖아."

"……."

온 사방에 붙여졌던 빨간 딱지들은 내게 당장 나가라고 말하고 있었지. 그걸 본 선생님은 동정심이 들었던 걸까?

그러니까 쌤 지금 저 거지 취급 하시는 거네요?

자존심이 상했다. 그가 다정한 사람이란 걸 소윤은 익히 알고 있었지만, 이런 동정은 받고 싶지 않았으니까.

"됐어요. 어떻게든 되겠죠. 집이 경매에 넘어가고 또 낙찰되기 전까지는 시간이 좀 있어요."

"빚쟁이들은?"

"욕 좀 들어먹고, 몇 대 맞고 말죠, 뭐."

"네가 뭘 잘못한 게 있다고 맞아, 맞길?"

조금 높아진 그 언성에 이상하게 소윤은 마음이 따뜻해졌다. 그래도 아직 이 세상에 내 편이 되어주는 사람이 있는 것 같아 좋았으니까.

"……."

"잔말 말고 내가 하라는 대로 해. 나도 공짜로는 너 안 들여."

"……?"

그럼, 무슨 일이라도 시키겠다는 건가?

소윤의 눈이 삐뚜름하게 비산을 향하자 그 눈길을 알아챈 비산이 곧바로 입을 열었다.

"우리 회사에 취직해. 너한테 방값 꼬박꼬박 받을 테니까."

"회사요? 쌤 어디서 일하는데요?"

"산호그룹."

"에에? 산호그룹이요? 산호전자의 그 산호그룹?"

"응."

"쌤 대기업에 입사했어요? 우와~ 출세했네?"

"그래, 출세했지."

비산이 보이지 않을 만치 작게 웃었다. 그 웃음의 의미가 무엇인지 소윤은 짐작조차 못 한 채 가당치도 않다는 듯 말을 이었다.

"근데 쌤이 간과한 게 하나 있어요. 그런 회사에 제가 어떻게 입사해요? 저는 스펙도 없고 토익도 엉망이고 할 줄 아는 것도 하나도 없는데."

"그건 걱정 마. 내가 이래 봬도 인맥이 빵빵하거든."

"참나, 그깟 인맥 빵빵해봐야 저 같은 어리버리는 절대! Never! 취직 안 시켜주거든요? 산호그룹이 면접 까다롭고 경쟁률 치열하기로 얼마나 유명한데."

"그건 두고 보면 알지."

그러면서 그가 다시, 씨익 하고 웃었다.

왜지? 저 자신 있는 얼굴은?

어쩐지 비산의 웃음이 너무나 음흉해 보여서, 소윤은 무표정한 얼굴로 눈만 깜빡였다.

"그럼 일단, 당분간만…… 신세 좀 질게요."

그의 말대로 산호그룹에 취직할 수 있을지에 대해서는 상당한

의구심이 들었지만, 다른 방도가 없었다. 마음 편히 몸을 뉘울 곳조차 없는 형편이었으니까. 소윤은 결국 그의 제안에 응할 수밖에.

"헐……."

캐리어에 옷가지들을 대충 챙기고 이제는 더 이상 내 것이 아닌 으리으리한 집을 나선 소윤은 집 앞에 세워진 럭셔리한 외제차를 보고 입을 다물지 못했다.

"대기업이…… 좋긴 좋나 봐요. 쌤, 곧 내려앉을 것 같은 스쿠터 타고 다니던 게 엊그제 같은데……."

인생 참 무상하다. 우리나라 최고의 공학박사로, 방송에도 종종 출연할 정도로 대우를 받던 한진운 교수의 딸 한소윤과, 그녀를 가르치던 가난한 과외선생님 강비산이었는데. 그게 불과 5년 전 일이었다. 그런데 이렇게 상황이 역전되다니.

'사람 일은 정말 모르는 거란 말이지.'

스물세 살에 세상의 이치를 다 깨닫기라도 한 듯한 얼굴이 재미있었는지, 비산이 잘생긴 입을 양가로 늘리며 웃어 보였다. 그 미소를 보던 소윤은 또 입을 삐죽였다. 불공평하다, 저렇게 잘생기기까지 했으니. 모자란 게 없잖아, 모자란 게. 사람이 하나를 가졌으면 하나는 없어야지. 소윤은 과할 정도로 잘생긴 그 얼굴 때문에 괜히 심술이 났다.

"쌤은 없는 게 없어서 좋겠네요."

"응?"

"아무것도 아녜요."

"자식, 싱겁기는……. 타. 어서."

그러면서 비산이 운전석에 올랐다.

아…… 하나 없네. 매너. 숙녀가 차에 타는데 문 열어주는 건 기본 중의 기본 아닌가? ……라는 사치스런 투정을 부릴 때가 아니긴 하지, 내가.

잠깐 눈썹을 치켜세웠던 소윤은 금세 자신의 처지를 인지하곤 군말 없이 조수석에 올랐다.

"벨트 매, 아가씨."

장난스럽게 말하는 비산의 목소리에 소윤은 작게 웃었다. 어쩜 이렇게 편한 걸까. 5년 전 아무런 말도 없이 사라졌던 쌤인데. 화도 나고 걱정도 되고 궁금해서 미칠 것 같았던…… 그런 쌤이었는데. 마치 어제 봤던 것처럼, 어떻게 이렇게나 편할 수가 있는 걸까. 소윤은 가만, 운전에 집중하고 있는 비산을 올려다봤다.

"……내 얼굴에 김 묻었지?"

"예?"

"잘생김."

"헐, 뭐래요."

"근데 왜 그렇게 빤히 봐? 부담스럽게?"

"나 쌤 안 봤는데요? 나, 저~ 쪽에 지나가는 풍경들 보고 있었는데? 와, 쌤 완전 왕자병~"

사실은 정곡을 찔려서 훅, 하고 붉어졌던 얼굴을 들키지 않으려 부러 더 장난스럽게 말한 거였다. 다행히 비산은 운전하느라 그 말을 곧이곧대로 믿어버렸고.

"짜식, 대충 그냥 맞다고 해주지."

"……."

투덜거리는 비산의 모습이 귀여워, 소윤은 반대편 차창 쪽으로 고개를 돌리며 몰래 웃었다.

두려움. 그리고 걱정. 쌤에 대한 죄송함. 여러 가지 감정들이 그녀의 몸을 짓누르는 듯했지만. 그럼에도 불구하고 그 안에 희미한 기대감이 존재하고 있었다. 다시 시작이다. 완전히 다른 환경. 완전히 다른 삶을. 새로이 살아가야 한다. 소윤은 온몸으로 밀려오는 긴장감에 한동안 말없이 차창 밖만 바라보았다.

그리고 소윤의 집을 떠난 지 50분쯤 됐을까, 비산의 차가 도착한 곳은 서초구에 있는 초호화 오피스텔이었다.

"쌤…… 여기 살아요?"

"응."

별 감흥 없이 대답하는 비산의 옆모습을 소윤은 가만 바라보기만 했다. 그녀가 아무리 세상 물정을 모른다고 해도, 서초구 역세권에 위치한 최고급 오피스텔의 가격이 어마무시하다는 사실을 모를 리는 없었다.

'분명…… 자기 명의라고 했는데…….'

가난한 대학생이 똥꼬가 빠지도록 노력해서 초스피드 승진을 했다고 쳐도…… 이런 집을 산다는 게 가능한가?

입구부터 철저한 보안시스템을 거쳐 엘리베이터에 오른 소윤은 또 한 번 놀랄 수밖에 없었다.

"쌤…… 펜트…… 하우스에 살아요……?"

꼭대기 층 버튼을 아무렇지 않게 누르는 비산을 보고 소윤은 눈이 휘둥그레진 채 물었다.

"아…… 응."

"쌤 로또라도 됐어요?"

"아니?"

"그게 아니면…… 설마…… 하우스 푸어예요?"

"뭐어?"

그 말에 어이가 없다는 듯, 비산이 허, 하고 웃는다.

"쌤, 어쩌려고 그래요? 빚더미에 깔려 죽는 거 아녜요? 이거, 이런 집이면 십억 넘을 텐데!"

'이 사람이 어쩌려고 이러는 거야?'라는 얼굴로 자신을 바라보는 소윤이 비산은 꽤나 귀여워 보였다. 오랜만에 들어보는 잔소리다. 소윤이 여고생일 때도 이랬지. 쥐방울만 한 게, 밥은 꼬박꼬박 챙겨 먹어야 한다, 가난한 게 죄는 아니니 기죽지 마라, 감기 안 걸리게 따뜻하게 입고 다녀라 등등, 그가 태어나 평생 듣고도 남을 잔소리를 해댔었다. 어이가 없는데도 나쁘지 않았다. 아무도 그에게 그런 잔소리는 하지 않았으니까. 아니, 하지 않은 게 아니라 하지 못했던 거였다. 비산의 주위에 있는 사람들은 그에게 그런 잔소리를 할 엄두도 내지 못했다. 그래서일까, 비산은 그 소리가 마치 듣기 좋은 노랫소리 같았다. 그리고 그게…… 그렇게도 그리웠다. 자그마한 체구에 반듯한 이마, 말도 안 되게 똘망똘망하고 까만 눈. 선이 고운 단아한 코와 야무지게 다물린 선홍색 입술. 이런 여동생이 있었으면 더없이 좋았겠다 싶을 정도로 귀엽고 맑은 얼굴에 비산의 눈이 내려앉았다.

"어이. 제자."

내가 그렇게 없어 보였나……?

"나, 능력 있는 사람이야."

"뭐…… 아버지가 인정한 몇 안 되는 브레인 중 하나긴 하죠."

"몇 안 되는? 나…… 독보적일 텐데?"

"아이고~ 그러시겠죠."

"얌마, 너 말투가 왜 그래?"

비꼬는 듯 장난기 가득한 그 말투에, 비산이 소윤의 목에 헤드록을 걸었다.

떵. 때마침 꼭대기 층에 도착한 엘리베이터의 문이 열리자, 비산은 헤드록을 건 채로 소윤을 끌고 나왔다.

"악! 쌤! 항복! 항보옥!"

호들갑스럽게 악을 쓰는 소윤의 모습에 비산이 피식, 웃으며 그녀를 놔주었다. 우울하다는 거…… 알고 있다. 지금 소윤이 떠안은 그 슬픔을 비산은 그녀가 해맑게 웃는 와중에도 느낄 수 있었다.

"그래. 이렇게만 웃어라."

소윤의 머리를 다정하게 쓰다듬으며 그가 슬프게 웃었다.

"……."

하지만 소윤은 그 말에 더는 웃을 수가 없었다.

'쌤, 왜 그래요? 겨우겨우 참고 있었는데. 그 말 때문에 또 눈물이 나려고 하잖아요.'

다시 또르르 굴러떨어지는 눈물방울이 처량했다. 자그마한 체구에 어울리는 여리고 고운 흐느낌이 소윤의 입새로 새어 나왔다.

"괜한 말을…… 했네."

현관으로 바로 연결된 엘리베이터 앞에 서서, 비산은 다시 눈물 보따리가 터져버린 소윤을 어떻게 달래야 할지 잠시 고민했다. 저도 모르게 그녀에게로 뻗었던 그 커다란 손이 허공에서 주춤했다.

'나…… 너를 달래줄 자격이 있을까…….'

하지만 그녀의 눈물을 보고만 있을 수는 없었다. 그 눈물방울들을 따라 쿡쿡, 명치가 따갑게 찔렸다. 가만, 슬픈 빛이 도는 눈으로 그녀를 바라보던 비산이, 하는 수 없이 목소리를 밀어 올렸다.

"그래…… 울어."

'다 비워내.'

그리고 결국, 아주 작게 떨어대고 있는 소윤의 머리를 그 길고 단단한 팔로 천천히 감싸 안았다. 소윤의 얼굴이, 고스란히 비산의 가슴에 파묻혔다. 달래줄 자격 따위 없다 해도 상관없었다. 지금 당장은, 그녀의 눈물을 닦아주고 싶었으니까.

"흐흑…… 흐흐흑……."

적막 속에, 여리게 흐느끼는 소리만이 귓가를 울렸다. 금녀의 구역이었다. 이곳에 단 한 번도 여자를 데려온 적 없는 비산이다.

그런 그가, 지금 자신의 오피스텔 현관 앞에서 울고 있는 여자를 제 품에 안아 달래주고 있다. 그것도, 그렇게나 그리웠던 한소윤을……. 제 말괄량이 제자를…….

비산은 참으로…… 묘한 기분이 든다고 생각했다.

"다 울었냐?"

어느새 비산의 가슴을 눈물 콧물로 흥건하게 적신 소윤이 그에게서 몸을 떼며 대답 대신 고개를 끄덕였다.

"이거 원…… 손수건부터 하나 사야겠군."

"······."

장난스럽게 젖은 셔츠를 털어내며 그가 말했다. 소윤이 품에 안겨 우는 바람에, 비산은 현관 앞에서 10분 동안이나 서 있어야 했다. 그에게 있어 시간이란 황금보다 귀한 것이 틀림없건만, 그런 핑계를 들어 소윤의 감정을 멈추게 하고 싶지 않았기 때문에 그는 울고 있는 소윤의 시간을 모두 받아주었다.

"이제 들어가자."

품에서 ID태그를 꺼내 키패드에 가져다 대자, 삐리릭 소리와 함께 문이 열렸다. 그와 동시에 소윤의 눈으로 들어온 풍광은, 그야말로 눈을 시원하게 해주는 것이었다.

"우와······."

탁 트인 한강 뷰가 소윤의 눈으로 쏟아져 들어왔다. 어느새 저녁을 맞은 어슴푸레한 하늘과, 조화롭게 어우러진 조명들에 마음까지 자유로워지는 착각이 들었다.

"여기 전망 진짜 좋다······."

소윤은 언제 울었냐는 듯 휘둥그레진 눈으로 한쪽 벽면 전체를 차지하고 있는 통유리 밖을 넋을 놓은 채 바라봤다. 그런 그녀를, 비산 역시 옅은 미소로 바라봤다.

"전망 때문에 골랐어. 여기······."

어느새 소윤의 뒤에 다가와 선 비산은, 너무도 자연스럽게 주머니에서 담배 갑을 꺼내 한 개비를 입에 물었다.

딸깍. 지포라이터의 뚜껑이 열리는 소리에, 소윤이 무심코 뒤를 돌아봤다.

치익- 그리고 담배에 불을 붙이며 필터를 빨아 당기는 비산의 낯선 모습에…… 소윤이 눈을 동그랗게 뜬 채 그를 가만 응시했다. 흔들리는 라이터의 불을 따라, 비산의 얼굴에 진 음영도 흔들렸다. 옆으로 살짝 기울인 그의 얼굴이, 불을 내려다보는 그 섹시한 눈과 기다란 속눈썹이 한순간 소윤을 떨리게 만들었다.

"쌤…… 담배……."

담배 피워요? 하고 물어보려던 소윤은 저도 모르게 입을 다물었다. 후, 하고 연기를 내뿜는 비산의 모습에 또다시 가슴이 철렁했으니까. 긴 손가락 사이에 끼워진 담배 개비는 꼭 예술작품의 일부 같았다. 한쪽 팔짱을 낀 채, 긴 연기를 내뿜는 비산의 모습은 또 어떻고. 그야말로 퇴폐미 그 자체였다.

'쌤 이렇게 섹시하면…… 어떡하라고요……. 여자인 저보다 더 섹시하면…… 너무 불공평하잖아요.'

차마 뱉을 수 없는 속엣말은 입에 문 채, 소윤이 다시 말했다.

"쌤, 담배 안 피웠잖아요."

과외를 하는 동안 그가 담배 피는 모습을 한 번도 본 적이 없었다. 물론 그에게서 담배 냄새조차 난 적이 없었고. 그런 그가, 능숙하게 연기를 내뿜는 모습은 그녀의 예상보다 훨씬 신비스러웠다.

창밖을 바라보던 비산은 시선을 고정시킨 채 나직이 답했다.

"마음이 괴로워서…… 피우게 되네."

"왜…… 괴로운데요?"

그 물음에, 아주 천천히 그가 소윤에게로 고개를 돌렸다. 마주친 눈에는 온갖 이야기가 다 담겨 있는 듯했다. 연기 사이로 보이는 그 눈이 슬퍼 보였던 건, 기분 탓일지도 모른다. 하지만 그는 싱긋이 웃으며 장난스럽게 말했다.

"꼬맹이는 알 거 없네요."

"꼬맹이? 어디? 어디? 여기 꼬맹이 없는데?"

장난스러운 그 말에 소윤이 부러 모르는 척 온 사방으로 고개를 돌려가며 개구지게 물었다.

꼭 고등학교 때 같네요, 쌤. 쌤 때문에 설레서 쌤이랑 같이 있으려면 부러 장난을 치곤했는데. 꼭, 그때 같다…….

꼬맹이가 자신을 지칭한다는 사실을 모를 리 없었지만, 한순간 날아 들어온 손이 소윤의 머리를 흩뜨렸을 때, 그제야 비로소 확실히 알았다.

"귀엽긴…….."

그 꼬맹이가 여전히 선생님에게 설렌다는 걸. 콩닥콩닥. 비산에게 과외를 받던 그때처럼, 요란하게도 심장이 뛰어댔다.

"담배 연기…… 싫지?"

"뭐…… 좋아하지는 않…….."

좋아하진 않지만, 싫지도 않다고 말하려던 참이었다. 하지만 비산은 그 말을 끝까지 듣지 않고 서둘러 자리를 비켰다. 운동장만한 거실로 바쁘게 걸어간 그는, 곧바로 응접테이블에 놓여 있는 재떨이에 담배를 비벼 껐다.

그러지 않아도 되는데…….

하지만 비산이 너무나 민첩하게 움직여, 미처 말할 새가 없었다.그런데, 어쩐지 좋은 기분이 드는 건 왜일까. 그가 제대로 피우지도 못한 담배를 비벼 끄는 그 모습이, 별것 아닌 것 같은 그 배려가, 소윤은 꽤나 좋았나 보다.

"저쪽이 네 방이야. 복도 끝 방."

숙였던 허리를 꼿꼿이 세운 그가 기다란 손가락 끝을 들어 소윤의 뒤쪽을 가리켰다.

"난, 샤워 좀 하고 올게."

그의 손끝을 따라 뒤를 돌아보았던 소윤은 그 한마디에 또 숨을 흡, 들이마신다.

이러지 말자, 한소윤.

이제 막 2차 성징이 나타난 소녀처럼 팔딱거리는 가슴이며, 붉어지는 얼굴을 한 그득 원망하며 소윤이 얼굴을 찌푸렸다.

"방에 화장실 딸려 있으니까, 너도 씻고 쉬어. 난 다시 회사 나가봐야 해서."

"회사요?"

"응. 아 참, 그리고 이거…… 면접 예상 질문이니까, 나 회사 간 동안 달달 외워놔. 알았지?"

A4용지 두어 장을 소윤의 손에 쥐여준 비산은 또다시 그녀의 머리를 강아지 만지듯 쓰다듬었다.

"아, 왜 자꾸 머리 만져요?"

설렌단 말이에요.

차마 할 수 없는 말은 목구멍에 막혀 있는데, 그런 줄도 모르고 비산은 부드럽게 싱긋, 웃으며 그 매혹적인 얼굴을 소윤에게 가까이 들이댔다.

"귀여우니까~"

"……"

화끈, 하고 얼굴이 달아올랐다.

아무지도 않게 그런 말 하지 말아요. 나 또…… 떨리잖아요.

"나, 시간 없다. 예상 답안 잘 외워둬, 너!"

소윤의 그런 속도 모르고 인기 영화배우도 울고 갈 살인미소를 날리며 비산이 돌아섰다. 곧장 안방으로 들어간 비산의 뒤를 오도카니 바라보며 소윤이 중얼거렸다.

"어떻게 살아…… 심장이 날뛰다가 멎을 지경인데……."

작게 한숨을 쉬어낸 소윤은 몸을 틀어 비산이 알려준 방으로 향했다.

집에 혼자 두고 온 소윤이 마음에 걸렸지만, 비산은 서둘러 회사로 들어갔다. 확인해야 할 게 있었기 때문이다. 그가 회사 로비로 들어서자, 회사 안의 공기는 순식간에 얼어붙었다. 얼른 허리를 숙이는 직원들의 얼굴에서 긴장감마저 느껴졌다. 비산이 회사로 나온다는 소식을 듣고 로비로 달려 나온 조 실장이 서둘러 그를 맞았다.

"오셨습니까, 이사님."

깍듯이 허리를 숙이는 그의 앞을 비산은 차갑게 지나쳤다. 소윤과 있을 때와는 아예 다른 사람이라도 된 것 같은 얼굴과 눈빛이었다. 사무실로 들어와 데스크 앞에서 재킷의 단추를 풀어 벗은 비산이, 온기 따윈 없는 얼굴로 나직이 말했다.

"읊어봐."

싸늘한 비산의 목소리가 익숙한 듯, 조 실장은 퍼뜩 끼고 있던 서류를 들추며 보고를 올렸다.

"죽은 한진운 교수가 대주주로 있었던 J바이온의 2대 주주는 지분 19.9%를 소유했던 베스티오라는 법인인데…….”

조 실장의 말꼬리가 흐려지자 서리가 내린 듯 날카로운 비산의 눈빛이 날아들었다. 분위기를 눈치챈 조 실장이 어깨를 움츠리며 신속히 말을 이었다.

“법인등기부등본에 표시된 주소로 찾아가봤으나, 베스티오라는 회사는 없었습니다.”

“그럼 유령회사란 말인가?”

“예. 기재된 연락처로 연락도 해봤지만, 베스티오가 아닌 베스티오 대표에게 연락 내용만 전달해주는 1인 소호사무실이었습니다.”

“…….”

“이상하긴…… 합니다. 베스티오가 유상증자로 기껏 지분을 늘려놔 놓고선, 굳이 부채 비율도 낮고 건실한 J바이온의 주식을 왜…….”

“전량 매각했나……?”

“예.”

“작정하고 달려들었군. J바이온을 주저앉히려고…….”

비산의 눈이 느리게 치켜떠졌다. 눈꺼풀 밑에서 드러난 갈색의 눈은, 맹수의 것처럼 차가우면서도 권위적이었다.

“엄청난 자산가임은 분명하다…… 눈앞에 뻔히 보이는 이익을 눈 하나 깜짝하지 않고 포기할 정도로.”

“…….”

J바이온의 대주주였던 한진운 교수는 한소윤의 아버지이자, 비산의 스승이었다.

'감히…… 누굴 건드려.'

까득, 소리가 날 정도로 어금니를 악물었다. 한 교수를 죽음으로 몰아넣은 베스티오의 얼굴 없는 주인, 그를 반드시 찾아 복수하겠노라……. 그게 누구든, 이유가 무엇이든 간에 갈가리 찢어 놓고야 말겠다고…….

비산은 다짐했다.

2. 그녀가 있는 집

삐리릭. 도어록의 전자음과 함께 문이 열렸다.

낯선…… 냄새. 은은한 머스크향이 풍기던 삭막했던 집은, 구수한 소고기뭇국의 냄새로 가득했다. 비산의 얼굴에 잠시 스쳤던 당황스러움은 이내 웃음으로 바뀌었다. 그래, 이거였지……. 자신이 있는 세계에서는 결코 만날 수 없는 따뜻함.

"쌤 왔어요?"

주방에서 뭘 만들고 있었는지, 생전 처음 보는 앞치마를 매고 국자를 든 채로 소윤이 달려왔다. 꼭 주인을 반기는 강아지처럼 해 맑은 모습이었다.

"밥했어?"

"무슨 사람 사는 집에 먹을 게 하나도 없어요? 장 봐온다고 죽는 줄 알았네."

"뭐하러 고생해. 사 먹으면 되지."

"쌤 여태껏 매끼 사 먹었어요?"

"해 먹을 시간이 없었어."

"사람이 집밥을 먹어야지……. 그럼 내가 앞으로 밥 당번할게요. 얼른 씻고 와요. 같이 먹게."

집밥. 마지막으로 먹었던 집밥이 언제였더라. 가만 생각하던 비산은 5년 전 고등학생이던 소윤이 차려줬던 밥이 마지막이었다는 걸 기억해냈다.

"냄새…… 좋네."

"한장금이라고 들어는 보셨나?"

들고 있던 국자를 휘두르며 장난스럽게 말하는 소윤의 모습에 비산은 절로 웃음이 났다. 하루 종일 마비라도 된 듯 경직되어 있던 그의 얼굴에 말이다. 방실방실 웃고 있었지만, 장난스럽게 말했지만, 여전히 소윤이 힘들다는 사실은 아직 가라앉지 않은 빨간 눈과 살짝 잠겨 있는 목소리만 들어도 알 수 있었다. 거실을 지나 방으로 향하는 길에 쓰레기통을 반쯤 채운 휴지조각들이 보였다. 분명 아침에는 텅텅 비어 있던 쓰레기통이었는데.

아직도 비워내려면…… 한참 멀었겠지. 말괄량이 한소윤과는 정말로 어울리지 않는 그 슬픔이란 것은.

소윤이 식탁에 밥을 차리는 동안 비산은 젖은 머리를 수건으로 털며 주방으로 나왔다. 마침, 메추리알 조림을 그릇에 담아 식탁으로 옮기던 소윤이 비산의 모습을 보고 멈칫, 했다. 민소매에 후드가 달린 회색 상의와 칠부 트레이닝 바지 세트를 입은 그 모습은,

의외로 꽤나 잘 어울려서. 하마터면 우와, 하고 민망스런 감탄의 소리를 뱉을 뻔했다.

저런 옷도 잘 어울리는구나. 5년 만에 다시 만난 쌤은 슈트만 입고 있어서…… 저런 캐주얼한 스타일의 옷은 생각 못 했는데 너무 잘 어울려.

칠부 트레이닝 바지 아래로 드러난 그의 길고 매끈한 다리가 눈에 들어왔다.

왜? 그냥 다리일 뿐인데…… 왜 달라 보이는 거야! 왜…… 설레는 거야?

소윤은 괜히 붉어진 얼굴을 숨기려, 들고 있던 그릇을 식탁에 얼른 놓고 돌아섰다.

"어쭈? 제법인데?"

의자를 빼며 앉는 비산이 식탁 위에 올려진 반찬들을 보며 작게 휘파람을 불었다.

"쌤 여전히 불량스러워요."

"응?"

"쌤은 쌤인데, 쌤 안 같다고요. 장난기도 많고, 꼭 개구쟁이 같아."

밥이 예쁘게 담긴 밥그릇을 비산의 앞에 무심하게 내려놓으며 소윤이 말했다.

"흠…… 아닌데."

"아니긴요. 방금 휘파람 분 것도 너무 불량스러웠어."

"너한테만 그러는 거야."

"……?"

장난처럼 툭 던진 그 말은 하지만, 사실이었다. 처음 한 교수님
에게 소윤의 과외 제안을 받았을 때까지만 해도, 그는 자신이 누군
가와 웃으며 담소를 나눈다는 것을 상상조차 할 수 없었다.

　'보라색 좋아해요?'

　처음 소윤을 만났던 날, 아무런 계산 없는 그 눈이 비산을 당
황하게 만들었다. 비산은 그녀의 물음에 그제야 자신이 들고 다
니던 노트와 볼펜이 마치 세트처럼 똑같은 보라색이라는 사실을
인지했다. 저와는 너무나 다른 존재 같았다. 그래서 신기했다. 마
치 집에만 있다가 바깥세상을 처음 구경나온 강아지처럼, 소윤
은 아무런 거리낌이 제 호기심을 드러냈다. 궁금한 건 참지 않고
물었으며, 아무것도 아닌 것에 배를 잡고 까르르 웃어대기도 했
다.

　'쌤, 밥 먹었어요?'

　'쌤, 안 추워요? 걸칠 옷 찾아볼까요?'

　'쌤! 쌤……!'

　어쩌면 한소윤이라는 아이와 함께했던 그때, 그는 태어나 처음
으로 정서를 나누는 법을 배웠는지도 모른다. 그에겐 유일한 존재
였다. 그가 장난스럽게 굴 수 있는 사람. 숨을 쉬듯, 밥을 먹듯, 얼
굴을 마주하고 웃을 수 있는 사람 말이다. 한소윤은 그런 존재였
다.

　"내가 이렇게 장난스럽게 굴 수 있는 사람, 너 하나뿐이야. 이
불량 제자야."

　"……."

　국을 뜨는 소윤의 얼굴이 붉어졌다. 너 하나뿐이야. 그 말이, 귓

가에서 메아리쳤다.

쌤, 그거 무슨 뜻이에요?

소윤의 눈이 양쪽으로 빠르게 굴렀다. 갑자기, 어떤 얼굴로 돌아봐야 할지 알 수가 없어 망설이는 순간.

"앗, 뜨거!"

손가락 끝이 뜨거운 국에 푹, 담기는 바람에, 소윤은 들고 있던 국그릇을 바닥에 떨어뜨리고 말았다.

챙그랑. 사기그릇이 깨지며 담겨 있던 소고기뭇국이 온 사방으로 튀었다.

"아…… 정말 못 살아, 내가."

쌤 앞에서 어른스러운 모습을 보여주고 싶었는데 꼭 이렇게 사고를 쳐요. 오만상을 쓰며 소윤이 퍼뜩 쭈그려 앉아, 깨진 유리조각을 모으려는데.

"이리 나와."

"아뇨, 제가 할게요, 쌤."

"스읍!"

소윤을 내려다보는 비산의 눈빛은 딱, '안 나와? 안 나오면 죽는다, 너?' 이거였다. 결국 그 눈빛에 압도되어 소윤이 일어나 한 걸음 뒤로 물러나자, 비산은 키친타월을 챙겨 바닥을 닦기 시작했다.

"죄송해요, 쌤."

"죄송하면 면접 잘해. 알았어?"

"……네."

"넌 꼭 이렇게 마지막이 허술하단 말이야. 나처럼 좀 완벽할 수 없냐?"

능글능글 웃으며 말하는 비산의 말에, 괜히 자존심이 상했다.

속상해. 어른처럼 보이고 싶었는데. 쌤 앞에서 또 애가 돼버렸네요.

그런 소윤의 마음도 모르고, 비닐 팩에 유리조각을 담고, 바닥을 깨끗하게 닦아낸 비산이 몸을 일으키며 죽는 소리를 해댔다.

"어고, 허리야! 죽겠네, 죽겠어!"

"그러게 내가 한다니깐⋯⋯!"

입이 함지박만 하게 나온 소윤의 얼굴을 곁눈으로 바라보던 비산이, 바람 빠진 풍선처럼 피식, 웃었다.

"한소윤, 그거 알아?"

"뭐요?"

뾰로통한 대답에 비산이 소윤을 바라보던 눈을 다른 곳으로 돌리며 무심하게 말했다.

"내 처음 집밥도, 마지막 집밥도⋯⋯ 네가 해준 거라는 거."

소윤의 심장이 두근두근 뛰어대기 시작한다. 그런 줄도 모르고 비산은 다시 식탁 앞에 가서 앉았다.

"어디, 그동안 제자님 음식 솜씨가 좀 늘었나 먹어볼까나?"

아무 일도 없었던 것처럼 젓가락을 들고 반찬을 집어 먹는 비산의 모습을 소윤이 멍하니 바라봤다.

'쌤⋯⋯. 왜 자꾸 그런 말 해요? 벌써 몇 번째야⋯⋯.'

5년 전에도 비산은 지금과 같았다. 장난스럽게 제 머리를 툭 건들던 그 손길은 그의 의도와는 다르게 소윤에게 커다란 파장을 일으켰으니까.

아직도 그때의 설렘이 고스란히 떠오른다. 비산이 과외 선생님으로 오고 얼마 되지 않은 어느 날, 뭔가 사야 할 게 있어 늦은 시간에 혼자 외출을 해야 했었는데, 여자 혼자 다니면 위험하다며 쌤이 에스코트를 해줬던 적이 있었다. 자신의 다 스러져 가는 고물 스쿠터에 소윤을 태우며 하나밖에 없는 헬멧을 그녀의 머리에 턱, 씌워준 그는 승차감이 경운기 못지않으니 각오하라며 소윤의 팔을 잡아 제 허리에 꼭 감았다. 소윤은 그때 귓가에 울렸던 요란한 심장소리가 비산의 것이었는지 제 것이었는지 아직도 알지 못했다.

아마 그때였을 거다. 쌤을 남자로 보기 시작한 것이. 그의 따뜻하고 너른 등의 느낌과 그에게서 나던 좋은 향기가 여전히 소윤에게 잔상처럼 남아 있었다.

그때와 다름없이, 너무나 멋지고 완벽한 비산을, 소윤은 조금 원망스러운 듯한 눈으로 바라봤다.

"저기, 쌤."

"응?"

"그때 말이에요……."

"그때?"

"왜…… 그렇게 갑자기 사라졌던 거예요?"

"……아."

"걱정, 많이 했어요."

소윤은 그가 사라졌던 그날의 날짜를 정확히 기억하고 있었다. 앙상하던 가지 끝에 조그마한 꽃눈이 맺혀 있던 날, 화려하게 피어나려는 그 꽃눈을 올려다보며, 다가올 봄에 미리 설레었던 날. 그날은 4월 8일이었다.

이틀 후 시작되는 벚꽃축제에 함께 가자, 말하려고 했다. 그 별 거 아닌 말을 얼마나 연습하고 연습했는지 모른다. 단지, 쌤과 함께 걷고 싶었다. 이야기를 나누고, 노점에서 파는 군것질거리를 나눠 먹으며 까르르 웃고 싶었을 뿐이었다. 바람에 살랑이는 수줍은 꽃잎들처럼, 봄이라서 당연하게 피는 그 꽃들처럼. 쌤의 옆에 있어서가 아니라 봄이라서 행복한 것인 양, 그렇게 함께하고 싶었는데.

"말이라도 해주지. 간다고 인사라도 하고 가지."

"미안…… 사정이 있었어. 말 못 할 사정."

예상은 하고 있었다. 그가 그렇게 하루아침에 흔적도 없이 사라져 버렸을 정도로 뭔가 급박한 사정이 있었으리란 건.

"……."

그래서 소윤은 더 이상 캐묻지 않았다. 그가 곤란한 얼굴을 하는 게 싫었으니까.

"소질 있다, 너."

반찬이 입에 맞았는지, 그는 한쪽 볼이 터져라 맛있게 밥을 먹으며 말했다. 다시금 장난스럽게 들려온 그 말에, 소윤 역시 잠시간 설레었던 마음을 숨긴 채 대답했다. '한장금이라니까~'라고.

그녀는 달리 요리를 잘하는 게 아니었다. 초등학교 3학년 때까지만 해도 빠듯했던 살림은 소윤의 아버지, 그러니까 한진운 박사가 TV에 출연함으로써 순식간에 풍족해졌다. 일찍 돌아가신 엄마 때문에 집안 살림을 도맡았던 소윤이었지만, 갑자기 부유해졌다고 해서 삶의 패턴이 손바닥 뒤집듯 달라지진 않았다. 저녁이 되면 아버지 밥을 차리고, 아침엔 새벽같이 일어나 아버지 출근 준비를 도왔었다. 비록 공부는 잘하지 못했어도, 살림을 하면서 야무져진 손 때문에 주위에서 항상 칭찬이 자자했던 그녀라 여느 부잣집 딸들보다 훨씬 빨리 철이 들었고, 그만큼 의젓했다. 물론 스스로는 자신을 철부지라 생각했지만. 장녀 같은 외동딸. 아마도 그것은 홀아버지 밑에서 엄마의 빈자리를 채우며 자랐기 때문이리라. 그리고 그런 점이 비산은 좋았다. 온기 있는 집. 평생에 꿈꾸던 그 따스함은 오롯이 소윤의 집에서만 느낄 수 있었던 거라서 과외를 핑계로 소윤의 집에 오는 날이면, 가기가 싫었다. 자신과 다르게 너무나 맑고 밝은 아이, 한소윤. 그 티 없는 순수함에 웃을 수 있는 그의 유일한 시간들이었으니까.

"……."

소윤은 견과류가 들어간 멸치볶음을 집어 들다 문득 비산과 눈이 마주쳤다. 한쪽 턱을 괴고 자신을 바라보는 반쯤 감긴 눈에…… 소윤은 겨우 진정되었던 심장이 다시 달리는 걸 느꼈다. 퍼뜩 시선을 피했지만, 달아오른 얼굴은 좀처럼 식지 않는다.

"소윤아."

낮게 들린 음색이 짙고 짙었다. 공기 8할에 소리 2할이라고나 할까.

왜요, 왜? 그런 목소리로 왜 날 부르냐고요? 미치겠네, 정말.

"왜…… 요?"

"여기…… 어때?"

"네?"

"이 집, 살기 어떠냐고?"

"처, 첫날인데 어떻게 알아요? 그냥…… 아직까진 나쁘지 않아요."

"그럼⋯⋯."

"⋯⋯?"

한층 더 깊어진 눈으로, 그윽히 소윤을 응시하며 그가 물었다.

"계속 살래, ⋯⋯나랑?"

"⋯⋯네?"

쿵쾅쿵쾅. 조금씩 속도를 높이던 펌프질이 곧 멈추기라도 할 것처럼 격렬해졌다. 여전히 턱을 괴고 있는 비산의 얼굴이 너무 섹시해서. 아니, 색기 가득한 그 목소리 때문인지⋯⋯ 정신이 아득해지는 것만 같았다.

그게 무슨 말이에요, 쌤⋯⋯ 나 설레서 죽는 거 보고 싶은 거예요?

소윤은 딱 죽을 지경인데 비산이 갑자기 얼굴색을 바꾸며 장난스럽게 말했다.

"밥도 잘해~ 살림도 잘해~ 안 그래도 나 혼자 살려니까 이것저것 귀찮았는데, 너무 편한 거 아니겠어?"

그럼 그렇지. 잠깐이나마 설레었던 가슴이 금세 무안해졌다. 달아올랐던 얼굴이 급속 냉각이라도 된 듯, 훅 식어버린 건 당연했고.

"그럴 거면 식모 구해요, 식모."

소윤의 뾰로통한 얼굴이 재미있었지만, 비산은 억지로 웃음을 참았다.

"너 진짜 왜 이렇게 귀엽니?"

"참나! 내가 무슨 강아지예요? 툭하면 귀엽대? 진짜 강아지 보면 아주 그냥 기절하겠네?"

비산의 입가에 결국 미소가 올라왔다. 그 잘생긴 얼굴에 걸린 미소라니. 자신을 놀리는 듯한 그 모습이 얄미웠지만, 또 그 미소를 보니 가슴이 무너진다. 소윤은 괜히 꾸역꾸역 입으로 맨밥을 밀어 넣었다.

"아이구, 입 터지겠다. 천천히 먹어, 인마!"

내 마음이다, 왜! 이 소리가 목구멍까지 올라왔지만, 붕어처럼 부풀어진 볼 때문에 말이 나오지 않았다. 아무리 쌤이 얄미워도 밥알이 입 밖으로 튀어나오는 불상사가 생기는 건 싫으니까. 소윤은 어느새 비워진 밥그릇을 싱크대에 올려놓고 휑, 하니 돌아섰다.

아닌 척, 눈으로 소윤을 좇던 그가 젓가락을 내려놓았다. 하루 종일 삭막하기만 한 회사에서 차디찬 표정으로, 또 메마른 감정으로 기계처럼 업무를 보고 들어온 참이다. 마주한 순간이 그렇게 따뜻했는데, 그 시간이 이렇게 짧게 끝나는 게 아쉬워서…… 비산이 곁을 지나가는 소윤의 손목을 저도 모르게 붙잡았다. 올려다보는 감정 없는 눈이 놀라 내려다보는 눈과 마주쳤다.

"……?"

"……!"

갑자기 소윤의 손목을 붙든 비산의 모습에 놀란 건 소윤만이 아니었다. 정말로 무의식적으로 한 행동이었다.

"아…… 미안."

비산이 흠칫, 하며 잡았던 소윤의 손목을 얼른 놓아주었다.

"……."

생각지도 못했던 행동이었다. 벌렁이는 심장을 주체하지 못한 채 소윤은 얼른 자신의 방으로 향했다. 고요만 내려앉은 식탁 앞에서 알 수 없는 표정으로 비산이 자신의 손을 가만 바라봤다.

'왜…….'

그 순간 그녀를 잡은 이유를 알 수 없어, 그가 가만, 미간을 좁혔다.

정확히 6시가 되면 울리는 알람.

요란하지도 않은 그 소리에, 비산은 마치 기계처럼 번쩍 눈을 떴다.

"……."

표정 없는 얼굴은 무겁게 가라앉은 채였다.

"쌤, 일어났어요?"

별생각 없이 거실로 나왔던 비산은 갑자기 들려온 목소리에 일순 온몸이 경직되어버렸다.

'아…… 한소윤…….'

목소리는 주방 쪽에서 들렸다. 그러고 보니 구수한 된장찌개 냄새가 온 집 안 가득하다. 이 시간에 된장찌개라니……. 아침이라 일단 입맛도 없었지만, 상상도 할 수 없던 것이라 당황스러운 표정이 설핏 얼굴 위로 드러났다.

"쌤, 씻고 와요. 참! 옷은 갈아입지 말고!"

"뭐?"

"아빠도 꼭, 양복 갖춰 입고 밥 먹다가 셔츠에 국물이 튀고 나서 후회하더라."

"아……."

"어서 씻어요."

"응."

잔소리라……. 세상에 저보다 듣기 좋은 소리가 또 있을까?

금세 씻고 나와 소윤이 차려준 밥을 깨끗하게 비워냈다. 먹기 버거울 거라 생각했는데, 된장찌개의 맛이 너무나 기가 막혀서 희한하게 밥이 술술 잘도 넘어갔다.

"잘 먹었습니다."

"양치질하고, 옷 입어요."

자연스럽게 말하는 소윤은 꼭 세 살배기 애를 키우는 새댁처럼 말했다.

"넌 내가 무슨 애처럼 보이냐?"

"아…… 죄송해요. 이게 버릇이 돼서……."

그러면서 또 처연해지는 소윤의 얼굴에, 비산은 아무 말 하지 말걸, 하는 후회가 몰려왔다.

"다녀올게. 전자키는 거실 테이블 위에 있어. 갑갑하면 외출해."

출근 준비를 마치고 현관으로 향하며 비산이 거실 테이블 쪽을 손끝으로 가리켰다.

"네. 다녀오세요."

"참, 면접 일정 나왔어. 내주 화요일이야."

"예에? 나 이력서도 안 넣었는데?"

"그건 내가 알아서 했으니까 걱정 말고."

"엥? 뭘 알아서 해요? 대기업 입사가 장난인가?"

"이 불량 제자가 또 하늘 같은 스승님을 못 믿지?"

장난스러운 그 말에 소윤이 콧방귀를 뀌며 투덜댔다.

"뭐, 믿을 만한 소리를 해야 믿지⋯⋯."

"거참, 의심도 많아요. 아무튼 면접 예상 질문이나 달달 외워놔. 알았지?"

"다 외웠거든요?"

그 대답에 다가온 그의 손이, 소윤의 머리를 흩트렸다. 기특하다는 듯이.

"어? 넥타이 비뚤어졌어요. 잠깐만⋯⋯."

"⋯⋯."

비산이 뭐라 대답도 하기 전에, 소윤은 비산의 넥타이를 풀어 다시 매어주고 있었다. 생각지 못한 행동이라 흠칫 놀랐던 비산은, 굳었던 표정을 풀고 소윤을 가만 바라봤다. 눈을 동그랗게 뜨고 집중하는 모습이⋯⋯ 꽤나 인상적이다. 아침마다 교수님의 넥타이를 매어줬다고 들었는데, 아마 넥타이 매는 데는 도가 텄겠지.

어릴 때부터 어머니의 정성 대신 보모의 감정 없는 손길에 익숙했던 그에게는 참으로 생경하면서도, 따뜻한 손길이었다.

"매일 해줘."

"⋯⋯네?"

넥타이를 맨다고 여념이 없던 소윤이 대수롭지 않게 되물었다. 하지만 돌아온 대답에⋯⋯ 소윤의 손이 멈췄다.

"넥타이. 네가 매주니까⋯⋯ 너무 좋아서."

살뜰하게 챙김을 받는다는 느낌. 살아오면서 좀처럼 느껴보지 못한 그 다정함이 좋았다. 하지만 그의 그런 마음을 알지 못하는 소윤은 잘 익은 토마토처럼 얼굴을 붉혔다.

"……."

"매일…… 해줄래?"

물끄러미 자신을 바라보는 그 눈에…….

꼴깍.

소윤은 저도 모르게 마른침을 넘겼다. 1.5배는 동그래진 소윤의 눈이 부자연스럽게 깜빡거렸다. 당연한 것처럼 얼굴은 금세 붉은 기가 돌았고, 마주친 시선을 얼른 피하며 들릴 듯 말 듯 한 목소리로 소윤이 답했다.

"뭐…… 넥타이야 껌이니까…….."

"오~ 좋아."

절대 내 사리사욕을 채우려는 게 아니고, 굳이 해달라고 하니까 해주는 거예요. 암요, 암요. 혼자 고개를 끄덕이며, 소윤이 넥타이 모양을 얼른 다듬어주고는 손을 뗐다.

"다녀올게."

언제 봐도 따뜻한 비산의 미소가 소윤의 눈 안으로 내려앉았다. 콩닥거리는 가슴을 숨기며 그녀가 대답 대신 고개를 끄덕인다.

쌤, 진짜 이러니까 꼭…….

"으아, 출근하기 싫다!"

무심하게 닫히려는 문을 다시 열고는 상채를 쑥 내밀며 손을 흔드는 비산의 모습은 마치 신부를 두고 출근하기 싫은 새신랑 같았다.

'우리 꼭 신혼부부 같다고 느껴지는 건, 저 혼자만의 착각이겠죠? 쌤?'

물론 착각이겠지. 말도 안 되는 생각이라는 걸 소윤은 1초도 안 돼 깨닫고는 비산을 향해 웃어 보였다.

"얼른 가요. 지각할라."

"응, 진짜 갈게."

비산이 장난스럽게 윙크를 날리고는 문을 닫았다.

자꾸만 착각하려고 한다. 쌤이 하는 행동들. 그냥 자신을 보며 웃는 그 모습마저도 특별한 것만 같아서. 쌤이라면 누구에게나 다, 그렇게 웃으며 대할 텐데. 그런데도 자꾸 나한테만 특별히 대하는 것 같은 착각이 들어서 가슴이 떨려.

바보같이. 착각 같은 거 하지 말자…….

비산은 마치 딱딱한 가면이라도 쓴 것 같은 얼굴이었다. 로비 안으로 내딛는 걸음걸음마다 꼭 서리 자국이 내려앉을 것 같은 분위기는 소윤을 대할 때와는 180도 다른 모습이었다. 산호그룹의 후계자라는 그의 위치와, 전무이사라는 범접하지 못할 직책 때문만은 아니었다. 자로 재어 깎아놓은 듯 잘생긴 그 얼굴 안에는 감정이란 게 없었다. 직원 모두가 어려워하는 사람, 불편해하는 사람, 마주치는 것조차 꺼려지는 사람이 바로 강비산이었다.

회사 안으로 비산이 들어서자 직원들은 긴장하는 얼굴로 일제히 그를 향해 허리를 숙였다. 그 아비의 그 아들이라는 말은 비산과 비산의 아버지 강민규 회장을 일컫기 위해 만들어진 말 같았다. 그 정도로 비산은 강민규 산호그룹 회장을 닮아 있었으니까. 찔러도 피 한 방울 나올 것 같지 않은 냉혈한에 사이코 패스라는 소문이 돌 정도로 타인의 마음을 읽어내지 못하는 낮은 공감 능력. 차갑기만 한 말투는 직원들로 하여금 그를 상대하는 것이 세상 그 무엇보다 어렵다고 느끼게 만들었다. 그런 점들은 비산의 아버지인 강민규 회장과 판박이처럼 비슷했다.

강좀비, 얼음왕자, 악마 이사. 이것이 비산이 직원들에게 공공연하게 불리는 별명이다. 물론 본인은 모르지만. 여자 직원들은 한편으론 그의 숨 막히도록 아름다운 외모를 찬양하면서도, 사람을 벌레 보듯 하는 그의 서늘한 눈빛 앞에서는 몸을 떨었다. 같은 온기를 가진 사람이라는 게 믿기지 않을 정도로, 회사 내에서 비산은 매정하기로 소문이 나 있는 사람이었으니까.

"J바이온 회생절차는 어떻게 돼가고 있어?"

비산이 자신의 뒤를 따르는 조 실장에게 눈길도 주지 않고 물었다.

"회생절차 개시신청도 아직 못 하고 있다고 들었습니다."

비산의 걸음이 우뚝, 멈췄다.

"회생절차 개시신청을 못 했다고? 계속기업가치가 청산가치보다 높다는 건 채권자들도 다 알 텐데?"

회사를 청산했을 때의 가치보다 회사를 살렸을 때의 가치가 더 높다고 여겨지면 조사위원회의 조사를 거쳐 회생절차를 진행하게 된다. 그런데, 부채 비율도 낮았던 건실한 회사가 회생 개시신청조차 못 하고 있다니?

"저도 좀 의아해서 알아봤더니, 윈즈텍이라는 법인에서 총 110억원 규모의 J바이온 채권을 사들였더라고요. 아마도 그쪽에서……."

"회생 개시를 의도적으로 방해하고 있군."

"예."

"윈즈텍이란 회사, 좀 더 알아봐."

"알겠습니다."

"22층으로 가지."

임원용 엘리베이터에 오른 비산의 눈빛이 유독 더 서늘해졌다. 22층. 산호그룹의 회장이자, 자신의 아버지가 있는 곳.

감정이라고는 없는 사람처럼 엘리베이터 LED화면에 하나씩 올라가는 숫자를 바라보는 비산의 잘생긴 얼굴은 무표정 그 이상도 이하도 아니었다. 무거운 걸음을 이끌고 회장실로 들어서자, 강 회장의 목소리가 말라비틀어진 공기를 갈랐다.

"왔냐."

"……."

"한 교수 소식은 들었다. 안됐구나."

안됐다고 말하는 그 얼굴엔 어렴풋이 미소가 걸려 있는 것처럼 보였다. 정말이지 희한한 얼굴이었다.

"솔직해지시죠…… 아버지."

눈앞 어딘가를 응시하며 비산이 비웃듯 뒤틀려진 입술 새로 비아냥거렸다. 그렇게도 한 교수를 못마땅해했던 강 회장이다.

거짓말.

눈 하나 깜짝 않고 진실을 덮는 말들을 뱉어낼 수 있는 능력. 그 것은 비산이 아주 어린 시절부터 아버지를 보고 배웠던 것이었다.

"손끝에 박힌 가시가 빠졌는데, 축포라도 터뜨리셔야죠."

"저런, 네 눈엔 그렇게 보였나 보구나."

"증거를 찾고 있습니다."

"……증거라니."

"베스티오라는 회사…… 들어보셨습니까? J바이온의 2대 주주였던 법인 말입니다."

"도통 무슨 소리를 하는지 모르겠구나."

"아버지가 간과한 사실이 하나 있습니다. 아버지가 모든 수단과 방법을 가리지 않고 일궈내신 권력과 명예처럼 저 또한 그것들을 수단과 방법을 가리지 않고 무너뜨릴 수 있다는 거요."

"……!"

"저…… 아버지의 아들이잖습니까?"

비릿한 웃음은 그 잘생긴 얼굴과는 다르게 소름이 끼치도록 무서운 광기가 흘렀다. 그리고 그 모습은, 흡사 강 회장의 젊은 시절과 같았다.

싸늘한 공기가 회장실을 가득 메우고 있었다.

"5년 전에 분명히 경고했습니다. 그들을 건드리지 말라고요."

"난 건드린 적 없다."

강 회장의 말에 허탈한 웃음마저 나왔다.

"그러시겠죠. 저는 이만 일어나겠습니다."

말 한마디, 한마디, 진실이라고는 없는 사람과 저도 대화하고 싶지 않습니다, 회장님.

"무슨 생각을 하는 거냐?"

성큼성큼 회장실의 문 쪽으로 걸어 나가던 비산이 강 회장의 물음에 걸음을 멈추고 돌아섰다.

"두렵습니까?"

제 아비를 희롱하는 듯한 얼굴은 일말의 죄책감도 없었다.

차게 식은 눈빛과 목소리가 아무 감정도 없는 것처럼 보였지만, 사실 그 안에는 온갖 분노와 감당하기 힘든 두려움이 스며 있었다.

'한소윤을 아프게 하면…… 절대로 당신…… 가만두지 않아.'

5년 전, 곁에 있으면 다칠까 두려워, 비산은 한 교수와 소윤의 곁을 떠났었다. 가난한 대학생 행세를 하면서 그들의 곁에 있었던 그 짧은 시간이, 비산의 인생을 통틀어 가장 행복한 나날들이었는 데도, 한 교수님과 그 아이가 다치면…… 아프면……. 그는 견디지 못할 것이 분명했으니까. 살아갈 수조차 없을 만큼 괴로울 테니까. 하지만 결국엔 이렇게 됐다. 그가 소윤의 곁에서 완전히 떠난 사이. 그래서 그녀가 안전할 거라고 믿었던 사이. 그녀는 무너져가고 있었다는 걸, 비산은 너무나 늦게서야 깨달았다. 비산이 다시금 이를 악물었다.

"약속을 저버리신 건…… 아버지입니다."

결코 누구를 탓할 생각 따위 하지 마라는 듯 비산은 그 말을 남기고 회장실을 나섰다.

비웃듯, 비아냥거리듯 반달처럼 휘어졌던 눈은 회장실을 나오자마자 끓어오르는 분노를 오롯이 담았다. 붉어진 눈은 꼭 쏟아지려는 눈물을 참는 것만 같았다.

아버지를 마주할 때마다 떠오르는 장면이 있다. 어둠 속에서 불을 켜듯, 자동적으로 머리를 스치는 장면은 매번 어김없이 그를 괴롭혔다.

한때, 비산에게 둘도 없었던 친구가 있었다. 3년 동안 애지중지 키웠던 레트리버 테오.

초등학교 2학년 어느 날, 아버지는 비산이 공부는 하지 않고 테오와 논다는 이유로, 비산이 보는 앞에서 테오를 엽총으로 쏴 죽여 버렸다. 테오는 비산에게 그저 강아지나 애완견 따위가 아닌 의지가 되는 친구, 그 이상이었다. 엄마의 빈자리를 채워주는 하나의 인격체였다. 강 회장은 충격에 울고 있던 비산을, 사내놈이 약해빠졌다며 지하실에 가두고 문을 걸어버렸다.

죽은 테오의 모습과 어둠. 지하실의 퀴퀴한 냄새와 몸서리쳐지는 공포. 어른이 되어가면서 그 충격은 점차적으로 감소했지만, 어느 순간 아버지처럼 무감각해지는 자신을 발견했다. 상대방의 얼굴이 웃는 것인지 우는 것인지, 혹은 무표정한 것인지 구분이 안 가는 순간이 반복되었다. 그게 너무 두려웠다. 아버지와 같은 사람이 된다는 것이.

하지만 단 한 사람……. 유일하게 감정이 읽히는 여자. 한 톨 남은 내 인간성을 놓지 않으려, 나는…… 그녀를 잡았었다.

거실은 갑갑하다 느낄 정도로 고요했다. 하루 종일 쓸고 닦아 먼지 하나 없이 깨끗한 비산의 오피스텔은 더 이상 할 일을 찾을 수가 없어서, 소윤은 그저 소파에 오도카니 앉아 있었다. 쌤이라도 빨리 오면 좋으련만. 늦을 거라는 말에, 기다리지 말라는 그 말에 작은 한숨이 저도 모르게 새어 나왔다. 많이 바쁜가 보다.

일전에 '쌤 무슨 일 해요?' 하고 슬쩍 물은 적이 있는데, '허드렛일, 온갖 잡일.'이라는 대답이 돌아왔었다. 허드렛일에 온갖 잡일이라면 혹시…… 높은 분의 비서……? 그러고 보니 아귀가 맞다. 제 아무리 일류대학을 나와서 대기업에 취직을 했다 해도, 승진해봐야 대리나 과장급이 최고 높은 직급일 터. 그런 직급으로 이런 집에 삐까뻔쩍 외제차를 살 수 있을 리가 없지. 예전에 대기업 회장의 비서실장은 알게 모르게 온갖 특혜를 다 받는다고 들었다. 들인 노력만큼 회장의 총애를 받는다나? 영혼까지 팔아 충성하는 게 바로 대기업 비서라고…….

"쌤…… 의외로 딸랑딸랑 잘하나 보네?"

아무리 생각해도 어울리지 않았다. 항상 부드러운 이미지의 선생님이지만, 아부라든가 빠릿빠릿한 사회생활이라든가 하는 건 어쩐지…….

"뭐, 바깥에서의 모습은 또 모르니까……."

상상이 가지 않았지만 회사에서의 모습은 다를지도 모르지. 하지만 정작 바깥사람들은 소윤을 대하는 비산의 모습을 아예 상상조차 할 수 없다는 걸, 그녀는 몰랐다.

"잠이나…… 자야겠다."

시계는 벌써 11시를 가리키고 있었다. 비산의 얼굴을 보고 자기 위해 조금 더 버텨보려고 했지만 침대에 뉘인 몸은 수면 아래로 가라앉듯, 서서히 소윤의 의식을 가라앉혔다.

'아쉽다…… 못 봐서…….'

잠이 드는 순간까지 소윤은 아쉽다는 생각뿐이었다.

삐리릭. 적막을 가르는 전자음 소리가 유쾌하진 않았다.

"……."

불 꺼진 거실은 비산의 얼굴만큼이나 삭막했다. 하루 종일 고요에 시달렸었다. 이사실에 틀어박혀 결재 서류만 들여다보면서 비산은 에어컨 새로 흐르는 바람 소리를 들은 게 전부였다.

그가 강 회장을 만나고 온 날은 조 실장이 스케줄을 모두 미뤄 버렸다. 아무도 만나고 싶지 않을 거라는 걸 잘 알고 있었기 때문에. 이런 날 누군가가 괜히 멋모르고 보고를 올리러 왔다가는 어떤 사달이 날지 불을 보듯 뻔했으니까.

"하아."

그런데 소윤이 웃으며 자신을 맞아줄 거라고 기대했던 집마저 지독한 적막이 흐르고 있다는 사실은 그를 제법 불편하게 만들었다. 꼭, 어릴 적에 갇혀 있던 지하실처럼 숨이 막혔다. 비산은 눈가를 구겼다. 지금 그의 삶에 일말의 도움도 되지 못하는 기억들이 떠올랐으니까. 아버지에 의해 10살 남짓하던 무렵부터 비산은 자신이 무슨 잘못을 했는지도 모르는 채로 일방적인 비난을 받으며 어둡고 습한 지하실에 몇 시간씩 갇혀 있어야 했다. 그것이, 비산이 기억하는 '집'이었다.

그래서 그는, 집 안을 가득 메우고 있는 지금 이 고요가 미치도록 싫었다. 무거운 몸을 끌어 집안으로 들어선 비산의 발은 곧장 소윤의 방 앞으로 향했다.

달칵. 열려진 문틈 사이로 침대 위에 잠든 소윤의 모습이 보였다. 그리고 소윤을 보는 비산의 눈은 깊게, 가라앉아 있었다.

기익. 천천히 문이 열리며 비산의 발이 성큼, 방 안으로 들어왔다. 방 안 가득, 소윤의 향기가 퍼져 있었다. 숨을 들이마시며 비산은 느리게 눈을 감았다 떴다. 침대 앞으로 다가가던 비산은 어쩐지 목 주위에서 느껴지는 갑갑함에 넥타이를 느슨하게 당겼다가, 이내 귀찮은 듯 풀어버렸다.

"……."

침대 끝에 걸터앉으며 잠시간 엄한 벽을 바라보던 비산이 새근 새근, 마치 아기 숨소리처럼 작게 들려오는 소리를 견디지 못하고 천천히 고개를 돌려 소윤을 바라봤다. 좋은 꿈이라도 꾸는 건가, 입술을 길게 늘이며 헤실거리는 모습이 어쩜 이리 한소윤다운지, 덩달아 비산의 입꼬리도 하릴없이 올라갔다.

5년 동안 괴로웠다. 나는……. 가난한 대학생으로 살았던 그때 가 차라리 그리워.

"……."

베개 아래로 길게 흘러내린 머리카락에 비산이 끝내는 손을 댔 다.

너는 이렇게 따뜻한데 뱀처럼 차가운 내가…… 너를 지킬 수 있 을까? 하지만…… 교수님과 약속했어. 너만은 꼭…… 지켜내기로. 교수님이 했던 것처럼 널 따뜻하게 보듬어주고, 그리고 좋은 사람 생기면…… 결혼도 시켜줄 거야.

그렇게 생각하면서도 어딘가 마음 한구석에서 느껴지는 미묘한 갈등을 비산은 알아채지 못했다. 다만…….

나에게 웃어주는 세상 유일한 사람이 너라서. 내가 웃어줄 수 있는 사람 역시, 오직 너뿐이라서.

"……."

손가락 사이를 스치는 그녀의 머리카락은 부드럽기만 했다.

타인의 감정도, 자신의 감정도 제대로 알아채지 못하는 그이기 에, 가슴을 비집고 올라오는 이 감정이 대체 무엇인지, 정의를 내 릴 수 없었다.

'꼭 지켜줘…… 우리 소윤이…….'

무슨 이유에서인지 비수처럼 꽂혔던 한 교수의 말이 섬광처럼 뇌리를 스치자, 비산은 소윤의 머리를 매만지던 손을 퍼뜩 거뒀다.

"하아……."

깊고도 깊은 한숨이 새어 나온다. 비산은 허리를 숙이며 양손으로 머리를 움켜쥐었다. 괴롭다. 도무지 이유를 알 수 없지만, 괴롭기만 하다.

아침 햇살이 눈두덩이 위로 비스듬히 비추었다.

'아, 따뜻해.'

잠결에 소윤은 온몸 가득 느껴지는 온기가 좋아 그 따뜻함으로 저도 모르게 파고들었는데, 그것도 잠시.

'뭔가 이상한데?'

도대체 뭐가 이렇게…… 따뜻한 거지?

그냥 따뜻한 것뿐만 아니라, 어딘지 낯선 느낌마저 들었다. 무언가가 앞을 가로막고 있는 느낌이랄까. 결국 궁금증을 이기지 못하고, 소윤이 애써 눈꺼풀을 밀어 올렸다. 하지만 천천히 열린 눈 안으로 들어온 장면에 순간, 그녀의 눈이 더 이상 커질 수 없을 만치 커져버리고 말았다. 코가 닿을 듯, 가까운 거리에 조각 같은 얼굴로, 비산이 잠들어 있었으니까.

'이게 뭐야. 이게 뭐지? 이게 무슨 상황이야, 지금!'

당황스러운 상황에 눈만 빠르게 깜빡이고 있는데 비산의 긴 속눈썹이, 움찔하는가 싶더니 천천히 들어 올려진 그 눈꺼풀 아래에…….

"……."

오묘한 갈색 눈동자가 소윤을 똑바로 바라봤다. 순간, 까마득히 떨어지는 심장에 소윤은 자신이 어떤 표정을 지었는지, 어떻게 호흡을 하고 있는지 알 수가 없었다. 다만, 자신을 바라보는 그 깊은 눈에 마치 사로잡힌 것처럼 도저히 시선을 피할 수 없었다는 것만 기억날 뿐. 찰나가 영원 같았다. 마주한 순간 어떤 반응도 보이지 않은 채, 자신을 응시하는 비산의 두 눈과 그 무표정한 얼굴이…… 지독하게 섹시해서.

소윤은 이러다가 자신의 얼굴이 폭발할지도 모르겠다는 생각마저 했다. 하지만 이내 나가려던 정신줄을 얼른 부여잡고 소윤은 눈을 굴렸다. 지금 이 상황…….

"쌤……?"

"……."

"……도대체 술을 얼마나 마신 거예요?"

예상치 못했던 물음이라 비산은 끔뻑끔뻑, 눈만 깜빡였다. 하지만 소윤은 자리에서 벌떡 일어나는가 싶더니, 비산의 팔뚝을 찰싹 때리기까지 한다.

"아야!"

"쌤! 도대체 술을 얼마나 퍼마셨길래, 옷도 안 갈아입고 여기서 퍼질러 자고 있는 거냐고요?"

"아니……."

이게…… 그렇게 되는 건가…….

비산도 당황스럽긴 마찬가지였다. 어제 잠깐 소윤의 곁에 앉아 있었는데, 저도 모르게 그대로 잠이 든 모양이다. 하지만 그 사실을 말할 수 없는 비산으로서는 이렇게 오해해주는 게 오히려 다행인 건지도. 소윤의 앙칼진 목소리가 다시 들려왔다.

"사회생활이 힘들다는 거 알지만, 눈치껏 요령껏 적당히 해야지!"

"……."

"자기 방도 못 찾아가고 말이야! 여자 혼자 자고 있는 침대에 들어와 자다니, 이게 말이 돼요?"

"그래도 집은 찾아…… 왔잖아……."

"자랑이다, 자랑이야! 어서 일어나서 씻어요."

"……."

"해장국…… 끓여줄 테니까."

후다닥 방을 나서는 소윤의 뒷모습을 멍하니 바라보던 비산은, 침대에 일어나 앉으며 결국엔 허허, 하고 웃어버렸다.

'고 녀석 참…….'

따뜻한 미소였다. 비산의 얼굴에 올라온 것은. 소윤의 뒷모습을 눈 안 가득 담은 채로, 비산은 마치 다른 사람처럼, 자신이 아닌 것처럼 행복하게 웃고 있었다.

"하아. 심장 떨어지는 줄 알았네."

구시렁거리며 제 방을 뛰쳐나온 소윤은 부엌에 도착하자마자 벌렁거리는 가슴을 부여잡으며 긴 숨을 내쉬었다. 그에게 부러 화를 냈던 건 두방망이질 치는 제 심장을 들키지 않기 위해서였다.

시간이 멈춘 것만 같았다. 그와 눈이 마주친 순간. 저를 가만 바라보는 까마득한 그 눈동자에 입이 막혀버린 듯, 시간이 멈춰버린 듯 소윤은 아무것도 할 수 없었으니까.

그 눈빛 하나에 오롯이 사로잡혔던 자신을 탓할 수도 없었다. 그 누구라도, 그 눈을 봤다면, 아마 저와 똑같았을 테니까. 아무래도 쌤의 별명을 메두사로 지어야겠다. 눈을 마주치면 상대방을 돌로 만들어버리는 메두사 말이다.

소윤은 어느 정도 마음이 진정되자 긴 숨을 한 번 내쉰 뒤, 해장국을 끓이기 위해 팔을 걷어붙였다. 그러다 문득, 깜빡 잊고 있던 사실을 떠올렸다.

"맞다! 면접!"

아침부터 제 침대에서 자고 있던 쌤 때문에 깜빡 잊고 말았다.

오늘이 대망의 면접날이라는 것을.

"너무 긴장할 필요 없어."

방금 욕실에서 나온 비산이 머리의 물기를 털어내며 말했다.

오늘따라 소윤은 유난히 분주하게 움직였다. 잔뜩 굳은 얼굴을 보고야, 비산은 그녀가 긴장감을 떨쳐 내려고 애 쓰고 있다는 걸 깨달았다.

"다 됐다. 쌤, 앉아요."

"식탁 내려앉겠다. 무슨 아침부터 수라상이야? 너 수라간 한 상궁이냐?"

웬만한 저녁 만찬보다 거하게 차려진 식탁 앞에 앉으며 비산이 믿기 어렵다는 듯, 고개를 절레절레 흔들었다. 이걸 어떻게 다 먹어?

"긴장돼서 그래요. 긴장돼서."

"긴장할 거 없어. 외운 대로만 하면 돼."

"만약에 다른 질문이 나오면요?"

"다른 질문 안 해. 아니, 못 해."

"에? 그걸 쌤이 어떻게 알아."

"너는 정말 날 못 믿는구나."

"아니, 못 믿는 게 아니라…… 믿을 만한 소리를 해야…….."

"믿어. 너 무조건 합격할 테니까."

비산이 무심한 듯 반찬을 집어 먹으며 말했다.

"……."

묘하게…… 믿음이 간단 말이지. 조선시대 내시가 정일품 지위까지 올라갔던 것처럼, 대기업 비서의 힘은 이리도 크단 말인가.

"쌤."

"응?"

"근데 나 궁금한 게 있는데요."

"뭐?"

"쌤, 저한테 이렇게까지 해주시는 이유가 뭐예요?"

"……."

"집도 내줘, 일자리도 구해줘…… 쌤 나 몰래, 나한테 빚진 거라도 있어요?"

소윤의 진지한 물음에 비산이 일순 심각한 표정을 지었다가, 이내 짧게 웃음을 터뜨렸다.

사실은 허를 찌르는 질문이었다. 그냥 단순히 빚을 진 정도가 아니었으니까. 그녀에게 닥친 재앙과도 같은 불행들이 모두 자신으로부터 비롯되었을지도 모르니까. 하지만 비산은 혼란한 마음을 감쪽같이 감추고는 자연스럽게 말했다.

"그런 거 없어. 그냥…… 아끼던 제자라서 그러는 거야."

"흠…… 쌤……."

"……?"

"쌤은 참…… 정이 많은 것 같아요."

"……."

들보잡이란 단어를 이럴 때 쓰나? 정이 많다니. 살다 살다, 별소리를 다 들어보네.

'넌 나를 몰라도…… 너무 몰라. 한소윤.'

비산은 그저 허, 하고 웃을 뿐이었다.

"좋아요! 쌤이 이렇게나 내게 따듯한 정을 베푸는데 나도 보답해야지……. 나 산호그룹 입사하면 쌤 선물 하나 사줄게요. 까짓 것!"

"정말?"

"그럼요. 말해봐요. 또 너무 얼토당토않게 전 세계 10개 한정 스페셜 에디션, 이런 거 말고……."

"……."

"뭐 갖고 싶어요?"

뚫어져라 소윤의 얼굴을 보던 비산이 입술에 대고 있던 젓가락을 내려놓으며 말했다.

"너."

"……?"

"나한테 시집와."

순간 그의 말을 알아들을 수 없어 눈만 끔뻑이고 있는데…….

그 섹시한 입술을 비집고 나오는 목소리가 너무 진지해서, 그의 눈빛이 깊은 밤 별빛처럼 그윽하게 빛나고 있어서, 순간 소윤의 턱이 아래로 쑥, 내려앉고 말았다.

뭐, 뭐라고요? 쌤, 지금 뭐라고……!

"……농담이야."

당황해하는 소윤의 얼굴에 비산이 시선을 찻기 쪽으로 돌리며 심드렁하게 말했다. 사실 그조차도 자신이 왜 그런 농담을 했는지 알 수가 없었다. 어쩌면, 5년 만에 다시 겪어보는 평안함이 그가 이런 말도 안 되는 농담을 하게끔 했는지도 모른다. 소윤을 통해 간접적으로 느껴볼 수 있었던 가족이라는 울타리에 그는 안위하고 싶었던 걸까.

하지만 무심결에 했던 그의 농담에, 소윤의 마음은 지진이라도 난 것처럼 요동치고 있었다.

쌤…… 무슨 농담을…… 그런 표정으로…….

분명 시집오라 말하던 비산은 농담을 뱉는 평소의 얼굴이 아니었으니까.

너무 진지해서 순간 진심인 줄 알았다고요. 장난도 정도껏 쳐야지, 누구 심장 멈춰서 죽는 거 보고 싶어요?

"잘해…… 오늘."

이렇게 사람 설레게 해놓고, 면접 망치면 다 쌤 탓이에요!

소윤은 속으로 구시렁거릴 수밖에 없었다. 그에게 설레는 제 마음을 들키고 싶지는 않았으니까. 어쩐지 붉어진 얼굴로 어색하게 반찬을 집으며, 소윤이 영혼 없이 대답했다. '네…….' 하고.

"……."

도대체가 진정이 되질 않는다. 아까의 그 진짜인 것 같은 농담이 자꾸만 머릿속에서 메아리쳤다. 게다가 이상하게 그 뒤로 줄곧 어색함이 흘렀다.

'나는 그렇다 치고, 쌤은 왜 입을 다물고 있는 건데요? 평소 같았으면 참 집안일 잘한다며, 우리 집에 들어온 식모가 아주 실하다는 둥 장난을 쳤을 쌤인데.'

그녀가 혹시나 이 어색함이 하루 종일 계속되면 어쩌나 걱정하고 있던 그때, 드레스룸에서 옷을 갈아입고 나온 비산이 막 설거지를 끝내고 앞치마를 풀고 있던 소윤 앞에 다가와 섰다.

"……?"

"이거…… 매줘."

그가 소윤에게로 내민 것은 붉은색의 에르메스 넥타이였다.

안 그래도 쌤 때문에 머리가 복잡한데, 어쩌라고요? 심장 떨려서 넥타이를 제대로 맬 수 있을지 모르겠다고요!

하지만 사실 그녀는 이 어색한 침묵을 그가 먼저 깨줘서 고맙다 생각하고 있었다. 흘깃, 고양이 같은 눈을 하고 비산을 잠시 흘겨본 소윤이 결국은 넥타이를 받아 들었다.

"……."

큰 키의 비산이 고개를 숙이자, 그의 숨이 소윤의 목덜미에 와 닿는다. 전과 다르게 그의 숨결이 간지럽다 느껴져서 소윤은 한쪽 눈을 찡긋, 감으며 얼른 비산의 목에 넥타이 끈을 둘렀다.

"바로…… 서봐요."

그제야 비산이 고개를 들어 바로 섰다. 오늘 대체 왜 이러는 거야. 조금 전, 시집오라는 그 말 때문인지, 자꾸만 쌤을 의식하게 된다. 물론 시답잖은 농담인 게 분명하단 걸 알지만, 그래도…….

기대하게 되잖아요. 0.1%라도 쌤의 진심이 녹아 있을 것만 같아서.

그런 생각들 때문인지, 긴장된 손 탓에 넥타이가 평소처럼 예쁘게 매어지지 않았다.

'왜 이러지……?'

조금은 곤란한 표정을 지으며 넥타이의 매무새를 다듬던 소윤의 손을 문득, 비산이 잡아 쥐었다.

"많이…… 떨려?"

"……네?"

"면접 말이야."

"아아…….."

그게 아니라고요, 쌤. 면접은 생각도 안 하고 있었어요. 쌤 얼굴이 너무 가까우니까. 그런 진지한 표정으로 자꾸만 날 보니까. 아까 쌤이 한 말이 내 심장을 자꾸 쿡쿡 찌르는 바람에……. 게다가 지금도 이 손…….

소윤은 차마 할 수 없는 말을 삼키며 비산을 올려다봤다. 그윽한 눈길로 줄곧 소윤의 얼굴을 바라보던 비산의 그 짙은 눈과 마주친 순간.

"……!"

소윤이 믿을 수 없다는 듯, 퉁방울만 하게 커진 눈을 천천히 끔뻑였다.

"쌤……?"

일순 자신을 당겨 안은 그 손에는 힘이 잔뜩 들어가 있다.

'쌤이…… 안은 거야? 나…… 를?'

온몸으로 전해지는 온기, 숨 쉴 때마다 느릿하게 들썩이는 가슴, 쌤의 넓은 어깨…… 모두가 너무 생경한 것이라 입을 말아 다문 채로 소윤은 마른 숨을 꿀꺽 넘겼다.

두근. 두근. 비산의 가슴에서 심장이 고동치는 소리가 들려왔다. 하지만 소윤은 그 순간, 비산의 괴로운 듯한 얼굴을 보지 못했다.

힘든 듯 일그러지는 그의 반듯한 눈썹을. 단단히 다물어지는 그의 입매를 ……볼 수가 없었다.

"잘하라고, 인마!"

아직 정신을 제대로 챙기지 못한 소윤을 제 몸에서 떼어내며, 비산은 싱긋, 웃는다. 소윤을 당겨 안았을 때의 복잡한 표정은 온데간데없이, 그는 눈을 초승달처럼 휘며 장난스럽게 웃어 보였다.

하지만 그런 사실을 알 리 없는 소윤은 피가 마르고 정신이 혼미해지는 것 같아서…… 깊은 한숨만 내쉴 뿐이었다.

비산이 회사로 출근하고 2시간이 흐른 뒤에야 소윤은 오피스텔을 나섰다. 11시로 예정된 면접 시간에는 아직 한참을 못 미치는 시간이었기에, 소윤은 엘리베이터를 타고 내려오며 여유롭게 옷매무새를 다듬었다.

어쩐지 예감이 좋다. 쌤이 전부터 걱정하지 말라고 하도 세뇌를 시켜서 그런지, 소윤은 잘될 거라는 희한하리만치 확고한 믿음이 있었다. 그리고 그 믿음은 믿기 어렵지만 현실이 되었고…….

"기업의 이익과 개인의 양심이 반할 때, 당신은 둘 중 어떤 것을 선택할 것입니까?"

토씨 하나 다르지 않은 그 질문에, 소윤의 입이 작게 벌어졌다 다물렸다. 정말이지 똑같았다. 비산이 줬던 예상 문제지의 질문과 말이다. 면접관들 앞에서 연신 입이 찢어져라 미스코리아 미소를 짓고 있던 소윤이 일순 머릿속을 정리하며 입을 열었다.

"저는…… 개인의 양심을 선택하겠습니다. 사회적 도의와 통념을 거스른 채 기업의 이익에만 치중한다면, 장기적으로 봤을 때 결국 기업은 사회적 신뢰를 잃게 됩니다. 기업과 사회는 떼려야 뗄 수 없는 연결고리로 이어져 있으므로, 신뢰가 깨어지는 순간 기업 또한 사회로부터 외면당하게 될 것은 당연한 결과라고 생각되어집니다. 그러므로 저는 기업 이전에 한 개인으로서 도덕적 통념을 준용해야 한다고 생각합니다."

일주일 동안 외우고 외웠던 문장이라 마치 입에 달린 말처럼 술술 잘도 나왔다. 소윤의 답이 만족스러웠든지, 면접관이 연신 고개를 끄덕이자 그제야 소윤은 마음을 놓았다.

'정말로 운이 좋았어!'

설마설마했는데 예상 문제지에 있던 질문이 정확히 나왔다. 혹시나 몰라서 인터넷을 뒤져 면접에 자주 나오는 질문들까지 숙지했는데, 그럴 필요가 없었다.

속으로 '우리 쌤 짱 멋있어!'를 외치며 들뜨는 기분을 애써 진정시키던 소윤은 다른 면접자들의 대답을 들으며 시종일관 미소를 잃지 않았다. 하지만 운이 좋았다는 건, 소윤의 착각이었다.

'한소윤입니다. 한. 소. 윤.'

아침 일찍 이번 면접을 맡은 권 상무를 불러낸 비산이 또박또박 소윤의 이름을 그의 뇌에 선명하게 새겨주었다. 면접관의 질문 목록에서 비산이 질문들을 뽑아다가 자신에게 준 거라고 소윤은 생각했지만, 그것 역시 사실과는 달랐다. 정확히 말하면, 비산이 질문을 '콕' 찍어준 거였다.

'한소윤 지원자에게는 이 질문만 해요. 아셨죠?'

싸늘한 말투로, 결코 거역할 수 없도록 나직이 뱉어내는 그 말에, 권 상무는 형광펜으로 질문지에 밑줄을 좍악 그을 수밖에 없었다. 바신의 지시대로 권 상무는 비산이 직접 지목한 질문을 소윤에게 했고, 비산의 각본대로 그녀는 그 질문에 완벽에 가까운 이상적인 답을 내어놓았다.

나흘 후에 나오는 결과는 불을 보듯 뻔하다.

[쌤 어디예요? 나 면접 다 끝났는데, 같이 점심 먹을래요?]

바쁠지도 모르겠다는 생각은 했다. 그러나 '바빠'라는 짧디짧은 답장은 소윤에게 충격적이기까지 했다.

하지만 그마저도 임원회의 중에 눈을 굴려가며 보낸 문자라는 사실을 소윤은 알지 못했다. 일부 눈치 빠른 임원들은 회의 중에는 절대 딴짓을 하지 않는 비산이 휴대폰을 만지작거리는 모습에 잠시 수군거리기도 했을 정도였으니까.

그런 사실을 알 리 없는 소윤은 입을 삐죽이 내밀었다.

쌤 덕분이라고…… 고맙다고 말하고 싶었는데.

"아쉽다."

본사 건물을 막 나선 소윤이 하늘을 올려다봤다. 참 맑기도 하지. 바람도 살랑살랑 부는 게, 어쩐지 이대로 그냥 집에 들어가기에는 많이 아쉽다는 생각을 하고 있을 때였다.

"저기요."

누구 목소리인지, 목소리 한번 참~ 잘생겼네, 하며 소윤은 무심결에 뒤를 돌아봤다.

"한소윤 씨죠?"

그 목소리가 향한 대상이 자신이라는 사실을 깨닫곤 적잖이 당황한 표정을 지을 수밖에.

"저…… 요?"

"네. 반가워요. '이건후'라고 합니다."

반듯한 눈썹 아래로 보이는 남자의 눈은 희한하게도 신뢰가 갔다. 좋은 가정환경에서 구김살 없이 자란 듯한 얼굴이랄까? 우뚝한 콧대며 시원시원한 입매며, 어디 하나 모자란 것 없는 그 잘생긴 얼굴은 참으로…… 서글서글하고 바른 이미지였으니까.

자신을 이건후라고 소개한 남자는 소윤의 앞으로 손을 내밀었다. 눈앞의 손을 보며 저도 모르게 '손가락 한번 길다.'라고 생각했던 소윤이 얼른 쓸데없는 생각을 물리치곤 그의 손을 맞잡았다.

일단 악수를 하긴 하는데…… 어떻게 내 이름을 알지?

"아. 근데 누구……?"

어리둥절한 표정으로 묻는 소윤이 적잖이 당황스러웠는지 건후가 머리를 긁적이며 웃었다.

"아, 아까 면접 같이 봤던……."

심지어 같은 그룹이었단다. 소윤 다음으로 면접을 잘 봤기 때문에 당연히 자신을 기억할 거라고 생각했었는데 오산이었나 보다.

"아, 죄송해요. 제가 좀 정신이 없어서……."

"괜찮습니다. 그럴 수도 있죠. 저기…… 면접도 끝났고, 배도 고

픈데…… 같이 점심식사 하실래요?"

멀뚱한 눈을 끔뻑이던 소윤은 '갑시다!' 하는 그의 밝은 목소리에 하릴없이 픽, 웃고 말았다.

거참…… 넉살 좋은 사람이네.

[집에 잘 갔어? 난 이제 회의 끝나고 나왔어.]

문자를 몇 번이나 지웠다가 다시 쓴 게 결국 이거였다. 생각보다 길어진 회의 때문에 비산은 쉴 틈도 없이 곧장 산호건설 부사장과의 오찬약속 장소로 이동 중이었는데, 아무래도 소윤의 얼굴을 못 본 게 내심 속이 상했다.

'지금쯤 집에서 또 열심히 청소나 하고 있겠지.'

혼자 집으로 향했을 소윤을 생각하니 회의 중에 보냈던 짧은 문자가 마음에 걸렸다. 이왕 딴짓하는 거, 조금 더 성의 있게 보낼 걸, 싶었으니까. 괜한 아쉬움에 비산이 창밖으로 무심하게 시선을 던졌다. 그런데.

"……!"

무언가를 발견하고 굳어진 비산의 얼굴은 일순 당혹감으로 가득 차오른다.

'한소윤?'

분명 한소윤이다. 낯선 남자와 나란히 걸으며…… 웃고 있는…….

"잠깐……!"

저도 모르게 입 밖으로 새어 나온 말에 놀란 건 차를 몰던 기사가 아닌 비산 그 자신이었다.

"이사님. 차 세울까요?"

룸미러로 그의 창백해진 얼굴을 확인한 기사가 말했지만.

"아, 아니…… 가지."

지체할 수는 없었다. 산호 건설과 동아 스틸스의 합병을 논의하는 중요한 오찬이었으니까. 하지만 차라리 그때 내리는 게 나았을 뻔했다. 오찬 내도록 비산의 머릿속은 온통 남자와 나란히 걷는, 게다가 환하게 웃고 있기까지 했던…… 소윤에 대한 생각으로, 엉망진창이었으니까.

3. 좋아해도...... 돼요?

달칵. 삐리릭.

문이 걸리는 소리가 등 뒤에서 들려왔다. 비산은 현관에 가지런히 놓인 소윤의 구두를 가만, 내려다봤다.

"쌤 왔어요?"

어쩐지 오늘따라 더 밝은 그녀의 목소리가 신경에 거슬렸다. 차갑기만 한 눈이, 현관 앞으로 달려오는 소윤에게로 천천히 움직였다.

"나 있죠, 오늘~"

면접 너무 잘 봤다고, 다 쌤 덕분이라고 말하려고 했었다.

"......?"

하지만 소윤은 어쩐지 다른 사람처럼 느껴지는 비산의 눈빛에 순간 몸을 움찔, 떨 수밖에 없었다.

"쌤…… 무슨 일…… 있어요?"

단 한 번도 보지 못했던 표정이었다. 아니, 자신이 알고 있는 비산이라면 절대로 지을 수 없을 것 같은 표정이었다.

"……."

소름 끼치도록 싸늘한 눈빛은 아무 말 없이 가만, 소윤을 응시했다.

"쌤……?"

도대체 무슨 일이 생긴 거예요? 나 너무 불안해요. 그런 얼굴 한 적…… 없잖아요?

불현듯, 아버지가 돌아가셨다는 소식을 들었을 때의 그 처참한 기분이 떠올랐다.

하지 마요. 그런 표정으로 그런 얼굴로 날 보지 마요. 무섭잖아.

알 수 없는 두려움이 온몸을 감아오자 소윤은 주춤, 한 발짝 뒤로 물러섰다. 그리고 그 발걸음을 따라, 비산이 한 발 앞으로 내딛나 싶더니.

"……?"

피할 새도 없이, 비산이 소윤의 가녀린 양어깨를 잡아 쥐었다.

"……쌤?"

"……."

어째서……. 어째서 이렇게 괴로운 거지?

왜 나는 아무것도 아닌 일을 아무렇지 않게 넘길 수가 없는 거야……?

그저, 누군가와 걸으며 이야기를 나눴을 뿐이다. 그런데도 나는…….

소윤의 어깨를 쥔 비산의 손이 바르르 떨렸다.

"나는……."

그녀의 웃는 얼굴을 보는 순간 무서웠다. 내가 유일하게 읽을 수 있는 너의 얼굴이…… 내가 아닌 다른 사람을 향해 웃고 있다는 사실이, 너무나 무섭고 화가 나서…….

그 순간…… 견딜 수가 없었어.

분노와 괴로움이 뒤섞인 비산의 눈이 건드리면 당장이라도 깨질 것처럼 파르르 떨며, 소윤을 바라봤다. 올려다보는 눈은 마치 야수 앞에 놓인 사슴처럼, 두려움이 배어 있었다.

"……."

고통스러웠다. 소윤의 두려움을 알아본다는 것은.

딸만 셋이던 영업팀 한 과장이 해고 소식을 듣고 자신에게 울며불며 매달릴 때에도, 아무것도 느껴지지 않았다.

그가 흘리는 눈물을 보고서야 그가 울고 있다는 단편적인 사실만 이해할 수 있을 뿐이었다.

그런데 소윤은……. 눈물을 흘리지 않아도. 얼굴을 일그러뜨리지 않아도. 자신을 올려다보는 그 투명한 눈망울만으로도 그녀가 느끼는 두려움을 오롯이 느낄 수 있었다.

5년 전, 처음 저를 보고 웃는 소윤의 미소를 그가 읽어냈을 때, 망치로 머리를 한대 얻어맞은 기분이었었다. 그는 타인의 감정을 읽을 수 없는 자신의 증상이 나아가는 줄로만 알았다. 하지만 아니었다. 어느 누구를 만나도, 그는 상대의 얼굴이 어떤 감정을 드러내고 있는지를 읽어내지 못했다. 그저 어리고 순수한 학생일 뿐인 소윤이를, 그래서 자꾸만 찾아갔었다. 자신 역시, 감정을 느낄 수 있는 인간이라는 사실을 확인받기 위해서.

그런데 지금, 자신이 유일하게 읽을 수 있는 그 얼굴에서 두려움만이 오롯이 느껴졌다.

작은 어깨를 꽈악 쥐어 잡았던 손에서 천천히 힘이 빠졌다. 어떤 순간에도 이성적인 자신은, 이상하게 소윤의 앞에서만은…… 감정적으로 변한다. 그리고 그것은 비산에게…… 너무나도 생경한 것이었다.

"쌤…… 왜 그래요, 진짜?"

"……."

무슨 말을 해야 할까? 네가 낯선 남자의 옆에서 웃었다는 사실 하나만으로…… 이렇게 화가 나서 미치겠는 자신을…….

나는…… 어떻게 설명해야 할까?

"그냥……."

"……?"

"안 좋은 일이…… 있어서……."

비산은 그렇게 둘러댈 수밖에 없었다.

"무슨 일인데요……?"

도대체 얼마나 안 좋은 일이기에.

여전히 믿을 수 없다는 듯한 얼굴로, 소윤이 비산의 얼굴을 가만 살폈다. 항상 그 잘생긴 얼굴은, 그에 너무나도 잘 어울리는 부드러운 미소를 품은 채였다. 하지만…… 아까 보았던 그 표정은……. 소윤의 상상력을 총동원하더라도 감히 상상조차 할 수 없었던 얼굴이라서.

"괜찮아요?"

걱정되잖아요. 오늘 회사에서 무슨 일 있었던 거예요?

어쩐지 물어보면 안 될 것 같아서, 그의 치부를 캐묻는 것만 같아 소윤은 그저 괜찮냐고만 물었다. 그녀의 어깨를 쥔 손을 겨우 떼어낸 비산은 애써 입꼬리를 들어 올릴 수밖에.

"응…… 괜찮아."

괜찮지 않아.

생각했던 것보다 훨씬 더…… 괜찮지 않아, 소윤아.

미친 사람이 된 것만 같았다. 나 자신을 컨트롤할 수 없을 만큼 감정에 온전하게 지배되었었다. 자신에게 감정이라는 것이 없다고 해도 이상할 게 없을 정도로 저는 메마른 사람이었는데.

정의를 내릴 수 없는 오묘한 감정이 그를 뒤덮자, 비산은 눈썹을 일그러뜨렸다. 불편했다. 감정을 느낀다는 것은 이렇게나 불편한 거구나.

"그만…… 들어가."

보지 않는 편이 낫겠다. 너를 보고 있으면 아까의 그 미소가 머리에 자꾸만 떠올라. 내가 아닌 다른 사람을 향한 그 어여쁜 미소가 말이야. 그래서 자꾸만 괴로워.

"피곤하다."

작게 일그러지는 그의 얼굴을 소윤은 놓치지 않았다.

"저기…… 쌤."

자신을 비껴 방으로 가려던 비산의 소매 자락 끝을 그녀가 슬며시 잡았다.

"……?"

내려다보는 그 눈이 유독 깊다고 느껴진 건, 기분 탓이었을까?

그 암갈색 눈이 제 소맷자락을 쥐고 있는 소윤의 손끝을 힘없이
바라봤다.

"······?"

그리고 천천히, 그의 시선이 소윤의 시선을 찾아, 올라갔다.

"걱정······ 되잖아요. 진짜······ 괜찮은 거예요?"

"······."

세상 유일하게 그가 알아볼 수 있는 미소라 그런지도 모른다.
그래서 이렇게 집착하는지도.

"너무 예쁘게······ 웃지 마."

"······."

소윤의 눈이 살풋, 커졌다. 그의 말이 무슨 뜻인지 이해가 잘 가
지 않았지만, 어쩐지 심장이 팔딱이기 시작했다.

너무 예쁘게 웃지 마······? 도대체 그게 무슨 말이에요? 예쁘다
는 말이에요? 아니면 보기 싫다는 말이에요? 쌤이나 그런 헷갈리
는 말······ 하지 마요.

방으로 무거운 걸음을 옮기는 비산의 뒷모습을 가만 눈에 담았
다.

'너무 예쁘게······ 웃지 마.'

그 짙은 목소리가 자꾸만 곁을 돌아, 소윤은 애타는 속을 달래
듯 아랫입술을 잘근 물었다.

"안녕하십니까? 한소윤입니다!"

허리를 90도로 숙여 깍듯이 인사하는 소윤의 목소리에는 활기
가 넘쳤다. 산호그룹 홍보부 소셜미디어팀의 사무실. 3명의 직원

들이 각자 자신의 자리에 앉아서 새로 들어온 신입을 관찰하느라 여념이 없었다. 바로 옆 홍보1팀 사무실에서도 연신 새로 입사한 신입을 힐긋거렸다. 개중에는 제법 예쁘장하고 귀엽게 생긴 소윤을 마음에 들어 하는 남자 직원이 있는 반면, 못마땅하게 눈을 흘기는 노처녀 직원들도 있었다.

그녀는 그런 시선들을 받으며 다짐했다. 비산에게 절대 누가 되지 않게 하겠다고.

"소윤 씨, 저기가 소윤 씨 자리예요. 이쪽은 소윤 씨 사수 송도준 대리."

팀장님이 가리킨 송도준이라는 사람은 무언가에 열중하느라 소개를 하는 와중에도 고개를 돌리지 않았다.

하지만 분명한 건, 우와~ 소리가 나올 정도로 잘생긴 옆얼굴이라는 것.

코로 회도 뜰 수 있겠다. 무슨 코가 예술작품 같아.

저도 모르게 모나리자의 미소를 감상하듯 사수의 코를 감상하느라, 소윤은 자신의 입이 살짝 벌어졌는지도 알아채지 못했는데.

"반가워요."

도준이 일을 마무리 지은 듯 고개를 비스듬히 틀어 인사를 하자, 이번에는 속 쌍꺼풀이 진, 의외로 예쁜 눈과 마주치고 말았다.

"반갑습니다!"

"우리 송도준 씨 참~ 잘생겼지?"

팀장이 호호호 웃으며 도준의 어깨에 슬쩍 손을 올렸다.

차마 대답을 못하고 하하하, 겸연쩍게 웃는 소윤의 웃음이 어색하기 짝이 없어서였을까.

"야, 신입. 어디서 이 보이고 웃어?"

"······?"

방금까지 존대를 하며 부드럽게 인사하던 도준이, 정색을 하며 소윤을 올려다봤다. 너무 생각지도 못한 말이라서, 제 귀를 의심하는 듯한 표정으로 그녀가 되물었다. '······예?' 하고 말이다.

정말로 까맣게 몰랐다. 송도준이 자신의 사수를 맡은 순간, 지옥문이 예쁘장하게 열렸다는 사실을.

"한소윤!"

"네!"

저승사자의 부름이 이보다 더 소름 끼칠까? 오늘이 벌써 몇 번째인지 모르겠다. 생긴 건 번지르르하게 생겨서는 입만 열면 악이다. 송도준 저 인간.

"너 일 똑바로 못해? 편집본 사이즈 확인하라고 했어, 안 했어?"

"아······."

"너 도대체 어떻게 입사한 거야? 너 어디 빽이라도 있냐?"

"······."

사실은 있어요. 높으신 분 비서로 계시는 우리 잘생긴 비산 쌤이 빽이라면 빽인데······.

지금 상황에 티끌만큼도 도움 되지 않는 생각을 속으로 하면서, 소윤은 주먹을 꼬옥 말아 쥐었다.

어쩐지 눈물이 핑 돌았다. 어찌 된 게 송도준이 불렀다 하면 욕을 먹는다. 뭘 가르치고나 욕을 하지.

"SNS가 뭐야?"

"······예?"

"뭐의 약자냐고?"

"아…… 그게 저…… 소셜…… 네트워크……?"

"소셜 디스플레이와 소셜 네이티브광고의 차이점은 뭐야?"

"……."

꿀 먹은 벙어리가 왜 꿀 먹은 벙어리인지 알 것 같았다. 도무지 입이 달라붙어 떨어지질 않는다. 뭘 알아야 말을 하지. 광고 쪽으로는 문외한인 내가 뭘 알겠어? 대리님이 하시는 말씀 도통 못 알아먹겠다고요. 회사에 입사한 줄 알았는데 이곳이 군대였나 보다.

바짝 군기가 잡힌 얼굴로 소윤이 꼴깍, 마른침을 넘겼다.

"……하!"

소윤이 대답을 못하고 절절 매자, 도준의 입술 사이로, 기가 찬다는 듯 헛바람이 나왔다. 그와 동시에 소윤의 몸에서도 바람이 빠져나가는 듯 맥이 탁 하고 풀렸다.

"저…… 송 대리. 그렇게 잡으면 당황해서 더 못 해. 적당히 해."

보다 못한 허미리 팀장이 어색하게 웃으며 도준을 말렸다. 오늘이 벌써 다섯 번째던가. 도준이 유난히 독하게 구는 건지, 아니면 소윤이 유난히 모르는 건지 조금 헷갈렸지만, 거의 괴롭히는 수준으로 신입을 굴리는 도준의 행동이, 오늘따라 좀 유별나다 싶었다.

"가라."

작게 한숨을 쉬며 고개를 절레절레 젓는 도준의 얼굴에 소윤은 정말이지 눈물이 왈칵 쏟아질 것 같았다. 느릿한 동작으로 허리를 한 번 꾸벅, 숙이고는 뒤돌아 제자리로 갔다. 자리에 앉기 무섭게 눈에서 뚝 떨어지는 눈물을, 누가 볼세라 얼른 훔쳤다.

코끝이 시큰댄다. 잘해야지. 쌤한테 보답할 거야. 잘해서, 열심히 해서. 쌤한테 자랑스러운 한소윤이 될 거야.

모니터 앞에 앉아, 아까 허 팀장님으로부터 받은 SNS마케팅 용어 정리사본을 들여다봤다.

'내가 오늘…… 이거 밤을 새워서라도 다 외운다!'

악이 받쳤다.

신입이 왜 신입인데? 이제 갓 들어왔으니까 신입이지! 근데! 신입한테 뭘 그렇게 많이 바라? 두고 봐라 송도준! 내가 네 그 곱상한 입술을 확! 막아버릴 테니까!

비산은 방금 사무실로 들어온 조 실장으로부터 은밀한 보고를 받고 있는 참이었다.

"윈즈텍이란 회사, 알아낸 게 있나?"

"그게…… 베시티오와 마찬가지로 중간에 연락책을 끼워놔서……."

"직접 연락을 할 수 없다……?"

"예."

"역시 뭔가 켕기는 게 있는 거군."

"계속…… 조사를 해볼까요?"

"나올 때까지, 조사해."

"……예."

"분명 윈즈텍이란 회사에 대해 알고 있는 사람이 있을 거야."

"만약에 찾지 못하면요?"

"미끼를 던져야지. 구미가 당길 만한."

"……알겠습니다."

"가봐."

"예."

한소윤의 아버지를 죽음으로 몰았던 J바이온의 2대 주주 베스티오. 그리고 회생 개시를 의도적으로 방해하고 있는 윈즈텍. 분명이 두 회사는 연관성이 있을 것이었다.

책상을 두드리는 손끝에 힘이 들어갔다.

강비산을 인간답게 만들어준 한진운 교수와 그의 딸 한소윤. 그들과 함께 있으면서 처음으로 행복하다는 생각을 했었다. 가진 것 따위 없어도, 먹고 자는 게 설사 불편하다 해도. 가난한 대학생이었던 그 시절이 비산은 정말로 행복했었다. 그래서…… 두 사람을 지켜내기 위해 그들을 떠나야 했을 때, 비산은 얼마나 괴로웠는지 모른다. 그리고 지금, 그 모든 노력에도 불구하고 결국 그들을 지켜내지 못했다는 사실에 비산은 그때보다도 훨씬 더 아프고 괴로웠다. 비산은 턱을 악다물며 독하게 다짐했다. 두 사람을 건드린 자가 누구인지 꼭 밝혀내서 갈가리 찢어버리고 말겠다고. 그게 설사 아버지라 해도 말이다.

싸늘하게 가라앉은 비산의 표정에는 아무것도 보이지 않았다. 그 어떤 감정도 느껴지지 않았다. 그래서 더 무서웠다. 허공을 응시하는 그 무감각한 얼굴이.

[그린 레스토랑 알지? 거기 앞에 차 대놓고 있을 테니까, 나와.]

저녁 7시가 조금 넘은 시각, 비산으로부터 메시지가 왔다.

[쌤. 아직 다들 퇴근 안 하셔서…… 먼저 가세요. 저 알아서 갈게요.]

오늘은 높으신 분이 일찍 퇴근하셨나 보다. 쌤이 일찍 퇴근하는 걸 보니.

띠링.

다시 비산에게서 답장이 왔다.

[그럼 나올 때 전화라도 해.]

[네. 먼저 가세요.]

같이 가면 좋을 테지만 신입이 먼저 일어설 수 있나. 아는 게 없어서 할 일은 그닥 없었지만, 상사가 일어날 때까지 눈치만 볼 수밖에 없는 게 신입의 운명. 그렇지만 속상하지 않았다. 열심히 해야지. 인정받아야지. 소윤은 이 생각으로 가득했으니까.

어릴 때부터 손이 야무지다는 소리를 귀에 달고 살았다. 밥이며 청소며, 어느 것 하나 허투루 하는 법이 없던 그녀다. 소윤은 당장 할 일이 없자, 신입만이 할 수 있다는 허드렛일을 눈으로 찾기 시작했다.

"이거 치워드릴게요."

사무실을 한 바퀴 돌면서 책상 위에 놓여진 쓰레기들과 비워진 머그컵을 수거해서 정리했다. 도준의 책상은 죽어도 손대기 싫었지만, 그게 또 감정대로 다 하고 살 수 있나.

소윤은 약간은 가식적인 눈웃음을 지으며 도준의 책상 위에 있는 구겨진 A4용지를 집어 들었다.

"이거 파지기에 넣으면 되죠?"

하지만 도준은 소윤이 집어든 종이 끝을 움켜쥐었다.

"됐어. 내가 할게."

"아닙니다. 제가 할게요."

"됐다니까."

"아닙니다. 제가 해드리고 싶어서 그럽니다."

도준이 가만, 소윤을 올려다봤다. 제법 싱그러운 미소가 도준의 눈에 들어왔다. 절대로 놓지 않겠다는 듯 종이를 꼭 쥐어 끝이 하얘진 손가락도.

도준이 피식, 하고 웃으며 쥐었던 종이 끝을 놓아주었다.

'헐, 지금 이 인간 웃은 거야?'

겉으로 티 내지 않았지만 소윤은 속으로 제법 놀란 참이었다. 악으로 깡으로 신입을 괴롭히던 송 대리가, 웃을 줄이야.

오늘 하루 이 인간 때문에 너무 굴러먹어서 그런지, 그 웃음 하나에 어안이 벙벙해졌다.

"뭐 해? 멍하니 서서?"

"아, 네!"

그제야 넋을 놓고 있던 소윤이 정신을 챙겨 사무실을 나섰다. 양손엔 쓰레기를 가득 들고.

"소윤 씨 제법 싹싹하니 마음에 들지 않아요?"

소윤보다 3살 많은 윤혜영 대리가 웃으며 말했다.

"그러네. 나는 마음에 드는데~ 우리 송 대리가 못 잡아먹어 저 난리니."

허미리 팀장이 웃음을 흘리며 도준을 흘겼다. 소셜미디어팀, 아니 홍보부를 통 털어서 제일가는 워커홀릭이 바로 송도준이었다.

그런 도준의 눈에 광고의 'ㄱ' 자도 모르는 소윤이 마뜩잖을 수밖에.

"소윤 씨 오면, 퇴근들 합시다!"

"팀장님, 신입도 왔는데 회식 안 해요?"

"기획서 두 개 마무리하고 합시다."

윤혜영 대리의 회식하자는 말을 칼같이 잘라낸 사람 역시 허 팀장이 아닌 송 대리였다.

"하여튼 일벌레야, 송 대리. 어이, 송도준 씨! 연애 좀 해! 일이랑 결혼했어? 그 잘생긴 얼굴 아깝게 왜 그렇게 살아?"

안타깝다는 듯, 허 팀장이 말했지만, 도준은 아무런 대꾸도 없이 모니터만 들여다볼 뿐이었다.

빵!

갑자기 들려온 클랙슨 소리에 지하철역으로 걸어가던 소윤이 흠칫, 놀라 몸을 돌렸다.

"어?"

소리가 난 쪽에 세워져 있는 삐까뻔쩍 외제차. 꼭 비산 쌤의 차 같은데?

조심조심, 다가간 소윤이 차창 안으로 보이는 비산의 얼굴을 발견하고는 눈을 동그랗게 떴다.

"쌤? 안 간 거예요?"

"아, 갔다가 일이 있어서 잠깐 나왔어."

거짓말이었다. 2시간 동안 여기서 기다렸다고 말하면 이상하게 생각할까 봐서.

"타."

"히힛! 네!"

보고 싶었어. 소윤아. 왠지 모르겠는데. 보고 싶었어. 촐랑거리는 강아지 같은 네 모습이, 오늘따라 유난히 더 보고 싶더라.

소윤이 조수석에 얼른 올라타 벨트를 맸다.

"오늘…… 괜찮았어?"

"아…… 네, 뭐. 좋았어요!"

괜히 걱정할까 봐, 소윤은 자신의 사수가 성격파탄자라는 사실을 이야기를 하지 않았다.

"다행이다."

"다 쌤 덕분이에요."

생글생글. 소윤이 웃었다.

깊어진 눈이 가득, 소윤의 그 예쁜 웃음을 담았다.

그녀가 웃는다. 그 웃음은 가슴이 아릴 정도로 선명하게도 읽혔다. 비산의 짙어진 눈이 그녀의 미소를 따라 조금씩 흔들렸다.

'나는 너의 그 웃음을 다른 사람에게 줄 수 있을까?'

하지만 안타깝게도 문득 들어온 그 질문의 답을 비산은 이미 알고 있었다.

싫어. 절대로 주기 싫어.

마음 깊은 곳에서부터 메아리처럼 울려대는 그 목소리를 모를 리 없다. 하지만 문득, 비산은 궁금해졌다. 이것이 그저 유일하게 제가 알아볼 수 있는 웃음에 대한 욕심인 건지, 아니면 한소윤이라는 여자에 대한 욕심인 건지를. 자신의 집착이 정확히 무엇을 향해 있는지 알고 싶었다. 그래서 잠시, 미쳤었나 보다.

"확인…… 하고 싶어."

"네? 뭘요?"

비산의 눈동자가 빠르게 소윤의 두 눈동자를 번갈아 바라봤다.

"……?"

그 은밀한 요동에 소윤이 잠시 넋을 놓고 있는 사이 비산은 소윤의 눈에서 제 시선을 떼지 않은 채로, 그녀의 손끝을 잡아 쥐었다. 짧은 순간, 소윤에게 입을 맞추고 싶다는 생각도 했었다. 하지만 그건 절대로 돌이킬 수 없는 일 같아서……. 손가락 끝을 겨우 잡고 있던 그의 손은 천천히, 소윤의 손을 타고 기어올랐다. 그러더니 이윽고, 그 작은 손은 그의 손안으로 빨려 들어가 버렸다.

"뭐…… 예요."

그저 작은 음직임이었을 뿐이지만, 소윤은 마치 그가 제 몸 전체를 잡아 쥔 것 같은 느낌이 들었다. 온몸이 돌처럼 굳어, 움직일 수가 없다. 여전히 저를 바라보는 그의 깊은 눈은, 조금은 혼란스러워 보이기도 했다.

"……."

소윤의 생각대로, 비산은 지금 혼란스러웠다. 소윤의 보드라운 손을 잡자, 그녀의 몸을 당겨 안아보고 싶다는 충동이 들었기 때문이다. 아무런 느낌이 없을 줄 알았다. 그래서 그가 최근에 보인 집착이 그저 유일하게 읽을 수 있는 웃음에 대한 집착일 뿐이라고 결론 내려고 했는데.

비산은 놀란 얼굴로 저를 바라보는 소윤을 마주하다가 정신이 든 듯 눈을 깜빡였다. 그러고는 퍼뜩, 제 손안에 가득 들어찬 그녀의 손을 놔주었다.

"……미안."

소윤은 그가 대체 뭐가 미안하다는 건지 알 수 없었다. 그저, 제 앞에서 갈등하는 듯한 비산의 모습을 보며 무언가를 기대하고 있었던 것 같다.

확인하고 싶다던 그는 자신의 손끝을 지극히 조심스럽게 잡아당겼다. 무엇을 의미하는 걸까. 그의 이 행동이, 도대체 무엇을 의미하는 걸까.

어색한 침묵 속에서 눈을 굴리던 소윤은 결국은 다물렸던 입술을 뗐다.

"쌤……."

왜 그런 표정으로 날 바라보는 거예요? 왜 그런 손길로, 날 건드리는 건데요? 나 정말로 착각한다고요.

저 있잖아요…….

"쌤…… 좋아해도…… 돼요?"

쿵쾅쿵쾅 귓가에 연신 들려오는 소리가 너무 요란해서 정신이 잠깐 나가기라도 했나 보다. 비산의 눈이 파르르 떨리는 게 보였다. 놀란 듯 살짝 벌어진 그의 입도.

"……."

그는 아무 말도 할 수가 없었다.

벅차오르는 느낌은 분명히 기쁨인 것 같았지만, 그의 이성이 날카롭게 제동을 걸어왔다. 혼란스러웠다. 그저 혼란스럽기만 했다.

꼬옥 말아 쥔 그의 두 주먹에 힘이 들어갔다.

"소윤아……."

흔들리는 눈동자가 어찌해야 할 바를 모르고 소윤과 허공을 번갈아 왔다 갔다 했다.

나는 소윤아, 어쩌면 네가 세상에서 가장 증오해야 할 사람일지도 몰라. 어떤 이유에서인지 네 그 말에 가슴이 터질 것 같은 기분인데도…… 나는 차마 대답할 수 없어.

내가 사람이라면. 내게 남은 한 줌의 인간성을 포기하지 않으려면. 나는 너를……. 사랑할 수 없어.

"좋아하지 마. 상처만…… 받을 거야."

식어 내린 비산의 눈은 이젠 차창 밖을 향하고 있었다. 마치 갈곳을 잊은 것처럼, 그의 눈동자는 허공을 허우적거렸다.

"……."

마음을 다잡듯, 그는 속으로 읊조렸다. 이 마음…… 사랑이 아니야. ……아닐 거야.

"미안."

깊게 잠긴 목소리가 어딘지 애달팠다.

"아…….."

좋아해도 되냐고 묻는 순간, 소윤은 그 말을 뱉어낸 것을 후회했었지만…… 언뜻, 기대도 했던 것 같다. 그동안 비산이 제게 했던 은연중의 행동들과 방금 전 그가 잡았던 손. 그리고 그의 짙은 눈빛에 한편으론 착각도 했었으니까.

그래서일까. 밀려오는 실망감은 소윤이 생각했던 것보다 훨씬 더 밀도 높은 것이었다.

"알겠…… 어요. 저기 쌤, 방금 한 말 잊어주세요. 그냥 제가 잠깐 미쳐서……."

"아니야. 고마워. 그렇게…… 말해줘서."

하지만 그렇게 말하는 비산의 얼굴은 전혀 부드럽지가 않았다. 마치 뭔가에 화난 사람 같았으니까.

그 말이 쌤을 화나게 한 거예요? 좋아해도 되냐는 그 말이?

비산은 차를 출발시켰다. 무엇이든 해야 했다. 잘못하다간 제 속에 진심이 나올 것 같아서 겁이 났으니까.

운전에 집중하는 듯한 비산의 얼굴을 소윤은 물끄러미 바라봤다. 지쳐 보이는 그 표정에, 가슴이 무너져 내린다.

하지만…… 그래도…… 쌤이 좋아요. 좋아한다 생각해서 더 그런지 몰라도. 5년 전보다, 아니 어제보다, 아니, 1분 전보다 더…… 쌤이 좋아요.

울음이 날 것 같았지만, 소윤은 입을 앙다문 채, 차창 밖으로 시선을 돌렸다.

하지만 그 순간에. 핸들을 힘주어 쥔 비산의 손을 소윤은 미처 보지 못했다. 속이 울렁거렸다. 가슴에서 올라오는 알 수 없는 그 괴로움들에 잘했다 하면서도 밀물처럼 몰려오는 후회에.

너무…… 아파서. 비산은 어금니를 까득 물었다.

다음 날, 소윤은 여느 때와 마찬가지로 새벽같이 일어나 상을 차리고 있었다. 사실 새벽같이 일어났다는 표현은 맞지 않다. 밤새 뒤척이느라 잠을 제대로 자지 못했으니까.

후회하고, 후회하고, 또 후회했다.

그냥 혼자만 담아두면 좋았을 감정을, 왜 굳이 꺼내 이 사달을 냈을까. 쌤은 또 얼마나 곤란할까. 하루아침에 길바닥에 나앉은 제자가 불쌍해서 제 공간까지 기꺼이 내어줬는데, 그런 제자가 제게 음흉한 마음을 품었다는 걸 알았으니.

목덜미에 닿은 그 손길에, 내가 잠깐 미쳤나 보다. 꿈이었으면 좋겠다. 어제 일을 떠올리면 저절로 벽에 머리를 박고 싶어진다.

게다가, '좋아해도 되냐'니? '좋아해요'도 아니고. 그건 너무……
을(乙) 같은 멘트였어. 아니, 애초에 그런 말을 하는 게 아니었다
고!

차이고 난 후에 흔히들 하는 하잘것없는 후회들을 하면서도, 비
산이 일어나면 아무렇지 않은 듯 밝게 행동해야지! 하고 다짐에
다짐을 하는 그녀였다.

"일찍 일어…… 났네?"

하지만 정작 비산의 목소리가 등 뒤에서 들려오자 소윤은 온몸
이 시멘트라도 바른 것처럼 경직되는 걸 느끼곤 절망했다.

"씨, 씻고 오세요. 바, 밥 먹게."

아 진짜 이놈에 혀가 미쳤나, 왜 이렇게 더듬어? 소윤이 비산에
게서 돌아서며 인상을 휙, 구겼다. 어제부터 이 입은 왜 이리 제멋
대로야?

마음 같아서는 어제 미쳐서 지껄인 제 입에 지퍼라도 채우고 싶
었다.

"소윤아."

"……네?"

여느 때와 다름없는 나지막한 부름에 소윤은 경기를 일으키듯
놀라 돌아섰다.

"……."

그런 소윤을, 비산은 아무 말 없이 가만 바라봤다. 뜨거울 정도
로 짙은 시선으로.

문득, 비산은 한 교수님이 떠올랐다.

'약속하겠습니다. 교수님께 무슨 일 생기면, 그땐 소윤이 제가

꼭 책임지겠습니다.'

'많은 거 바라지 않아. 평범한 집에 시집가서 평범한 행복을 누리면, 그것으로 족하네. 무슨 말인지 알겠지?'

한 교수의 그 말은, 비산은 절대로 안 된다는 말이기도 했다.

"왜, 왜요……?"

소윤이 떠듬떠듬 물었다. 왜 불러요, 날. 어제 일 때문에 부끄러워서 쌤을 쳐다보고 있기가 힘들다고요.

"하아……."

하지만 비산은 대답 대신 고개를 떨어뜨리며 머리를 쓸어 올렸다. 그 모든 움직임은 갑갑함으로 가득 차 있는 것처럼 보였다.

"제가…… 괜한 소리 해서…… 부담스러우세요?"

"……."

비산은 목덜미를 쓸어낸 채, 떨어뜨린 고개를 들지 않았다.

아니. 그게 아니야.

미치겠어서. 어제의 대답이 천 번이고 만 번이고 후회돼서…….

그가 고개를 비틀며 다시 짙고 깊은 눈을 드러냈다.

소윤을 바라보는 그 타들어가는 시선이 그녀를 옭아맸다. 지독히도 뜨거운 그 시선에 그녀는 숨을 쉬는 것조차 조심스러워졌다.

"에이, 뭘 그런 걸로 부담스러워하구 그래요? 저 쿨해요! 쿨하게 포기! 그러니까 너무 신경……?"

신경 쓰지 말라고 하려 했다. 그런데, 할 수가 없다. 갑자기 다가온 비산의 손 때문에.

그의 기다란 손가락 끝이 소윤의 머리카락을 건드렸다. 그 느릿한 손길이 야릇하게 느껴져, 소윤은 어깨를 움츠렸다. 그녀의 맑은 눈 안으로, 비산의 얼굴이 가득 들어찼다.

어딘지 모르게, 괴로워 보이는 그의 얼굴이. 그의 눈이.

"……쌤?"

귓가에 닿은 손의 감촉이 간지러웠다.

왜 그래요? 한 번씩 그런 얼굴 하면 나는 어쩔 줄을 모르겠다고요.

놀라 커진 소윤의 눈을 가만 들여다보던 비산이, 어느 순간 괴로운 듯한 그 표정을 지우고는 슬그머니 웃었다. 꼭 억지로 웃는 것처럼.

"그렇다고 또 그렇게 금방 포기하면 쌤 섭하지?"

"……예?"

"나도 나중에 늙고 외로우면, 아쉬운 대로 너라도……."

"예에에?"

팔자주름을 잔뜩 세우며 소윤이 씩씩거리자 비산이 냉큼 꼬마에게 하듯이 그녀의 머리를 흩트렸다. 이렇게밖에 할 수가 없다.

이렇게 장난으로 넘기지 않으면, 나는 도저히…….

"나 씻고 나올 테니까, 나중에 넥타이 매줘."

"몰라요!"

소윤이 빽, 하고 목소리를 높였다.

흥칫뿡! 삐졌다고요 나! 아쉬운 대로라니! 그때까지 내가 쌤 좋아할 줄 알아요? 어림도 없다구요!

콧김을 뿜으며 입을 삐죽 내미는 소윤의 모습이 귀여워, 비산은 하하, 하고 웃으며 돌아섰다. 하지만.

돌아선 비산의 얼굴은 하릴없이 웃음기를 잃었다. 소윤의 머리카락을 만졌던 손을 들어 바라봤다.

'안 돼. 더는…… 안 돼.'

다잡아야 했다. 반드시…… 그렇게 해야만 한다.

오디오에서 흘러나오는 클래식 선율이 아니었다면, 차 안은 마른침을 넘기는 소리마저 들릴 만치 적막했다. 회사로 출근하는 길지 않은 시간이 마치 끝나지 않을 것처럼 길게도 느껴진다.

"……."

소윤은 다시금 후회가 몰려왔다.

'좋아해도…… 돼요?'

도대체 왜 그런 말을 한 걸까. 아마도 족히 1년은 이 후회에서 벗어나질 못할 것이 분명하다. 지금 쌤과 저 사이에 흐르는 적막도, 분명 그 때문이라고 소윤은 믿었다.

"저기……."

"……응?"

"저 이쯤에서 내려주세요."

"뭐? 여기 회사에서 너무 먼데?"

"이 근처에서 버스 타면 딱 세 정거장이에요."

다른 직원이라도 볼까 싶어 항상 회사에서 조금 거리를 두고 내려주곤 했는데, 이렇게 회사에서 먼 거리에 그녀를 내려준 적은 없었다. 비산이 미간을 좁혔다.

"그래도 조금 더 가서……."

"아뇨. 그냥 내릴래요."

소윤의 목소리에서 고집이 느껴졌다.

"……."

불편했다. 너무 불편해서, 소윤은 빨리 차에서 내리고 싶은 마음뿐이었다.

"그래……."

하는 수 없이 비산이 속도를 줄이며 차를 보도로 붙였다. 그가 사이드 브레이크를 밟아 눌렀다. 그러곤 물끄러미, 안전벨트를 푸는 소윤의 모습을 바라봤다.

가지지 못한 것도 괴로운데, 벗어나려는 그 몸짓이 느껴져서 한순간 울컥, 하고 가슴에서 무언가 솟구치는 기분이 들었다.

그래서 그랬나 보다. 그녀가 차량의 도어를 여는 순간.

"한소윤."

"……?"

이제 막 차량 밖으로 한쪽 발을 내밀었던 소윤이 뒤를 돌아봤다. 제 손목을 꽉 쥔, 그의 손이 제일 먼저 눈에 들어왔다.

그리고 천천히 시선을 들어 올리자 제 눈을 빤히 바라보는 그 가득한 눈빛이, 소윤의 숨을 일순간 멈추게 했다.

"쌤……?"

"……."

놓기 싫어. 이 손목도. 너도.

"쌤?"

한순간 그 생각에 사로잡혔던 비산은 재차 자신을 부르는 소윤의 목소리에 문득, 정신을 차렸다.

"아……."

소윤을 바라보던 짙은 눈이 순간 빛을 잃었다. 그리고 그녀의

지독하게 그리고 뜨겁게 93

손목을 단단히 틀어쥔 제 손으로 시선이 뚝 떨어졌다.

언제…… 붙잡은 거지.

"……."

저도 모르게 한 행동이었다. 그저, 내게서 등을 돌리는 네가 내 가슴을 아프게 찔러서.

"괜찮…… 아요?"

핏기가 사라진 비산의 얼굴을 올려다보며 소윤이 물었다.

무슨 생각으로 너를 붙잡은 걸까.

비산이 눈썹 앞머리를 일그러뜨렸다.

"그게, 그러니까…… 할 말이 있었는데…… 기억이 안 나네."

"아. 나중에 생각나면 말해줘요."

"그래……. 회사에서 봐."

"네."

소윤이 차에서 내려 차량 도어를 닫았다. 차가 출발하길 기다렸던 소윤은 먼저 가라 손짓하는 비산을 이기지 못하고 정류장 쪽으로 걸었다.

그가 제 손을 잡는 순간, 가슴이 훅, 내려앉았었다.

'쌤 탓도 있다고요.'

자꾸만 그런 행동을 서슴없이 하는 쌤 때문에, 자꾸만 오해하고 착각하잖아요. 한순간 그의 행동에 조금의 기대를 했던 자신이 원망스러웠다. 더 이상 기대 같은 거 하지 말자. 쌤은 저를 제자 그 이상, 그 이하로도 보지 않으니까.

"……."

하지만 그녀가 그렇게 생각하는 동안에도, 핸들에 엎드리듯 상체를 기댄 비산은, 눈을 들어 소윤의 뒷모습만 가만 바라보고 있었다.

"허 팀장, 나 부탁할 거 있는데~?"

근처에만 가도 홀아비 냄새를 폴폴 풍기는 고봉달 홍보1팀 팀장이 사무실로 얼굴을 빼꼼 내밀며 묘한 웃음을 지었다.

"뭔데요?"

"비품 좀 가져와야 하는데, 갈 사람이 없다."

고 팀장의 손에는 볼펜으로 휘갈겨 쓴 비품 목록이 들려 있었다. 아니꼬운 눈으로 목록을 흘긴 허미리 팀장이 다시 눈꼬리를 올리며 되물었다.

"그래서요?"

어쩌라고? 하는 그 눈빛에 잠시 움찔했던 고 팀장은 목소리를 흠, 흠 가다듬고는 달래듯 말을 잇는다.

"홍보1팀 홍보2팀 다들 너무 바빠서 가지러 갈 사람이 없어. 좀 봐주라?"

"아니, 우리는 뭐 놀고먹고 있는 줄 알아요?"

"에헤이~ 누가 그렇대? 소셜팀에 신입 들어왔잖아? 지금 딱히 중요한 업무도 하지 않을 텐데, 이런 일 할 사람 신입밖에 더 있어?"

능구렁이 같은 영감이 허미리 팀장을 팔꿈치로 툭, 건들며 싱글댔다.

"신입은 신입일 때 부려먹어야지. 머리 굵어지면 시키지도 못해."

그는 한 번 더 거절했다가는 몸에 달라붙기라도 할 기세였다.

미리는 더 이상 말을 섞고 싶지가 않아, 고 팀장의 손에 들린 목록을 빼앗듯 휙, 낚아챘다.

"고마워~"

싱글싱글 웃는 낯으로 고 팀장은 거북하기 짝이 없는 윙크까지 날린 후에야 홍보1팀으로 돌아갔다.

"아오 씨! 신생 부서라고 얕잡아보는 거야, 뭐야!"

씩씩대는 미리의 곁으로 총총 소윤이 다가가며 웃었다.

"화 푸세요. 제가 얼른! 총알같이 다녀올게요."

"아, 근데 뭐가 이렇게 많아? 소윤 씨 혼자 다 가져올 수 있겠어?"

"그럼요 제가……."

"제가 같이 다녀오겠습니다."

소윤의 말을 잘라먹고 끼어든 사람은 다름 아닌 도준이었다.

아니, 뭐, 그렇게 할 것까지야…….

악으로 깡으로 신입을 괴롭히는 송도준 대리님 제발 그냥 앉아 계세요!

소윤이 속으로 그렇게 외치든 말든, 도준은 미리에게서 목록을 받아 들고는 사무실 입구로 향했다.

"뭐 해? 안 오고?"

"예? 아…… 예!"

망연자실한 표정으로 그 자리에 얼어붙었던 소윤이 도준의 핀잔에야 조르르 달려갔다.

"송 대리 그렇게 안 봤는데…… 악취미가 있어. 애를 또 얼마나 굴리려고……."

사무실을 빠져나가는 두 사람을 보며, 미리가 어깨를 한 번 으쓱했다. 안타깝게도 그녀의 예상은 적중했다.

"Native Ad의 대표적인 특징은?"

내 이럴 줄 알았어. 이 인간 이러려고…….

소윤이 이를 뿌득 갈았다.

입 벌릴 준비하세요, 송 대리님. 내가 청산유수화법으로 모든 대답을 다해줄 테니까!

"광고인지 기사인지 언뜻 보면 파악하기 힘들다는 점입니다."

"LBA란?"

"위치기반광고입니다. 휴대폰에 탑재된 GPS를 기반으로 고객이 있는 장소에 적합한 맞춤형 광고요."

"제법이네."

제법 정도가 아니죠. 일취월장이란 말을 이럴 때 쓰는 겁니다, 송 대리님! 내가 쌤한테 까인 와중에도 밤을 새워 얼마나 열심히 공부했는데!

소윤은 턱을 좀 치켜들고 거드름을 피워보고 싶었지만, 도준의 빠른 걸음을 따라잡으려니 그럴 여유가 없었다.

"여기가 비품실이야."

신관 5층에 위치한 비품실은 복도 구석에 있어서, 혼자 왔더라면 아마도 한참을 헤맸을 것이 분명했다. 문을 열자 양쪽 진열대에 가득 들어찬 박스가 보였다. 도준은 비품 실로 들어서며 가져온 목록을 조용히 읊었다.

"33호 스템플러 심 5다스. D링 합지 바인더 다섯 개. A4용지 5000매짜리 두 박……."

"……?"

"더러운 새끼. 여자애한테 이 많은 걸 어떻게 다 가져오라고…….

그러면서 도준이 목록에 있는 물품들을 찾기 시작했다. 어쩐지 묘했다. 악을 쓰며 '신입!'을 외치던 그 입으로 자신을 가리켜 여자애라는 말을 썼다는 것 자체가, 신기하다고나 할까.

게다가 물품을 다 챙긴 다음에는 A4용지 두 박스와 바인더 5개를 혼자서 다 들겠다고 나섰다. 소윤에게 쥐여준 건 달랑 스템플러 심 5다스였다.

"대리님, 이거 무리예요. 박스 하나는 제가 들게요."

"됐어."

"저 보기보다 힘세요. 저 주세요."

"괜찮다니까."

"아니, 그래도……."

"신입. 너 자꾸 까불래?"

싸늘해진 도준의 눈빛에 소윤은 도와주겠다며 박스를 잡았던 손을 슬그머니 놓았다.

"이런 건 남자가 하는 거야."

"……."

"가서 엘리베이터 버튼이나 눌러."

"아…… 예."

알쏭달쏭한 사람이라는 생각이 들었다. 언젠 못 잡아먹어 난리더니, 이럴 때 보면 꽤나…… 괜찮아 보인단 말이지?

엘리베이터에 오른 소윤이 곁눈으로 도준을 가만, 바라봤다. 제법 잘생긴 옆얼굴이 전처럼 악독해 보이지 않은 이유는 뭘까?

'어쩌면 이 사람…… 그렇게 나쁜 사람이 아닐지도…… 몰라.'

방금 물을 한 모금 들이켰는데도, 어쩐지 갈증이 나는 것 같다.

조 실장으로부터 업무 보고를 받고 올라온 결재서류들을 들여다보며 평소와 다를 바 없는 일과를 보내고 있는데도 도저히 일에 집중을 할 수가 없었다. 결국엔 비산이 자리에서 일어섰다.

"어디 불편하신 겁니까?"

어쩐지 평소의 그답지 않은 비산을 보며 조 실장이 걱정스러운 듯 물었다.

"아니, 잠깐 바람 좀 쐬고 와야겠어."

"차, 대기시킬까요?"

"그럴 필요 없어. 따라오지 마."

이사실을 나서며 아침에 소윤이 정성껏 매어준 넥타이를 느슨하게 잡아당겼다.

갑갑하다. 갑갑해서…… 미치겠다.

'쌤…… 좋아해도…… 돼요?'

그 말이 자꾸만 머리를 맴돌았다. 왜 나는 내키는 대로 하지 못하는 걸까. 그깟 양심 애초에 없었잖아.

설사 아버지가 교수님을 죽음으로 본 장본인이라고 해도 모른 척하면 그만인 거잖아.

속에서 자꾸만 악한 생각이 스멀스멀 기어올라왔다. 죽은 사람과의 약속, 저버리면 그만이다. 하지만 정작 비산의 마음속에 턱, 하니 걸리는 건.

다름 아닌…… 소윤이었다.

그 말간 웃음과 맑디 맑은 눈이 내 양심에게 자꾸만 말을 걸어.

사람다워지라고. 너도…… 따뜻한 심장을 가져보라고.

그래서 괴로운 거야.

누군가를 아프게 한다는 것, 그따위 것이 내게 죄책감을 준 적은 단 한 번도 없어.

그런데 넌, 바라보는 것만으로 내게 죄책감을 주잖아. 너에 대한 욕구를 가지는 것만으로도 날 깊은 늪에 빠지게 만들잖아.

……보고 싶다.

이런저런 생각들 모두 차치하고서라도 그저 너를…… 보고 싶다.

그리고 그런 생각 속에서 빠져나왔을 때, 그는 자신이 소윤이 근무하는 홍보부 앞에 서 있다는 걸 깨달았다. 멍한 얼굴을 들어 올리자, 멀리서 걸어오는 소윤이 보였다.

"어? 이사님, 여긴 어쩐 일이십니까?"

호방하게 웃으며 홍보부 총괄부장인 서태윤 부장이 비산에게로 다가갔다. 들려온 목소리에 소윤이 제 쪽으로 시선을 옮기자 비산은 그녀에게 퍼뜩 등을 지고 섰다.

"그냥, 좀 둘러보려고 왔습니다."

대충 둘러대며 비산이 슬쩍 고개를 틀어 뒤를 흘겼다.

소윤이 보인다. 그리고 방싯, 하고 예쁘게 웃는 소윤의 시선 끝에, 짐을 들고 사무실로 들어서는 남자가 보였다. 소윤의 미소는 그 남자의 등을 향해 있었다.

"……."

슬로우 모션처럼 소윤은 그를 따라 사무실 안으로 사라져버렸다.

"웃지 마……."

"예?"

소윤이 사라진 자리에서 눈을 떼지 못한 채 아픈 듯 구겨진 얼굴로 비산이 읊조렸다.

"그렇게…… 웃지 말라고……."

다시 들려온 그 말에 비산의 앞에 있던 서 부장의 얼굴에서 만개했던 웃음이 천천히 사그라졌다.

어쩜 이럴까. 그 미소 하나 때문에, 하루 종일이 아프고 괴로웠다.

'사랑…… 아니잖아. 이거.'

그런 건 내 인생에 존재하지 않는 거니까. 소윤이 사라진 홍보부 입구에서 힘없이 몸을 돌리던 비산의 얼굴은 곧 무너져 내릴 것처럼 위태로웠다

혼자 자립할 수 있는 능력만 만들어주고, 좋은 짝 만들어 결혼만 시키면 되는 거라고. 애초에 그 생각으로 소윤을 찾아갔던 건데…….

그런데 왜 자꾸 분노가 들끓는지, 가슴 한쪽이 쪼개지는 것처럼 아픈지, 비산은 혼란스럽기만 했다.

마치 자신 안에 두 개의 인격체가 존재하는 것처럼. 인간다워지라고 자신을 다잡는 한편, 속에서 자라나는 소윤에 대한 욕심은 아찔할 정도로 그 몸집을 키우고 있었다.

띠링. 비산이 한 손으로 자신의 눈을 덮은 채 작게 한숨을 내쉬

고 있는데, 휴대폰이 울렸다.

[쌤. 저 오늘 회식이에요. 늦을지도 모르니까 저녁 꼭 챙겨 드시고 들어가세요.]

"……."

괜히 입사시켰나 싶다. 그냥 집에서 밥하고 청소만 하라고 할걸. 탑 방에 갇힌 라푼젤이 되더라도, 그냥 그러고 살게 둘걸.

이런 문자 하나에, 또다시 잠을 설치고 안절부절못할 자신이 그려져, 비산은 눈가를 구겼다.

4. 너를······ 가질 거야

"팀장님! 어쩐 일로 회식이에요?"

신입환영회도 안 했는데, 갑자기 웬 회식이래? 하며 윤혜영 대리가 귀엽게 눈을 휘며 물었다.

"내가 송 대리 눈치 본다고 소윤 씨 환영회를 못 했잖아. 오늘 고봉다리가 나를 안 건드렸으면 그냥 넘어가려고 했는데, 그 쭈그리 영감탱이가 나를 건드렸어!"

미리가 검지를 세우며 이를 뿌득 갈았다.

"자, 모두 약속 취소하고 가는 거다? 빠지는 사람 있기 없기?"

"없기!"

"어? 송 대리 대답 안 해?"

"······없습니다."

"좋아, 그럼 퇴근!"

미리의 목소리에 환호가 이어졌다. 소윤은 절로 웃음이 났다. 직장 생활은 인복이 8할이라던데, 비록 까칠한 도준이 있지만, 그래도 제법…… 괜찮은 인복을 받은 것 같았으니까.

"저는 팀장님 하고 갈게요~ 소윤 씨는 송 대리님 차 타고 가요!"

회사 주차장에 들어서자 혜영이 미리의 팔에 엉겨 붙으며 배시시 웃었다. 불과 6개월 전이다. 그녀 역시 신입이란 이름으로 도준에게 시도 때도 없이 깨진 터라 같은 차에 타고 가며 감내해야 할 그 침묵과 불편함이 몸서리쳐지게 싫어, 선수를 쳐버렸다. 처음 도준의 수려한 외모를 보고 눈을 반짝였던 혜영은, 그 지옥의 불구덩이에 한 번 빠졌다 나온 후론 그 빼어난 인물이 꼭 악마의 것처럼 보였다.

그래도 소윤만큼 불편할까. 오전에 잠깐 그가 괜찮은 사람이 아닐까 생각했던 소윤은, 오후 내도록 그에게 욕을 얻어먹으며 다시 생각을 고쳐먹었다.

"괜찮겠어?"

미리가 조금 안쓰럽다는 얼굴로 소윤을 바라봤다.

"아…… 네, 괜찮습니다."

"내가 잘생긴 송 대리랑 같이 타고 싶은데, 운전을 해야 하니 그럴 수가 없네."

그 말은 꽤나 진심인 것 같았지만, 바뀔 건 없었다.

"타."

"아, 네. 팀장님! 윤 대리님! 좀 이따 뵙겠습니다!"

조르르 조수석 쪽으로 달려가면서 소윤이 미리와 혜영을 향해 우렁찬 소리로 말했다.

"회식 간다고 동네방네 소문내냐?"

"예? 아…… 죄송합니다."

"벨트 매."

"아, 넵!"

조금만 더 다정하게 말해주면 좋을 텐데. 쏘아붙이는 듯해서 자꾸만 주눅이 들었다. 벨트를 매라는 저 말까지도 왜 저렇게 밉게 하는지. 시동이 걸리고, 도준의 차는 미끄러지듯 회사를 빠져나왔다.

"손은 괜찮아?"

"예? 아…… 괜찮아요."

"피 많이 나던데."

핸들을 쥐고 차창 밖으로 시선을 고정한 채 도준이 말했다.

오후에 시간이 남아 캐비닛을 정리하겠다고 나섰다가 파기해야 할 서류를 묶은 노끈을 자르면서 칼에 손이 베였었다. 도준은 그런 소윤의 손을 붙잡고 버럭 소리부터 질렀다.

'그러게 왜 시키지도 않은 짓을 하겠다고 나서, 나서길!'

잘하려고 했던 마음은 도준의 호통에 금세 시무룩해졌다.

다칠 수도 있는 거지, 뭘 그렇게 소리를 질러요? 아픈 게 내 손이지, 네 손이냐?

괜히 속으로 심통을 부렸다. 속이 상했으니까. 칭찬받고 싶었는데, 또 이렇게 사고를 치고 말았으니. 그래서 아무 말도 할 수가 없었다.

'손 대.'

어디서 가져왔는지 싸구려 밴드를 붙여주는 도준을 소윤은 주녹 든 얼굴로 올려다봤다.

　신경질적으로 말하는 그의 미간이 살풋 구겨졌던 게 생각났다.

　회식 장소로 향하는 동안, 오후의 기억을 떠올리며 소윤이 그의 옆모습을 힐끔거렸다.

　희한하다. 악으로 똘똘 뭉친 사람 같은데도, 그럴 때 보면……
아닌 것 같기도 하고. 정말 알 수 없는 사람이었다, 도준은.

　"소윤 씨, 학교 다닐 때 인기 많았지?"

　눈을 게슴츠레하게 뜨며 미리가 오묘한 웃음을 지었다. 석쇠 위에 노릇하게 구워진 막창을 뒤집던 소윤은 말도 안 된다는 표정이었다.

　"아뇨? 저 진짜 인기 없었어요."

　"에이~ 거짓말하면 못쓴다~ 남자들이 줄을 섰을 것 같은데?"

　"정말 아니라니깐요. 여고 다녀서 딱히 남자애들 만날 일도 없었고, 그때는 짝사랑하던 사람이 있어서……."

　저도 모르게 말했다가, 아차 싶어 소윤이 얼른 입을 말아 다물었다. 하지만 미리가 그 말을 놓쳤을 리가 없지.

　"오오~ 짝사랑? 누구였는데, 누구였는데?"

　"아…… 저…… 그게……."

　"그만하시죠. 남에 사생활 캐물어서 뭐합니까?"

　차가운 투로 도준이 끼어들자 미리가 노골적으로 인상을 찌푸렸다.

　"또 분위기 깬다, 또! 송 대리 자꾸 이러면 나 너님 미워할 거야~!"

취기가 올라서 애교인지 꾸짖음인지 모를 말투가 미리에게서 흘러나왔다.

"아, 괜찮아요. 저 고등학교 때 과외 쌤이었어요. 짝사랑하던 사람."

덤덤한 듯 뱉은 소윤의 말에 도준의 시선이 차갑게 그녀에게로 향했다, 이내 사라졌다.

"어머, 어머~ 풋풋해라~!"

두 손을 고이 모아 볼 옆으로 가져다 대는 미리는 마치 자신이 사랑에라도 빠진 것처럼 달달한 표정을 지어 보였다.

"짝사랑이라는 것 보니까, 결국 안 이루어졌나 봐요."

혜영이 비워진 소윤의 잔에 소주를 따르며 웃었다.

"네, 뭐……."

실은 얼마 전에 처음으로 고백했는데, 차였어요. 생각이 거기에 미치자, 소윤은 갑자기 몸에 힘이 탁, 하고 풀렸다.

"한창 이쁠 때인데, 연애도 하고 해야지. 송 대리도 그렇고 소윤 씨도 그렇고. 연애해, 연애. 일만 하다가 늙어 죽을 거야?"

제대로 취한 듯 미리가 잔뜩 꼬인 혀로 목소리를 높이며 울상을 지었다.

"내가…… 남 걱정 할 때가 아니긴 하지……."

"에, 에이~ 또 왜 이러세요? 팀장님 정도면 마음만 먹으면 능력 있는 연하 훈남 꼬시는 거, 일도 아닌데?"

"응……? 연하? 훈남?"

"그럼요~!"

"저, 잠시만……."

절망에 빠져 있는 미리를 혜영이 달래는 동안, 소윤이 자리에서 슬며시 일어났다. 정말로 오랜만에 소주를 먹어서 그런지, 눈앞이 어지러웠다. 게다가 아까 잠깐 떠올렸던 실연의 아픔에, 연기가 자욱한 이 공간을 잠깐이라도 벗어나고 싶다는 욕구가 강하게 들었다.

"하아……."

자꾸만 눈앞이 핑핑 도는 게, 아무래도 과음을 했나 보다. 소윤이 가게를 막 빠져나와 곁에 있던 전봇대를 짚고 숨을 뱉고 있는데, 등 뒤로 들려온 목소리에 소윤이 느릿하게 고개를 돌렸다.

"괜찮아?"

"네, 괜찮아요. 좀 어지러워서……."

"줘 봐."

눈앞으로 손을 내미는 도준을 바라보고, 소윤은 애써 머리를 굴렸다.

뭘 달라는 거야, 이 사람?

"손."

마치 생각을 읽기라도 한 것처럼 그가 말했다.

"왜, 왜요?"

"하여튼 말 안 듣지."

이게 무슨 일인가 싶은데, 그가 소윤의 손을 낚아채는가 싶더니 붙어 있던 일회용 반창고를 떼어냈다.

"어찌 된 게 넌 여자애가 이런 것도 신경 안 써?"

그러면서 상처 부위에 무언가를 다시 붙여주었다. 술이 취해 잘은 모르겠지만, 아마도 그건 흉터가 생기지 않게 하는 특수폼인 것 같았다. 그에게 잡힌 손이 뜨끈하다고 생각했다. 그런데 다음 순간.

"……?"

순식간이었다. 누군가가 도준에게 잡혔던 소윤의 손을 거칠게 낚아챈 건.

"뭐 하는 짓이야?"

바닥에 들러붙을 것 같은 낮은 목소리. 익숙하지만 어쩐지 낯선…… 매서운 목소리였다.

"……?"

귀신인 줄 알았다. 취해서 헛것이 보이는 건가 했다. 싸늘한 표정으로 눈앞에 서 있는 비산이 도무지 믿기질 않아서.

정말 쌤…… 이에요?

눈 깜짝할 사이 도준과 자신을 떨어뜨려 놓은 비산은 깊은 동굴처럼 차갑고 어두운 눈으로 도준을 노려봤다.

"아니…… 무슨…… 당신이야말로 뭐 하는 짓이야!"

도준은 어이없는 표정이었다. 난데없이 나타나서는 다짜고짜 소윤을 잡아채놓고 되레 자신에게 뭐 하는 짓이냐니?

"한소윤. 너 차에 가 있어."

그러나 다음 순간 그의 입에서 나온 익숙한 이름에 도준은 아무 말도 할 수가 없었다.

"아는…… 사이입니까?"

"아…… 저기…… 이쪽은…….."

소윤은 빠르게 머리를 회전시켜보려 했지만, 비산이 왜 여기 있는지, 왜 화를 내고 있는지, 그리고 자신이 왜 절절매고 있는 건지,

도무지 이해가 가지 않았다.

"차에 가 있으라고."

다만, 날이 선 칼날처럼 섬뜩한 그 눈빛과 목소리에 아무런 저항을 할 수가 없었다. 주춤주춤 뒷걸음치다 돌아서 비산의 차를 눈으로 찾은 다음 차에 올랐다. 뭐가 어떻게 된 건지 도무지 알 수 없는 채로.

"회식 중입니다. 뭔가 오해를 하시는 것 같은데……."

"오해 안 해."

"예? 근데 왜……?"

도준은 어딘가 낯이 상당히 익은 눈앞의 남자를 보며 알 수 없는 찝찝함을 느꼈다. 뭔가, 섣불리 달려들면 안 될 것 같은 느낌.

누구지? 누구더라? 분명 어디선가 봤는데. 기억 속을 헤집어대던 도준은 자신을 노려보는 눈빛에 얹혀 들려오는 칼날 같은 목소리에 입을 다물었다.

"경고하는데…… 한소윤, 건드리지 마."

"……."

독이 가득 실린 목소리가 마치 도준의 목을 죄는 듯했다.

"털끝 하나, 머리카락 하나……."

"……."

건드리기만 해봐……. 죽여 버릴 테니까.

칼끝같이 날카로운 말들은 마치 자신을 실제로 찌르기라도 한 것처럼 강한 여운을 남겼다.

"저기, 이보십쇼!"

아무리 얼굴이 낯이 익기로서니, 남자가 누군지 정확히 알지 못

하는 상황에, 그가 제 직장 부하를 납치하듯 데려가는 걸 방관할 수만은 없었다.

도준은 자리를 떠나는 비산을 서둘러 따라갔다.

하지만 뒤따라오는 그를 안중에도 없이 비산은 차의 문을 거칠게 닫고는 그대로 차를 출발시켜버렸다.

이윽고 눈앞을 휙 지나쳐버리는 차 안에, 난처한 표정이 역력한 소윤의 얼굴이 보인다. 그런데도 어찌할 도리가 없었다. 이미 멀어져버린 차는 금세 시야에서 사라져버렸으니까.

도준이 차가 사라진 곳을 바라보며 거칠게 머리를 쓸어 넘겼다. 절로 입술이 비틀린다.

"제길……!"

도준은 제 부하 직원을 끌고 가는 그를 제지하지 못했다는 사실에 순간 화가 치밀었다.

"쌤……! 나 지금 회식……!"

당황한 얼굴로 소윤이 말해봤지만, 비산은 마치 귀를 막기라도 한 사람 같았다. 오늘따라 유난히 거친 엔진 소리가 그녀의 신경을 거슬리게 했다.

"……."

비산은 어금니를 까득 물고 있었다. 저도 모르게 이가 갈렸으니까. 어찌 된 영문인지 치미는 화를 참을 수가 없었다.

'화가 나. 화가 나 미치겠다고.'

남자의 손에 그 여린 손 한 번 잡혔기로서니 가슴에서 독이 올라오는 것 같았다. 새까맣게 가슴을 태우는 것 같은 고통에 비산은 핸들을 움켜쥔 손에 힘을 주었다.

"왜…… 왜 그러는 건데요?"

대체 왜?

소윤은 영문을 모르겠다. 갑자기 나타나서는 아무런 말도 하지 않고 대체 왜 이러는 건지. 그곳엔 어떻게 왔고, 회식 중이던 자신을 대체 왜 납치하듯 데려가는 건지. 정말이지 이해할 수 있는 거라곤 하나도 없었다.

"쌤……."

"말하지 마."

그답지 않은, 신경질적인 목소리였다.

아무 말도 듣기 싫어. 내가 잘못하고 있다는 거, 상식에 어긋난 행동을 하고 있다는 거, 나도 다 아니까……. 그냥 입 다물고 있어.

"……."

비산이 차를 모는 동안 소윤은 자신을 짓누르는 침묵이 괴로웠지만, 결국엔 아무것도 묻지 않았다. 아니, 물을 수가 없었다. 터질 듯 아슬아슬하게 올라 찬 그 분노가 소윤에게 고스란히 느껴졌기 때문에.

무엇 때문인지 모를 그의 분노에 잔뜩 주눅이 든 자신에게 소윤은 조금 화가 나기도 했다. 아무리 쌤을 좋아한다지만, 그에게 갚을 수 없을 만큼 큰 빚을 졌다지만.

이유도 없이 이렇게 화를 내면, 나도…… 화가 난다구요.

Rrrrrrrr.

정적을 깨고 요란하게 들려온 벨소리는 소윤의 주머니에서 흘러나온 것이었다. 주섬주섬, 휴대폰을 꺼내 들자 아나나 다를까,

도준의 전화였다. 갑자기 나타난 남자의 차를 타고 홀연히 사라졌으니, 걱정할 수밖에.

걱정하지 말라고 해야지. 그리고 죄송하다고도.

그녀가 통화 버튼을 밀어 전화를 받으려고 손가락을 들어 올린 찰나.

"……!"

손에 들렸던 휴대폰은 어느새, 비산에 의해 휙 하고 뒷좌석으로 던져졌다.

"쌤!"

"받지 마. 그 자식하고 말도 섞지 마."

"아니, 왜 그러는 건데요 대체? 이게 무슨 꼬장이예요? 쌤 술 먹었어요?"

"술은 네가 먹었지."

"근데 왜 이러는 건데요?"

"몰라."

"예에?"

"나도 모른다고. 그냥 하고 싶은 대로…… 하는 거야."

"하!"

내일이면 분명 후회할 말들이 쏟아졌다. 논리라고는 눈을 씻고 찾아봐도 없는 말들뿐이었으니까. 지극히 그답지 않은 행동과 말에 소윤은 황당한 표정을 지을 수밖에.

비산은 지금 소윤의 말마따나 꼬장을 부리고 있었다. 유치하기 짝이 없는 억지를 부리고 있었다. 한심하지만, 그렇다고 방금 전의 행동을 무를 생각은 추호도 없다.

문자를 받고 혹시나 해서 따라왔던 그는 도준이 소윤의 가녀린 손을 잡는 순간, 아무것도 생각나지 않았다. 어떻게 해야지, 생각하기도 전에 몸은 이미 차에서 내려 성큼성큼 소윤에게로 다가가고 있었으니까.

　손대지 마. 감히 누구한테 손을 대?

　속에서 올라오는 소리에 귀를 기울였을 뿐, 그는 도준의 얼굴을 한 대 치고 싶은 욕구를 겨우겨우 참아냈다. 따라오길 잘했지. 내가 없는 곳에서, 남자한테 손이나 잡히고. 다시 생각해도 열이 뻗친다. 이가 갈린다고. 집에 가기만 해봐, 한소윤. 너도 가만 안 둬.

　차에서 내리자마자 그는 포박하듯 소윤의 손목을 강하게 잡아챘다. 그에게 끌려가다시피 지하주차장을 지나, 엘리베이터에 오르는 동안에도 소윤은 머릿속이 도무지 정리가 되지 않았다. 이유를 알 수가 없는데, 죄지은 사람처럼 눈치를 보느라 물어보지도 못하고 있는 자신이 한심하기까지 했다. 아무리 머리를 굴려봐도 그가 제게 화를 내는 이유를 모르겠어서 답답하기만 하다. 도대체 이게 무슨 일인지.

　"아앗!"

　집에 돌아오자마자 비산은 소윤을 거실 소파에 내던지듯 밀어앉혔다. 마치 쥐를 궁지에 몬 고양이처럼 매서운 눈으로 그녀를 내려다보며 그는 이해할 수 없는 말들을 해댔다.

　"한소윤. 너 앞으로 그 남자하고 눈도 마주치지 마."

　"예?"

　"내 말 못 알아들어? 아까 그 남자하고 눈도 마주치지 말라고!"

"그게 무슨 소리예요? 그 사람 우리 부서 대리님이에요."

"대리든 뭐든! 하지 말라면 하지 마⋯⋯!"

기가 차서 말도 안 나왔다. 직장 상사랑 눈도 마주치지 말라니, 그게 말이 돼? 말이 안 되고말고, 아암, 말이 안 되고⋯⋯.

가만⋯⋯.

씩씩거리던 숨을 순간 도로 삼킨 건, 갑자기 들어온 의문 때문이었다. 아무리 생각해도 쌤이 저렇게 화를 낼 이유는 없다. 거기까지 쫓아와서 그렇게 화를 낼 이유라면⋯⋯.

설마⋯⋯.

"쌤⋯⋯ 혹시⋯⋯ 나 좋아해요?"

"⋯⋯."

일순 소윤을 바라보던 비산의 눈이 확, 하고 커지는 게 보였다.

설마⋯⋯ 정말로⋯⋯?

까마득히 올려다보는 소윤의 눈은 기대와 조금의 당혹스러움을 안고 있었다. 그리고 그런 소윤의 눈을 내려다보는 비산의 얼굴 역시, 절대로 무너질 것 같지 않던 산이 무너지듯, 와르르 내려앉는 중이었다.

"⋯⋯아니야."

비스듬히 시선을 비끼며 그가 아니라 말한다.

"정말로 아니면⋯⋯ 내 눈을 보고 말해요."

소윤이 자리에서 일어서, 그의 앞으로 바짝 다가갔다. 그 뜨거운 호흡이 고스란히 느껴질 정도로 가까이.

"쌤⋯⋯."

술에 취해서였을까, 평소라면 절대로 하지 못했을 행동을 소윤은 지금 하고 있다. 옆으로 돌린 그의 얼굴을 양손으로 감싸 자신에게로 향하게 했다.

"정말이에요? 아니라는 거? 날 좋아하지…… 않아요?"

"하아……."

가까이서 바라본 소윤의 눈은 지독히 맑은 호수와 같았다. 안이 훤히 들여다보여, 풍덩 빠져들고 싶을 정도로 맑고 맑아서.

"너…… 자꾸 이러면……."

"……."

"확…… 키스해버릴 거야."

비산의 시선은 이미 그녀의 탐스러운 입술을 향해 있었다. 협박한답시고 내뱉은 그 말 속엔 비산의 욕구가 고스란히 담겨 있었으니까.

깜빡, 그리고 또 깜빡. 속눈썹이 풍성한 그 눈을 소윤이 빠르게 깜빡였다. 하지만 이내, 놀랐던 마음을 가라앉히고 그녀는 나직하게 대답했다.

"해봐요. 나도 궁금하니까."

"……."

키스해버릴 거라고 말하면, 지레 겁먹고 얼른 떨어질 줄 알았는데. 해보라고 말하는 소윤을 보는 비산의 눈이 한층 짙어졌다.

"후회…… 하지 마."

"……안 해요."

"네가…… 하라고…… 한 거니까."

마치 마지못해 하는 것처럼 말했지만, 내리깔린 그의 눈동자는 이미 집어삼키기라도 할 기세로 소윤의 입술을 향했다. 그리고 곧장, 그의 뜨거운 입술이 소윤의 작고 여린 입술을 거칠게 덮어왔다.

"흐읍……!"

비산의 손이 소윤의 몸을 감싸 안아 제 쪽으로 당겼다. 몸에 맞닿는 소윤의 감촉이 좋았다. 피부와 피부 사이를 가린 천 하나에도 비산은 꼭 그녀의 맨살이 느껴지는 것 같은 착각이 들었다.

황홀했다. 그가 생각했던 것보다 훨씬 더.

소윤과의 키스는 그를 멈출 수 없게 만들었다. 그동안 쌓아왔던 갈증이 폭발하는 것처럼, 그녀의 입안으로 감겨드는 끈적한 그의 혀는 격렬하게도 움직인다.

소윤은 머릿속이 하얘지는 걸 느꼈다. 항상 다정하고 오빠 혹은 아빠 같았던, 쌤이었다. 그런 그가 자신에게 이렇게나 격렬한 키스를 퍼붓고 있다니. 어쩐지 믿을 수가 없다. 이상하다.

하지만 그 와중에도 소윤은 온몸을 감싸는 열기를 느낄 수 있었다. 그의 키스는, 머리까지 달아오르게 만들 정도로 지독하고 뜨거웠다. 그리고 그가, 소윤을 소파로 밀어 눕혔을 때. 비산은 알았다. 이제는 멈출 수가 없다는 걸. 그녀를 안지 않으면…… 당장에 미쳐 버릴 것 같다는 걸.

"하아……."

고삐 풀린 말처럼, 짓눌렸던 자신의 욕구는 무서운 기세로 솟구쳐 올랐다. 비산의 얼굴은 그런 자신의 상태를 고스란히 드러내고 있었다. 반쯤 풀린 눈, 뜨거운 숨을 내뱉으며 달싹거리는 입술, 퇴폐미가 흐르는 그의 표정.

술기운에 그의 키스를 거부감 없이 받아들였지만, 정작 그의 그런 표정을 보자 소윤은 덜컥 겁이 났다. 자신의 몸을 타고 오른 그를 어쩐지 막을 수 없을 것 같았기 때문이다.

제 몸 위에 밀착된 그의 몸의 굴곡이 고스란히 전해졌다. 그의 몸은 온통 열기에 휩싸여 있었다. 그건 소윤도 마찬가지였지만.

"……쌤."

"그렇게…… 부르지 마."

죄책감이 든다고. 네가 그렇게 나를 부를 때마다, 나는 내가 인간이 아닌 것만 같아서. 네게 그런 호칭으로 불리는 게 죄악 같아서…….

"그럼 뭐라고 불러요?"

"그냥…… 부르지 마."

다시 비산의 입술이 천천히 다가왔다. 자신을 삼킬 듯한 그 짙은 눈은 반쯤 감긴 채로, 아스라이 소윤을 향하고 있었다. 그의 뜨거운 숨이 목덜미를 스치자, 소윤은 움찔, 몸을 떨었다.

"하아……."

지금 쌤의 얼굴. 너무나 다른 사람 같아서 조금 무서워요, 쌤.

"나…… 좋아해요?"

"……."

조금 전 쌤의 화내는 모습은, 꼭 연인을 질투하는 사람 같았다구요. 나…… 좋아하는 거 맞죠? 그렇죠?

쌤이 그렇게 말해주면 나…… 조금은 덜 무서울 것 같아요.

비산은 끈적한 입술을 떼어내며 소윤을 바라봤다.

그 맑고 맑은 눈이 진실을 말하라고 그를 독촉하는 것만 같았다.

그래…… 좋아해. 그럴 리 없다고 암만 부정해봐도……. 결국엔 그런가 봐.

하면 안 되는 말인 거 알아. 인간이라면…… 절대로 너를 사랑해선 안 된다는 것도 잘 안다고.

제길. 그런데…… 어떡해?

그 모든 걸 모른 척하고서라도, 널 가지고 싶은데…….

원래부터 난 쓰레기였으니까. 양심 따위 없는, 그런 인간이었으니까. 교수님과의 약속 따위 모른 체하면 그만인 거야.

비산이 천천히 눈을 감았다. 꽉 감겨진 눈이 괴로워 보였지만, 그는 결심한 듯, 입을 열었다.

"좋아해…… 한소윤."

결국은 해버리고 말았다. 금기의 말을. 양심을 저버리고, 교수님과의 약속마저 깨버린 채. 오랫동안 제 마음이 아닌 양, 가슴속에 꽁꽁 숨겨두었던 그 마음을…… 결국엔 꺼내고야 말았다.

너를 가져보겠다고 애걸복걸하는…… 그 마음 하나로.

"나도…… 좋아해요, 쌤."

소윤이 비산의 목에 팔을 감자, 얕은 숨을 뱉던 비산의 입술이 기다렸다는 듯 다시 그녀의 여린 목덜미에 내려앉았다.

기뻤다. 망할 인간성 따위 저버렸어도. 저가 일말의 양심조차 없는 쓰레기라는 게 증명됐어도. 그런데도. 널 가질 수 있다는 그 사실만으로 난…… 미친 듯이 가슴이 날뛰어.

"흐웃……!"

온몸으로 전해져오는 찌릿한 감각에 소윤은 입술을 비틀 수밖에 없었다.

지금, 그녀의 가슴속으로 밀려들어오는 감정들은 기쁨과 행복뿐만이 아니었다. 막연한 두려움과 불안감은 마치 무언가를 예견하는 것만 같아, 자꾸만 그녀를 머뭇거리게 했다.

그렇지만, 용기를 내어 이 시간에 충실하려 한다. 스며나는 불안감을 애써 무시해버릴 만큼, 그를 좋아하니까. 휘감겨 들어오는 비산의 움직임이 다정한 듯 격렬해서 좋았다. 뜨거운 입김이 살결에 닿을 때마다 전율을 일으켜서 좋았다. 그의 흐트러진 머리칼이, 반쯤 풀린 듯한 그의 눈이, 그의 향기와 입새로 새어 나오는 낮은 신음 한 줄기까지도. 너무 좋아서.

"좋아…… 했어요. 쌤이…… 나의 쌤이었을 때부터……."

그의 귓가에 속삭이듯 내뱉은 말에, 비산의 움직임이 우뚝, 멈췄다.

"……?"

조금은 의아한 눈을 들어, 그녀가 비산을 올려다봤다. 저를 응시하는 그의 눈은 오묘했다. 놀란 것 같기도 했고, 안타까운 것 같기도 했고, 조금은 화가 난 것도 같았다.

천천히, 그가 소윤에게서 몸을 일으켜 세웠다.

"언제부터…… 날 좋아했다고?"

"5년…… 전에. 쌤이 내 과외 쌤이었던 그때…… 부터요."

치밀어 오르는 감정은 화인지 억울함인지 구분하기 힘들었다. 어쩌면 둘 다인지도 모른다.

오래전부터 참고 참았었다. 그 감정이 무엇인지도 모른 채로, 속에서 일어나는 낯선 느낌과 감정을 부정하려 오래도록 발버둥 쳤었다.

그런데 그렇게 외면했던 감정이, 결국은 사랑이라는 걸 깨닫기 까지…… 5년.

그동안 너는. 너와 너의 많은 것들은……. 물줄기 아래에 거품처럼 무너져 내렸어. 그런 너를 보며 난…… 아무것도 해줄 수가 없었다는 게 미치도록 화가 나.

갑작스레 울컥하고 올라오는 감정 때문에, 비산은 순간 이를 아득 물었다.

"지킬 거야. 너."

이제야 알았다. 잃을까 봐, 혹은 다칠까 봐. 미련한 두려움으로 나는 정작 너를 지켜내지 못했어.

비산은 목에 매어진 넥타이를 거칠게 풀어 바닥에 아무렇게나 내던졌다. 티 하나 없는 흰색 브리오니 셔츠의 단추를 끌르며 그는 자신의 아래에 깔린 소윤을 내려다봤다.

"온전히…… 내 것으로 만들 거야, 너."

"……."

그 말과 함께 그가 두 번째 단추를 풀었다. 셔츠가 조금씩 벌어질 때마다 소윤의 입술도 타들어가는 듯했다.

"아무도 너를 건드리지 못하게."

"……."

세 번째, 그리고 네 번째 단추도.

"지금 이 순간부터……."

마지막 다섯 번째 단추까지 풀리자 셔츠가 둘로 갈리며 그의 탄탄한 근육이 드러났다. 하지만 소윤은 단단히 여문 그의 복근 따윈 볼 수 없었다.

"내게서…… 벗어날 수 없어, 너."

자신을 내려다보는 그의 눈이 소윤을 지독하게도 옭아매고 있어서, 얕은 숨 한 줄기조차 제대로 쉬어낼 수 없었으니까.

그의 말과 행동. 모든 것이 다, 그녀가 알고 있던 비산의 모습이 아니었다. 다정하고 장난기 많은 비산은 온데간데없이, 저를 바라보는 그의 모습은 마치 이제 막 먹이를 낚아챈 짐승처럼 거침이 없어서……. 정말로 이상한 기분이 들었다.

그에게서 여태껏 한 번도 느껴보지 못했던 강한 소유욕이 느껴지는 건…… 그저 기분인 걸까.

"내 곁에만 있어."

하지만 힘이 들어간 그 목소리에, 그 기분이 착각이 아니라는 걸 그녀는 알아챘다.

'그때처럼 널…… 그렇게 떠나는 일, 다시는 없을 거야.'

이 순간, 그는 속으로 다짐하고 또 다짐했다.

이제는 네가 아플까 봐 걱정하지도 않을 거야. 너를 아프게 했던 사람들 모두 뼈가 갈리는 고통을 고스란히 느끼도록 복수해줄 테니까.

셔츠를 벗어 던진 비산의 모습은 마치 아름다운 조각상 같았다.

벌어진 어깨에 단단하게 잡혀 있는 근육들이 그의 잘생긴 얼굴과 조화를 이뤘다.

'그때도 지금도……. 내가 모자라다 느낄 만큼 쌤은…… 아름답네요.'

그리고 그런 그가…… 이제는 저를 좋아한단다. 오래도록 좋아했던 사람이, 끝내는 제게 좋아한다고 말했을 때. 그 기분이 바로 이런 거구나, 하고 생각했다.

구름처럼 붕 뜬 것 같은 느낌은, 그의 움직임이 너무 야릇해서만은 아닐 것이다. 느릿하게 허리를 감쌌던 그의 손이 일순 소윤의 블라우스를 위로 들추었다. 너무 순식간이라, 소윤은 어찌할 바를 몰랐지만, 그의 움직임을 막진 않았다. 발그스름해진 소윤의 얼굴이 그녀의 부끄러움을 고스란히 드러내고 있을 뿐이다. 피부를 타고 오른 그의 손은 움찔 놀라는 소윤을 아랑곳하지 않고 속옷을 비집었다.

"⋯⋯으읏, 쌤."

당황한 듯, 소윤의 양손이 비산의 손목을 움켜쥐었다. 하지만, 흐트러진 머리카락 새로 날아든 그의 까마득한 눈동자는 일말의 흔들림도 찾아볼 수 없다. 짙고 섹시하게⋯⋯ 느슨히 풀어진 그녀의 얼굴을 바라볼 뿐.

"지금 나⋯⋯ 멈출 수 없어."

그런 얼굴을 하고 있는데, 어떻게 참아. 네 모든 것에 내 입을 맞춰 새기고 싶어. 내 것이라는 표시를.

그의 타들어갈 듯 뜨거운 눈빛에, 소윤은 하릴없이 그의 손목을 놓아줄 수밖에⋯⋯.

느릿한 움직임을 따라 정신이 아득해질 정도로 아찔한 감각이 온몸을 타고 내렸다. 어느샌가 치맛단 아래로 들어온 그의 손이 소윤의 깊고도 은밀한 곳을 어루만지고 있었기 때문에.

"하아⋯⋯."

정신을 살짝 놓고 있는 것도 같았다. 모든 것이 처음인 소윤으로서는, 그 상대가 비산이라는 사실이 제법 안심이 되었다. 처음이

라는 긴장감과 떨림의 결합은 오히려 그녀를 더욱 격렬한 흥분 상
태로 몰아가는 듯했다.

"쌤……."

떨림을 가득 안은 그녀의 목소리가 그를 붙잡으려 안간힘을 다
했지만, 그는 망설임이 없었다.

이윽고, 그녀의 속옷이 그의 손끝에 걸렸다.

"하아…… 쌤……."

그녀의 허벅지를 따라 작은 천 하나가 살을 스치며 벗겨져 내렸
다. 막으려고 애를 썼지만, 소용없는 짓이었다. 눈이 반쯤 풀려버
린 그는, 마치 이성을 놓은 사람처럼 본능적으로 움직이고 있었으
니까. 그가 하는 대로 두고 싶은 마음과, 두려움이 양립했다. 하지
만 도저히 그의 부드럽고 야릇한 손길을 거부할 수가 없었다. 자꾸
만 빠져든다. 저도 모르게 자꾸만 달아오른다.

그렇게 비산의 손길에 그녀의 모든 것이 서서히 녹아내리고 있
을 때였다.

딩동, 딩동.

갑작스레 들려온 초인종 소리에, 두 사람의 움직임이 우뚝, 멈췄
다. 소윤이 있는 동안 단 한 번도 손님이 찾아온 적이 없는 집이었
다. 엄습하는 불안감은 소윤의 경직된 표정에서, 흔들리는 눈에서,
고스란히 읽혔다.

찾아온 사람이 누구든 무시해버리려던 비산은 소윤의 얼굴을
빤히 바라보다, 긴 한숨을 내쉬었다.

저승사자라도 찾아온 줄 알겠다. 긴장 풀어.

소윤의 사랑스런 볼을 살짝 쥐었다 놓으며 비산이 결국엔 몸을

일으켰다.

"보고 올게."

도대체 이 타이밍에 누가 온 거야?

비산은 신경이 비틀렸다는 사실을 소윤에게 드러내지 않았다. 하지만 인터폰으로 다가갔던 그는, 화면에 비친 의외의 손님에 구겨졌던 미간을 폈다.

"삼촌?"

"에? 삼촌이라고요?"

어느새 비산의 뒤에서 빼꼼히 얼굴을 들이밀고 인터폰을 바라보던 소윤의 안색이 가을낙엽처럼 누래졌다.

어쩌지? 어쩌지?

돌아가야 할 머리는 석고라도 발랐는지 꿈쩍도 하지 않는다.

가족이라면 남자 혼자 사는 집에 여자가 버젓이 앉아 있는 걸 탐탁하게 생각할 리가 없겠지? 게다가, 방금까지 두 사람은 서로 몸을 밀착한 채로 야한 짓을…… 생각이 거기에까지 미치자, 도저히 비산의 가족을 볼 낯이 서지 않았다.

"수, 숨을게요."

"뭐어?"

"숨어야겠어요."

"그러지 않아도……."

하지만 비산이 뭐라 말릴 새도 없이 소윤은 허겁지겁 주위를 살피더니 자신의 방으로 들어가 문을 걸어 잠갔다.

"하아……."

얕은 한숨을 쉬어낸 뒤, 그는 드레스룸에서 아무 옷이나 집어 입고 현관으로 터덜터덜 걸어가 문을 열었다.

"어쩐 일이세요, 이 시간에."

"자식, 그렇게 안 반갑냐?"

표정 하나 없는 비산의 얼굴을 보고 만국이 장난 반 진심 반으로 물었다.

"회장님이 너 이상한 소리 한다길래 와본 거야."

"이상한 소리?"

J바이온을 망하게 한 베스티오와 윈즈텍의 주인을 찾고 있을 뿐인데. 이상한 소리라뇨?

"본인이 이상한 짓을 하고 다닌다고는 생각 못 하나 보죠."

"……."

"여기까지 오셨는데 딱히 알려드릴 만한 게 없어서 죄송합니다, 삼촌."

비산과 겨우 9살밖에 차이나지 않는 만국은 산호그룹의 사장이자, 비산과 강 회장을 연결해주는 한 가닥의 끈이었다. 오래전부터 비산이 반항을 할 때마다 강 회장은 만국을 보내 그를 설득하곤 했다. 그나마 비산이 따르는 사람이었기에.

사실 강 회장의 그런 방식이 마음에 들지는 않았지만, 그렇다고 거기에 대해서 만국에게 화풀이를 할 수도 없는 노릇이었다. 이번에도 비산은 예의를 지키는 선에서 그에게 선을 긋고자 했다.

"형님, 걱정이 많으셔."

"퍽이나요."

"……근데 너, 숙부를 이렇게 밖에다 계속 세워둘 거니?"

"죄송하지만, 오늘은 그냥 돌아가셔야겠습니다."

평소 같았으면 자연스럽게 집 안으로 들어서게 해줬을 비산이 오늘따라 현관에 서서 비켜주질 않으니 조금 난감하던 참이었는데 만국은 문득, 비산의 뒤쪽에 가지런히 놓인 여자 구두를 발견하고는 눈이 퉁방울만 하게 커졌다. 어지간히도 놀란 모양이다. 그도 그럴 것이, 비산이 여자를 가까이한다는 사실은 여태껏 보지도 듣지도 못했기 때문이다. 비산은 괜히 얼굴을 찌푸렸다. 그의 그런 반응이 썩 유쾌하지는 않았으니까.

만국은 얼른 현관에 한 발짝 들였던 발을 뺐다.

"가야겠다. 그럼…… 좋은 시간 보내렴."

여자라니. 살다 보니 별일이 다 있네, 하는 표정으로 만국은 비산의 집을 곧장 나섰다.

"하아……."

닫힌 문 앞에서 비산은 두 손으로 얼굴을 문질렀다. 아쉽기만 한 밤은 만국의 방문으로 하릴없이 흘러가버리고 말았으니.

어쩐지 주체를 할 수 없는 어색함에 소윤은 차마 비산의 눈을 똑바로 바라보지 못하고 있었다. 아침부터 연신 싱글거리며 자신만 쳐다보는 그가 도대체 적응이 되질 않는다. 그와 눈이라도 마주치면 어제의 그 뜨거운 키스와 그의 야릇했던 손길이 머리를 자꾸만 스쳐서, 절로 얼굴이 붉어져버린다. 물론 갑작스런 손님의 방문으로 중간에 끊기긴 했지만.

"한소윤."

갑자기 들려온 목소리에 소윤이 흠칫, 놀라며 고개를 들었다.

"넥타이 매줘야지."

"아…… 네."

비산이 내민 넥타이를 받아, 그의 목에 걸어주는 소윤의 손이 조금씩 떨리고 있었다.

쌤과는 어떻게 되는 걸까? 우리는 사귀는 걸까? 쌤이 어제 분명…… 날 좋아한다고 했었는데. 저렇게 웃고 있는 걸 보면 어제 일을 그냥 모른 척하는 것 같지는 않은데. 일단은 쌤이 뭐라고 할 때까지 입을 다물어야지.

이런저런 생각 속에서 그녀가 당최 헤어 나질 못하고 있을 때였다.

쪽.

피하고 자시고 할 새도 없이, 그가 고개를 비틀어 소윤의 입술에 그의 입술을 포개었다 뗐다. 너무나 순식간이라서, 얼음처럼 굳은 채 비산의 목에 매어진 넥타이만 붙들고 있을 수밖에.

"한소윤."

"……?"

"너 취했다고 어제 일 기억 못 하는 건 아니겠지?"

싱긋이 웃으며 말하는 그의 얼굴이 마음에 들었다. 아니, 사실은 기뻤다. 어제의 일들이 모두 꿈이 아니라서. 그가 어제의 일들을 모른 척, 넘어가지 않아줘서.

"그, 그럼요."

넥타이의 매무새를 다듬으며 소윤이 고개를 수줍게 끄덕였다.

"참, 너 오늘 출근하면 그 자식하고 눈도 마주치지 마. 알았지?"

말도 안 되는 말이었지만 꽤나 진지한 어조라서, 소윤은 오히려 웃음이 났다.

"쌤, 생각보다 질투가 심하네요."

"지, 질투는 누가……!"

"귀여워요…… 쌤."

누가 봐도 질투인데, 아닌 척 숨기려는 비산의 모습이 생소하면서도 기분이 좋다. 하지만 생소하다 느끼는 건 오히려 비산 쪽이었다.

귀엽다니. 누군가 그 말을 들었다면 아마 소윤이 널 미쳤다고 했을 거야.

어쩐지 씁쓸한 웃음이 비산의 입가에 고였다.

"참, 혹시 쌤 우리 회사 이사님들 중에 별명이 좀비인 이사님 알아요?"

"응?"

별명이 좀비라……. 아무리 봐도 그건…… 난데?

"아, 우리 팀장님이 어제 회식하면서 얘기해주시던데……."

소윤은 어제저녁, 허 팀장이 노릇하게 구워진 막창을 입으로 밀어 넣으며 했던 말을 기억해냈다.

'소윤 씨 그거 알아? 우리 회사에 별명이 좀비인 이사님이 계신데, 진짜 완전! 완저어언! 잘생긴 거지~!'

'근데, 그렇게 잘생기신 분이 별명이 왜 좀비예요?'

'왜냐면, 다 가졌는데 심장이 없기 때문이야.'

'예?'

'따뜻한 피가 안 돈다고. 완전 냉혈한도 그런 냉혈한이 없대. 싸가지는 어디 국밥에 말아드셨다나?'

"그렇게 말하던데……."

소윤의 말을 조금은 불편해진 표정으로 듣고 있던 비산은 싸가지를 어디 국밥에 말아드셨다는 대목에서 사레가 걸린 듯, 콜록콜록 기침을 해댔다.

"괜찮아요?"

"콜록. 어, 응……."

"뭐…… 잘생겨봤자, 쌤보다…… 잘생겼을라고……."

부끄러운 듯 뒤로 갈수록 작아지는 목소리가 보고 있기 아까울 만치 사랑스러웠다. 비산이 능청맞게 귀를 파며 말했다.

"아이고, 귀지가 많나? 왜 잘 안 들리지? 뭐라고? 다시 한 번 말해줄래, 소윤아? 나 못 들었어."

너무나 낯설었던 어제의 모습과 다른 원래의 장난기 많은 비산의 모습 딱, 그것이었다.

"하여튼 짓궂어. 다 들어놓고서는……."

밉지 않게 눈을 흘기며 비산을 지나쳐 현관으로 향하던 소윤은 다음 순간.

"……!"

제법 거세게 소윤의 어깨를 움켜쥐어 벽으로 밀쳐버린 비산 때문에 흡, 하고 급하게 숨을 들이마셨다.

"왜, 왜 그래요?"

방금 전 장난기 많던 비산은 또다시 사라지고 없다. 집어삼킬 듯, 타오르는 그의 눈빛이 소윤을 강렬하게 응시하고 있을 뿐.

"추, 출근해야죠."

"출근하면 퇴근할 때까지 못 보잖아. 너."

"그러니까. 퇴근하면 실컷…… 볼 텐데……."

어쩐지, 밤사이 잠들었던 감각이 몽땅 깨어나는 것 같은 기분이 들었다. 그의 손길에 파르르 떨었던 몸이, 그 기억을 애원하듯, 달아오른다. 작은 어깨를 꽉 쥔 비산의 양손은 꼭 그녀를 놓아주지 않을 것처럼 단단하기만 했다.

그리고 느릿하게 열린 그의 입술이 소윤의 귓가에 대고 속삭이듯이 말했다.

"다시…… 닿고 싶어……."

"……?"

"네 입술."

지독하게 짙은 그의 시선이 천천히 소윤의 입술을 향해 내려갔다. 다물렸던 소윤의 입술이 그의 말에 놀란 듯 살짝 벌어지자, 그는 그 틈을 놓치지 않고 소윤의 말캉한 입술 사이를 비집어 들어갔다. 끈적하게 얽혀드는 두 사람의 키스는 멈출 줄을 몰랐다. 키스를 하니 손이 아쉬웠던지, 애써 여며놓은 소윤의 블라우스를 벌리고 그가 손을 밀어 넣었다.

'출근…… 해야 되는데…….'

살갗을 어루만지는 그의 손길에 소윤은 어찌해야 할지 알 수가 없었다. 한편으로는 그 짜릿한 감각이 표현을 할 수 없을 만큼 좋으면서도, 또 한편으로는 두려웠다.

달라진 비산의 모습과 갑자기 돌변한 그의 태도와 얼굴이.

다정하기만 하던 쌤은 마치 짐승이라도 된 듯이 거칠고 격렬하게 돌변해, 자신을 탐하려고 들어서, 어떻게 받아들여야 할지 아직도 혼란스러웠다.

"쌤……. 하아……."

어느새 블라우스의 단추가 위쪽 끝과 아래쪽 끝만 남긴 채 다 풀어진 채 벌어져 있었다. 그 사이를 헤집어대는 그의 손은 정말이지 거침이 없었다. 쉴 틈 없이 오르락내리락하며 그녀의 피부를 머금는 그의 손과 입술에, 소윤은 아찔해진 정신을 겨우 붙들며 말했다.

"출근…… 해야 돼요."

"하아…… 조금만."

목 언저리에서 들려온 야릇한 그의 음성에, 하마터면 그리하라고 대답할 뻔했다. 이미 몸은 뜨거울 정도로 달아올라 있었지만, 어제 갑작스럽게 회식을 빠져나와야 했던 소윤은 최대한 빨리 출근을 해야 했다. 그래야 욕을 하나라도 덜 얻어먹을 테니까. 하지만 비산은 좀처럼 쉽게 물러날 기미가 보이지 않았다. 풀어진 눈꺼풀은 애걸복걸하듯 그녀의 목덜미로 달려드는 입술에 맞춰 감겨졌다, 다시 들어 올려진다.

하아. 미칠 것 같다. 회사고 뭐고 당장에 너를 내 것으로 만들고 싶어서.

왜 이렇게 이 아이에게만 심한 갈증을 느끼는 걸까. 그렇게 많은 여자들이 주위에 차고 넘쳤는데. 왜 나는 너의 웃음만 보이는 거고. 왜 나는 네가 다른 사람을 보고 웃을 때면, 눈이 뒤집히는 분노를 느끼는 건데. 왜.

그런 의문들은 하지만, 별빛이 반짝이듯 잠시간 스칠 뿐이었다.

그저, 눈길 닿는 곳에, 손이 닿는 곳에. 그녀를 평생 가둬두고 싶다는 생각으로 가득했다. 이성을 모두 잠식해버릴 정도로, 소윤에 대한 욕구가 커져버려서 이제는 자신을 자제하는 게 어려움이라고 느껴질 정도로.

숨겨졌다 솟구친 욕구는…… 걷잡을 수 없을 만큼 그 본모습을 드러내고 있었다.

사랑해. 이제는 너 없이는 살 수 없을 만큼. 너를 좋아했다는 걸 알았어.

"쌤…… 이제…… 그만……!"

도저히 안 되겠던지, 소윤이 힘주어 그를 미는 바람에 그제야 비산이 그녀에게서 몸을 뗐다. 아쉽다는 표정이 가득했지만, 소윤은 더 이상은 안 된다는 얼굴로 그를 올려다봤고, 그 간절한 눈에 비산은 하릴없이 고개를 비틀었다.

"아쉽다……."

정말 그랬다. 그녀를 가지자 마음먹으니, 전에 느꼈던 죄책감은 종적을 감추고, 대신 지독한 욕구가 속에서 들끓었다.

불안한 듯 보이는 소윤의 눈이 그를 겨우 막아냈지만, 이제는 비산 스스로도 자신이 어떻게 될지 겁이 날 지경이었다.

"미안."

그녀를 소중히 대한다면, 내 멋대로 해서는 안 된다.

"나 때문에 늦겠다. 가자."

참아야 한다. 천천히 나의 본성을 이겨내야 해. 그게…… 사람다운 사랑이니까.

내 차가운 심장을 유일하게 뛰게 하는 너를. 나의 이 추한 욕심 따위로 인해. 절대로 망가뜨리게 두지 않을 거야. 절대로.

"어떻게 된 거야?"

소윤의 예상대로 눈꼬리를 치켜세운 허미리 팀장이 막 출근한 소윤의 팔을 붙잡고 물었다.

"아…… 저…… 그게……."

갑자기 부모님이 아프셔서, 라는 참으로 구태의연하고 틀에 박힌 핑계를 대려고 입을 뗐던 소윤은 허미리의 다음 말에 도로 입을 다물었다.

"송 대리가 가라 그런다고 홀랑 가버리냐? 의리 없이!"

"……예?"

생각지도 못한 말에 눈을 이리저리 굴리고 있는데 정말 적절한 타이밍에 송 대리가 사무실로 들어서며 말을 이어 붙였다.

"취해서 기어 다니는 걸 어떡합니까, 그럼? 보나 마나 내가 뒤치다꺼리해야 하는데……."

마치 진짜 그랬던 것처럼 얼굴을 구기고 구시렁거리는 표정이 소윤마저도 깜빡 속아 넘어갈 정도로 완벽하다.

"이기적인 놈! 너 경고야! 주인공을 지멋대로 보내? 너 팀장이 만만하냐! 이게 죽을라고!"

항상 우리 잘생긴 송 대리~ 하고 콧소리를 내던 허미리 팀장이 전엔 본 적 없는 털털한 모습으로 목소리를 높였다.

잘못은 이쪽이 했는데 왜 저쪽이 혼나고 있는 건지. 소윤은 정말 불편해 미칠 지경이었다. 차라리 내가 혼나는 게 마음 편한데.

"……죄송합니다. 저 때문에……."

허리를 폴더처럼 꾸욱 접어 머리를 숙이는 폼이 여간 불쌍해 보이는 게 아니었다.

"소윤 씨가 뭐가 죄송해. 저 독한 상사의 명령을 받든 죄밖에 없지."

"아, 아니…… 그게……."

"야, 한소윤. 너 잠깐 나 좀 보자."

뭔가를 말하려던 소윤은 차갑게 말허리를 뚝 잘라내버리는 송 대리 때문에, 미리의 눈치를 살피며 그의 뒤를 쫄래쫄래 따랐다.

"저거, 저거. 또 얼마나 우리 막내를 괴롭히려고! 야! 송 대리 너, 적당히 해라!"

등 뒤로 들려오는 미리의 목소리에도 도준은 눈 하나 꿈쩍 않고 복도를 걸어 나갔다.

'어제 일을 물어보겠지? 뭐라고 변명해야 하지?'

참 임기응변에 약한 소윤인지라, 머리를 아무리 데굴데굴 굴려봐도 당최 적절한 묘안이 나오질 않았다.

마른침을 꿀떡 삼키며 직원 휴게실로 들어서자 빙글, 소윤에게로 몸을 돌린 도준은 잔뜩 불편해 보이는 얼굴로 물었다.

"어제, 아무 일 없었어? 어디 다치지는 않았고?"

어떻게 된 거냐, 호통부터 날아올 줄 알았던 소윤은 약간의 당황스러움에 무언가를 말하려 듯 입을 살짝 벌렸다가, 뒤늦게 답했다.

"……그럼요. 왜 다치겠어요."

"……."

분명 걱정해준 거 같은데…… 어째서 이리도 불편한 걸까. 한동안 아무 말도 없이 자신을 바라보는-노려보는 것처럼 바라보는-도준의 앞에서 소윤은 괜시리 주눅이 들어 눈을 내리깔았다.

"어제 그 사람…… 누구야?"

"아…… 저한테는 은인이기도 하고요…… 고등학교 땐 제 과외를 해주셨던 선생님이세요."

"……."

과외 쌤이라……. 어제 과외선생님을 짝사랑했다고 하지 않았던가. 가만 눈을 굴리는 도준을 두고 소윤은 속으로 비명을 질렀다.

'으아…… 또 침묵이다.'

평소에는 그리도 즐기는 고요가, 눈앞에 도준이란 사람이 하나 있을 뿐인데 이리도 불편하다니. 다시, 가만 소윤을 노려보던 도준은 잠시 후, 제법 높아진 어조로 입을 열었다.

"은인이면 은인이고, 선생이었으면 선생이었던 거지. 그 사람이 뭔데 회식하고 있는 널 데려가, 경우 없이?"

"아니…… 그게 아니라……."

"네가 물건이야? 네 의사 따윈 물어보지도 않고 맘대로 가져갈 수 있는? 아무리 깊은 관계라 해도 다른 사람도 있는 회식 자린데 무슨 경우냐고, 그게?"

아니, 믿지 않겠지만 내 의사도 20퍼센트쯤은 있었다고요!

차마 뱉지 못한 말을 입에서 오물거리고 있는데, 도준이 눈을 빛내며 물었다.

"그 남자, 혹시 우리 회사 다녀?"

분명 낯이 익었다. 일밖에 모르는 워커홀릭인 그가 낯이 익는다면, 같은 회사에 다닐 확률이 높았다. 일 아니면 집. 이런 생활만 7년째 반복하고 있는 그니까.

"우리 회사 다니지?"

"……맞아요."

"무슨 관계야?"

"말씀드렸잖아요. 저에겐 은인이자, 고등학교……."

"아니, 무슨 관계든, 다음부턴 이런 일 없도록 해."

소윤의 말을 끊어 먹는 도준의 얼굴에는 짜증이 가득했다. 회식도 엄연히 과업의 일부라고 생각하는 그였다. 과업 중 이탈도 용인하지 못하는 그가, 눈앞에서 부하 직원을 신원도 모르는 사람에게 빼앗겼으니. 그에겐 굉장히 자존심이 상하는 일이었다.

업무과실이다. 직장 상사로서, 과업 중 부하를 지키지 못했다는 것은.

"……네, 죄송합니다."

못마땅한 눈이 죄송하다 말하는 그녀를 훑었다.

"죄송하면, 다음부턴 네가 공과 사를 똑바로 구분하는 사람이라는 거, 증명해. 그 사람의 직책이 뭔지는 몰라도, 네 직속 상사는 나야. 알겠어?"

"……네."

그가 하는 말 하나하나 다 맞는 말이라, 소윤은 그저 아랫입술을 잘근 깨물 수밖에. 잔뜩 주눅이 든 채로 소윤은 허리를 꾸벅 숙이고 직원휴게실을 나섰다.

하지만 그 순간, 엘리베이터 앞에 서서 으스스한 오라를 뿜어내는 한 사람이 있었으니…….

'저걸 어떻게 떼어놓지……?'

비산이 어금니를 아주 독하게 깨물었다. 아주 그냥 속이 흉흉해 미칠 지경이다. 여직원을 불러다가 뭐? 그 남자랑 무슨 관계냐니? 이거 성희롱 아닌가! 지가 뭔데 그런 걸 물어? 안 그래도 어제 회식 일 때문에 소윤이 혹여 곤란하지는 않나 싶어 잠깐 내려와 봤더니, 저 썩어 문드러진 동태 같은 놈이-비산의 눈에만- 소윤이에게 수작을 거네?

띵.

엘리베이터의 문이 양쪽으로 벌어지자 비산은 파르르 떨리는 안면 근육을 애써 진정시키며 엘리베이터로 올랐다.

'아하. 그게 있었지.'

하지만 그 순간, 문득 머리로 스친 기획서 하나에 비산은 한쪽 입꼬리를 슬쩍 올렸다. 그것은 제법 사악하게까지 느껴지는 회심의 미소였다.

5. 위험한 출장

'지금쯤 출발했겠군.'

회의실에 앉은 비산이 슬쩍 손목에 채워진 시계를 들여다봤다. 출근하자마자 비산은 조 실장을 시켜 소셜미디어팀의 직원 카드를 체크했었다.

'송도준. 이름도 재수 없어.'

그는 R&D팀 이하, 홍보 1팀과 2팀에서 가기로 되어 있는 부산의 전자기기 박람회에 스텝으로 송도준을 끼워 넣으라고 지시했다. 오늘 당장 출발해야 하는 일정이라 불가할 것 같다고 했지만, 비산이 어떤 사람인가. 조 실장은 단박에 불편해지는 비산의 얼굴을 캐치하고는 곧장 인원 조정에 들어갔다.

회의 중에 웬만해선 딴생각을 하지 않는 그였지만, 소윤과 도준을 며칠이나마 떼어놓았다는 계획에 절로 웃음이 났다.

지이잉. 주머니에서 휴대폰이 짧게 울렸다. 소윤의 문자인가 싶어 반갑게 휴대폰을 꺼내 들었던 비산은 저도 모르게 자리에서 벌떡 일어서고 말았다.

"……!"

[쌤 나 일이 생겨서 며칠 못 들어가요. 갑자기 부산 출장이래요. 이게 무슨 일인지.]

"이게…… 어떻게 된 거야?"

송도준을 보내라고 했더니 왜 소윤이 출장을 가는 거냐고!

영문을 모르는 직원들은 갑작스레 자리에서 벌떡 일어난 비산을 바짝 긴장한 얼굴로 바라봤다.

"저는 일이 있어 먼저 나가겠습니다. 회의는 계속 진행하시죠."

잔뜩 굳어진 얼굴이 무슨 대단한 사달이 난 게 분명해 보였다.

"조 실장!"

회의실을 나서자마자 신경질적인 비산의 목소리에 조 실장은 또 무슨 일인가 싶어 푸릇해진 얼굴로 그에게 다가와 섰다.

"예, 이사님."

"소셜미디어팀에 한소윤이란 직원도 혹시 박람회에 동행했나?"

"아, 그게 인원이 정해져 있어서 홍보 2팀에서 두 명을 빼고 소셜미디어팀에서 두 명을 스텝으로 넣었습니다."

"그걸 왜 이제야 말해?"

"예? 아…… 죄송합니다."

워낙에 시간이 빠듯해서 최대한 빠르게 처리한다고 한 게 오히려 독이 되었다. 그가 왜 그렇게 화를 내는지 이유도 모른 채 조 실장은 다시 내려질 호통을 기다리며 마른침을 꿀꺽 넘겼다.

"4박 5일이라고 했지?"

"……예."

"더럽게 기네."

"……."

"부산으로 가는 비행기표 지금 당장 알아봐. 없으면 기차든 뭐든 상관없으니까, 최대한 빨리."

"부산…… 요?"

의아하다는 듯 되묻던 조 실장은 섬뜩한 비산의 눈과 마주치자 얼른 고개를 숙였다.

"최대한 빨리 조치하겠습니다."

생각만 해도 속에서 불길이 치솟는다. 같은 차를 타고 몇 시간을 동행해야 되는 게 아닌가. 게다가 무려 4박 5일 동안 붙어 다녀야 한다. 4박 5일이면 없는 정도 생길 판인데, 그 자식은 소윤에게 딴마음까지 품고 있으니……!

물론 딴맘을 품고 있다는 것은 어디까지나 비산의 생각이었지만, 당장에 가서 소윤을 데려오지 않으면 정말이지 아무것도 할 수 없을 것 같았다.

금세 입안이 바짝 말라 붙어버릴 정도로 그는 지금, 불안하고 초조했다.

'하필이면 송 대리님이랑 같이 갈 게 뭐야…….'

그 시각, 부산으로 향하는 KTX에서 소윤은 지루함보다는 불편함에 얼굴을 찌푸렸다.

R&D팀에서 제품 설명을 하고 홍보1팀에서 해외 바이어 상담

과 각종 마케팅을 담당하기로 되어 있었다. 원래 홍보 2팀에서 하는 일도 서류 작성을 돕는 거라든지 부스에 필요한 각종 잡일을 하는 도우미 개념이라, 소윤과 도준은 딱히 준비할 건 없었다.

그래, 갑작스런 출장도 좋고, 어려울 것 없는 일도 좋고 다 좋다, 이거야! 근데 왜 하필이면 송 대리님이냐고! 허미리 팀장님도 있고 윤혜영 대리님도 있는데!

생각할수록 머리만 지끈거린다. 그저 옆에 있는 것만으로도 이렇게 불편한 사람인데, 4박 5일을 어떻게 보내나 싶어 소윤은 가슴이 턱, 하고 막히는 느낌이 들었다. 출발한 지 벌써 한 시간이 다 되어가는데, 도준과 소윤은 단 한마디도 나누지 않았다는 사실도 거기에 한몫했다.

"한소윤 씨라고 했죠?"

고문과도 같은 어색함에서 벗어나고자 귀에 이어폰을 꽂던 소윤은 문득 옆에서 들린 목소리에 고개를 돌렸다.

건너편 좌석에 앉아 있는 홍보1팀의 염지훈 대리였다.

"아, 네."

윤 대리님께 듣기로는 반질한 얼굴 믿고 여직원들한테 엄청 집적거린다고 하던데. 경계심을 실은 눈으로 그를 바라봤지만 그는 생긋하고 웃으며 말을 이었다.

"지루한가 본데, 스넥 칸에 가서 커피라도 한잔할래요?"

"아니……."

"염 대리, 지루하면 휴대폰이나 들여다보지 그래? 평소에는 근무시간에 폰 보면서 시간 잘만 보내더니."

괜찮다고 대답하려던 소윤은 갑작스런 도준의 말에 어찌해야 할 바를 몰랐다. 눈을 감고 있어서 자는 줄 알았더니 아니었나 보다.

그런데 염 대리의 제안을 끊어준 것까지는 고마웠지만, 그렇게 빈정대듯 말할 필요까진 없잖아. 중간에 있는 사람 불편하게…….

"뭐, 뭐요……?"

어느새 염 대리의 얼굴은 잔뜩 상기되어 있었다.

"남이사 휴대폰을 보든 커피를 마시든 무슨 상관이야? 소윤 씨, 송 대리 때문에 피곤하죠? 그렇게 까탈스럽게 군다더니, 소문대로네요."

입을 비틀며 말하는 그의 모습이 꼴사나웠다. 소윤이 송 대리를 딱히 상사로서 좋아하는 건 아니지만, 그가 저런 소리를 들을 만큼 나쁜 사람은 아니었으니까.

"아뇨. 상사로서 정말 존경하는 분입니다."

소윤의 답에 염 대리의 얼굴이 황당하다는 듯 일그러졌다. 뭐 이런 것들이 다 있냐는 얼굴로 둘을 번갈아 보던 그는 별수 없다는 듯 의자에 등을 붙이고 고개를 창가로 돌려버린다.

사실 소윤이 뱉은 말이 거짓말은 아니었다. 비품실에 갔을 때도 그렇고, 회식날도 그렇고, 겉만 까칠했지 속 깊은 사람이란 건 분명히 알 수 있었으니까. 불편하긴 하지만, 나쁜 사람은 아니다.

소윤이 한 말을 들었는지 못 들었는지, 도준은 다시 무심하게 눈을 감은 채로 의자에 기대어 있었다.

그래, 괜찮을 거야. 4박 5일, 참아보자, 한번!

달리는 택시 안에서도 비산은 불안했는지, 좀처럼 가만히 있을 수가 없었다. 애먼 손만 만지작거리며 차창 밖을 바라보다, 결국 못 참겠다는 듯 기사에게 물었다.

"왜 이렇게 오래 걸리는 겁니까?"

"김해공항에서 해운대까지 머니까 그렇지예."

비행기에서 내리자마자 그는 공항 앞으로 달려가 택시를 잡아 탔다. 늦어도 30분이면 도착할 줄 알았는데. 그 긴 시간만큼이나 비산의 속도 바짝바짝 말라들었다.

그렇게 한 시간 남짓 달렸을까, 드디어 전시관 앞에 도착한 비산은 곧장 박람회가 열릴 전시장으로 향했다.

"출입증 좀 보여주시겠습니까?"

하지만 주말을 끼고 3일간 열리는 박람회는 아직 시작 전이었다. 내일까지 각 부스들이 제품을 디스플레이하고 준비하는 동안 일반인의 출입은 엄격히 통제되고 있다는 사실을 비산은 미처 생각하지 못했다. 예상치 못한 상황에 그가 눈을 부릅떴지만 소용없는 짓이었다.

"이번 전시회 참여하는 산호그룹의 임원입니다. 급히 전달할 사항이 있는데 들여보내주시죠."

"죄송합니다만, 그건 불가합니다. 참여 부스 명단에 맞게 출입증을 제작해서 배포했습니다. 정 들어오셔야 한다면 출입증을 가지고 있는 직원을 불러서 동반입장 하셔야 해요. 요즘 직원이라고 사칭하며 들어오는 좀도둑들이 많아서……."

"뭐? 좀도둑? 당신 말 다 했어?"

생전 듣도 보도 못 했던 그 황당한 말에 비산의 얼굴이 섬뜩한 빛을 띠던 그때.

"어? 쌤!"

그토록 듣고 싶었던 소윤의 목소리가 어디선가 들렸다. 소윤은 제법 놀란 얼굴로 그를 바라보고 서 있었다. 때마침 직원들이 마실 물을 가지러 가던 참이었는데, 여기서 비산을 만날 줄이야. 내려오면서 문자를 보냈는데, '어떻게 쌤이 여기에 있어요?' 하는 질문이 그녀의 맑은 눈빛에 고스란히 담겨 있는 듯했다.

"잘됐다."

비산은 다짜고짜 소윤의 손목을 덥석 움켜쥐었다.

"쌤?"

"가자."

"네에?"

"너 여기서 이러고 있을 필요 없어."

하지만 몇 발짝 못 가 비산은 소윤의 손을 놓치고 말았다. 아니, 정확히 표현하자면 소윤이 그의 손을 뿌리친 거였다.

"쌤, 왜 이래요? 나 지금 근무 중이라고요."

"너 잘못 왔어, 지금."

"네?"

"너 여기서 일할 이유 없다고. 내가 실수했어."

"아니, 도대체 그게 무슨……!"

도무지 그의 말을 알아들을 수가 없었다. 회식 때도 그러더니, 도대체 왜 이러는 거예요, 쌤? 비서 일은 또 어쩌고 온 거예요?

"한소윤 씨!"

비산에게 재차 손목이 잡혀 끌려가던 소윤은 등 뒤에서 들리는 목소리에 고개를 돌렸다.

잔뜩 가라앉은 표정의 비산도 마찬가지로.

"그 손 놓죠?"

"신경 끄는 게 좋을 텐데?"

"나…… 당신 누군지 이제 알겠어."

"……."

도준이 입꼬리를 말며 뱉어내는 말은 제법 당돌했다.

"누군지 알면서도 그딴 식으로 밖에 말 못 해?"

소윤에게 자신이 이사라는 사실을 부러 숨기려고 했었다.

그녀가 진실에 다가서지 못하게 하려고. 이왕이면 이 추악하고 더러운 진실에 단 한 발짝도 들이지 못하도록, 막으려 했다. 어쩌면 자신이, 한소윤의 아버지를 죽게 한 자의 아들일 수도 있으니까. 만약 그 사실을 소윤이 알게 되면…… 절대로 그녀를 가질 수 없을 테니까…….

"놓으시죠, 그 손……. 강비산 전무이사님."

"……!"

그게 너무 무서웠다, 비산은.

하지만 뱉어진 그 말은 이미 주워 담을 수 없었다. 비산의 눈이, 놀란 토끼 눈을 한 소윤에게로 하릴없이 향했다.

"……에? 저, 전무…… 이사요?"

비산은 속으로 욕을 지껄였다. 누구보다도 소윤에겐 감추고 싶었던 사실이었으니까.

"그게…… 정말이에요?"

높으신 분의 비서가 아니라, 이사님이시라고요? 쌤이?

벌어진 입이 좀처럼 다물리지 못한 채로 뻐끔거리는 사이, 도준은 비산을 쏘아보며 힘주어 말했다.

"소윤 씨 못 갑니다. 지금 업무 중입니다."

"일 손이 모자라면 바로 충당해주지. 가자."

"아니, 저……!"

"……한소윤!"

비산에게 힘없이 딸려가려는 그녀를 도준이 얼른 잡아챘다. 소윤은 두 남자 사이에서 손목이 한쪽씩 잡힌 채 난감한 얼굴을 할 수밖에 없었다.

"손 떼."

여느 때보다 냉기가 실린 비산의 목소리는 가슴께가 서늘할 지경이었다.

"지금, 누구 손목을 잡아……?"

도준을 바라보는 비산의 눈에 살기가 스쳤다. 짓눌려 흘러나오는 목소리도 섬뜩하기만 하다. 그 입에 소윤이의 이름을 담는 걸로도 모자라, 감히 손목까지 잡아? 저도 모르게 입술을 비틀며, 도준의 멱살이라도 잡을 기세로 그에게 다가가는데.

"자, 잠깐만요! 송 대리님. 저 잠깐만 이야기 좀 하고 들어갈게요."

도준의 앞으로 불쑥, 소윤이 몸을 들이밀며 말했다. 하나라도 보내야지 안 그럼 큰 사달이 날 것 같았으니까.

"상사랍시고 헛수작하면 바로 전화해."

도준은 비산이 듣지 못할 정도로 낮은 목소리로 소윤에게 일렀다. 혹시나 그가 전무이사라는 위치를 이용해 소윤에게 수작질이라도 하고 있는 건 아닌지 염려가 되었으니까. 도준에겐 직장 상사로서, 함께 출장 나온 직속 부하를 책임져야 할 의무가 있었고, 소윤이 옳지 못한 상황에 처하는 것은 도준의 책임 범위 안에 있었다. 그 상대가 설사 강비산 전무이사라 하더라도 말이다.

"걱정 마세요. 바로 연락할 테니까."

그를 겨우 행사장 안으로 들여보낸 후 소윤은 비산을 가만 올려다봤다. 그 눈이 어쩐지 다정하지가 않아서 비산은 슬쩍 긴장이 되었다. 아니나 다를까, 전시관 뒤뜰에 발을 내딛자마자 소윤이 도끼눈을 하고 따져 묻는다.

"그러니까…… 쌤이 지금, 이사라고요?"

"어? 으응."

"가만 보면 나는, 쌤에 대해서 아는 게 하나도 없는 것 같아요. 왜 숨겼어요?"

"숨긴 거 아냐. 자세히 말하지 않은 것뿐이지."

'아니. 일부러 숨긴 거 맞아. 절대로 말하고 싶지 않았어. 아버지와 연결된 일말의 접점도 너에게 보여주고 싶지 않았으니까.'

겉으론 거짓을 말하면서 속으론 진실을 읊었다. 거짓말을 하면서도 눈 하나 깜짝하지 않는 자신이 이럴 때는 역겹기까지 했다.

'나는 계속 너에게…… 거짓말을 해야 할 거야.'

입안에서 쓴맛이 올라왔지만 내색하지 않았다. 그저 담담하게 소윤의 눈을 바라보고 있을 뿐이었다.

"나는…… 잘 모르겠어요. 나를 좋아한다면서…… 왜 쌤에 대해서 하나도…… 알려주지 않는 거예요?"

5년 전, 왜 갑자기 말도 없이 훌쩍 떠났는지. 소식도 없다가 다시 나타난 이유가 대체 뭔지. 그리고 지금의 쌤은 어떤 사람인 건지.

"궁금한 게 많아도 묻지 않았던 건, 몰랐던 걸 안다고 해서 쌤에 대한 제 마음이 달라지는 건 아닐 테니까, 그래서 가만히 있었던 거예요."

"……."

소윤을 내려다보는 비산의 눈이 짙어졌다.

네 마음. 정말로 달라지지 않을까? 내가 어떤 사람이라고 해도? 너를 가질 자격조차 없는 사람이라고 해도? 나 때문에…… 우리 아버지 때문에…… 네 아버지가 죽었을지도 모르는데?

난 그저, 너를 거둬 좋은 사람 만나게 해주고, 웃음을 찾아주면 그만이었어. 그런데 네가 너무 가지고 싶잖아.

그래서 한 교수님과의 약속을 모른 척했어. 그래. 결국 나도 아버지와 똑같은 인간이야. 양심 따위는 버린 지 오래라고. 이런 내가, 지금에 와서 너에게 진실 따위 알려줄 필요는 없잖아. 알게 되면…… 너는 못 견딜 테고, 난…….

너를 잃을 테니까

"올라가요. 일단 쌤 이야기는 이 일 다 끝나고 서울에서 해요."

"내가 싫은데도 꼭 가야겠어?"

"왜 싫은데요? 아니, 왜 쌤은 저를 못 믿는 거예요?"

"널 못 믿는 게 아냐. 저 자식을 못 믿는 거지."

"아무 일 없어요. 걱정 말고 올라가요."

"너 정말……!"

이사라는 사실을 숨긴 데에 화가 난 건지, 아니면 막무가내로 찾아와 억지로 저를 끌고 올라가려는 데에 화가 난 건지, 알 수 없었다. 다만, 소윤의 목소리에 실린 약간의 짜증이, 조금은 생소하고 두려웠다.

왜 이렇게 불안한 걸까……? 나와 달리, 아무렇지도 않은 네가…… 너무 화가 나.

"하아……. 알았어."

결국 비산은 마중까지 나온 소윤의 앞에서 택시를 잡아타고 김해공항으로 향했다.

'세상에…… 이사님이라니.'

온종일 부스를 정리하느라 몸에 진이 다 빠져나간 소윤은 호텔의 욕조에 몸을 푹 담그고 있었다. 어쩐지…… 고물 스쿠터를 타고 다니던 가난한 대학생이 지금은 너무 다른 환경에서 산다 싶더니만.

괜히 화가 났다. 그게 무슨 숨길 일이라고, 내가 뭐 자길 벗겨 먹기라도 한대? 이사님이란 게 나쁜 것도 아닌데, 대체 왜 숨겼냐고, 왜!

감정은 복잡한데, 희한하게도 몸은 참으로 솔직했다. 그 와중에 졸음이 쏟아지다니. 입을 삐죽이면서도 저도 모르게 슬쩍 내려앉는 눈꺼풀을 번쩍! 하고 밀어 올린 소윤은 욕조에서 나와 몸을 헹궜다.

6명의 팀원 중에 유일하게 여자라서, 본의 아니게 호텔방을 혼자 쓰게 되었다. 조금 심심한 감은 있었지만 그래도 색다른 기분이 들었다. 꼭 여행 온 것 같은 기분. 썸 일만 아니었다면 이렇게 개운하지 않은 느낌이 들지 않았을 텐데. 수건으로 머리를 털어내는 소윤의 손길이 살짝 거칠어졌다. 그녀가 샤워가운을 두르고 욕실을 나오는데, 갑자기 딩동, 하는 초인종 소리가 들렸다. 누구지?

"누구세요?"

"한소윤 씨. 잠깐 들어가도 될까?"

밖에서 들려온 목소리는 홍보1팀의 염 대리님 같았다. 윤 대리님이 얼굴 믿고 여자들한테 집적거린다고 조심하라 그랬던 그 사람.

"아, 제가 지금…… 곤란한데."

"아, 내일 박람회 때문에 뭐 좀 전해주려고. 이것만 주고 갈 테니까 문 좀 잠깐 열어봐요."

"아니……."

"빡빡하게 구시네. 종이 하나 전달하고 간다니까, 거!"

"그게 아니라 제가 지금 옷이……."

"살짝만 열어. 문틈으로 넣어주기만 하고 갈 거야."

찜찜하긴 했지만, 밖에서 기분이 상한 듯한 목소리가 들려오자 더 이상 버틸 수가 없었다.

달칵.

하지만 염 대리는 문틈이 벌어지자마자, 얼른 문을 밀어 객실로 들어섰다.

"허엇!"

갑자기 들어온 염 대리 때문에 당황한 채 뒷걸음질을 치는 소윤의 몸을 그는 아래위로 스캔하듯 훑었다. 그 눈길이 얼마나 음흉했던지, 소윤이 얼른 두 팔로 몸을 가렸다.

"이게 무슨 짓입니까? 얼른 나가세요!"

"어, 이거."

염 대리의 손에 들려 있는 건 이번 행사 팸플릿이었는데, 이미 오후에 확인했던 거였다.

"아, 아까 확인했습니다. 그럼…… 내일 뵙겠……."

"아이고! 한소윤 씨, 안 심심해? 나랑 맥주라도 한잔하지?"

"아니, 아뇨! 제가 좀 피곤해서……."

"그래 피곤하니까 맥주 딱 한 잔만 마시고 갈게."

"아니, 염 대리님!"

그는 막무가내였다. 애초에 이미 다 봤던 팸플릿을 들고 온 의도가 이거였나 보다. 문만 살짝 열어달라고 해서, 옷도 제대로 갖춰 입지 않고 열어줬더니, 여자 혼자 있는 방에서 뭐? 맥주를 같이 마시자고? 뻔한 수작이다. 하지만 소윤은 그가 방 안으로 밀고 들어옴과 동시에 어떻게 해야 할지 머리가 까매졌다. 심장은 불안함에 뛰어대고, 자신을 도와줄 사람이라고는 도준밖에 없는데 딱히 일이 없으면 소윤의 방에 올 리 없는 사람이니. 썸이 있었으면 좋았겠지만, 한참 전에 공항으로 간 참이었다. 뭔가 핑계를 대서라도 빨리 그를 쫓아내지 않으면 무슨 일이라도 생길 것만 같았다.

하지만 불안한 소윤의 마음과는 다르게, 염 대리는 냉장고에 있던 맥주 두 캔을 꺼내어 한 캔을 소윤의 손에 쥐여주었다. 그러더니 느긋하게 침대 위에 걸터앉는다. 눈빛이 아주 끈적끈적한 게 온몸에 덕지덕지 달라붙는 느낌이었다.

'미치겠네, 진짜. 이 차림으로 내가 나갈 수도 없고.'

목을 한 번 짧게 가다듬은 소윤은 욕을 얻어먹을 각오를 하고 단호하게 말했다.

"저 술 못합니다, 염 대리님. 저 졸려서 지금 자야 해요. 그러니까 지금 당장 나가주세요."

비싯 웃는 얼굴로 맥주를 입에 머금은 그가 느릿하게 침대에서 일어섰다. 아무 대답도 없는 게, 어쩐지 더 무서웠다. 어느새 한 발짝 앞까지 다가온 염 대리가 허리를 숙여 소윤의 귓가에 나직이 속삭였다.

"졸리면 자."

"……나가셔야 자죠."

"나…… 있는 듯 없는 듯 잘 있거든. 신경 쓰지 말고 자."

"……!"

혹시나 했는데 역시나라서, 온몸에 오소소 소름이 돋아났다.

"염 대리님."

어느새 다시 마주한 그의 눈은 전과는 완전 다른 사람 같아 보였다.

"상사 앞에서 이런 차림으로 있으면, 이거…… 유혹하는 거 맞지?"

"뭐…… 라고요?"

바들바들 떨고 있는 소윤의 모습이 제법 맛있는 먹잇감 같았다.

"한소윤 씨 허리가 얼마나 가는지 한번 안아보고 싶었는데…… 이렇게 날 유혹해주시니……."

짝!

저도 모르게 올라간 손은, 제법 강하게 염 대리의 뺨을 올려붙였다. 두려움도 두려움이었지만, 자신더러 유혹했다는 식으로 말하는 그의 행태가 도저히 참을 수 없었으니까.

"당장 나가! 안 나가면 소리 지를 거야!"

그러면서 소윤은 휴대폰이 있는 쪽으로 급히 몸을 돌렸다.

"이게……!"

"꺄악!"

하지만 염 대리가 조금 더 빨랐다. 달려든 그에 의해 몸이 침대 쪽으로 기울었고, 결과적으로 염 대리가 원하던 자세가 되어버렸다. 침대 위에 소윤은 꼼짝없이 그에게 깔린 상태가 되고 만 것이다.

"이거 안 놔? 흑……! 놓으라고! 놔!"

"그래. 원래 이렇게 반항을 해야 재미있는 거지."

염 대리의 입가에 광기 어린 웃음이 배었다. 온몸을 비틀며 발버둥 쳐봤지만, 남자의 힘이란 게 이렇게 센 거였나 싶을 정도로, 소윤은 꼼짝도 할 수 없었다.

'누가! 누가 좀 도와줘!'

공포심에 연신 쏟아져 나오는 눈물은 아무런 도움이 되지 못했다. 소리를 지르고 악을 쓰자, 염 대리는 손바닥으로 소윤의 입을 꾸욱 눌러버렸다.

"소윤 씨. 아무리 그래봤자 아무도 안 와. 그러니까 포기해. 응?"

징그럽기만 한 그의 혀가 소윤의 목덜미에서 꿈틀거렸다. 이게 다 꿈이었으면 좋겠다. 정말이지 지독한 악몽일 뿐이라면 좋겠다. 고통스러운 듯 흐느끼며 그녀는 눈을 질끈 감았다.

도와줘.

제발…….

하지만 지금 이 순간, 저를 도와줄 사람은 아무도 없었다. 악몽 같았지만 현실이었다. 샤워가운 사이로 파고드는 그의 거친 손이 끔찍하게도 이게 현실이라 말해주고 있었으니까.

154

"제발⋯⋯. 그만⋯⋯."

눈물 섞인 신음은 아무짝에도 소용이 없었다. 무섭고 억울하고 분하고 괴로웠다.

"한소윤!"

그녀가 충격과 공포로 거의 정신을 반쯤 놓으려던 순간이었다. 아득해진 의식 사이로 그의 목소리가 들리는 것 같았다. 너무나 진짜 같은 목소리라 일순 안도감마저 드는.

"이 개자식!"

하지만 다음 순간, 염 대리를 끌어 내려 바닥에 내던지는 비산의 모습은 꿈이 아닌 진짜였다. 분명 공항에 도착했다고 통화했었는데, 어떻게 된 건가 싶으면서도, 그런 건 상관없이 지금 이 순간에 나타나줬다는 사실 하나에, 소윤은 너무나⋯⋯ 너무나 감사했다.

"한소윤 너 괜찮아?"

"흐흑⋯⋯."

걱정스런 그의 얼굴을 보자 아무 대답도 할 수 없었다. 댐이 터지듯, 고여 있던 눈물이 한꺼번에 쏟아지는 바람에 고개만 끄덕여 보일 뿐.

샤워가운의 앞섶을 여민 채 눈물범벅이 되어 있는 소윤을 보자, 비산은 피가 머리로 솟구치는 것만 같았다.

"죽여⋯⋯ 버릴 거야."

한 시간 전이었다. 김해공항 게이트 앞에 앉아 있는 비산의 모습은 초조, 불안 그 자체였다. 소윤의 짜증스런 얼굴만 아니었다면 조금 더 우기고 버텨봤을 텐데. 머릿속에 소윤의 손목을 덥석 잡던 송도준의 모습이 스치고 지나갔다. 그와 동시에 그 잘생긴 얼굴에 주름이 콱, 하고 잡힌다. 1박 2일도 용납 못하겠는데, 4박 5일이라니! 남의 귀한 손목을 그렇게 아무렇지 않게 덥석덥석 잡는 놈이, 맘만 먹으면 무슨 짓인들 못 해?

"도저히…… 안 되겠다."

결국엔 비산이 자리를 박차고 벌떡 일어섰다. 휴대폰을 들어 올린 그는 곧장 조 실장에게로 전화를 걸었다.

"지금 당장 부산 출장팀원들 묵고 있는 호텔 객실번호 알아내서 보고해."

-예?

요즘 비산이 시키는 일들은 업무와 무관한 것들뿐이라, 조 실장은 당최 그를 이해하기 힘들다는 듯 되물었다. 갑자기 출장팀원을 바꾸라질 않나, 부산을 내려간다 하질 않나, 이제는 출장팀 객실번호까지 알아오라니. 하지만 그의 성정을 알아도 너무 잘 아는 조 실장이었다. 수화기 너머로 들려온 지독한 침묵에 조 실장은, 즉각 알겠습니다, 라고 답할 수밖에.

"아, 그리고……. 부산 산호호텔 본부장 전화번호도 알아내서 보내."

산호그룹 계열사 호텔이라, 통화 한 통이면 즉각적으로 원하는 걸 얻을 수 있으리라. 비산은 곧장 공항 앞에 세워진 모범택시에 올라탔다.

호텔에 도착하자, 로비에는 본부장이 그를 맞이하기 위해 대기하고 있었다.

"이사님! 예까지 어쩐 일이십니까? VIP특실로 일단 방을 잡아 놨는데……."

"아, 그건 필요 없고요. 8306호 8307호 중에 예약 가능한 방 있습니까?"

"예에? 일반실로 말입니까?"

"네."

"아……. 원하시면 당장 알아보겠습니다만……. 더 좋은 객실이 있는데……."

"급하니까 당장 좀 알아봐줘요."

"아, 예. 알겠습니다."

안내 데스크 앞으로 가서 직원과 몇 마디를 나누던 본부장이 다시 비산에게로 달려왔다.

"아, 8306호 방이 비어 있습니다."

"그리로 가죠."

"예? 아. 예. 안내해드리겠습니다."

굳이 특실을 놔두고 일반실을 쓰겠다는-그것도 객실 호수까지 콕 찍어서- 비산이 이해가 가지 않는다는 듯, 고개를 갸웃하며 본부장은 엘리베이터 앞으로 그를 안내했다. 그리고 비산과 본부장이 복도로 들어섰을 때였다.

"빡빡하게 구시네. 종이 하나 전달하고 간다니까, 거!"

어느 객실의 문 앞에서 짜증스런 목소리로 문을 두드리는 남자가 보였다. 곧 그는 객실 안으로 사라졌고, 비산은 지나치며 그 객실의 호수를 확인했다.

'8305호?'

어쩐지 찜찜한 얼굴로 그는 본부장의 안내에 따라 그 객실의 바로 맞은편 객실로 들어섰다.

"이사님, 그럼 필요한 거 있으면 바로 호출하십시오. 당장 달려오겠습니다. 자리 불편하시면 바로 옮겨드리고요."

"잠깐."

허리를 90도로 숙이며 방을 나가려던 본부장을 비산이 불러 세웠다. 어리둥절한 얼굴의 본부장을 그대로 지나친 비산은 맞은편 객실 앞에 서서 가만, 귀를 갖다 댔다. 8305호라면, 출장팀원들이 묵는 방 중 하나였다.

"이, 이사님?"

뒤에서 본부장이 비산을 부르자 그는 서늘한 얼굴로 검지를 입술의 한가운데 갖다 댔다.

"꺄악!"

그리고 객실 안에서 들려온 비명. 비산의 눈이 크게 벌어졌다.

"본부장. 비상키 가지고 있죠?"

"예? 예에?"

"이 문 당장 열어요."

"아, 아니, 그게 갑자기 무슨……!"

"내가 책임질 테니 이 문 당장 열라고!"

섬뜩한 눈이 본부장을 죽일 듯이 노려보자, 하는 수 없다는 듯 본부장은 비상카드를 꺼내 객실의 패드에 갖다 댔다. 문이 열리고 보인 광경에 비산은 눈이 뒤집힐 수밖에.

비산은 자신이 없었다. 그자 앞에서 이성을 차릴 자신이.

'감히 한소윤에게 손을 대?'

비틀비틀 일어서는 염 대리의 얼굴에 비산은 곧장 주먹을 날렸다.

"이사님!"

"꺄아!"

난데없는 상황에 놀란 본부장과 소윤이 그에게 매달려봤지만 소용이 없었다.

"죽어……!"

소름이 돋을 정도로 무감각한 표정만큼이나 그의 주먹은 무자비해서 곁에 있던 소윤은 너무 두려웠다.

"그만……! 쌤 그만……!"

소윤이 비산을 뒤에서 감싸 안았다. 얼굴에는 눈물이 범벅이 된 채였다.

"흐흑…… 쌤. 그만요……."

나 때문에 그러지 말아요.

염 대리의 얼굴은 어느새 피떡이 되어 있었다. 경찰에 신고를 해야 하나 마나, 본부장이 안절부절 망설이는 사이 결코 멈출 것 같지 않던 비산이 그제야 주먹질을 겨우 멈췄다.

"나 괜찮아요……. 괜찮아요, 쌤……."

소윤은 비산의 등 뒤에서 그를 꼭 끌어안고 있었다. 긴 날숨을 뱉은 비산이 천천히 소윤에게로 돌아섰다.

"으윽……. 당신…… 누구야? 가만 안 둬……!"

등 뒤에서 잘도 떠들어대는 목소리가 가소로웠다. 비산은 턱을 비틀며 살기 어린 그 입을 열었다.

"강비산 전무라고 들어는 봤겠지? 가만두지 마. 나도 원하는 바야."

"……."

낯이 익다 했더니, 회사에서도 그렇게나 악명 높은 강비산 이사라는 사실에 염 대리는 눈을 질끈 감았다.

"죽이지 않은 걸 다행으로 생각해. 감방에 가거나, 소송비로 집안 거덜 나는 것 정도는 감수해야 할 거야."

"……."

여자한테 추행이나 하는 이 하잘것없는 인간을 당장에 짓이겨 버리고 싶었지만, 비산은 소윤을 데리고 빨리 올라가고 싶다는 생각으로 가득했다.

"너, 들어가서 옷 갈아입고 나와."

"어…… 쩌려고요?"

비산은 대답은 하지 않은 채 휴대폰을 들었다.

"김 변, 나 강비산인데 일이 좀 생겼어. 지금, 부산으로 좀 내려와 줘야겠는데."

소윤이 방으로 들어간 사이, 어느새 염 대리는 비산 앞에 어쩔 줄을 모르고 있다 눈치를 보며 무릎을 꿇었다.

"죽을…… 죄를 지었습니다, 이사님. 부디…… 선처를 부탁합니다."

비산이 휘두른 주먹쯤이야 정당방위로 간단히 해결될 터였다. 몰인정하기로 소문이 자자한 비산은 해고는 기본이고 자신에게 콩밥쯤, 아주 손쉽게 먹이고도 남을 위인이 분명했다.

"경찰하고 얘기해. 본부장님, 뒤처리 좀 부탁드릴게요. 내 담당 변호사 곧 내려올 겁니다."

"아…… 예, 이사님."

때마침 소윤이 옷을 갈아입고 나오자, 비산은 가차 없이 그녀의 손목을 틀어쥐었다.

"가자."

"쌔…… 아니, 이사님. 저 아직 박람회……."

"가."

소윤을 바라보는 비산의 눈에 힘이 들어가 있었다. 지금 여기서 내 말 안 들으면 나도 안 참아, 라고 말하는 것 같아서. 소윤은 고개를 한 번 끄덕이기만 했다. 거세게 당겨진 그의 손에 힘없이 끌려가는데, 눈가에 눈물이 맺힌다. 비산에게 미안하기도 하고, 고맙기도 하고, 또…… 희한하게도 그가 밉기도 해서. 결국엔 맑은 진주알이 서럽게도 떨어져 내렸다.

"미안……."

아까와는 확연히 다른 낮고 부드러운 목소리가 곁에서 작게 울렸다. 낮은 음성이었지만 마치 자책이라도 하는 것처럼 짓누르고 짓누른 그 목소리에, 소윤은 눈을 꽉 감아버릴 수밖에.

"쌤이…… 왜 미안해요……. 내가 오히려 미안하지……."

"아냐…… 내가 미안해."

옹졸한 마음으로 그런 짓 따위 하는 게 아니었어. 그 자식하고 붙어 있는 꼴 보기 싫다고, 그렇게 내 맘대로, 출장 같은 걸 보내는 게 아니었어.

엘리베이터에 오르며, 손목을 틀어쥐었던 손을 풀어 그녀의 손가락 사이에 깍지를 끼어 쥐었다.

"다시는…… 이런 일 없게 할 거야."

"쌤 탓이 아니에요."

"절대로…… 너를…… 위험하게 만들지 않을 거야."

"……쎔."

자책하는 듯한 비산의 말에 소윤은 괜시리 맘 한구석이 시렸다. 하지만, 그의 속이 시꺼멓게 타들어갈 정도로 괴롭다는 것을, 그녀는 알지 못했다.

비산은 집에 도착할 때까지 손에 쥔 그녀의 손을 놓지 않은 채였다. 마음이 난도질당하는 것 같은 고통이 계속되었다. 그가 살아오면서 감정의 고통을 느낀 적이 몇 번이던가. 아마도 손에 꼽힐 정도겠지. 아버지가 레트리버 테오를 엽총으로 쏴 죽인 그날부터, 비산은 어쩌면 감정이 없어진 게 아니라 괴로움에 대한 면역이 생긴 건지도 모른다. 그런 그가, 이렇게나 아프고, 이렇게나 괴롭다. 한소윤이라는 여자 하나 때문에.

"마셔."

비산은 집에 들어오자마자, 우유를 따뜻하게 데워서 소윤의 앞으로 내밀었다.

"고마워요."

'이까짓 걸로 고맙다는 말 들을 자격 없어, 나.'

소윤의 맞은편에 앉은 비산이, 가만 소윤을 바라봤다.

자책과 괴로움만이 가슴에 가득 차서 아무런 말도 할 수가 없었다. 아직도 가늘게 떨고 있는 그녀의 손을 그는 다만 천천히 잡아줬다.

"창피해요. 쎔 앞에서…… 그런 꼴 보이……?"

그 순간, 비산은 소윤의 입술을 제 입술로 막아버렸다. 눈물이 떨어지려는 자신의 얼굴을 보이고 싶지 않았으니까.

괴롭다. 소윤아. 나 때문에 아픈 네가…… 나는 너무 괴로워.

너무 아파…….

"……."

파르르르, 티 하나 없는 희고 여린 피부가 떨어댔다.

눈앞에 자신을 바라보고 있는 남자의 그윽한 눈에, 꼭 빨려 들어가 버릴 것만 같아서…….

잠에서 부스스 깨어났던 소윤은 느껴지는 묵직함에 문득 시선을 내렸다가, 제 허리를 감아 안고 있는 낯선 팔에 눈을 부릅떴다.

그리고 이내, 몸을 돌려 마주한 것은 자신을 너무나 사랑스럽게 바라보고 있는 비산의 눈이었다. 너무나 아름다워서, 자신의 것보다 긴 속눈썹에 폭 싸인 그 호수 같은 눈동자가 자신만을 지독히도 향하고 있어서, 소윤은 어쩐지 감격스럽기까지 했다. 안도감이 몰려왔다. 분명 끝난 일이라는 걸 알았지만, 어제의 기억은 온몸에 잔상으로 남아 있었다. 그 기억만 아니었다면, 아낌없이 보고 담았을 그의 눈이다.

너무나 두렵고, 절망스러웠던 그 순간에 서울로 간 줄만 알았던 그는, 끝끝내 제 앞에 다시 나타나 자신을 지켜주었다.

쌤 도대체 뭐예요? 어쩜 그래요? 이사라는 것도 숨겼던 주제에. 왜 그렇게 믿음직스러운 건데요?

보일 듯 말 듯 드러난 소윤의 미소에 비산은 그 잘생긴 입매를 길게 늘어뜨리더니 그녀의 이마에 천천히 입을 맞췄다.

너를 곁에서 지키며 밤새 불안했지만, 이제 나는 확실히 알겠어.

더 이상 너를 숨기지 않을 거야. 내 것이라고, 만천하에 드러내
어 놓고, 널 지켜낼 거야.

소윤에게 다짐이라도 하듯, 속으로 되뇌고 있는데, 그녀가 창가
쪽을 돌아보며 물었다.

"쌤…… 몇 시예요?"

길게 드리운 아침 해가 어쩐지 평소보다 뜨겁게 느껴졌으니까.

"지각 아니야, 걱정 마."

"밤새…… 내 침대에서 이러고 있었던 거예요?"

그랬던 것 같다. 씻고 누웠을 때는 분명 혼자였는데, 쌤은 내 방
에 언제 들어온 걸까?

"아무 짓도 안 했다, 나?"

능글한 목소리가 제법 귀여웠다.

"기특하네……."

"너 어디 도망이라도 가버릴 까 봐, 지키고 있었어."

"도망이라뇨? 내가 왜?"

"그냥……. 그럴까 봐."

"절대로…… 그런 일 없어요. 쌤이나 나한테서 도망가지 말아
요."

"말이라고……."

낮아지는 음성이 섹시했다. 그는 곧 고개를 슬쩍 기울이며 소윤
의 입술을 천천히 머금었다. 뜨겁고 달콤한 그녀의 입안에 온통 취
해 있는 비산은, 눈을 감은 채로 다시 소윤을 탐하고, 또 탐했다.

천천히 가빠지는 호흡을 느끼며, 소윤은 그의 가슴팍을 슬쩍 밀
어냈다. 아침부터 너무 달아올라서, 도저히 끊지 않으면 더는 견딜

수가 없을 것 같았으니까. 그 농밀한 키스는, 그녀의 이성을 매번 앗아가려고만 한다.

"쌤…… 출근……."

"……그래."

한껏 아쉽다는 얼굴로, 비산이 그녀에게서 몸을 뗐다. 다시 한 번 소윤의 이마에 사랑스럽게 입을 맞춘 그가 나직이 말했다.

"가자. 회사."

"이야기는 좀 해봤냐?"

회장집무실에는 제법 굵직한 침묵이 흐르고 있었다. 그 침묵을 가르며 나온 강 회장의 목소리는, 중후한 울림만큼이나 카리스마가 넘쳤다. 만국은 곤란한 얼굴로 세상에 둘도 없는 자신의 형님이자, 유일한 상사인 강 회장을 올려다봤다.

"그 녀석 고집 알잖습니까. 형님 보다 더하면 더했지요."

"그래서 너한테 시킨 거 아냐……? 도대체 어디서 무슨 소리를 들었는지, 그 자식, 쓸데없는 조사나 하고 다니고……."

"참. 그러고 보니, 비산이 그 녀석, 여자가…… 있던데요?"

"뭐?"

"집에 말입니다. 비산이 그 녀석 오피스텔에요."

"……!"

"저도 너무 놀라서 일단 그냥 돌아는 왔는데……."

"알아봐."

"예……?"

"당장, 그 여자가 누군지, 알아 오라고."

"어찌…… 하시려고요?"

불현듯, 만국의 얼굴로 불안이 스치고 들었다.

"독인지, 약인지 알아내야, 떼든 붙이든 할 거 아냐?"

"형님……. 비산이 성질 잘 알잖습니까? 설사 그 여자가 독이라고 해도, 떼어내면 상황만 더 안 좋아질……."

"잔말 말고 알아봐. 독이면…… 내가 죽더라도 떼어내야지. 그건 애비로서의 의무야."

그의 단호하기만 한 대답이, 만국은 걱정스러웠다.

"파리 행사는 기획서대로 진행하도록 해요."

낮은 음성에는 따뜻함이라곤 없었다. 엘리베이터에서 내려 이사진들과 로비를 가로지르던 비산은, 딱딱하기 이를 데 없는 말투로 회의를 연장하고 있는 중이었다.

"조 실장은 상반기 실적 분석표와 재무제표 다시 뽑아서 들고 오고."

"예, 이사님."

무표정하게 걸어 나가는 비산과는 반대로, 그를 따르는 이사진들은 불편한 표정이 역력했다. 어린 나이에도 불구하고 성정이 꼭, 인간미라고는 개미눈물 만큼도 없는 제 아비를 쏙 빼어 닮은 탓에, 나이 지긋한 이사진들에게도 도깨비처럼 구는 그였으니까.

하지만 비산은 이사진들의 그런 생각일랑은 전혀 개의치 않고 있었다. 회의 중에 무언가 빠진 이야기가 없나 머리를 굴리고 가는 차에 문득 눈앞으로 반가운 얼굴을 발견했다. 소윤이었다. 바깥에 심부름을 다녀왔는지 뭔가를 들고 들어오던 그녀는 비산의 얼굴과 마주치자 갑자기 시선을 아래로 휙 하고 내렸다.

그의 이채에 맺힌 소윤의 얼굴은 묘한 긴장과 어색함으로 범벅이 되어 있었는데 일순, 비산의 입가가 딱딱하게 굳었다.

'지금…… 나 피한 거야……? 한소윤?'

어느새 벽으로 바짝 붙어 다른 곳을 보며 지나치는 소윤을 그는 제 시야에서 사라질 때까지 눈에 담았다. 그러는 동안, 그녀는 단 한 번도 자신 쪽으로 보지 않았다. 분명한 고의로.

우뚝. 비산의 발걸음이 멈췄다.

"오늘 기공식, 몇 시라고 했지?"

"예? 아, 오후 2시입니다."

"먼저 가. 나 잠깐 볼일이 있어."

조 실장의 대답도 듣지 않고, 그는 마치 먹이를 노리는 야수처럼 제법 매서운 눈을 들어 엘리베이터 쪽으로 돌아섰다.

6. 강좀비의 여자 친구

[휴게실 쪽으로 잠깐 나와.]

사무실에 방금 막 도착했던 소윤은, 비산의 문자에 의아한 듯 고개를 갸웃했다. 방금 로비를 지나쳐 나가는 걸 봤는데, 휴게실 쪽으로 오라니. 소윤은 깊은 생각은 하지 않은 채, 그가 하라는 대로 휴게실 쪽을 향해 걸어가고 있었다.

"헛?"

하지만 순간, 무방비 상태였던 그녀의 손목이 갑자기 옆에서 튀어나온 손에 잡혀 어딘가로 휙, 빨려 들어갔다.

"......!"

그와 동시에 창고로 보이는 낯선 밀실의 문이 닫혔다. 염 대리와 그런 일이 있고 바로 다음 날이라, 소윤은 순간 오금이 저리는 공포를 느꼈다. 하지만 통방울만 하게 커진 눈이 어둠 속에서 자신

168

을 당긴 이를 올려다보자, 까마득한 그 눈이 마치 소윤의 입을 막고 있기라도 한 듯한 착각을 불러일으켰다.

"……쌤?"

그 눈빛에 빨려 들어가 버리면 숨 한 모금 쉬는 것조차 어려울 것처럼 강렬하게, 비산은 소윤을 바라보고 있었다.

"무, 무슨…… 일이에요?"

소윤은 굳어서 좀처럼 움직이지 않는 입술을 겨우 움직여 물었다.

"너…… 왜 나 피해?"

"……?"

지금, 설마…… 아까 로비에서 내가 눈을 피한 것 때문에 이러는 거예요, 쌤?

그녀는 조금은 황당하다는 얼굴이 될 수밖에.

"아니, 피한 게 아니라……."

"그럼?"

소윤의 어깨를 잡아 쥔 비산은 제대로 답하지 않으면 소윤을 절대로 놓아줄 것 같지 않아 보였다. 그녀가 어떻게 말해야 하나 고민하고 있던 그때, 복도를 지나가는 직원들의 목소리가 문밖에서 희미하게 들려왔다. 소윤은 불안한 얼굴로 낮게 말했다.

"쌤, 누가 와요. 회사에서 이럼 어떡해요? 놔요, 이거……!"

"내 회산데, 뭐? 누가 뭐랄 거야?"

그러는 사이 직원들의 목소리가 점점 더 가까워졌다. 소윤이 얼른 창고의 문을 잠그자, 간발의 차이로 밖에 있던 누군가가 창고의 문손잡이를 돌렸다.

"어? 여기 문이 왜 잠겼지?"

밖에서 들려오는 목소리에 소윤이 꿀꺽 침을 넘기고 있는데, 무언가가 눈앞으로 덮쳐든다. 은은한 머스크 향이 풍기는 비산의 입술이었다.

지금 이 상황에 쌤 뭐 하는 거예요! 진짜, 미쳤어.

반사적으로 소윤은 비산을 거칠게 밀어냈다.

"나 또 피할 거야, 안 피할 거야?"

"목소리 좀 낮춰요."

밖에 소리가 들릴세라 온 신경을 쓰는 소윤의 표정은 꼭 독 안에 든 쥐 같았다.

"아니, 이사님이라는데…… 회사에서 내가 어떻게 쌤을 전처럼 대해요?"

자꾸만 그의 시선이 눈 안쪽을 찌르는 것처럼 느껴져, 소윤은 저도 모르게 다시 시선을 피했다. 그러자 곧장, 비산의 손이 소윤의 턱을 잡아 자신에게로 돌렸다.

"피하지 마. 죄지었어? 네가 뭐가 모자라서 피해?"

소윤은 두통이 몰려왔다. 밖에 있는 누군가는 자꾸만 문손잡이를 돌려보며 가질 않고 있는데, 비산은 그러거나 말거나 지독스럽게도 저를 몰아붙인다.

그는 자신의 손에 잡힌 턱 가운데에서 도톰하게 빛나고 있는 소윤의 입술을 고집스럽게 바라봤다.

"하지……."

조각 같은 얼굴이, 그런 눈빛으로, 그런 야릇한 입김을 뿜으며 자신에게로 재차 다가오자, 소윤은 하지 마라는 말을 하려고 했지만 끝까지 내뱉진 못했다. 이미 부딪혀버린 입술은 너무나 감미로 웠기에.

비산은 로비에서 그녀가 자신을 피하던 그 순간을 떠올렸다. 가슴이 뚝 하고 떨어져 내리는 기분이었다, 정말.

'그런 식으로 나…… 피하지 마. 한소윤.'

어느새 더욱 농밀해진 키스에 소윤의 다리에서 힘이 풀려 나갔다. 말캉하고 부드러운 그녀의 입안을 한동안 격렬하게 휘저은 그가 천천히 입술을 뗐다.

"너 앞에만 있으면 난……."

입술 위로 뜨겁게 얽힌 타액이 끈적하게 떨어지며, 나직하게 비산의 목소리가 새어들었다.

"바람 앞의 촛불이 된 기분이야."

정말로 그랬다. 요즘의 그는 항상 불안하고 초조했으니까.

"나를…… 안심시켜줘."

불안해. 네가 내 것이 된 그 순간부터 나는 너를 잃을까 봐, 놓칠까 봐…… 내도록 불안해 미치겠다고.

"소윤아……."

짙어진 그의 숨이 소윤의 목덜미에 내려앉았다. 어느덧 그의 깊고 뜨거운 키스에 정신이 아득해진 소윤이었는데. 그가 다시 그런 목소리로, 그런 눈빛으로, 그런 숨결로 자신의 이름을 부르니, 온몸이 다 녹아내리는 것 같은 기분이 들었다. 밖에선 더 이상 아무 소리도 들리지 않았다. 문을 열길 포기하고 간 건가 싶으면서도 오히려 그래서, 더 겁이 났다. 짐승의 것처럼 번뜩이는 비산의 눈이, 꼭 무슨 사고라도 칠 것처럼 자신을 뜨겁게 바라보고 있었으니까.

머리가 아찔했다. 그 눈을 바라보고 있는 것만으로도.

"못…… 참겠다."

"허엇!"

갑자기 소윤의 허리를 들어 안은 비산은 그녀를 옆에 놓여 있던 청소도구함 위에 올려 앉혔다. 먼지가 앉아 있었지만, 그런 것 따위 비산은 신경 쓰지 않았다.

낮았던 눈높이가 비산의 키보다 한 뼘 더 높아지자, 소윤은 이 상한 기분이 들었다. 그녀의 다리 사이를 비집고 들어온 그가, 허 리를 감싸 쥔 채 그녀의 가녀린 숨을 삼켰다.

"그만……."

소윤도 이제는 달뜨는 몸을 억누를 수가 없었다. 허리를 쓸어안 은 그의 손이 천천히 소윤의 블라우스 버튼을 풀어내기 시작했다.

손끝에 닿는 소윤의 살결은 부드럽고 차가우면서도 한편으론 뜨거웠다. 피부가 닿는 곳곳마다, 전류가 흐르기라도 하는 것처럼 화끈거린다.

"하아……!"

정말이지 딱 죽을 것만 같은 감각이었다. 이런 감각을 느껴본 적이 있는가. 소윤은 아랫배가 찌릿하며 조여드는 기분에 온몸을 떨었다. 그리고 비산이 그녀의 속옷을 비집고 예쁘게 잡힌 그녀의 언덕을 그러쥐었을 때.

"하아……! 쌤……!"

결국에는 정신을 차렸다.

여기 회사잖아요. 도대체 여기서 뭘 어쩌자고……?

"하아……."

풀려버린 눈을 들어 올려 소윤을 잡아먹을 듯 노려보는 비산은 입술을 달싹이며 거칠어진 숨을 뱉어내고 있었다.

"쌤, 진정, 진정해요…… 여기 회사예요. 회사……."

말까지 더듬으며, 그녀는 얼른 풀어진 블라우스의 버튼을 채워 나갔다. 하지만 안타깝게도 그 어수룩한 손길은 곧, 비산의 손에 의해 간단히 제압되고 만다.

"조금만……."

그가 블라우스 앞을 가로막았던 그녀의 손을 천천히 옆으로 치워냈다. 마주친 그의 눈은 마치 저를 타이르는 것만 같아서, 소윤은 그가 하는 대로, 제 앞을 가로막았던 팔을 벌릴 수밖에 없었다.

우수에 젖은 눈이란 게 이런 건가. 촉촉한 물기를 머금은 그의 눈은 도저히 거절이란 걸 할 수가 없게 만들었다.

"조금…… 만."

낮고 느릿한 목소리가 애원하듯 흘러나왔다. 그러면서 그는 다시 소윤과의 거리를 좁혔다. 입술이 닿을 듯 말 듯, 바로 앞에서 천천히 달싹인다. 숨결이 닿았다. 타들어갈 듯 뜨거워진 숨이, 온몸에 닿는 것처럼 달아오른다.

"사랑해……."

그리고 다시, 그의 잔혹할 정도로 섹시한 키스가 시작되었다. 온통 머금었다가 흐트러뜨리는 그의 움직임은, 자꾸만 소윤의 이성을 놓게끔 만들었다. 하지만 아득히도 멀어지는 이성을 그녀는 붙잡아야 했다.

"하아……. 저 이제 가야 해요. 말 안 하고 나왔어요."

소윤이 그의 가슴팍을 제법 힘주어 밀어냈다. 밀어낸 대로 밀리는 그가 너무도 아쉬웠지만, 별수 없다. 정말로 가야 했다. 소윤은.

"아쉽네. 내가 전화라도…… 할까? 한소윤 지금 중요한 업무 때문에 데려왔다고?"

"무슨……! 절대 그러지 마요."

"왜……? 중요한 업무긴 하잖아?"

날렵한 턱 위로 보이는 제법 기다란 입매가 섹시하게 올라갔다. 그리고 오묘한 웃음을 머금은 그의 입술이 다시 소윤에게로 급하게 다가왔다.

"쌔, 쌤! 나 가야 한다니까요! 그만해요. 컴 다운, 제발!"

눈을 질끈 감으며 상체를 뒤로 쭉 빼는 소윤을 보고 있자니, 어쩐지 피식하고 웃음이 나왔다.

"왜? 더 빠져들까 봐 두려워?"

자꾸만 밀어내고 있지만, 소윤은 아까부터 그의 격정적인 키스를 발갛게 달아오른 얼굴로 받아주고 있었으니까. 착각이 아니라면 그녀의 눈에 고인 것은 꼭 황홀함 같았다. 그래서 비산은 더 하고 싶어 안달이 나는 걸 겨우 참아야 했다.

"뭐, 뭐래요……."

하지만 당황한 얼굴로 블라우스 단추를 얼른 채우는 소윤을 보며, 비산은 문득 장난기가 발동했다.

내가 혹시…… 정곡을 찔렀나?

슬그머니 다시 소윤의 허리를 감싸 안은 비산이 그의 마음처럼 새까맣게 짙어진 눈을 들어 올리며 말했다.

"왜……? 수십만의 대한민국 사내 커플들이 회사에서 얼마나 야한 짓을 많이 하는데? 그게 또 스릴이지 않겠어?"

"뭐, 뭐라는 거예요, 지금? 그걸 쌤이 어떻게 알아요? 봤어요? 사내 커플이 어디서 무슨 짓을 어떻게 하는지?"

"그걸 꼭…… 봐야 아나?"

쌤 요즘 너무…… 이상해졌어요.

삐질거리는 소윤의 얼굴에, 비산이 속으로 가득 차는 웃음을 겨우겨우 참으며 그녀에게 다시 달려들었다. 위협적이다 느낄 정도로 빠르게 다가가던 그의 얼굴이 그녀의 코앞에서 딱, 멈췄다.

"흐읍!"

눈을 질끈 감는 소윤의 얼굴이, 귀엽고 사랑스러워 죽을 것 같다. 결국엔 풋, 하고 바람 빠지는 소리가 비산의 입에서 새어나왔다.

"귀여워서 봐준다."

다시 고등학교 때의 비산 쌤처럼, 그가 웃으며 다정하게 소윤의 머리를 부비부비 흩트렸다.

"담엔 안 봐줄 거니까 각오해. 그리고 이제부터 회사에서 나 마주치면 5초간 아이 컨택!"

"예에?"

"추가로 3초간 미소!"

"그게 무슨 소리예요? 싫어요, 나 안 해."

"안 해?"

소윤은 대답 대신 입을 꽁 다문 채 고개를 격하게 흔들어 보였다.

"너 안 하면, 지금보다 더한 스릴을 느끼게 해줄 거야."

"뭐, 뭐……."

소윤이 그런 게 어디 있냐며 어버버 입을 뻐끔거리는 사이, 비산이 그녀를 가볍게 들어 바닥에 내려줬다.

"먼지 묻었다."

그러면서 소윤의 바지에 묻은 먼지들을 살뜰히 털어주기까지 한다.

쌤 병 주고 약 주는 거예요, 지금?

그녀가 어이없다는 얼굴로 그를 쏘아보았지만, 비산은 아랑곳하지 않고 창고 문을 열었다. 복도에 아무도 없는 걸 확인한 비산이 소윤의 손을 덥석 잡아 창고 밖으로 끌어냈다. 꼭 이상한 나라의 앨리스가 되었던 것 같은 기분이 들었다. 요상한 토끼 굴에서 정신을 홀리고 겨우 현실로 돌아온 것 같은 느낌.

복도를 걸어가는 비산이 뒤돌아보며 소윤을 향해 싱그럽게 웃어 보였다. 여전히 잡은 손을 꼭 쥔 채로. 하지만 곧 앞에서 들려온 직원들의 목소리에, 소윤은 얼른 잡혀진 손을 빼내었다.

'아직까진…… 쌤이 말한 대로 할 수 없어요.'

이제 갓 입사한 신입 사원이 이사님과의 사내 연애라니. 제게로 쏟아질 호기심이나 혹은 비난이 두려웠으니까. 이런 방식으로 사람들의 관심을 받는다는 건, 소윤에게는 불편한 일일 뿐이다. 그저, 쌤과 소소하게 행복했으면 좋겠다. 누가 알아주길 바라는 것도 아니고, 쌤과 저만. 아무런 방해 따위 받지 않고 서로 웃음을 나누며, 행복을 나누며 말이다.

'그거면 충분해요. 나.'

비산의 뒤를 따라 엘리베이터에 오른 소윤이 비산에게서 한 발짝 떨어져 섰다. 다른 직원들이 타고 있었기에, 별다른 반응을 보

이지 않았지만, 비산의 한쪽 눈썹이 꿈틀하고 움직였던 것은 분명
했다.

'옆에 붙어.'

비산이 소윤을 바라봤다.

'싫어요.'

소윤이 마치 그렇게 대답하듯 눈을 도르르 굴리자, 때마침 엘리
베이터의 문이 열리며 직원들이 밀려들어 왔다. 그리고 비산은 그
순간을 놓치지 않고 소윤을 제 곁으로 잡아당겼다. 아무도 보지 못
하게, 자신의 뒤로 감춘 소윤의 손을 꼭 쥐어 잡은 그다.

'자꾸 그렇게 까불어, 너.'

두근두근.

직원들에게 들킬까 긴장해서였을까, 혹은 설레서였을까. 소윤
의 심장이 아주 빠르게, 내달렸다.

지하 2층에 위치한 150석 규모의 구내식당에는 오늘따라 직원
들이 뜸했다. 멍한 눈으로 반찬을 집어 먹는 소윤의 머릿속엔 조금
전 창고에서 비산이 자신에게 했던 만행이 리플레이 되고 있었다.

화끈. 갑자기 열이 오르는 얼굴에 당황하고 있는데 혜영이 걱정
스런 얼굴로 물어왔다.

"소윤 씨, 혹시 부산에서 무슨 일 있었어? 아까 송 대리님하고
통화했는데, 소윤 씨 걱정하시더라고."

"아. 별일 없었어요."

그녀의 질문이 뜨끔하고 가슴을 찔러왔다. 아니, 철렁하고 내려
앉은 거였나. 해봐야 좋을 게 없는 이야기라서 소윤은 괜히 손끝으

로 눈두덩이를 만지작거리며 얼버무렸다. 머리가 복잡하다. 송 대리님은 무슨 일이 있었는지 아실 텐데, 올라오면 어떻게 대해야 하지? 오지도 않았는데 벌써 마음이 불편해져, 소윤은 결국 얼굴을 구겼다. 그녀가 찡그린 얼굴을 드러내기 싫어, 얼굴이 땅에 닿아라 고개를 숙이고 젓가락을 휘적이는데,

툭. 옆에 있던 혜영이 자신의 팔을 치는 바람에 소윤은 고개를 틀어 옆을 봤다. 그리고.

"소윤 씨. 저기, 저거……."

아연실색을 하며 턱짓으로 무언가를 가리키는 혜영의 시선을 소윤은 그대로 따라갔다.

"……?"

혜영이 '저거'라는 표현으로 가리키고 있는 것은 다름 아닌…… 비산이었다. 소윤은 '네?' 하는 얼굴로 혜영을 다시 봤지만 혜영은 비산을 흘기더니 얼른 고개를 숙이기 바빴다. 영문을 모르겠다는 얼굴로 소윤이 그를 바라봤다.

'쌤, 사람들이 다들…… 왜 이러는 건데요?'

정말로 이상했다. 그의 등장에 혜영뿐만 아니라 얼마 없는 직원들의 분위기가 순식간에 가라앉았으니까. 마치 학생주임을 맞닥뜨린 학생들처럼, 저마다 고개를 숙이며 눈을 피하는 행동에 소윤은 고개를 갸웃할밖에. 멍하니 그를 바라보고 있는데, 그와 눈이 딱 마주쳤다.

'5초간 아이 컨택!'

저도 모르게 피하려던 눈에 힘을 주어, 그를 끝까지 올려다봤다.

'3초간 미소.'

비산의 눈이 그렇게 말했지만, 그건 좀처럼 쉽지 않은 일이라서.

시익. 애써 올라간 입꼬리가 순간 어찌나 어색하던지.

"픞!"

'로보트 얼굴이 따로 없네.'

툭 하고 나온 웃음을 비산이 손으로 애써 막았다.

"헐."

그리고 연신 눈을 끔뻑대며 비산과 소윤을 번갈아 보던 혜영이 물었다.

"바, 방금 강 이사님, 소윤 씨 보고…… 웃은 거야?"

"네? 아아……. 강 이사님 아세요?"

"내가 입사 3년 만에 저분 웃는 모습 처음 본다, 정말."

"정…… 말요?"

그럴 리가 없는데, 우리 쌤이 얼마나 멋지게 잘 웃는데.

"아는 사이야? 그냥 아는 정도가 아닌데, 방금 이사님 그 웃음은?"

"아…… 그게……."

잔뜩 낮춰진 목소리로 쑥덕거리느라고 두 사람은 알지 못했다. 비산이 식사를 가지고 두 사람이 앉은 테이블로 다가오고 있었다는 사실을.

"실례 좀 하겠습니다."

감미로운 목소리. 소윤의 맞은편 의자를 빼내어 앉는 비산의 모습을 마치 믿을 수 없는 광경을 보듯 눈알이 빠져라 커진 눈으로 바라보는 혜영은 딱 기절이라도 할 것 같은 안색이었다.

"하…… 하하……!"

소윤의 입에서 어색하기 짝이 없는 웃음소리가 새어나왔다.

'쌤 왜 이래요? 저리 가요!'

거품을 물고 꼬르르 넘어가려는 혜영을 아랑곳하지 않고 넉살맞게 자신을 보며 웃는 비산에게 입을 뻐끔거리고 눈알을 부라려 봤지만, '좀 이따 퇴근할 때 문자 해. 같이 가자.'란다.

찰캉.

그 말에 결국에는 혜영이 들고 있던 숟가락을 떨어뜨렸다.

"하아……."

망했다. 왜요? 아주 그냥 같이 산다고 회사로비에 배너라도 걸지 그래요?

하지만 마치 소윤의 생각을 읽기라도 한 것처럼, 비산이 물었다.

"오늘 저녁은 먹고 들어갈까?"

"……."

"……."

소윤은 얼굴에서 불이 날 것 같았다. 등줄기로는 식은땀이 연신 흘러내리고 있었고.

쌤 지금 일부러 그러는 거죠? 이사님이 일개 신입 사원과 그렇고 그런 사이다, 소문나면 좋을 게 뭐가 있다고 이러는 건데요?

뿔이 난 듯 빤한 시선으로 비산을 노려봤지만, 그는 눈 하나 깜짝하지 않고 밥을 입으로 밀어 넣으며 웃었다.

"맛없다. 네가 해준 밥이 세상에서 제일 맛있는데."

숨이 멎을 정도로 완벽한 얼굴에 가득 찬 낯선 그 웃음이 혜영은 보고도 믿기지 않았다.

'강좀비가…… 웃어……? 저런 얼굴로……?'

게다가, 네가 해 준 밥이 세상에서 제일 맛있다니? 비산이 입을
열 때마다 마치 눈앞에서 폭탄이 터진 것처럼 혜영의 얼굴은 충격
과 공포 그 자체였다.

드륵.

결국엔 참다못한 소윤이 자리에서 벌떡 일어섰다. 미워진 얼굴
마저도 사랑스러워서, 비산이 입을 길게 늘이며 그녀를 올려다본
다.

"너랑 밥 먹고 싶어서 온 거야. 앉아."

"싫어요. 저 그만 가볼게요."

자리를 박차고 걸어 나가는 소윤을 보고 혜영도 얼른 비산에게
고개를 숙인 뒤 자리에서 일어섰다.

윤 대리님이 뭐라고 생각하실까. 입사한 지 한 달도 안 된 신입
사원이 이사님이나 꼬시고 다녔다고 손가락질하겠지. 겉으론 순
진한 척하면서 뒤로는 호박씨나 깐다고.

아무것도 아닌 것처럼 쉽게 한 행동들이, 내게는 모두 짐이 된
다고요, 쌤. 쌤이 아무렇지 않게 툭, 건드리면 나는 와르르 무너질
수밖에 없는 입장이라는 걸, 왜 몰라요?

소윤이 답답한 가슴을 안고, 엘리베이터 앞으로 성큼성큼 걸어
가 버튼을 눌렀다.

"와…… 진짜 대박."

얼이라도 빠진 사람처럼 혜영이 옆에서 연신 중얼거렸지만, 소
윤은 아무 말도 하지 않고 엘리베이터만 노려보았다.

띵.

문이 열리기 무섭게, 소윤은 엘리베이터 안으로 발을 들여놓았

다. 그리고.

"잠깐 실례하겠습니다."

뒤이어 타려는 혜영을 제치고 비산이 한발 먼저 엘리베이터에 올랐다. 한 손으론 어느새 소윤의 손목을 잡은 채로.

"아……."

"한소윤 씨, 잠깐만 빌리겠습니다."

천하의 강비산 이사의 목소리를 듣는 걸로도 모자라, 사람 하나 간단하게 녹여버릴 것 같은 달콤한 그의 미소를 두 번이나 목격했다. 혜영은 엘리베이터 문이 닫혀 그 두 사람의 모습이 사라질 때까지, 뭐에라도 홀린 것 같은 얼굴을 좀처럼 지우지 못했다.

한편, 비산은 지하주차장이 있는 지하3층 버튼을 눌렀다.

"어디…… 가려고요?"

"너랑 둘만 있을 수 있는 곳."

"지금 근무 중이에요."

"알아. 잠깐이면 돼."

"잠깐도 안 돼요."

뾰로통한 목소리가 비산의 가슴을 쿡, 하고 찔렀지만 그녀의 대답은 비산에게 중요한 것이 아니었다. 엘리베이터의 문이 열리자, 그는 꼭 쥔 손목을 놓지 않고 차가 있는 곳으로 걸었다.

"이거…… 놔요!"

손목을 비틀어도 아프기만 할 뿐, 그의 손에서 벗어날 수는 없었다.

비산은 그녀를 차량 조수석에 억지로 앉히고 자신도 운전석에 앉고 나서야 닫았던 입을 열었다.

"알았으면 좋겠어."

"……뭘요?"

"너랑 나, 사랑한다는 거. 세상 모두가 다 알았으면 좋겠다고."

"굳이……왜요? 쌤이 좋을 건 하나도 없잖아요."

"왜 없어? 다른 사람이 너 안 건드릴 거 아냐? 감히 강비산의 여자를 누가 건드려?"

"그래서 이러는 거예요, 지금? 누가 나 건드리기라도 할까 봐?"

"그냥…… 네가 다른 사람 앞에서…… 당당하게 나를 봐줬으면 좋겠다고 생각했어."

"……."

"아까도 너, 식당으로 들어오는 내 얼굴을 보고 경직됐잖아. 네가 그런 얼굴 지으면 나는 너무 괴롭다고."

일부러 그랬어. 모른 척하려고 했는데, 네가 평소처럼 나를 안 봐주니까 심술이 나잖아.

"담배…… 생각난다."

너 때문에 끊었던 담배가, 너 때문에 다시 생각나네.

소윤의 얼굴을 바라보며 비산이 작게 날숨을 내쉬었다.

"나 애 말리지 마. 한소윤."

뭐에 취한 것 같은 그 눈을 들어 소윤을 가만 바라보던 비산은 천천히 손을 뻗어 소윤의 머리를 쓰다듬었다.

"그래도…… 나는 아직…… 부담스럽다고요."

꼬물거리며 말하는 소윤이 사랑스러웠다.

"진짜 나…… 미쳤나 보다. ……너한테."

푸스스, 보일 듯 말 듯 한 웃음을 지은 그가 한층 더 짙어진 눈으로 소윤을 바라봤다. 그녀의 심장이 또다시 뚝, 하고 떨어져 내렸다. 퇴폐적인 비산의 눈이 반쯤 감기며, 그녀에게 다가가고 있었으니까. 그의 잘생긴 입술이 끈적하게, 소윤의 입술을 벌렸다. 아찔하다. 그저 아찔하다는 말밖에는 뭐라 설명할 수 없는 느낌이었다. 그녀의 입술을 천천히 핥는 그 말캉한 움직임에, 소윤은 정신이 아득해졌다.

"나…… 정말로 들어가야 해요."

얽혀진 숨을 떼어내며 소윤이 애써 말하지 않았다면, 비산은 멈출 생각이 없었을 것이다. 하아, 하는 잔숨을 뱉어낸 그가 자신에게서 떨어져나가는 소윤의 어깨를 움켜쥐었다.

"한 번만……."

중독된 것 같아. 너의 그 입술에. 그 다디단 따뜻함에.

그의 깊은 눈이 소윤을 지독히도 붙들며 애원했다. 흔들리지도 않는다. 그저 뜨겁게 타오를 뿐이다. 다시 천천히 다가온 그의 입술이 소윤의 아랫입술을 물었다. 입새로 나온 혀가 농밀한 움직임으로 소윤의 입 안쪽을 파고들었다.

"쌤……. 이제 그만……."

자꾸만 끈적하게 얽혀오는 그 때문에 소윤은 미간을 찌푸리며 그의 가슴팍을 밀어냈다.

쌤, 회사에서는 제발…… 참아줘요. 자꾸만 달아오르잖아요.

누가 보기라도 할까 봐서 간이 콩알만 해진 소윤은 그럼에도 불구하고 그의 키스에서 좀처럼 헤어 나오질 못하는 자신이 원망스럽기까지 했다.

"갈게요."

어쩐지 달뜬 저를 들키기 싫어 소윤은 그와 눈을 마주치지 않은 채, 얼른 몸을 돌리며 조수석 문을 열었다. 하지만 그게 또 마음에 들지 않는 비산이다. 소윤은 발 한 짝도 차 밖으로 빼보지 못하고 그에게 재차 손목을 잡혔다.

"나 봐."

"왜, 왜 그래요, 또……."

"너 지금 나 안 보잖아?"

왜 몰라. 너의 이런 행동이 나를 안달 나게 한다고.

"무, 무슨…… 내가 언제……."

그렇게 말하면서도 소윤은 비산을 바라보지 않았다. 어쩐지 볼 수가 없었다. 붉어진 얼굴을 들키기 싫었으니까. 답답했는지 그는 소윤의 턱을 그 기다란 손가락으로 잡아 제게로 향하게 했다.

"한소윤."

"……."

"가지 마."

단호한 목소리가 그녀를 잡았다.

꼴깍. 소윤의 목 뒤로 침이 넘어가는 소리가 들렸다. 짙어진 그의 눈동자는 오롯이 소윤을 꼼짝 못 하게 가뒀으니까.

"어디도…… 가지 마."

천천히, 그의 입술이 다시 한 번 제게로 와 닿는다. 턱을 잡아 쥔 손이 그녀를 그에게서 벗어나지 못하게 만들었다. 더 깊고 더 진하게. 그가 다시 소윤에게로 파고든다.

"하아……."

한참의 열기는 잠시 후, 소윤에 의해 어렵사리 멈추었다.

"알았어요…… 알았으니까……."

"그래……."

아직도 끈적하게 입술의 끝을 붙인 채로, 그가 속삭였다.

"한소윤……. 너…… 내 거야."

열기 가득한 그의 숨결이 입술을 간질인다.

"……."

자신을 제 것이라고 말하는 그의 목소리가 그녀의 심장을 틀어쥐었다.

"사랑해……."

"나도…… 사랑해요…… 쌤."

그리고 그 대답에야 겨우 비산이 만족스럽다는 얼굴로 웃어 보였다.

"하아……. 당장에 널 데리고 퇴근해버리고 싶다."

아니, 지금 당장에라도 여기서 널 안아버리고 싶어.

"무슨 소리예요, 쌤. 이제 겨우 점심시간이 끝난 시간인데……."

말도 안 되는 소리였지만, 그 말에 소윤은 몸이 조그라 드는 것 같은 기분이 들었다.

"나 지금…… 엄청 참고 있는 거다, 너."

소윤의 이마에 제 이마를 댄 채로, 비산은 소윤의 한쪽 볼을 손끝으로 쓸어내렸다. 그의 손끝에서 시작된, 간지럽고 찌릿한 느낌이 그녀의 온몸으로 퍼져 나갔다. 발끝을 오므릴 수밖에 없었다.

참고 있다는 말도, 그의 간지러운 손길도, 그녀를 하나같이 떨리게 만들었으니까. 하지만 그 순간, 그런 두 사람의 모습을 멀리서 눈에 담고 있는 이가 있었다.

강만국. 산호그룹의 사장이자, 비산의 삼촌인 그가.

"소윤 씨!"

사무실로 들어오자마자 소윤을 맞은 건, 믿기지 않는다는 얼굴의 윤 대리님과 허 팀장님이었다. 양팔을 하나씩 붙든 두 사람의 표정은 저를 향한 호기심으로 가득 차 있었다.

"그게 사실이야? 소윤 씨 강좀비랑 그렇고 그런 사이라는 거?"

결국 우려하던 일이 벌어졌다. 가까운 직원들마저 색안경을 끼고 저를 바라볼까 봐, 쌤과의 관계를 악착같이 숨기고 싶었는데.

'알았으면 좋겠어. 너랑 나. 사랑한다는 거. 세상 모든 사람들이 다 알았으면 좋겠다고.'

쌤의 그 목소리가 아직도 귓가를 맴도는 것만 같아서, 잠시간 머뭇거리던 소윤은 끝내, 작게 고개를 끄덕였다.

"세상에! 대박사건, 대박사건! 소윤 씨 정말 능력자다. 어떻게 꼬신 거야?"

"아니…… 그런 게 아니고 원래 알던 사이였어요."

"알던 사이라고? 강좀비랑?"

강좀비.

아까부터 그 말이 자꾸만 거슬렸다. 도대체 어딜 봐서 우리 쌤이 좀비라는 건데요. 그렇게 다정하고 부드러운 사람이……?

"우리 쌤, 아니, 강 이사님. 알고 보면 정말 다정하고 따뜻한 사람이에요. 제가 예전부터 봐와서 알아요."

하지만 소윤의 확신에 찬 말에도, 두 사람은 두 눈을 크게 뜬 채 소윤의 얼굴을 빤히 바라만 볼 뿐이었다. 꼭 '그걸 지금 우리더러 믿으라고 하는 소리야?'라고 하는 듯이.

뭐가 뭔지 모르겠다. 5년 전부터 소윤이 봐온 쌤은 세상에 둘도 없는 다정한 사람이었는데, 그가 따뜻하게 대하는 사람은 오직 소윤뿐이라는 걸…… 그녀는 알 리 없었다.

유일한 사람이었다. 소윤은. 제게 웃어 보이는 세상 유일한 사람. 그리고 그가 자신의 웃음을 줄 수 있는, 유일한 사람.

"근데 진짜 강좀비, 아니, 강 이사님 웃는 거 허 팀장님이 못 봐서 그래요. 진짜 대박."

"세상에 듣고도 믿을 수 없다. 웃었다고, 강좀비, 아니 강 이사님이?"

혜영과 미리는 좀비라는 말에 발끈했던 소윤의 눈치를 보며 믿을 수 없다는 듯 고개를 절레절레 흔들었다.

"근데 정말로 근사했어요, 그 웃음. 진짜 잘생기긴 했더라."

혜영은 조금 전, 비산의 웃는 모습을 다시 떠올렸다. 찌르면 마치 퍼런 피가 뚝뚝 떨어질 것 같은 비산이었다. 그런 그가 웃는 모습은, 실로 그녀의 상상을 초월했다. 보고 있자니 절로 심장이 방아질을 해대서, 추스르기에 바빴을 정도로…… 너무나 근사했다. 그의 미소라는 것은.

"암튼, 이제 소윤 씨한테 잘 보여야겠네. 머지않아 산호그룹의 안방마님이 되실 분인데……."

"네……? 그건 또 무슨……."

"어머, 소윤 씨 설마…… 몰랐어?"

"뭘…… 요?"

"강 이사님, 산호그룹 강민규 회장님 외아들이잖아?"

"……?"

"결국은…… 이렇게 됐군."

데스크에 올려진 직원카드를 못마땅한 눈으로 내려다보며 강 회장이 입술을 비틀었다. 만국이 가져온 직원카드는 소윤의 것이었다. 주차장에서 두 사람의 모습을 발견하고, 그는 곧바로 인사팀으로 가서 소윤의 신변을 확인했다.

"아는…… 아가씨입니까?"

"알지."

5년 전이었다. 감쪽같이 종적을 감추었던 비산을 모 대학 연구실에서 만난 것은. 들짐승처럼 독하고 사나운 눈을 하고 집을 나갔던 아들은, 한 교수와 마치 부자지간처럼 평안한 모습으로 지내고 있었다. 미치도록 꼴 보기 싫었다, 그 모습이.

연구실로 밀고 들어온 강 회장은 자신의 아들이 한 교수의 도움으로 그곳에서 지내고 있다는 사실을 이미 알고 있었다. 모르는 척 됐던 이유는 한 교수의 뒷조사를 할 시간이 필요했기 때문이다.

그리고 달라진 아들을 마주한 순간, 강 회장의 얼굴은 모든 것을 다 알고 있다는 듯 거만해 보였다.

'너한테 잘해줬더구나. 보답은 해야지…….'

제 앞에서 다시 싸늘해진 비산의 얼굴을 아랑곳하지 않고, 강 회장이 말했다. 문장만 들어서는 은혜에 보답해야 한다는 것 같았지만, 그 말 안에 녹아 있는 독을, 비산은 정확하게 이해하고 있었다.

'건드리지 마십쇼.'

'뭘 말이냐?'

'그들…… 말입니다. 아버지가 원하는 대로 다 할 테니까…… 건드리지…… 마세요.'

강 회장은 입술이 비틀렸다. 저와 함께 돌아가는 것이 죽기보다 싫다는 얼굴이면서도, 한 교수와 그의 딸을 위해 강 회장을 따르겠다 말하는 제 아들이 증오스럽기까지 했으니까.

"어떻게 하시려고요?"

원망스러운 마음이 다시 살아나 미간을 좁히고 있던 강 회장에게 만국이 물었다. 탐탁잖은 기억 때문인지, 강 회장의 얼굴은 잔뜩 굳어 있었다. 한 교수의 연구실에서 비산을 데려온 지 5년이 지났다. 하지만 강 회장은 비산이 한 교수와 그랬던 것처럼 살갑게도, 아니 몇 번을 양보해 무난하게도 지낼 수가 없었다.

"한소윤에 대한 것, 하나도 빠짐없이 알아 와. 세세한 것 하나도 놓치지 말고."

"……네. 회장님."

차게 식은 눈빛과 목소리는 비산이 강 회장을 대할 때와 다르지 않았다.

[퇴근 언제야?]

[아직이야?]

[소셜미디어팀 일 좀 줄여야겠다.]

[너네 팀장은 워커홀릭이라도 되냐? 내가 말해줄까?]

"……."

10분이 멀다 하고 비산이 보내온 문자를 바라보며 소윤은 작게 한숨을 쉬었다. 마치면 어련히 알아서 연락을 줄 텐데 눈치 보이게. 휴대폰에서 진동이 울릴 때마다, 미리와 혜영은 움찔움찔 몸을 떨며 이쪽을 바라본다. 자꾸만 신경 쓰이게 하는 것 같아 소윤은 죄송한 마음이 들었다.

　"소, 소윤 씨 먼저 퇴근할래?"

　"예? 아뇨! 그 무슨……! 아닙니다."

　하지만 손사래를 치는 소윤과는 달리 허 팀장은 제법 걱정스런 얼굴로 그녀를 바라봤다.

　"그…… 이사님이 기다리는 거 아냐?"

　아까부터 울리는 휴대폰이 신경이 쓰였는지, 힐긋 소윤의 폰을 쳐다보며 허 팀장이 물었다.

　"아, 아닙니다!"

　"그러지 말고……."

　허 팀장이 그냥 가라고, 그게 오히려 속 편하다고 말하려던 그때였다.

　"한소윤."

　"……!"

　허 팀장과 혜영의 입이 떡, 하고 벌어졌다. 비산이, 허 팀장 입사 이래 단 한 번도 본 적 없는 근사한 미소를 띠며 사무실 입구에 서 있었으니까. 혜영의 말마따나, 눈이 부시다. 강좀비가 웃는 다는 건, 상상조차 할 수 없었던 거라서 허 팀장은 잠시간 입을 벌리고 외계인 보듯 그 말도 안 되는 미소를 바라봤다. 정말로 낭비다. 저렇게 아름다운 미소를 여태껏 왜 숨겼던 걸까.

"이, 이사님……!"

"바쁩니까?"

그는 문자를 그렇게 보내는데도 답이 없는 소윤이 답답해, 더이상 참지 못하고 직접 내려온 참이었다. 그의 미소에 넋을 잃고 잠시 멍하게 섰던 미리는 '아, 이럴 때가 아니지.' 하며 고개를 작게 흔들었다. 그녀는 기민한 동작으로 얼른 허리를 굽힌 뒤, 사무실 앞으로 조르르 달려 나갔다. 혜영에게 두 사람의 관계에 대해 이야기만 듣고 설마설마했던 그녀는, 비산이 사무실까지 찾아온 걸 보고서야 정말로 실감을 했다. 강좀비가 한소윤 씨랑 진짜 그렇고 그런 사이라니! 게다가 저렇게 근사한 미소를 짓고 있다니. 충격의 연속이었다.

한편, 놀람 반 당황 반인 두 사람과 달리, 소윤의 얼굴에는 짜증이 스쳤다. 아니, 신입 주제에 먼저 퇴근이라니, 그것도 1등으로. 그와 이런 관계라는 걸 이미 알게 된 마당에 숨길 건 없지만, 허 팀장과 윤 대리에게 민폐를 끼치기는 싫었다. 아직 일을 다 마치지도 않았는데 퇴근이라니. 당치도 않은 소리다.

"아직 안 마쳤습니까?"

"아닙니다. 지금 막, 마친 참입니다, 이사님!"

하지만 비산의 물음에 허 팀장은 능청스런 거짓말로 답했다. 오늘은 평소보다 업무량이 많았기에 지금 소윤이 퇴근을 해버린다면, 그 일은 고스란히 허 팀장과 윤 대리에게 갈 것이 분명한데도 말이다.

"잘됐네요. 그럼 한소윤 씨 제가 좀 데려가겠습니다."

비산은 데스크에 불퉁히 앉아 있는 소윤에게로 성큼성큼 다가갔다.

"가자."

"……."

소윤은 아무 말 없이 부러 바쁜 척 키보드를 두드렸다. 비산에게 눈길조차 주지 않은 채로.

"하루 종일 너 퇴근하는 것만 기다렸어."

"저 아직 일 남았어요. 못 가요."

"……!"

놀란 얼굴로 입을 벌리고 있던 혜영과 미리는 소윤의 냉랭한 태도에 아연실색하며 입을 한 뼘 더 크게 벌렸다.

"하, 한소윤 씨! 어, 업무 끝났는데 무슨 소리야?"

어색하게 하하호호 웃으며, 허 팀장이 소윤의 옆으로 가서 그녀의 팔을 잡아당겨 일으켰다.

"빨리 가. 안 가면 내일 혼날 줄 알아."

어금니를 꽉 깨물고 복화술로 말하는 허 팀장이 아니었다면, 소윤은 조금 더 버티며 그의 이런 돌발적인 행동에 대해 항의하려고 했었다. 하지만 미리의 부채질에 소윤은 하는 수 없이 자리에서 일어섰다. 그리고 다음 순간, 따뜻한 감각이 일순 소윤의 손을 감쌌다. 비산의 기다란 손가락들은 소윤의 손가락을 비집고 들어와 꼼짝달싹 못 하게 그녀를 가뒀다.

"헙……!"

허 팀장이 놀라는 모습을 보고 저도 모르게 그에게 잡힌 손을 소윤이 빼내려 했지만, 소용이 없다. 절대로 놓지 않을 듯 제 손을 움켜쥔 그의 커다란 손은, 단단하기만 했으니까.

"그럼, 수고들 해요."

구름이 낀 것처럼 잔뜩 어두워진 소윤을 비산이 거리낌 없이 끌고 나가자, 마치 허 팀장의 넋도 그 두 사람을 따라 나간 듯 그녀는 멍하니 사무실의 입구를 응시했다.

"달리…… 보이네."

정적을 깨며 허 팀장이 입을 열었다.

"뭐가요?"

"강좀비 말이야. 진짜…… 설렌다. 저 박력."

"그러게요……."

평소의 비산이라면 시베리아 바람처럼 냉기가 철철 넘치던 사람 아닌가. 그런 그가, 저런 표정, 저런 말투라니. 사랑하는 여자 앞에서는 아무리 강좀비라도 어쩔 수 없구나 싶었다.

"계속 삐져 있을 거야?"

집에 오는 동안, 그리고 집에 와서도, 소윤은 입을 다문 채, 아무 말도 하지 않고 있었다.

"사무실까지 찾아오는 건 너무했다고요."

"그게 뭐? 아까 주차장에서 내가 한 말 벌써 잊었어? 나 회사에 소문낼 거야. 너 내 거라고."

"쌤!"

"뭐?"

비산은 삐딱한 모양새로 팔짱을 낀 채, 소파에 앉은 소윤을 내려다봤다. 한 발짝도 물러서지 않을 것 같은 눈이 온전하게 소윤을 향하자, 그녀는 괜히 몸이 움츠러들었다.

내가 잘못한 거 없다고요. 쌤이 잘못한 거예요. 근데 왜 그렇게 당당해요?

비산은 심지어 그녀에게 화를 내고 있었다.

"내가 왜 숨겨야 해? 싫어. 나 하고 싶은 대로 할 거야."

"……."

그동안 내가 얼마나 참아왔는데. 5년 동안 네가 다칠까 봐, 알면서도 모른 척한 내 감정들을 얼마나 짓누르고 또 짓눌렀는데!

"한소윤. 너도 나 좋아하잖아."

"그래요…… 좋아해요. 근데……."

"그럼 뭐가 문젠데?"

"헤어지면요?"

"뭐?"

"쌤이랑 나…… 나중에 헤어지기라도 하면 어쩔 거예요? 회사에 소문 다 난 다음에. 혹시나 그렇게 되기라도 하면……."

그 말이, 비산은 참을 수가 없었다.

"왜 생기지도 않은 일을 걱정하는 거야? 있지도 않은 일 때문에 이 순간을 낭비하지 마."

"그거야…… 모르죠."

애써 모질게 말하는 그녀의 말끝이 흐려졌다.

산호그룹 후계자라면서요. 그냥 쌤일 때보다 훨씬 더…… 멀게 느껴진다고요, 지금.

"그럴 일 없어."

"그건 모르는 거예요."

"한소윤……. 다시는 그런 허무맹랑한 이야기 하지 마. 너랑 나, 헤어질 일 절대 없으니까."

"……."

"네가 날 싫다고 해도, 이젠 내가 너 안 놔줘."

참나……. 그렇게 뜨거운 눈으로 날 보면, 내가 뭐, 가슴이라도 떨릴 줄 알아요?

"헤어진다 어쩐다, 그런 말, 다신 입에도 담지 마."

"……."

"확…… 막아버릴까 보다."

그러면서 비산이 소파 쪽으로 다가와 천천히 바닥에 두 무릎을 꿇고 섰다. 소파에 앉은 소윤과 비산의 눈높이가 비슷해지자, 소윤은 저도 모르게 꼴깍, 침을 넘겼다. 바로 눈앞에 보이는 비산의 눈이 너무나 깊어서, 그의 아릿한 표정이 너무나 절실해 보여서…….

"너 미워. 나만 너 좋아하는 것 같잖아."

"……."

미치도록 잘생긴 그 얼굴은 오롯이 소윤에게만 집중해 있었다. 이슬에 젖은 듯 반짝이는 두 이채에, 소윤의 모습이 선명하게 박혀 있었다.

"나만…… 안달 내잖아."

내가 불안해서 못 견디겠다고. 누가 너한테 말이라도 걸면, 나도 모르게 이가 악물린다고. 내 거라고. 너는 내 거니까 아무도 건들지 말라고 말하고 싶어서…….

"회사에서…… 티 좀 내면…… 안 돼?"

어느새 가까워진 비산이 입술을 느리게 움직이며 말했다. 그의 깊은 눈동자는 소윤의 눈동자를 잠시간 응시하다, 천천히 아래로 내려갔다. 코앞에 보이는 도톰한 입술이, 탐스러웠다. 핥으면 달

것만 같아…….

"안…… 돼?"

다시 물어오는 비산의 목소리에, 소윤은 그만 눈을 감아버렸다. 비산은 기다렸다는 듯, 그녀의 입술을 머금었다.

"된다고…….."

"……"

"……말해."

잠깐씩 떨어져 나가는 그의 입술은 마치 먹이를 줄 듯 말 듯 약이라도 올리는 것처럼 애를 태웠다.

"싫…… 어요."

"알았다고 할 때까지…… 안 멈출 거야. 나…….."

그러면서 그녀의 옷을 비집었다. 가느다란 허리를 쓰다듬는 그의 손은 열이 나고 있나 싶을 정도로 뜨거웠다.

"흐읏…….."

"알았다고…… 말해."

알았다고 해도 좋고 끝까지 버텨도 좋았다, 비산은. 아니, 지금은…… 소윤이 끝까지 버티는 게 더 좋을 것 같았다. 이 와중에 멈추는 건, 그에게는 너무 가혹한 일이었으니까. 그녀의 가녀린 숨결이 당장에라도 집어삼키고 싶을 정도로 감미로웠으니까.

"싫…… 다고요."

옳지. 그렇게 끝까지 버텨.

"한번 버텨봐, 어디…….."

알겠다고, 항복한다고. 소윤이 부디 그렇게 말하지 않길 바라며, 비산은 그녀의 희고 고운 살결을 머금었다. 고집스럽게 아랫입술을 잘근 무는 소윤을, 이번에야말로 안겠다고 속으로 다짐하면서, 수줍게 드러난 그녀의 귓불을 입술 끝으로 건드렸다. 작고 보드라운 그 감촉에 비산의 눈이 절로 감겼다.

"하아……. 하아……."

어느덧 비산의 숨소리는 거칠어져 있었다. 소윤의 상체에 머물렀던 그의 손이 일순 허리선을 타고 아래로 내려가자, 소윤은 흡! 하고 숨을 들이마셨다.

비산이 상체를 기울이자, 소윤은 그에게 떠밀려 어쩔 수 없다는 듯, 소파에 몸을 뉘었다. 천천히 아래로 내려간 그의 손은 은밀한 움직임으로 그녀의 치마를 들어 올렸다. 뜨거운 촉감이 얇은 스타킹 위를 부드럽게 타고 오르자, 파르르, 감겼던 그녀의 눈꺼풀이 여리게 떨어댔다. 그의 움직임을 따라, 호흡도 가빠져갔다.

"못…… 참겠어, 나……."

그의 목소리가 아득하게 들려왔다. 희한하다. 꼭 술에 취한 것 같은 기분이 들어서.

"이상…… 해요."

소윤이 신음인지 뭔지 모를 말을 뱉어냈다. 하지만 그 말은 비산을 더 흥분되게 만들 뿐이었다. 조금 더 거칠어진 손길이, 소윤의 스타킹의 끝을 잡아 아래로 당겼다.

"아……!"

손쓸 틈이 없었다. 급히 팔을 뻗어보았지만, 비산이 조금 더 빨랐다. 어느덧 무릎까지 내려간 스타킹을 금세 발목까지 내린 그는 몸을 세운 채로 스타킹을 마저 당겨 벗겨내 버렸다. 매끈한 소윤의 맨다리는 키스를 퍼붓고 싶을 만큼 아름다웠다.

"아니……."

당황한 소윤이 뭐라 말을 하려고 했지만, 할 수 없었다. 그는 마치 이성을 잃기라도 한 것처럼 보였으니까. 다시 몸을 숙인 그의 손이 재차, 치마 안으로 침범했다. 소윤은 더럭 겁을 집어먹고, 다리를 움츠렸다.

"쌤……. 저기, 알았…… 어요. 항복. 항복…… 할게요."

결국엔 그녀의 손이 고삐 풀린 말처럼 움직이는 그의 손을 붙들었다.

"하아……."

비산이 눈을 들었다. 하염없이 내려앉은 그 눈을. 반쯤 풀려, 지독한 색기를 품은 그 눈을. 마주치는 순간, 가슴이 뚝 하고 떨어져 나갈 정도로 짙고 짙은 그 눈을. 소윤은 숨을 삼킨 채, 그 강렬한 눈과 마주했다.

"그냥……."

"……?"

"하면…… 안 돼?"

"……!"

하지만 다음 순간, 그가 뱉은 말에 그녀는 작게 입을 벌릴 수밖에. 호흡이 잔뜩 섞인 그 목소리가 너무 섹시해서였을까, 소윤의 얼굴이 발갛게 물들었다.

알았다고 할 때까지 안 멈춘다면서요? 그 말은, 알았다고 하면 멈춘다는 말 아녜요?

그녀의 침묵을 허락으로 알아들었는지, 조금은 억울한 얼굴을 한 소윤을 두고 비산은 하던 일에 집중했다. 그녀의 몸 곳곳에 키스를 퍼부었다.

멈출 수 없어. 여기서 어떻게 멈춰…….

그녀의 제동이 마치 안달 난 그의 가슴에 불을 지피기라도 한 것처럼, 비산은 더 격렬하게 그녀에게로 달려들었다. 입술이 닿을 때마다 움찔거리며 반응하는 소윤 때문에, 비산은 미칠 것만 같았다. 그녀의 움직임 하나, 숨소리 하나가 비산의 이성을 점점 밀어내고 있었다. 비산은 마치 자신이 타오르는 불이 된 것만 같았다. 점점 걷잡을 수 없이 되어버려서……. 여기까지 온 마당에 그만두라는 건, 잔뜩 허기진 사람에게 군침이 돌 정도로 맛있는 음식을 냄새만 맡고 있으라는 것과 같았다.

못 참아. 이렇게 아름다운 널 눈앞에 두고…… 어떻게 참아?

작게 벌어진 그의 입새로 숨이 새어 나올 때마다, 소윤의 얼굴도 달뜨기 시작했다. 너무 짙다. 너무 뜨겁다. 그의 숨결이 닿는 곳곳마다, 타들어가는 감각에 몸이 떨렸다. 제 살결을 그러쥐는 그의 손이 부드러운 듯 거칠었다. 그는 그녀를 지금 안지 않으면 영영 못 안을 것처럼, 조급하게 굴었다. 하지만 점차적으로 자신을 침범해오는 그가, 소윤은 겁이 났다. 아찔하도록 예민한 감각이 그녀의 몸을 휘게 만드는데도…… 한편으로는 무서웠다. 왜일까?

"그만……. 쌤……."

더 이상은 무리예요. 아직은 이런 거…… 어렵다고요.

소윤의 미간이 좁혀졌다. 맑디맑은 그 눈에 불안감이 맺혔다. 아이러니하게도 타인의 절규조차 인지 못 하는 비산은, 소윤의 그런 작은 변화 하나가 마치 절대적이기라도 한 것처럼 반응했다.

"그만…… 해요."

두려워 보였다. 무서워하는 것처럼 보였다. 그래서 비산은 일순 정신이 들었다. 타인의 표정이 읽힌다는 것. 유일하게 표정을 읽을 수 있는 그녀가 미소 대신 두려움을 담고 저를 올려다보고 있다는 것.

"하아……."

그 사실이 너무나 잔인하게 가슴을 쿡, 하고 쑤셔왔으니까.

"미안……."

비산은 들췄던 옷을 내려주며 소파에 누운 그녀의 몸 위에서 일어섰다.

"……미안해."

"아뇨……. 제가…… 미안해요. 준비가 아직 안 돼서……."

"아니야. 씻어."

옷을 여미며 일어서는 소윤을 비산은 보지 않았다. 아니, 차마 볼 수가 없었다. 자꾸만 아까의 그 눈이 눈앞에 떠오른다. 불안에 찬 그 눈이. 항상 자신을 바라보던 해맑은 눈과 너무나도 대비되었던 그 눈이 말이다. 비산은…… 괴로웠다.

욕조 안에 몸을 담근 지 벌써 30분이 넘었다. 어느덧 따뜻했던 물의 온도는 체온보다 낮아져 소윤의 피부를 자극하고 있었다.

"……춥다."

자꾸만 아까의 일이 떠올랐다. 좋으면서도 무서운 감정은 대체 무얼까? 그의 키스와 손길에 함락당하는 동안, 정신이 아득해지도록 하나하나 일어서는 감각은 그녀가 여태껏 겪어보지 못한 것이었다. 구름 위에 붕 뜬 것 같은 느낌. 물속을 자유로이 유영하는 느낌. 그런데도 두려웠던 건…… 처음이라서일까? 단지 그것뿐인가? 아주 단순한 문제인 것 같은데도 머리는 복잡했다. 쌤을 사랑하는 마음 하나만큼은 자신 있는데. 왜 머뭇거리는 걸까. 왜…… 망설이는 걸까. 뭐가 무서워서?

소윤은 산산이 부서진 퍼즐조각을 머리에서 털어내기라도 하듯, 고개를 절레절레 저으며 욕조에서 일어섰다. 문득, 소파에서 일어서는 자신에게서 시선을 피하던 그의 모습이 떠올랐다. 마음에 걸린다. 쌤을 무안하게 한 것 같아서. 어쩐지 애처로운 그 표정이 돌덩이처럼 가슴 한가운데에 쿡, 박혀들었다.

샤워를 하고 들어간 지 한 시간 만에 욕실 밖으로 나온 소윤은 아직까지 자지 않고 거실 소파에 앉아 있는 비산을 보고 발길을 멈췄다. 그녀는 입고 있던 샤워가운의 앞을 괜히 여몄다.

"다 씻었어? 이리…… 앉아봐."

어쩐지 그렇게 말하는 쌤의 표정은 어두워 보인다. 애써 입가에 짓고 있는 미소가 무색할 정도로 말이다.

"왜…… 요? 나…… 옷 좀 챙겨 입고……."

"그냥……. 아무 짓 안 할 테니까……."

소파의 한쪽을 손으로 탁탁 두드리는 그 손길이 이상하게 눈이 시렸다. 그런데도 아까의 기억 때문인지, 선뜻 다가갈 수 없다. 수건으로 머리를 닦는 손이 느려졌다. 덩달아, 그에게로 향하는 걸음도 느려졌다.

그런 소윤을 바라보는 비산은, 어쩐지 명치가 쿡쿡 찌르는 것처럼 아프기만 하다. 코끝이 아릿했다. 그것은 정말로 알 수 없는 감정이었다.

"아……."

조심스레 소파로 다가선 소윤은 비산의 손에 들려 있는 물건을 보고 작게 숨을 토해냈다. 드라이어였다. 그가 소윤을 부른 건, 이것 때문이었나 보다.

"여기…… 앉아봐."

"……."

괜히 겁을 집어먹었다. 샤워가운 안에는 아무것도 걸치지 않아서, 그가 조금 전 관뒀던 일을 다시 시작하지는 않을까 했었는데, 그것은 괜한 기우였다. 소윤이 소파에 찬찬히 다가가 앉자 비산이 드라이어로 그녀의 머리를 말려줬다. 가끔씩 목과 귀를 스치는 그의 손길에 간지럽기도 했지만 은근한 바람이 기분 좋다. 소윤의 머리를 매만지는 느릿한 그의 손길도 좋았다. 어느새 아까의 알 수 없는 두려움은 밀려나고, 부드러운 미소가 입가에 드리웠다. 소윤이 천천히 눈을 감았다. 그의 손길을 음미하듯, 기분 좋게.

비산은 아무 말도 하지 않고 소윤의 머리를 말려주었다. 그리고 머리카락에 남은 물기가 거의 사라져 갈 때쯤 그가 말했다.

"겁먹지 마……."

드라이어의 소음에 그 소리는 소윤의 귀에까지 전해지지 않았다.

"……."

비산은 입을 다문 채 얼마간 머리를 더 말리다가 결국 드라이어를 껐다.

"와…… 쌤이 이렇게 머리 말려주니까 너무 기분 좋……?"

소윤이 하려던 말을 끝까지 하지 못했던 건, 등 뒤에서 자신을 포옥, 감싸 안은 비산 때문이었다. 갑작스런 그의 행동에, 소윤의 심장이 다시 펌프질 해대기 시작했다. 마치 제 몸 안에 가두기라도 할 것처럼 소윤을 꽈악 끌어안은 비산이, 소윤의 귓가에 대고 속삭였다.

"무서워…… 하지 마."

"……."

"네가 그런 표정 지으면, 나는…… 너무 괴로워……."

"……."

"참을게."

"……?"

아직…… 준비가 안 됐다면…….

"어떻게 해서든 참을 테니까……."

"……."

무서워하지…… 마란다. 그만하라는 그 말에, 쌤은 모든 것을 멈추고 미안하다고 했었다. 그만큼 쌤은…… 나를 아끼는 거겠지? 그리고…… 두려워하는 것 같다, 지금 쌤은. 그 떨림이 그와 닿은 모든 곳에서 고스란히 전해졌다. 그래서 애처로웠다. 등 뒤로 자신을 안고 괴로운 숨을 내쉬고 있는 그가. 소윤은 자신을 꼭 끌어안고 있는 그 팔에 작고 여린 손을 가만 얹었다.

"안 무서워요. 그냥…… 처음이라…… 어떻게 해야 할지 몰라서……."

"하아……."

기다란 날숨은 꼭 안도하는 것처럼 느껴졌다.

'쌤은…… 어떤 마음이었던 걸까?'

순간 들어온 의문에 마치 답이라도 하듯, 비산이 느리게 입을 열었다.

"도망가는 것도 싫어…… 그렇다고 내 손에 잡힌 채로 두려워하는 것도 싫어……."

"……."

"행복했으면 좋겠어. 네가…… 내 곁에 있어서 더욱…… 행복했으면 좋겠어."

낮게 읊조리듯 말하는 그의 목소리에 가슴이 찡했다.

그렇게 나를 생각하는구나. 쌤보다 더, 나를 소중하게 여겨서……. 난 왜 이렇게 어린 걸까. 그런 마음도 모르고 그저 회사에서 곤란하게 될 것만 생각했어요. 나만 생각했어요. 미안해요. 쌤.

이렇게나 멋진 쌤인데. 이렇게 나만 바라보는 쌤인데.

"나도…… 노력할게요."

사람들에게 우리 관계가 알려지는 거…… 아직은 좀 두렵지만, 그래도…….

"행복해요. 쌤이 나 사랑해줘서."

"……."

"너무…… 행복해요."

비산은 끌어안고 있던 소윤을 놓아주었다. 가슴이 쿵 하고 내려앉을 정도로, 사랑스러웠다. 그렇게 말해주는 소윤이 너무나 예뻤으니까.

"키스…… 해도 돼?"

그답지 않은 물음은 조심스럽기만 했다. 평소 같았으면 물어보지도 않고 돌진했을 텐데. 뒤쪽으로 고개를 돌린 소윤이 웃으며 머리를 주억거리자, 그가 소윤의 고개를 제 쪽으로 당겼다.

턱을 기울여, 느릿하게 그녀의 입술에 입을 맞추는 그는 마치 깨지는 물건을 다루듯 소극적이었다.

지켜야지. 너의 미소와 너의 행복을. 지금 이 순간을. 아프지 않게, 슬프지 않게, 힘들지 않게. 내가 할 수 있는 최대한, 너를 지켜 낼 거야. 한 교수님보다 더 널 귀하게 아낄 거야. 두고 봐. 꼭 내 곁에서 행복하게 웃을 수 있도록 만들 테니까.

ㄱ. 하나가 된 날

"쌤."

"응?"

"아무리 그래도 이건 좀……."

"네가 어제 분명 알았다고 했잖아?"

"……."

밤새 머리에 지우개라도 들어왔었는지, 비산은 어제의 괴로움은 깨끗이 잊은 사람인 양 단단히 쥔 손을 놔주지 않았다. 회사에서 티 좀 내는 거, 어렵지 않다. 그치만 이건 좀 너무하잖아? 손을 잡고 들어가자니?

"너무해요."

"양보했어, 나도."

"뭘……?"

"내가 나의 이 끓어오르는 욕구를 혀를 깨물어서라도 참겠다고 다짐했으니까, 이 정도는 너도 양보해."

"……."

"집에 들어올 때마다 짐승으로 변하는 나를 보고 싶지 않으면 협조하지?"

"……."

쌤 어제 힘들어했던 사람 맞아요? 나는 어제 한껏 감성이 돋아서 쌤을 안타까워했는데. 지금 쌤은 너무 유치하잖아요!

하지만 양보했다는 비산의 말은 사실이었다. 혈기왕성한 남자가 밤마다 사랑하는 여자를 벽 하나 사이에 두고 건드리지도 못한다는 것은 너무 가혹했으니까. 그렇지만 어쩌랴, 천천히 해야지.

아예 건드리지 않겠다는 건 아니고, 점차적으로 수위를 높이리라…… 속으로 다짐하는 비산이다.

"가자."

"아, 쌤!"

"어쭈, 버티지? 내가 지금 나이가 스물여덟이야. 돌도 모자라 철도 씹어 먹을 수 있는 나이라고. 너 자꾸 이렇게 버티면……!"

밤에 내가 무슨 짓을 할지 나도 몰라! 라는 협박을 하려던 비산은 어젯밤, 그녀를 지키겠다는 다짐을 떠올리곤 얼른 입을 다물었다.

"후……."

지키기로 했지. 소중히 대하기로 했지. 하지만.

"나도 남자야……."

"……."

"적어도 다른 사람한테 네가 내 여자라고 자랑하게는 해줘."

"내가 무슨 자랑거리라고……."

"나한테 너만큼 빛나는 여자. 세상 어디에도 없어."

"……."

배 안쪽이 옴찔거렸다. 그의 오글거리는 멘트가 거슬리지 않았던 건, 그의 눈이 한가득 진심을 담고 있어서였다.

"내가 부끄러워?"

"그럴 리가요. 그냥…… 이런 상황이 부끄러운 거예요."

"남들 다 하는 거야. 다른 연인들은 누구나 다 하는 거라고."

"……."

"나 이것만큼은 양보 못 해."

"……."

절대로 이길 수 없을 것 같은 눈이었다. 손 하나 잡는 거 무에 그리 대수라고. 하지만 사내에서는 완전히 다른 이야기였다. 그래도…… 자신을 생각하는 쌤의 마음이 얼마나 크고 깊은지, 얼마나 저를 소중히 여기는지, 어제야 비로소 알았다. 그저 좋아한다고만 생각했는데, 그의 사랑은 마치 다른 차원의 사랑 같았다. 그러니…… 믿어야겠지.

"그래요. 가…… 요."

해봐요, 어디. 사실은 그가 이렇게 떼쓰는 모습도 나쁘진 않았다. 이사라는 위치에, 후계자라는 위치에 있으면서도 만천하에 나라는 존재가 드러나는 것을 두려워하지 않는 그 마음이 고마웠으니까.

고마워요. 그렇게나 나를 사랑해줘서. 그렇게나 나를 아껴줘서.

쌤이 나를 사랑하는 만큼, 나도 믿을게요.

"좋아."

소윤의 대답에야 비산의 얼굴에 근사한 미소가 돌았다. 물론 인상을 쓰고 있다 한들 잘생긴 얼굴이 어딜 가진 않지만, 저렇게 근사한 미소를 지어 보이니 소윤은 매번 보면서도 머리가 어질어질할 지경이다.

내가 도망치면, 잡으려고 애쓰고, 내가 겁먹으면 달래려고 애쓴다. 이런 남자가…… 나를 사랑한단다. 행복하다. 너무 행복해서 불안할 정도로 많이…….

손바닥에 느껴지는 감촉이 좋았다. 따뜻하고 안정감 있는 그 느낌은 그녀를 온통 포근하게 감쌌다.

사랑해요, 쌤. 그리고 나를 사랑해줘서…… 고마워요.

엘리베이터의 문이 열리자, 직원들의 시선이 단숨에 두 사람에게로 꽂혔다.

"세상에……."

"강좀비…… 여자랑 손잡고 있는 거야, 지금?"

"어머, 저 여자 어디서 봤는데?"

"천하의 강좀비가 웃는다. 좀비가 미친 거냐? 내 눈이 미친 거냐?"

직원들은 저마다 수군거리기에 바빴다. 세상 더없이 차가운 사람이 바로 강비산이었으니까. 그런데 저런 듣도 보도 못 한 행복한 표정으로 여자의 손을 잡고 회사에 나타났다. 공과 사의 구분을 마치 어기면 죽기라도 할 것처럼 명확하게 지키던 그였다. 그래서 그의 이런 등장은 가히 충격적이기까지 했다.

"쌤. 다들…… 쳐다봐요."

소윤이 아주 작게 속삭였다.

"그러라고 이런 거야."

"쌤은 안 부끄러워요?"

"너무 좋은데? 너 이제 내 거야. 이제 아무도 너 안 건드려."

그러면서 쿡, 하고 웃었다. 고소하다는 웃음 같았지만. 정말로 행복했다, 그는.

사랑해. 한소윤. 온 마음을 다해서. 내 모든 것을 바쳐서 너를 사랑할 거야. 그러니까 이 손 절대로 놓지 마.

제 손안에 쥐어진 작은 손을 단단히 되잡으며 걸음을 옮기던 비산은 다음 순간, 그 자리에 멈출 수밖에 없었다.

"강비산!"

낯익은 이름을 부르는 목소리는 묵직함과 함께 쉰 소리가 섞여 있었다. 직원들의 시선을 아랑곳하지 않은 채 손을 잡고 걸어가던 비산의 얼굴에서 일순 행복감이 말끔히 사라졌다. 등 뒤에서 들려온 그 목소리에 뒤를 돌아봤던 소윤은, 중년의 남자와 그 주위에 보좌하듯 서 있는 사람들을 보고 그가 바로 비산의 아버지인 강민규 회장이란 사실을 알아차렸다. 느릿하게 돌아서는 비산의 얼굴에는 경계심이 가득했다. 온기라곤 없는 서늘해빠진 눈. 그것은 반대편에서 저를 바라보는 강 회장의 그것과 판박이였다.

잠시간, 숨 쉬는 것조차 버거울 정도의 정적이 흘렀다. 소윤은 본능적으로 그에게 잡힌 손을 빼려고 했으나, 비산은 절대로 빠져나가지 못하게 그녀의 손을 더 꽉 붙잡아 버린다. 소윤은 정말로 울음이 터질 것 같았다.

바들바들 떨며 허리를 숙이는 소윤을 강 회장은 부러 보지 않았다. 대신, 자신의 아들에게 잡혀진 손만 못마땅한 눈으로 내려다보고 있을 뿐.

"지금…… 회사에서 뭣 하는 짓이냐, 이게!"

"그러는 아버지는 지금 뭐 하시는 겁니까? 출근하는 사람 붙잡고."

"너 자꾸 이렇게 삐딱하게 굴면, 나도 더 이상은 참지 않아."

"참지 마시죠. 제가 원하던 바입니다."

"야, 강비산! 너 왜 그래, 인마?"

옆에서 지켜보던 만국이 결국엔 두 사람 사이에 끼어들어 비산을 말렸다. 그가 아니라면 이 상황을 말릴 수 있는 사람은 아무도 없었으니까.

"형님, 직원들 있습니다. 나중에 따로 이야기 하시죠."

일개 직원 따위 보든지 말든지, 강 회장은 상관없었다. 다만 자신의 아들이 회사에서 공과 사도 구분 못 하고 다닌다는 게 화가 치밀었다. 제 아들에 비해 아무것도 가진 것 없는 저 탐탁잖은 여자도 꼴 뵈기 싫었고.

"한소윤 씨라고 했나……?"

"……?"

강 회장의 물음에 소윤은 놀란 눈을 감추지 못했다. 회장님은, 제 이름을 어떻게 알고 있는 걸까?

비산은 얼른 소윤을 뒤로 감추고 강 회장을 막아섰다.

"건드리기만 해보시죠. 절대로 가만 안 있을 겁니다."

저…… 5년 전의 제가 아닙니다, 아버지.

어금니를 아득 물고 서릿발 같은 눈을 하고 있는 자신의 아들은 어느 순간 상대하기가 버거울 정도로 자라 있었다. 노기가 가득한 눈이 비산을 노려봤다.

"가만히 안 있으면?"

"두고 보시면 알 겁니다."

냉기 어린 눈으로 저를 내려다보는 그 시선이 강 회장은 내장이 뒤틀릴 정도로 불편했다.

"못난 놈······!"

강 회장은 비산의 말이 허투루 하는 소리가 아니란 걸 알았다. 자신의 젊은 시절을 생각하면, 그리고도 남을 정도로 비산은 저와 꼭 닮아 있었으니까.

"가지······."

결국은 강 회장이 한발 물러섰다. 그의 심기는 여간 불편한 게 아니었지만, 눈에 뭐라도 쓰인 것 같은 아들 녀석을 이겨먹기는 어려울 것 같았기에. 경영인답게 승산 없는 일에는 포기도 빨랐다.

비산과 소윤을 지나쳐 가는 강 회장의 등 뒤에다 소윤은 허리를 폴더처럼 접어 인사를 올렸다. 여전히 비산에게 손이 잡힌 채였지만, 강 회장이 그녀의 그런 모습에는 눈길 한 번 주지 않았지만, 소윤은 개의치 않았다. 단박에 알았다, 저를 못마땅해 한다는 사실을. 어쩌면 당연한 거겠지. 기업인들은 결혼도 M&A(기업인수 합병)라 여긴다고 했었다. 결혼마저도 기업을 증식시키는 하나의 수단으로 생각하는 사람들에게, 아무것도 가진 것 하나 없는 저 같은 사람은 못마땅할 수밖에. 당연한 거였다. 하지만······ 막상 눈앞에 닥친 매서움과 차가움은, 생각보다 훨씬 더 견디기 힘들었다.

"하아……."

눈망울에 고이려는 눈물을 애써 말려냈다. 여기서 울기라도 하면, 너무나 꼴사나울 것 같았다. 쌤은 또 얼마나 미안해할까. 소윤은 눈에 힘을 주어 물기를 말려내고 비산을 올려다봤다.

역시나. 걱정 가득한 얼굴이 된 그가 소윤을 바라보고 있었다.

"괜찮아?"

"네, 괜찮아요."

사실 썩 괜찮지는 않아요. 그치만 저…… 쌤 믿어요. 저를 그토록 사랑하는 쌤인데, 이런 일로 주저앉으면 안 되겠죠.

"근데…… 쌤이 말했어요? 회장님께?"

"뭘?"

"우리…… 사귄다는 거……."

"아니."

"그런데 어떻게…… 제 이름을 알고 있는 거예요?"

"……."

뜨끔. 그녀에게 감추려고, 안간힘을 다하고 있는 사실이 있다. 그리고 세상에 드러나지 않은 그 사실에 대해 호기심을 보이는 소윤이, 그는 두려웠다.

알면 안 돼. 네가 아는 순간. 나는 너를 잃게 될 거야. 우리 아버지가 어떤 사람인지. 너한테, 한 교수님한테…… 어떻게 했는지, 네가 알게 된다면…….

걷잡을 수 없는 두려움이 몰려와, 일순 그의 얼굴에서 핏기마저 사라졌다. 하지만 지킨다는 것. 비산에게 그것은 잃지 않는다는 것과 같은 말이었다.

널 잃지 않을 거야. 그래서 나는 모르는 척, 할 거야. 되도록이면 평생, 네가 모르도록 할 거라고.

잔뜩 굳었던 비산의 얼굴이 일순 느슨하게 풀어졌다.

"너 신입 사원이잖아. 아버지가 기억력이 좋으셔."

"아……."

급하게 만들어낸 어설픈 거짓말이었지만, 소윤은 알겠다는 듯 고개를 끄덕였다. 그리고 강 회장의 그런 태도도 수긍이 갔다. 일 개 신입 사원 주제에 금쪽같은 제 아들을, 이 산호그룹의 후계자를 낚아챘다고 생각하면 머리에 피가 거꾸로 솟겠지. 그래서 잘해야 겠다고 생각했다. 회사에도, 쌤에게도 절대로 누가 되지 않게.

"걱정 마. 걱정할 것 없어."

그녀의 얼굴에 얼핏 스친 불안을 캐치한 비산이 그녀를 달래듯 나직이 말했다.

"걱정 안 해요."

비산의 속마음을 안다는 듯이, 소윤이 활짝 웃으며 말했다.

"이왕 쌤 손잡기로 한 거, 안 놔야지 절대로! 물귀신처럼 꽉 잡 고 늘어질 거야."

어쩐지 더 밝아진 듯한 그 목소리가 비산의 가슴에는 애달프게 전해져왔다. 애쓰고 있구나, 한소윤. 눈에 고인 눈물을 드러내지 않으려고. 잘도……. 속이 상한지, 비산이 아랫입술을 물며, 천천히 소윤을 제 품에 안았다. 곁에 있어서 더 행복했으면 좋겠다고 생각 했다. 그런데…… 결국은 속상하게 만들어 버렸다.

소윤은 비산의 품에 안긴 채로 움직이지 않았다. 직원들이 보고 있다는 것은 잊은 지 오래였다. 다만 비산의 품이 너무 따뜻하고 안정감 있어서, 소윤은 그가 눈치채지 못하게 아주 조금만, 눈물을 흘려냈을 뿐.

비산에게 괜찮다고 말은 했지만, 소윤은 사실 괜찮지 않았다. 머리는 당연한 거라고 이해를 하면서도 가슴은 속상해서 미칠 지경이었으니까. 잔뜩 의기소침해진 소윤이 사무실에 들어서는데 익숙한 목소리가 그녀를 붙들었다.

"한소윤. 빨리빨리 안 다니지?"

송 대리님이었다. 그러고 보니 어제가 출장 마지막 날이다. 부산에서 그런 일이 있고, 그가 오면 어떤 얼굴을 해야 할까 고민이 많았는데, 정작 도준은 평소와 다를 게 없어 보였다.

"고생하셨죠? 혼자."

그래서 소윤도 평소처럼 말할 수 있었다.

"그래. 너 그렇게 가버리고 나 혼자 뼈 빠지는 줄 알았어."

"죄송해요."

"죄송하긴."

"아녜요. 도와드렸어야 하는데……."

"내가…… 미안하지."

송 대리의 그 말에 소윤이 숙였던 고개를 살짝 들어 올려 그를 바라봤다. 평소의 그답지 않은 처연한 눈에, 소윤은 조금 놀랐다.

그는 제 직장 부하를 지켜내지 못했다는 것에 죄책감을 느끼고 있었다. 그래서 사실, 부산에 있는 내도록 괴로웠다. 하지만 마치 아무 일 없었다는 듯 밝은 얼굴의 소윤을 보자 마음이 조금 놓인다.

"어머, 일찍들 왔네? 송 대리 고생했지?"

잠시 어색한 침묵이 흐르고 있는데, 때마침 허 팀장이 사무실로 들어섰다.

"송 대리, 빅뉴스가 있는데 알려줄까? 한소윤 씨 강좀…… 아니, 강 이사님하고 사귄다? 대박사건이지?"

"아……."

도준은 허 팀장의 말에 크게 놀라는 눈치는 아니었다. 사실 어느 정도 알아채고 있었으니까. 비산이 부산까지 내려와서 소윤의 손목을 잡았을 때 알았다. 아니, 어쩌면 회식하던 날 알았던 걸지도 모른다. 어쨌든 그가 소윤을 좋아한다는 사실만큼은 너무나 명확하게 드러내고 있었으니까. 모르는 게 어쩌면 이상했을지도.

"한소윤, 연애하는 건 좋은데 공과 사는 구분해라? 네 직속 상사는 나야."

분위기를 환기시키려 도준은 부러 능청스럽게 말했다. 소윤 역시 그의 마음을 읽은 것처럼 밝게 웃으며 답했고.

"네, 알겠습니다!"

"너 나랑 강 이사님이랑 둘이 물에 빠지면 누구 먼저 건질 거야?"

"송 대리, 어째 이야기가 그렇게 되냐? 당연히 강 이사님이지. 말이야, 방귀야?"

말도 안 되는 도준의 질문에 허 팀장이 핀잔을 줬다.

"아닙니다. 송 대리님을 먼저 구할 겁니다!"

하지만 이 정글 같은 직장에서 살아남으려면 역시 사람은 눈치란 게 있어야 한다. 속으로 '쌤 미안해요.'를 외치며 소윤은 뻔뻔하기 이를 데 없는 대답을 했다. 허 팀장이 놀랍다는 얼굴로 고개를 절레절레 흔들었다.

"와, 한소윤 요고요고 낯빛 하나 안 바뀌고 거짓말하네?"

"아닙니다, 진짜입니다!"

"좋아. 상사를 위해 애인을 팔아먹는 그 태도, 마음에 든다."

하지만 도준은 그 대답이 꽤나 만족스러웠나 보다. 출근하는 동안 내도록 불편했던 마음에서, 그는 그제야 겨우 해방될 수 있었다.

강 회장의 호출로 비산은 회장실로 걸어가는 중이었다. 더 이상 차가울 수도, 더 이상 딱딱할 수도 없을 가면 같은 얼굴로.

똑똑.

"들어와."

"부르셨습니까?"

"앉아."

"앉을 필요 없을 것 같습니다."

"앉으라면 앉아."

"본론부터 말씀하시죠. 오래 마주하는 거, 거북스러우니까요."

"내가 왜 불렀는지 알 텐데?"

"소윤이와 헤어지라고요?"

"그래."

"아까도 말씀드렸죠? 저 5년 전의 제가 아닙니다. 아버지가 한소윤의 털끝 하나라도 건들면, 절대로 가만있지 않을 겁니다."

"가만있지 않으면?"

"제가 가지고 있는 자료들이 있습니다. 그게 제법 유용하겠더라고요."

"……?"

"힌트를 드리자면, 아버지의 발목을 잡아 경영권까지 뺄어내야할 정도의 자료입니다."

"너……!"

"전에 한소윤과 한 교수님을 볼모로 제게 경고하셨죠? 이번엔 제 차례네요."

"강비산!"

"경고하는데…… 한소윤, 가만두세요. 다치고 싶지 않으면."

"너 이 자식……!"

미동도 하지 않는 비산의 표정은 섣불리 다가갈 수 없을 정도로 서늘했다. 비산의 협박은 그저 허울뿐인 협박이 아니었다. 까딱 손 댔다간, 정말로 넘어뜨릴 것이다. 무너뜨릴 것이다. 그 상대가 아무리 제 아버지라고 해도 말이다. 차게 식은 비산의 눈이 섬뜩하게 빛나고 있었다.

"저 소윤이랑 결혼할 겁니다."

"뭐어?"

"한소윤과…… 결혼하겠다고요. 한소윤이 아니면 안 됩니다, 저. 그러니까 이번만큼은 양보하지도 물러서지도 않을 겁니다."

한 톨의 미동도 없는 비산의 얼굴은 절대로 깨지지 않을 바위처럼, 단단하기만 했다.

"소윤 씨 안 가?"

비산이 소윤과 사귄다는 사실을 알고 난 후, 미리는 6시만 되면 안절부절못했다. 연신 시계를 바라보던 미리가 결국엔 참지 못하고 어서 퇴근하라며 소윤을 자리에서 일으켰다.

"아뇨. 다들 일하시는데 제가 어떻게 먼저 갑니까?"

"아니, 내가 불편해서 그래."

혹시나 강좀비가 정말로 좀비처럼 얼굴이 파랗게 질려서 자신을 노려보면 어쩌나 걱정이 됐던지, 미리는 소윤을 사무실에서 어서 내보내야겠다는 생각뿐이었다.

"아니, 팀장님……!"

이제는 아예 사무실 밖으로 등까지 떠미는 미리 때문에 소윤은 곤란해 죽을 지경이었다.

"업무 중입니다. 일 다 끝내고 보내도 괜찮을 것 같은데요."

보다 못한 도준이 소윤의 손목을 잡아 세우며 말했다. 그러자 미리가 눈을 희번덕거리며 부리나케 도준의 손을 떼어냈다.

"송 대리! 너 강좀, 아니 강 이사님한테 들키면 어쩌려고 소윤 씨 손목을 그렇게 뉘 집 빗자루 잡듯이 잡아, 잡길!"

"팀장님이 자꾸 억지로 보내시려니 그렇죠."

"그럼, 나를 잡아, 나를! 소윤 씨 손목을 잡지 말고! 소윤 씨는 장차 산호그룹의……!"

"뭘 잡아요?"

미리는 하려던 말을 입안으로 밀어 넣었다. 등 뒤에서 냉기가 잔뜩 흐르는 목소리가 들려왔기 때문이다.

"아…… 이사님……!"

사무실 입구에는 비산이 웃으며 서 있었다. 그런데 매번 보던 그 근사한 미소가 맞긴 한데, 어딘가 어색하기 짝이 없다.

"뭘…… 잡았다고요?"

그러면서 비산이 도준을 까마득하게 노려봤다. 찰나의 눈빛이 제법 날카로웠지만 도준은 피하지 않고 그 눈빛을 받아내었다. 그리고 그를 똑바로 바라보며 도준이 입을 열었다.

"업무 중입니다, 이사님. 특별한 볼일 때문에 오신 게 아니라면……."

"특별한 볼일 때문에 왔습니다."

사실은 특별한 볼일 따위는 없었다. 그런데 저게 자꾸 신경을 긁으니 짓눌러주고 싶다.

"오늘, 회식하시죠."

비산이 지갑 속에서 법인 카드를 꺼내 내밀었다.

"한우든 뭐든, 비싼 거 드셔도 됩니다."

"헛……!"

"대신, 한소윤 씨는 저랑 퇴근하는 걸로."

"암요, 암요~ 아이고오~! 이 귀한 것을……!"

마치 왕에게 금은보화를 하사받듯 미리는 연신 허리를 굽실거리며 카드를 받았다.

"가자."

비산이 부드럽게 웃으며 소윤의 머리를 흐트렸다.

"왜 그래요, 쌤……."

어쩐지 민망한 맘에 기어들어가는 목소리로 말했는데, 비산은 그게 또 귀여웠다.

"손."

"……."

다른 직원들 앞에선 했지만, 정말로 우리 사무실 직원들 앞에서는 도저히 할 수가 없다고요! 라는 얼굴로 소윤이 비산을 올려다봤다. 하지만 그는 아랑곳하지 않고 소윤의 손을 휙, 하고 낚아채 쥐었다. 조그맣게 손안에 쏙 들어오는 그 손이 오늘따라 더 말랑거리고 더 따뜻하다.

"그럼 우리 먼저 가겠습니다."

"아, 네! 이사님! 살펴 가십시오!"

모두가 허리를 숙이는 와중에 도준은 괜히 모른 척, 책상 위의 서류를 뒤적이며 딴짓을 했다. 그리고 두 사람이 사무실을 나가자마자 그 화살은 허 팀장에게로 돌아갔다.

"팀장님은 자존심도 없습니까? 아주 그냥 카드 하나에 영혼까지 팔 기세더만."

"뭐, 이 자식아? 그래, 내가 1에 투 플러스 등급 한우를 못 먹어본 지 10년도 넘어서 그런다! 됐냐? 우씨! 넌 먹지 마!"

"그렇잖아도 안 먹을 겁니다."

도준은 괜히 진 것 같은 기분이 들었다. 물론 그것은 비산이 노리던 바였고.

"너 자꾸 아무 남자한테나 손목 잡히고 그래라?"

집으로 가는 차 안에서 비산이 조수석에 앉은 소윤을 흘겨보며 말했다.

"네? 봤어요?"

"들었어. 허 팀장 이야기하는 거."

"미안해요."

"더군다나 송 대리인지 뭔지 그 자식은 너한테 마음 있는 것 같으니까 각별히 조심하라고."

"아니에요. 송 대리님은 전혀 그런 맘 없는데."

"넌 남자를 너무 몰라."

"진짜 아닌데……. 참, 아…… 버님은……?"

"……."

"그러고 따로 안 만나뵈었어요?"

"결혼하겠다고 했어."

"……?"

결혼. 정말이지 생각지도 못한 말이었다.

"아니, 갑자기 그게 무슨……?"

분명 강 회장은 곱지 않은 시선으로 저를, 그리고 비산을 바라보고 있었다. 그런데 그런 분께 결혼을 하겠다고 했다니……?

"쌤…… 그 마음은 저도 정말 고마운데요. 아버님이 저를 안 좋아하시는데, 일단 마음부터 열게끔 해드리고 난 뒤에……."

"안 열려."

"……네?"

"아버지. 열리고 말고 할 마음 자체가 없다고."

"……."

제법 슬픈 말이었다. 그렇게 굳게 닫히셨나. 뭔가 실낱같은 희망마저 잃은 기분이 들었다. 시무룩한 표정의 소윤을 곁눈으로 힐끔쳐다본 비산은 피식 웃으며 그녀에게로 손을 뻗었다.

"걱정 마."

한 손으로 운전대를 잡은 채로, 그가 소윤의 머리를 다정하게 쓰다듬었다.

"누굴 데려왔든, 아버지는 반대하셨을 거야. 하지만 나는 너 아니면 안 돼."

"……."

"그러니까 결혼…… 꼭 할 거야."

괜히 눈물이 날 것만 같아서, 소윤은 창 쪽으로 고개를 돌려버렸다. 슬프다. 하지만 또 한편으로는 기쁘다. 가족의 축복 속에서 결혼할 수 없다는 것. 아버님의 예쁨을 받을 수 없다는 것. 그 점에서는 절망스럽기까지 했지만, 쌤의 한결같은 그 마음만은, 너무나 기뻤다.

달각. 달각. 젓가락이 유리그릇에 부딪히며 소리를 냈다. 한참을 오물거리며 밥을 먹던 소윤이 결국엔 젓가락을 내려놨다.

"맛없어요? 왜 안 먹어요?"

아까부터, 비산은 젓가락만 든 채로 아무것도 집어 먹지 않았다. 입맛이 없는 걸까.

"맛…… 있어."

"……."

그걸 지금 믿으라고……? 억지로 하는 말인 거 빤히 보이는데.

소윤이 미심쩍은 얼굴로 반찬들을 하나씩 집어 먹어 보았지만 딱히 평소보다 맛이 떨어지는 것도 아니었다.

"간은 맞는데……."

"맛있다니까."

"……."

맛있는데……. 작게 오물거리는 네 입술이 더 먹음직스러워서…… 자꾸만 그리로 눈이 가잖아. 저도 모르게 한참을 그 입술만 바라보던 참이었다. 소윤이 말을 걸지 않았다면, 자신이 그녀의 입술을 보고 있다는 것조차 망각할 정도로 넋을 놓고 말이다. 희한하게 자제하겠다고 마음을 먹자, 온 신경이 그리로만 쏠렸다.

집에 들어오고 나서부터다. 이 공간 안에 너와 나 둘뿐이라는 사실이, 전과 다르게 야릇하게만 느껴져서…….

후다닥 식사를 마친 비산은 다른 말도 없이 얼른 방으로 들어가 버렸다. 영문을 모르는 소윤을 밖에 두고, 비산이 침대에 대자로 뻗어 누우며 중얼거렸다.

"돌겠네……."

한편, 소윤은 어쩐지 시무룩해졌다. 제 입맛이 이상하게 바뀐 건지, 평소와 다름없는 반찬인데, 쌤은 왜 그렇게 깨작거린 걸까. 다음엔 새로운 반찬을 해 올려야겠다, 생각하며 그녀는 식사를 마쳤다.

그리고 말끔하게 설거지까지 끝낸 뒤 침대에 누워서 잘 준비를 하고 있던 소윤은 문득, 밖에서 들려온 소리에 결국은 참지 못하고 몸을 일으켰다.

"후우~! 후우~!"

도대체 뭘 하기에……. 문을 열고 고개를 빼꼼 내밀었던 소윤은 어둠 속에서 무언가 규칙적으로 움직이는 걸 발견하고 눈을 게슴츠레하게 떴다.

"쌤……? 뭐 해요?"

"들어…… 가."

불렀을 뿐인데 들어가라니? 괜히 그 말에 서운해진 소윤이 입을 내밀며 그에게로 다가갔다.

'난 쌤이랑 좀 더 있고 싶은데. 쌤은 뭘 하느라 나는 신경도 안 쓰고…….'

여전히 비산은 후우후우 하며 무언가를 하고 있었다. 소윤의 눈이 어둠에 익숙해지고 나서야, 그녀는 그것이 팔굽혀펴기라는 사실을 알게 됐다.

"지금 뭐…… 하는데요?"

"운동……. 후우."

"나보다…… 운동이 좋은가…….."

그 말에 비산은 찡그렸던 미간을 더 힘주어 좁혔다. 정말 몰라도 너무 모른다, 한소윤. 속으로 그렇게 생각하며 비산은 계속 팔굽혀펴기에 집중했다.

"오자마자 밥만 먹고 들어가더니."

"후우……!"

"이제는 운동한다고 방에 들어가라고 하고."

"후우……!"

오늘따라 이상했다. 집에 오고 나서부터는 비산이 꼭 저를 피하는 것만 같았으니까. 딱히 불퉁하게 대하는 건 아닌데도, 묘하게 거리감이 느껴졌다. 이렇게까지 말하는데도 여전히 팔굽혀펴기를 하는 비산이 야속하기만 해, 결국엔 소윤의 입이 함지박만 하게 나왔다.

"삐졌어요, 나…….."

"후……."

삐졌다는 말이 통한 걸까, 그의 팔이 일순 움직임을 멈추는가 싶더니, 비산은 긴숨을 한 번 내쉬며 몸을 일으켜 세웠다.

"헙……."

어두워서 몰랐는데, 일어나 제 앞으로 다가온 쌤은 상의를 탈의한 채였다. 땀이 달빛에 반짝거리며 단단하게 잘 잡힌 근육의 실루엣을 그대로 드러내었다. 쓸데없이 침이 꼴깍, 하고 넘어간다.

하지만 그러거나 말거나 비산은 낮아진 목소리로-조금은 거칠어진 호흡과 섞인- 느릿하게 입을 열었다.

"한소윤. 내가 이 야밤에 뭣하러 불까지 끄고 운동이나 하고 있겠어……?"

그러면서 한 발, 그가 제 앞으로 다가왔다. 어쩐지 그 모습이 위협적이라서, 소윤은 그가 내디딘 만큼 뒤로 물러섰다.

"그걸…… 내가 어떻게 알아요?"

"내가 전에 말했지……? 나 돌도 모자라 철도 씹어 먹을 나이라고……."

그러면서 다시 한 발 그가 다가섰다. 그리고 소윤 역시, 다시 한 발 뒤로 물러났다. 그 모습이 꼭, 거대한 야수 앞에 힘없는 초식동물 같았다. 어느새, 그녀를 벽까지 몰아붙인 비산이 소윤의 양옆을 두 팔로 턱 하고 짚었다.

진짜, 까딱하면 확, 잡아먹는 수가 있어. 한소윤.

비산이 속으로 중얼거렸다. 저를 바라보는 그 눈빛이 낭떠러지 아래처럼 까마득해서 소윤은 어깨가 절로 움츠러들었다. 게다가, 운동을 해서 그런지 그의 몸에서 열기가 느껴졌다. 그냥 기분인 걸까. 아님 정말로 열이 나고 있는 걸까.

"너 진짜……."

"……?"

"일부러 그러는 거야? 아님 정말로 모르는 거야?"

"아니, 그러니까, 뭘요?"

"자꾸 생각나잖아."

"……?"

"너를 안고 있는 장면이 자꾸 떠올라서……. 나도 버티고 있기
힘들다고."

"……!"

"쌤이기 이전에, 너의 직장 상사이기 이전에. 나…… 남자야."

"……."

"지키기로 해서 참고 있지만. 진짜 힘들다고, 나……."

비산의 말을 이해하자, 소윤은 불이라도 붙은 것처럼 얼굴이 뜨
거워졌다. 어둠 속에서도 그의 괴로운 듯한 눈빛이 고스란히 느껴
져서……. 소윤 역시…… 힘이 들긴 마찬가지였다.

"아니……."

소윤이 도르르 눈을 굴렸다. 바짝 다가온 그의 탄탄한 초콜릿
복근이 눈앞에서 저를 유혹하고 있는 것 같았다. 사람이란 참으로
간사한 동물이다. 알 수 없는 두려움에 그를 거부할 땐 언제고, 막
상 쌤이 이렇게나 집중력을 발휘해 참아내고 있으니, 애가 탄다.

쌤 일부러 이러는 거죠? 저 애 마르라고. 생각보다 고단수네요.

소윤은 꿀이라도 바른 것처럼 반들거리는 그의 탄탄한 가슴팍
에 자꾸만 눈이 갔다. 어쩐지 정신을 집중하지 않으면 저도 모르게

그 자잘하고 탄탄한 근육에 손을 댈 것만 같아서, 소윤은 두 주먹을 힘껏 말아 쥐었다.

"한소윤……. 참기 힘드니까…… 어서 들어가."

"……."

왜 그 말에 반항을 하고 싶었던 걸까. 소윤이 두 눈을 느리게 한 번 깜빡인 후, 작게 다물린 입술을 벌렸다.

"참지 않아도…… 돼요."

"……?"

어둠 속에서도 비산의 눈동자가 출렁하고 요동치는 게 보였다. 마치 기회를 포착한 맹수처럼 그가 물었다.

"그 말…… 후회 안 할 자신 있어?"

비산의 표정은 어쩐지 결연해 보이기까지 했다. 후회 안 할 자신이 있는지 없는지 사실 잘 모르겠지만, 소윤은 잠시간의 망설임 끝에 달싹이던 입술을 열었다.

"후회…… 안 해ㅇ……!"

채 소윤의 대답이 끝나기도 전에 비산의 팔이 소윤의 허리를 감아 제게로 거세게 끌어당겼다.

분명 후회 안 한다고 했지? 네가 말한 거야. 그러니까 네 말에 대한 책임도 네 몫이야. 한소윤.

허리를 구부린 채 비산은 소윤의 입술을 거침없이 빨아들였다. 소윤의 달짝지근한 입술을 벌리자 뜨거운 입김이 제게로 전해졌다. 달다. 언제나 그렇듯 다디달아서, 비산은 취하듯 빠져들어 갔다. 다시는 못 할 것처럼, 다시는 그녀를 안을 수 없을 것처럼 말이다.

"하아……."

짧은 순간 비산의 입술이 타액을 남기고 떨어지자, 소윤은 참았던 숨을 얼른 내쉬었다. 땀을 그렇게나 흘렸는데도 비산에게서는 좋은 향기가 났다. 그 향기가 무엇인지 궁금했지만, 묻지 않았다. 소윤은 그저 그가 휘젓는 대로 뒀다. 그의 입술이 목을 타고 쇄골을 훑었다. 천천히 아래로 내려가는 그의 입술을 따라, 소윤의 몸도 뜨겁게 타올랐다. 느리게 움직이는 그의 손이 그녀의 니트 사이를 비집고 그녀의 살결을 쓸어 올렸다. 잘록한 허리를 감은 손이 부드러운 피부를 따라 위 아래로 천천히 오르내리자, 찌릿한 감각이 온몸을 휘감는다. 서로에 대한 강한 욕구는 제재를 당하면 당할수록 더욱 깊고 강렬해졌나 보다. 너무 원했던 순간이었다. 저도 모르게, 너무나 원하고 원했던…… 그래서 이번에는 소윤도 멈출수가 없었다. 그의 입술과 그의 숨결이 닿는 곳곳마다, 그의 짙고 짙은 사랑이 묻어나는 것 같은 착각이 들었다. 그 감각이 좋았다. 그 느낌이, 참을 수 없을 만치 좋았다.

"아아……."

비산의 입새로 갈라진 목소리가 새어나왔다. 한 톨이나마 남아있던 이성은 소윤을 핑계로 완전히 바스러졌다.

참지 말라고 한 건 너잖아. 그러니까, 괜찮은 거야.

희미해지는 이성이 제게 중얼거리는 것 같았다. 소윤을 원하고 원하는 그 마음과 욕구가 도저히 참을 수 없을 만큼 자신을 덮쳐서…… 전처럼 넌 다시 두려워질지도 몰라.

"힘들지도…… 몰라. 그러니까 그만두고 싶으면……."

"아뇨. 그만두고 싶지…… 않아요."

자신을 올려다보는 소윤의 눈은 그녀의 말과는 다르게 파르르 떨어대고 있었다. 그럼에도 확고했다. 그 표정은.

내가 얼마나 차가운 놈인지 네가 알게 된다면……. 그때도 너와 나는 같을까?

잠시간 머리를 스친 의문이 일순 그를 망설이게 했지만, 비산은 모른 체했다. 지금 이 순간, 제 앞에 여린 짐승처럼 떨고 있는 소윤을, 비산은 그저 안고 싶어 미칠 것만 같았으니까. 그는 소윤을 위로 들어 안았다. 마치 발레리나와 발레리노처럼 그녀는 자연스럽게 비산의 몸에 자신의 다리를 감았다. 위에서 내려다보는 비산의 얼굴은, 너무나 아름다웠다. 젖은 머리카락 사이로 보이는 그의 모든 것들이 혼을 다해 빚어놓은 조각상처럼 빛나고 있었다.

어느 것 하나, 미운 게 없다. 어느 것 하나, 아름답지 않은 것이 없다. 우뚝하게 솟은 코와 반듯한 이마, 짙지만 과하지 않은 그의 눈썹. 그 아래로 보이는 반쯤 감긴 눈. 그리고 긴 속눈썹 사이로 보이는 그의 깊은 눈동자. 그 모든 것이 오롯이 소윤을 향하고 있다. 소윤을 들어 안은 채 그는 자신의 침실로 향했다. 차갑게 가라앉은 듯한 그의 방. 마치 그의 내면을 반영하듯 온통 차가운 푸른빛으로 도배된 그의 방으로 하나처럼 보이는 두 사람이 들어섰다.

여전히 소윤의 입안을 격렬하게 휘저으며, 그가 천천히 허리를 숙여, 그녀를 조심스럽게 침대에 내려놓았다. 소윤의 작은 몸 위에 겹쳐진 그의 단단한 몸은 발갛게 보일 정도로 달아올라 있었다. 비산은 천천히 소윤이 입고 있는 니트를 들어 올렸다. 부드러운 그녀의 살결에 입을 맞췄다.

"하아……."

소윤의 목소리가 귀를 자극한다. 밀어 올린 속옷 아래로 보인 그 고운 선이, 그의 시각을 자극한다. 이제는 멈출래야 멈출 수 없다. 그는 뜨거워진 입술로 온통 그녀를 머금었다.

"흐웃……!"

비산의 손끝이 능숙하게 허리를 타고 아래로 내려가자, 소윤이 몸을 비틀었다. 그녀는 머리가 하얘지는 것 같았다. 정신을 놓은 것도 같다. 어느새 풀어 내려진 그녀의 바지는 너무나 쉽게 소윤의 몸을 떠났다. 속옷 하나만 걸친 채 달뜬 얼굴로 자신을 바라보는 소윤은 비산을 정말로 미치게 만들었다. 잔뜩 흐트러진 그녀의 얼굴이 더없이 섹시하기만 하다.

"하아…… 하아……."

그의 움직임이 조금 더 빨라졌다. 은밀한 곳에 와 닿는 그의 손길은 조급해 보였다. 하지만 서두르지 않았다. 비산은 마치 물이 스며들 듯, 점차적으로 그녀의 은밀한 곳을 침범했다.

눈을 질끈 감았다. 처음으로 느껴보는 감각에 입 새로 의도치 않은 신음이 쏟아져 나왔다. 그 소리가 비산을 더욱 흥분케 했다.

미쳐가는 것 같다. 그녀에게, 한소윤이라는 여자에게 무서우리만치 빠져든 자신이. 이제는 감당조차 할 수 없을 정도로 오직 그녀만 보여서……. 비산은 쾌락과 함께 그녀에게로 들어갔다.

의미 있는 고통과 아찔한 절정이 공존하는 시간. 두 사람은 그렇게 하나가 되었다.

절대로 헤어 나올 수 없는 늪에 가라앉듯 더욱더 그녀에게로 빠져들었다. 더욱더…… 그녀를 갈망하게 되어버렸다.

햇빛이 쿡, 하고 눈을 찔러왔다. 소윤이 천천히 눈을 깜빡이자, 그 틈을 비집고 거센 햇빛이 들어 쳤다. 희미하던 시야가 맑아지자, 소윤은 자신의 허리에 감겨 있는 팔을 발견하고는 소스라치게 놀랐다. 하지만 곧, 어제의 기억을 떠올려낸 그녀는 화끈거리는 얼굴을 차가운 두 손바닥으로 감쌌다.

'나…… 쌤이랑…….'

어떻게 잠이 들었는지 기억이 나지 않았지만, 자신이 아무것도 걸치고 있지 않다는 사실만은 분명했다. 큰일을 치러놓고 새삼 내외하는 게 웃기지만, 아침 햇살에 아주 선명하게 드러날 자신의 나체가 부끄러웠든지 소윤이 아주 천천히, 제 허리에 감겨 있는 비산의 팔을 들어 올렸다. 혹여 그가 깨기라도 할까 봐서 숨도 삼킨 채로 그의 팔을 거둬내는 작업에 몰입했다.

소윤의 작전은 비산의 팔을 치우고 얼른 이 방을 빠져나가 속옷과 겉옷을 빛의 속도로 챙겨 입은 후, 조금은 덜 부끄러운 상태로 그의 얼굴을 마주하는 것이었다. 지금 기분으로는 아마 외투까지 챙겨 입어도 부끄러울 것만 같았기에, 절대로 이 상태로 그를 마주하고 싶지는 않았다.

겨우 그의 팔을 걷어낸 후, 그녀가 아주 천천히 몸을 일으켰다. 하지만.

"어디…… 가려고."

이불이 살에 스치는 소리조차 최대한 내지 않으려고 애를 쓰며 겨우 침대에 앉은 그녀는 잠에 취해 갈라진 목소리로 자신의 허리를 끌어안는 비산 때문에 흡! 하고 숨을 들이켰다.

"……!"

이 와중에 허리를 굽혀 만들어진 뱃살이 신경 쓰여 소윤은 얼른 허리를 폈다. 그가 푸우 하고 웃는 소리가 들렸다.

비산은 사랑스러웠다. 그녀의 모든 것이. 그리고 행복했다. 지금 이 순간 소윤을 안고 있다는 사실이. 그가 느리게 다가와 그녀의 등에 입을 맞췄다. 갑자기 닿은 뜨거운 감촉에 소윤이 흡, 하고 숨을 들이마셨다.

"어떡하나……?"

"뭐, 뭐가요?"

"나 이제…… 매일매일 너, 안고 싶을 건데……."

"……."

"지금도……."

소윤은 화끈거리는 얼굴을 푹, 숙여버렸다.

일어서지도 도로 눕지도 못한 채로 그에게 잡힌 소윤은 어떻게 해야 할지 몰라 두 손으로 몸을 감싸고 있을 뿐이었다. 아침 햇살에 적나라하게 드러난 제 몸을 비산은 놓아주지 않았다. 침대 끝에 걸터앉은 소윤의 허리를 베개처럼 끌어안은 그가 그녀의 등에 입을 맞추기 시작했다.

"쌤…… 추, 출근해야 하는데……."

"으응……."

대답은 응이라고 하는데, 왜 안 놔주는 거예요. 왜 자꾸 쪽쪽거리냐고요.

그의 입술이 허리 쪽으로 방향을 돌리자, 소윤은 몸을 움찔하며 비틀었다.

"쌤……."

"응……."

자꾸 그렇게 영혼 없는 대답 할 거예요?

"나…… 부끄러워요. 쌤."

"……."

소윤의 말에 비산의 입술이 그녀의 몸에서 떨어졌다. 기쁨에 취해 있었나 보다. 너무 행복해서. 모든 게 처음이었을 소윤을 배려하지 못했다. 그렇지만…… 정말로 놓아주기 싫은걸. 조금 더 만끽하고 싶었는데.

녹아내릴 듯 부드러운 소윤의 피부는 자꾸만 만지고 싶은 충동을 느끼게 해서 비산은 기다란 한숨을 내쉬며 소윤을 꽈악 끌어안았다.

"하아……. 너무…… 아쉽다."

"……."

"그래도…… 이제 너, 진짜 내 거야."

"……."

행복한 듯한 그의 목소리가 듣기 좋았다. 소윤도 행복하긴 마찬가지였다. 그렇게 짝사랑하던 쌤이었는데, 그런 쌤이 이렇게 제게 안달하며 매달려 있다니. 하지만 그러면서도 소윤은 여전히 부끄러운 맘을 어찌해야 할지 몰랐다. 오늘따라 창문으로 쏟아져드는 햇살은 왜 이리도 눈이 부신지.

"이, 이불 제가 좀……."

주섬주섬, 비산과 제 몸을 가렸던 얇은 린넨 이불을 끌어당겼다. 그거로라도 몸을 가리고 방을 나가려던 참이다.

"……?"

하지만 비산이 반대쪽 이불 끝을 콱 잡았다. 그 힘이 얼마나 센지, 암만 당겨도 이불은 올라오지를 않았다.

"이, 이거 놔요."

"싫어. 이거 내 이불이야."

"유치하게…… 이럴 거예요?"

"유치하다니. 나의 권리를 주장하는 것뿐인데."

난감한 얼굴로 주위를 살피던 소윤의 눈에 침대 구석에 널브러진 자신의 니트가 보였다. 몸을 재빠르게 틀어 니트를 잡으려는 찰나, 비산의 손이 조금 더 빠르게 니트를 잡아 멀찍이 구석으로 휙, 던져버린다.

"쌤!"

"어젯밤에 다 봤는데 뭘 자꾸 가리려고 그래?"

"밤이었잖아요."

"밤이나 낮이나. 넌 똑같은데, 뭐."

이불을 두고 서로 잡아당기며 실갱이를 하다가 결국 이불 끝을 먼저 놓은 사람은 소윤이었다. 조금 전까지 부끄럽기만 했던 그녀는 슬금슬금 짜증이 났다.

"와, 진짜 쌤 이렇게 음흉한 사람인 줄 몰랐어요!"

"음흉하다니. 내 거 내가 좀 보겠다는데."

"빨리 이불 줘요."

"싫어. 이 이불 내 거야. 안 돼. 못 줘."

그는 단호하게 말하며 이불을 둘둘 말아 품에 쥐었다. 절대로 주지 않겠다는 듯이. 그런데 어쩐지 그 모습이 우스꽝스럽기만 하다. 회사에서는 피도 눈물도 없다며 좀비라고 불리는 사람이, 제게는 이렇게 유치하게 굴다니. 웃기기도 하고 어이없기도 해서, 소윤은 이기려 들지 않았다. 대신 베개를 집어 들어 앞을 얼른 가릴밖에. 그와 동시에 벌떡 일어서며 뒷걸음으로 비산의 방을 빠져나갔다. 아쉽다는 듯 김빠진 얼굴로 소윤이 하는 양을 가만 바라보던 비산은 문이 닫히고 나서야, 피식하고 웃었다.

"진짜, 귀여워 미치겠네."

하나부터 열까지 너무나 사랑스러워서, 절로 웃음이 났다. 비산의 인생을 통틀어 이렇게 웃어본 적이 대체 몇 번이었을까.

서둘러 준비한다고 했는데도 늦어버렸다. 사무실에 혼자 들어가겠다고 박박 우기는데도, 비산은 기어코 소윤을 따라 그녀의 사무실로 들어갔다. '나랑 들어가면 너 못 혼낼 거야.'라는 핑계를 댔지만 사실은 다른 이유가 있었다.

"……."

사무실에서 마주친 도준을 보고 비산이 아주 기분 나쁜 미소를 지어 보였다. 그것은 마치, '내가 널 이겼어. 내가 이겼다고!'라고 하는 것 같은 미소였다. 그 의미가 무엇인지 정확히 모르면서도 도준은 슬금슬금 나빠지는 기분에 눈썹을 찌푸렸다.

"어제 회식 잘했습니까?"

무슨 못된 심보인지, 비산은 부러 도준을 향해 물었다.

"전 안 갔습니다."

퉁명스러운 답이었다. 어쭈? 자존심 세우겠다? 하지만 그런 걸로 불쾌하거나 짜증이 나지 않았다. 평소 같았으면 독사 같은 눈빛으로 한 번 노려봐줬겠지만, 온통 꽃이다. 꽃. 자신의 면상에 대고 쌍욕을 한다 해도 웃을 수 있을 것 같았다, 지금 이 기분으로는.

"갈게. 나중에 봐."

다정하게 손을 흔들며 비산이 사무실을 나섰다. 허미리 팀장과 윤혜영 대리는 여전히 그의 미소가 적응이 되지 않았다. 까딱하면 쌍코피가 터질 정도로 근사한 미소도 미소지만, 그 냉혈 인간이 저런 식으로 웃는다는 건 회사를 다닌 몇 년 동안 단 한 번도 상상조차 못 했던 거라서.

"소윤 씨 정말 대단하다, 대단해. 미스터리고 불가사의고 미라클이다. 이 정도면."

허 팀장이 비산이 사라진 문밖을 보며 고개를 절레절레 흔들었다.

8. 네가 아는 사실과 내가 아는 진실

"보고해."

소윤을 대할 때와는 180도 다른 얼굴에 냉기가 가득했다. 오늘 따라 유독 안절부절못하는 조 실장을 차게 식은 눈으로 바라보던 비산은, 등 뒤로 기어오는 불길한 조짐에 마음이 조급해졌다.

"그게……."

베스티오와 윈즈텍에 대해 정보를 캐내기가 어렵자, 비산은 베스티오의 얼굴 없는 주인과 연결된 유일한 끈을 매수해보기로 했다. 법인등기부등본에 표시된 연락처는 베스티오의 사무실이 아닌, 베스티오의 얼굴 없는 주인에게 전달 사항만 전해주는 1인 연락책의 사무실 번호였다. 조 실장은 전날 오후, 돈을 미끼로 연락책을 만나는 데 성공했고 베스티오 주인의 연락처를 거액의 돈과 맞바꿨다.

"누군지…… 알아내긴 했나?"

"예……. 그렇긴 한데……."

곤란해 죽겠다는 조 실장의 표정에 비산의 입매가 굳었다.

"뜸 들이지 말고 말해."

한진운 교수의 회사인 J바이온의 2대주주였던 베스티오는 유상 증자 매수로 기껏 늘려놓은 주식을 하루만에 전량 매도해버렸다. 우량주였던 J바이온의 주가는 그 여파로 며칠 새 폭락했고, 한진운 교수는 충격으로 쓰러졌다가 이틀을 못 넘기고 세상을 등졌다.

소윤에게서 모든 것을 앗아간 베스티오의 주인. 그자를 찾아 반드시 복수하겠노라 다짐했던 비산은 눈앞에서 안절부절못하는 조 실장을 보고 직감했다.

"아버지…… 인가?"

"저기…… 그게……."

"똑바로 대답해."

꾸물거리는 조 실장을 독이 발린 듯 독한 목소리가 채근했다.

"그러니까…… 예…… 맞습니다."

자포자기한 듯한 조 실장의 대답에 비산은 끝내 눈을 감아버렸다. 결국은 이런 거였어. 결국은. 설마 했는데 역시나……. 연락책에게 거액을 지불하고 받은 베스티오 주인의 연락처. 그것은 강민규 회장의 번호였다. 그렇게 바랐건만. 기도하고 또 기도했건만. 결국 저는, 소윤의 아버지를 죽게 한 자의 아들이었다. 실낱같던 희망은 아주 가뿐하게 바스러져 사라졌다. 명치가 타들어가는 것 같았다. 괴롭다. 그저 추측뿐일 때와는 다르게 너무 괴로워서, 너무 아파서……. 비산은 천천히 고개를 떨어뜨렸다. 느리게 말아 쥔 주먹이…… 부들부들 떨리고 있었다.

그렇게 회사를 나와, 그가 곧장 달려온 곳은, 한진운 교수의 유골이 안치 된 봉안묘였다. 비산은 지금, 가슴이 무너지는 기분으로 한진운 교수와 마주하고 있었다.

"죄송합니다. 교수님. 저…… 그래도 소윤이…… 포기 못해요."

납골당의 유리문 안에서 활짝 웃는 한진운 교수의 사진이 비산을 바라보고 있다. 무너져 내린다. 그 웃음을 보고 있노라니 가슴이 뜯기듯 너무나 괴로워서……. 비산은 시선을 퍼뜩 아래로 내렸다. 면목 없습니다. 그렇지만…….

"약속 못 지켜드려 죄송해요. 하지만 소윤이…… 꼭, 지킬 겁니다."

다시, 아래로 내렸던 시선을 안간힘을 다해 들어 올렸다. 눈물이 고여서, 교수님의 얼굴이 출렁거렸다. 어쩌면 그래서 다시 볼 수 있었는지도 모른다. 형용할 수 없는 죄책감과 고통에 도저히 마주할 수 없을 것 같았던 교수님의 그 환한 얼굴을 말이다.

"소윤이……. 제가 지키겠습니다. 그러니까……."

허락해주십시오. 그리고……. 저를…… 용서해주십시오, 교수님.

끝내는 비산의 눈에서 아픔 한 줄기가, 찢기는 듯한 고통 한 줄기가 뚝 하고 떨어져 내렸다. 일그러지려는 얼굴을 참아내려 어금니를 까득 무는 그의 얼굴이, 아프고…… 아팠다.

[오늘은 혼자 가. 미안.]

짧은 문자였다. 그렇게 오지 말라고 하는데도 사무실까지 찾아오던 사람이 갑자기 혼자 가라고 하니 소윤은 조금 얼떨떨했었다.

많이 바쁜 건가, 생각하며 집으로 돌아왔던 소윤은 늦은 시간까지 아무런 연락이 없는 비산이 걱정되어 잠잘 준비를 다 하고도 잠이 들 수가 없었다.

걱정과 불안감에 거실을 왔다 갔다 하던 소윤의 발이 멈춘 건, 현관 쪽에서 도어록의 전자음이 들린 직후였다. 조르르 현관으로 달려 나간 소윤은 어쩐지 힘없는 모양새로 들어서는 비산을 보고 다시금 걱정이 밀려와 저도 모르게 눈가를 구겼다.

"어디…… 갔었어요?"

"그냥……."

소윤은 비산에게로 가까이 다가가서야 알았다. 그에게서 술 냄새가 난다는 것을.

"쌤……. 술 마셨어요?"

"조금."

조금이라고 했지만, 조금이 아니었다. 알콜 냄새가 제법 짙어서, 소윤이 얼굴을 찡그릴 정도였으니까. 들어올 때부터 쌤의 어깨가 축 처져 있었던 건, 술기운 탓인가……. 그의 분위기도, 행동도 평소와는 많이 달라 소윤은 걱정을 하지 않을 수가 없었다. 그녀의 앞 눈썹이 절로 일그러졌다.

"무슨 일…… 있어요?"

그의 눈가가 충혈된 게 보였다. 무슨 큰일이라도 있는 걸까? 하지만 비산은 푸스스 웃으며 소윤의 머리를 흩트렸다.

"아니."

그는 눈도 마주치지 않은 채, 짧게 답할 뿐이다.

왜 그래요, 불안하게.

"나 봐요."

소윤을 스쳐 지나가려던 비산의 손을 그녀가 붙잡았다.

대답이 짧잖아. 쌤 안 그러잖아요. 무슨 일인데? 왜 그러는데요?

비산은 천천히 돌아 제 손을 꼭 붙든 자그마한 손을 말없이 내려다봤다.

'달라진 건 없어. 예상했던 일이잖아.'

자신을 다잡듯 그가 읊조렸다. 저를 올려다보는 소윤의 눈이 불안에 떨고 있다. 그 무엇보다 지금은 그녀가 불안해하는 걸 보고 싶지 않았다.

"소윤아……."

타들어가는 것처럼 속이 괴로운데도, 비산은 안간힘을 다해 아무렇지 않은 척했다. 고통이 녹아 있는 목소리를 들킬세라, 부러 목에 힘을 주며 말했다.

"무슨 일이 있어도…… 나……."

"……?"

"……버리지 마."

"버리긴, 누가 버린다고. 갑자기 그게 무슨 소리예요?"

"약속해. 무슨 일이 있어도, 절대로. 날 떠나지 않겠다고. 빨리…… 약속."

"참 나. 우리 쌤 술 먹으니까 애기 같네?"

진지했던 소윤은 제 앞에 내밀어진 새끼손가락을 보고 그제야 푸~ 하고 웃어버렸다. 별일 아니구나 싶어서, 그저 귀여운 주사일 뿐이라고 생각했다.

"알았어요. 자, 약속! 도장! 싸인! 복사!"

쥐어진 비산의 손을 빼내어 복사하는 시늉까지 끝낸 소윤이 귀엽다는 듯이 비산의 볼을 쓰다듬었다.

"그럴 일 없어요. 나…… 쌤 얼마나 사랑한다고요."

"하아……."

그는 그 말과 동시에 소윤을 제 품 가득 끌어안았다. 괴로움에 짓눌렸던 이성이 살아나는 것 같았다. 그것은 욕심이었다. 소윤에 대한 욕심.

'아무것도 바뀐 건 없어. 모른 척하고, 그저 지키기만 하면 되는 거야.'

비산은 거칠게 소윤을 벽으로 밀어붙여 그녀의 입술에 제 입술을 겹쳤다.

'이제 와 널…… 잃을 순 없어. 가질 거야. 반드시 가질 거야.'

오늘따라 더 격렬하게 느껴지는 그의 키스에 소윤은 조금 당황했지만, 딱히 큰 의미를 두지 않았다. 거칠어진 그의 호흡이 소윤의 귓가를 자극했다. 그녀의 입술을 탐하면 탐할수록, 그녀의 여린 피부를 그러쥐면 그러쥘수록, 머릿속 가득 차오르는 죄책감을 그녀를 향한 욕심이 밀어냈다. 그래서 더 빠져들었는지도 모른다. 들어오는 이성을 일부러 밀쳐냈는지도 모른다.

뜨거운 입술이 소윤의 목덜미를 물었다.

"하웃…… 쌤……."

죄책감을 떨치기 위해, 본능을 따르는 자신을…… 그는 내일이면 용서할 수 없을지도 모른다. 하지만.

'가지고 싶은 걸 어떡해. 내가 죽는 한이 있어도 너만은 잃기 싫은데…….'

거친 숨을 토해내는 와중에도 와르르, 하고 무너져 내리는 그의 가슴을, 소윤은 알지 못했다. 저를 휘감는 그의 열기에 그저 천천히 녹아내릴 뿐. 소윤은 마음속으로 작게 속삭였다.

'사랑해요, 쌤. 죽어도 좋을 만큼…… 많이요.'

햇빛이 제법 강했다.

"으음……?"

"이제 일어났어요? 도대체 어제 얼마나 마신 거예요?"

상의를 탈의한 채 침대에 푹 파묻혀 있는 비산을 소윤이 개구진 표정으로 내려다보고 있었다.

"어제…… 나……. 혹시……?"

취중 진담이라고 혹시나 소윤에게 고해성사라도 했을까 봐 그는 마른침을 꼴깍 삼켰다.

"기억 안 나요? 나 잠깐 씻고 오겠다고 기다리라고 했는데, 오니까 코까지 골면서 자고 있던데?"

술을 조금 마셨다던 비산은, 전날 밤 소윤이 제게서 잠시 떠난 사이 잠이 들어버렸다. 보드카를 스트레이트로 연이어 몇 잔을 마셨으니 무리도 아니지.

"하아……."

안도의 한숨이었다. 아무것도 모르는 소윤의 얼굴이 다행이다 싶다.

"밥 차려놨으니까 얼른 먹어요. 쌤 밥 다 먹으면 오늘은 대청소 좀 해야겠어요."

"……싫어."

겨우 마음을 놓은 비산이 팔을 뻗어 소윤의 손을 슬쩍 잡아 쥐었다.

"같이 있자."

"……."

잠이 덜 깨 갈라진 목소리 때문에 어쩐지 그 말이 야릇하게만 들렸다.

"뭐, 나 대청소할 동안 쌤은…… TV를 보든지……."

"아니. 같이 있어. 곁에."

비산은 꼭 시한부 삶을 사는 것 같은 기분이 들었다. 소윤이 모든 사실을 알 때까지, 하루하루 소중하게 살아가야 할 것 같은 느낌 말이다.

"밥…… 식겠다."

소윤이 작게 말했지만, 비산은 듣지 못한 것 같았다. 아니, 부러 듣지 않았을지도. 대신 그는 소윤을 제 침대로 끌어당겼다. 폭, 하고 침대로 엎어진 그녀의 커진 눈이, 사랑스럽기만 하다. 그녀가 도망가기 전에 비산은 소윤을 제 품에 꽉 끌어안았다.

"내 옆에…… 있어."

"……."

두근두근. 심장이 방망이질해댄다. 비산이 소윤의 목덜미에 제 얼굴을 묻었다. 그의 다리가 소윤의 다리 사이로 얽혀 들었다. 그녀의 살 냄새가 난다. 꽃향기 같기도 했고 사탕향기 같기도 했다. 그 냄새에 취해 비산은 입술을 천천히 움직이기 시작했다. 목덜미에 비산의 타액이 묻어났다.

"쌤……."

가시처럼 예민하게 돋아난 감각이 소윤의 온몸을 자극했다.

"하루 종일…… 이러고…… 있자."

입술을 살짝살짝 뗄 때마다 그의 입새로 나오는 목소리가 소윤을 말라들게 한다.

"안 놔줄 거야, 너."

언젠가 알게 되더라도. 네가 나를 암만 밀쳐내도. 나는 끝까지 너 붙들 거야. 한소윤. 그러니까 나는…….

"이러고 있는 거다?"

"……."

네가 알기 전까지 모른 척할 거야. 아무 일도 없는 양, 똑같이 행동할 거야. 전과 같이 사랑하고, 전과 같이…… 너를 안을래. 있는 힘을 다해 숨길 거라고.

"사랑해."

"제가 더 사랑해요."

"까분다. 따라오지도 못해, 넌."

"에이, 그걸 어떻게 알아요?"

"알아."

확신에 찬 말투였다. 비산은 그녀의 온 몸을 포박하듯 끌어안은 채로 그녀의 입술에 가볍게 입을 맞췄다. 쪽, 소리가 날 때마다 웃음이 났다. 그리고 그 웃음을 따라, 희미하게 퍼져있는 불안도 지워지는 것 같았다.

"쌤, 밥은 먹고……."

가만 안겨 있던 소윤이 몸을 비틀자, 비산이 그녀를 안은 팔에 힘을 꽉 주었다.

"싫어."

"국 다 식는다구요."

"굶을래, 그냥."

"……."

기껏 차려놓은 밥이 고대로 식어버리는 건 썩 기분 좋은 일은 아니지만, 5살 꼬맹이라도 된 것처럼 떼를 쓰며 버티는 쌤이 소윤은 싫지 않았다. 아니, 오히려 귀여웠다.

"그럼…… 이러고 있죠, 뭐."

자신을 꽉 붙들고 놓아주지 않는 비산 때문에 결국은 포기한 듯 소윤이 말했다.

"키스…… 해줘."

하지만 바로 돌아온 그 말에, 소윤이 눈을 동그랗게 떠 그를 바라봤다.

"아니, 이렇게만 있자면서……."

"내가 무슨 목각도 아니고, 널 안고 있는데 어떻게 가만히 있어?"

"……."

"안고 있는데도 불안해. 너…… 가버릴까 봐."

"……."

"가지 마. 절대로."

"어제부터…… 왜 그런 말을 자꾸 해요."

"너 없이는……."

널 잃게 되면…….

"살지 못해. 나."

농담처럼 흘린 말이었지만, 그것은 사실이었다. 이제는 소윤이 없는 삶은 상상조차 할 수가 없다. 두려움이 가득 찬 자신의 눈을 보이기 싫어서, 비산은 소윤의 입술에 제 입술을 겹쳤다. 그녀의 입술을 벌리고 다시 그 따뜻함을 격렬히 탐했다.

괜찮다. 나만 모른 척하면. 아무것도…… 달라지지 않아.

그러니까…… 괜찮은 거야…….

"저…… 잠깐만 좀 다녀오면 안 될……."

"응. 다녀와, 다녀와!"

소윤의 물음이 채 끝나기도 전에 자동반사 같은 허 팀장의 대답이 돌아왔다. 장차 산호그룹의 사모님이 될 수도 있는 소윤인데, 뭔들 못 해주겠나. 허 팀장은 '일할 것도 별로 없으니까 천천히 다녀와.'라는 말까지 덧붙이며 소윤을 사무실 입구까지 에스코트했다. 웬만해선 업무 중에 일어나지 않으려 했는데. 한참 동안 휴대폰을 만지작거린 이유는 비산에게서 온 문자 때문이었다.

[보고 싶다.]

보고 싶으면 진즉에 내려와서 시간 좀 내달라고 뻔뻔하게 굴었을 쌤이었다. 그런데 이런 문자 한 통만 달랑 보내놓고 내려오질 않으니, 소윤은 어쩐지 불안했다. 안 그래도 주말 동안 어딘가 이상하게 굴었던 쌤이 아닌가.

'나…… 버리지 마.'

버리긴 누가 버린다고. 비산의 사무실로 향하며 소윤이 입을 삐죽거렸다.

그건 내가 할 소리라고요. 쌤에 비하면 한없이 모자란 난데……
버리면 쌤이 날 버렸지. 내가 왜……?

이런저런 생각에 심란한 얼굴이었던 소윤은 처음으로 찾아온 비산의 사무실 앞에서 더욱더 심란한 표정이 되었다. 사무실 앞에 앉은 조 실장이 소윤을 알아보곤 퍼뜩 일어섰다.

"저는 홍보부 소셜미디어팀의……."

"압니다. 한소윤 씨죠?"

"아…… 네. 근데 절 어떻게……?"

"한소윤 씨 이력서, 제가 넣었거든요."

"아아……."

모르는 게 이상했다. 몇 년 전부터 비산의 가장 큰 관심사는 한소윤이었으니까. 그가 업무 외로 지시하는 모든 일들은 전부 그녀와 관련된 것들이었다.

"혹시, 안에 누구 있어요?"

"아니요. 이사님 혼자 계십니다."

얼른 키폰으로 소윤이 온 것을 보고하려던 조 실장을 소윤이 말렸다.

"저, 괜찮다면…… 그냥 들어갈게요."

사무실로 찾아올 거라곤 상상도 못 했을 비산이 제 얼굴을 보면 아마도 깜짝 놀라겠지. 소윤은 그가 기뻐하는 모습을 보고 싶어, 조 실장을 향해 검지를 입술에 갖다 댄 뒤 이사실의 문을 살짝 열었다. 일을 하고 있는지, 안은 조용했다.

사무실은 전체적으로 깔끔하고 세련된 느낌이었다. 그레이 톤의 벽지가 월넛 가구들과 차분한 조화를 이루고 있었고 채광이 잘

되는 커다란 창들은 블라인드로 가려져 너무 밝지도, 어둡지도 않은 적당한 밝기를 유지했다.

동그란 눈으로 사무실 안을 한 번 훑어본 소윤은 한쪽에 마련된, 기다란 데스크 쪽으로 시선을 돌렸다. 2미터가 훌쩍 넘어 보이는 블랙 컬러의 커다란 데스크는 상판이 대리석으로 되어 있었다. 그리고 그 대리석 데스크 위에 엎드려 있는 비산이 보였다.

"쌤……?"

기척 없이 온 건 아닌데도 미동도 하지 않는 걸 보면, 혹시…… 자고 있나?

그의 곁에 바짝 다가갈 때까지도 그는 꿈쩍하지 않았다. 그리고 그의 기다란 속눈썹 한 올까지 자세히 보일 정도로 다가갔을 때야 비로소 그가 자고 있다는 사실을 깨달았다.

"쌤……?"

다시 한 번 그를 불러봤지만, 여전히 미동도 하지 않는다. 많이 피곤했던 걸까? 가만, 비산을 바라보던 소윤은 갑자기 얼굴이 화끈거리는 걸 느꼈다. 참 잘도 생겼지. 어쩜 이렇게 자는 모습까지도 완벽한 거예요, 쌤은? 그의 얼굴에 감탄하는 동안, 소윤은 자신의 얼굴이 그의 얼굴 바로 앞까지 다가갔다는 사실을 인지하지 못했다. 무릎까지 꿇은 채로 감탄을 자아내는 그 얼굴을 감상하며 그녀가 중얼거렸다.

"이렇게…… 완벽한데."

도대체 버리지 말라는 말도 안 되는 소리는 왜 한 거예요? 하나부터 열까지 쌤은 제게 완벽하다고요. 어쩔 땐 애기 같고, 또 어쩔 땐 너무 어른스러운 쌤은, 그래서 더 사랑스럽기까지 해요. 쌤 하나면, 난 다 가진 여자가 되는데. 뭐가 불안해서…….

그렇게 가만 비산의 얼굴을 들여다보던 소윤은 문득, 그의 반듯하고 잘생긴 입술에 입을 맞추고 싶다는 충동이 들었다.

꼴깍. 침이 넘어갔다.

'이건 다 쌤 잘못이에요.'

쪽. 결국 소윤이 그의 입술에 수줍게 제 입술을 갖다 댔다. 그리고 그제야 알았다. 그가 자고 있던 게 아니라는 걸. 입술이 닿기 무섭게, 그가 소윤의 입술을 벌리고 들어왔다.

"……!"

깜짝 놀라 반사적으로 몸을 뒤로 물리려던 소윤은 어느새 그녀의 목을 움켜쥔 그의 손에 의해 꼼짝할 수 없게 돼버렸다.

"으읍…….'

놀란 눈 안으로 여전히 눈을 감은 비산의 모습이 보인다. 그리고 몇 초 지나지 않아, 그가 느리게 눈꺼풀을 밀어 올렸다. 반쯤 감긴 그 눈이, 조금은 슬프게 느껴졌다. 소윤은 저항하지 않았다. 조금 놀랐을 뿐, 그의 키스는 언제나처럼 달콤하기만 했으니까. 키스를 나누는 몇 분이, 꼭 몇 초인 것처럼 흘러갔다.

"보고 싶어서 죽는 줄 알았는데…… 보니까 좋다."

천천히 떨어진 그의 입술 새로 진한 초코 젤라또처럼 깊고 달콤한 말이 새어 나온다. 낮게 가라앉은 그의 목소리는 더없이 매력적이기만 하다.

"쌤…… 괜찮아요?"

"뭐가?"

"아니, 그냥 좀 달라 보여서요. 힘든 거 아닌가 하고."

"없어…… 그런 거."

들리지 않을 만치 작은 한숨은 꼭 피식, 하고 웃는 것처럼 느껴졌다. 비산은 여전히 데스크에 엎드린 채로 코앞에서 저를 보고 있는 소윤을 가만 바라봤다. 더없이 다정하게, 그의 손이 소윤의 머리를 쓰다듬었다.

'앞으로 힘든 일이 생길지도 몰라.'

손해를 감수하면서까지 J바이온의 주식을 매각해버린 아버지라면 이렇게 사랑스러운 너에게 무슨 악한 짓을 할지도 모른다고.

"걱정 마. 나 힘들거나 하지 않으니까."

결심했어. 그런 죄책감에도 너를 포기하지 못할 정도로 나, 너를 사랑해서……. 싸울 거야. 널 지킬 거고. 힘들어도 힘들지 않을 거야. 네 앞에선 절대로.

비산이 책상에 엎드렸던 몸을 일으키며 그녀를 향해 예의 그 다정한 웃음을 지어 보였다.

"걱정해주니 고맙네. 그치만 걱정할 필요 없어. 나 엄청 강한 멘탈의 소유자거든."

"피~"

으스대며 말하는 비산의 얼굴을 보고야, 소윤은 마음이 좀 놓였다.

"나 이제 내려가 봐야 해요."

그러면서 소윤이 주머니를 뒤적거려 비산 앞에 무언가를 내밀었다.

"뭐야?"

"초콜릿. 쌤 기분 좀 나아지라고 아까 샀어요. 주머니 안에 있어서 다 녹았겠다. 그래도 먹어요, 버리지 말고?"

사무실에서 기다리겠다며 막 몸을 돌리던 소윤에게 비산이 팔을 뻗었다. 턱, 하고 잡힌 그녀의 여린 손목을, 더욱 힘주어 잡았다.

사랑할 수밖에 없잖아. 이런 너를.

동그란 눈으로 저를 돌아보는 소윤을 향해, 비산이 다시 한 번 웃어 보였다.

"사랑해."

그녀가 말갛게 웃었다. 수줍은 듯한 그 웃음에 가슴이 요동친다.

미안. 미안. 널 사랑하는 나라서…… 미안하다. 한소윤. 하지만 이제 더 이상 미안해하지 않을 거야.

이게, 내 마지막…… 자책이 될 거라고.

"워크숍이요?"

소윤은 갑작스런 소식에 귀를 쫑긋 세웠다. 방금 막 팀장 회의를 다녀온 허 팀장에게 그딴 걸 왜 하냐는 듯한 얼굴로 도준이 물은 참이었다.

"1박 2일 일정이야. 강원도 산호리조트에서 한다네."

"평사원들도 가는 거예요?"

"참가 인원은 홍보팀, 영업팀, 디자인팀 전원. 협동심 도모 및 원활한 소통을 목적으로 한다고 여기 쓰여 있네. 그 목적이 달성될지는 사실 잘 모르겠지만."

회의에서 받아 온 워크숍 계획서를 들여다보며 허 팀장이 말을 이었다.

"임직원들하고…… 회장님도 참석하신대."

"업무의 연장선이네요, 그럼. 그런 곳엔 높으신 분들 쿨하게 빠져주시지."

혜영이 못마땅한 듯 입술을 실룩였다.

"어쩔 수 없지, 뭐. 이번 주 금요일하고 토요일 일정이니까, 다들 채비 잘하고."

"네."

다른 직원들처럼 대답은 했지만, 소윤의 얼굴에는 옅지 않은 그림자가 드리웠다.

'회장님이…… 오신다고?'

시간은 그 어느 때보다도 빠르게 지나갔다. 평소의 소윤이었다면, 며칠 전부터 들뜬 채로 회사 워크숍을 기다렸겠지만, 강 회장님이 참석한다는 사실 하나로 소윤에게 워크숍은 즐겁기만 한 행사가 아니었다.

"나 먼저 나가 있을게."

워크숍 당일 아침, 평소보다 일찍 일어난 소윤은 빠진 게 없나 확인하던 참이었다. 그런데 밖에서 비산의 목소리가 들리더니 금방 현관문 닫히는 소리가 따라온다. 조금만 기다리면 될 것을. 언제나 소윤이 준비가 다 될 때까지 기다려줬던 쌤인데, 이상하다 생각하며 소윤은 그가 사준 바람막이 점퍼를 챙겨 입었다. 그리고 차에 올라탄 순간.

"헐……!"

"왜?"

"뭐, 뭐예요 그 옷……? 이, 이거…… 커플룩이었어요?"

"상큼하잖아? 대학생 같고."

"상큼은 무슨! 싫어요! 나 이 옷 당장 갈아입을래."

차에서 내리려는 소윤의 목덜미를 비산이 얼른 잡아챘다.

"어딜?"

그러면서 놀라울 정도로 민첩하게 소윤에게 벨트를 척, 하고 매줬다. 안전을 위한 건지, 도망을 방지하기 위한 건지 정확히 알 수는 없었지만. 소윤이 얼른 벨트를 풀려고 하자, 비산은 전광석화와 같은 속도로 시동을 건 뒤 차를 출발시켰다.

"쌤!"

"너 그 옷 벗기만 해봐. 벗는 순간 내가 가서 확 뽀뽀해버릴 거야. 직원들 다 보라고."

"미쳤어요……?"

"나도 다른 연인들 하는 것 좀 해보자. 너는 괜찮지만 나는 내일모레 서른이야. 나이 들면 커플룩 입자고 매달려도 안 입어줄 거고. 그때는."

"아니, 커플룩도 때와 장소를 가려서 입어야죠. 회사 워크숍에 무슨 커플룩이에요?"

"의상에 대한 제한 같은 거라도 있나? 없잖아? 근데 무슨 상관이야?"

"회장님…… 도 오신다면서요?"

"그러니까 더 입어야지."

"……."

'나에게서 절대로 널 떼어낼 수 없다는 걸 알려줄 거야.'

비산이 소윤을 바라보며 슬며시 웃었다. 하지만 그녀는 갑갑한 속을 어떻게 달래야 할지 알 수가 없었다. 그가 저리 살살 녹는 미소를 보이는데도 심란하기만 했으니까.

"회장님께 예쁨받고 싶은데. 이러면…… 더 미운털 박힐까 그러죠. 다른 직원들도 신경 쓰이고."

"다른 사람 신경 쓰지 마. 너랑 나, 우리 둘만 신경 쓰자."

"……."

티를 내지 못해 안달 난 사람 같았다. 그의 고집을 도저히 꺾을 수가 없었으니까 워크숍에 가서 슬쩍 점퍼를 벗을까도 생각해봤지만, 그랬다간 정말로 그가 직원들 앞에서 뽀뽀라도 해버릴까 겁이 나서……. 소윤은 망연자실한 얼굴로 차창 밖을 바라볼 뿐이었다.

한참 후, 회사에 도착한 소윤은 어쩐지 몸이 움츠러들었다. 아마도 이 망측한 커플룩 때문이리라.

"소윤 씨! 여기."

"아, 팀장님."

먼저 와서 버스에 자리를 잡고 앉은 허 팀장이 방금 막 버스에 오른 소윤을 향해 손을 흔들었다.

"어떻게 이렇게 일찍 오셨어요?"

출발 예정 시간이 40분이나 남아서 아무도 없을 줄 알았는데, 회사 앞에 세워진 버스는 벌써 절반이나 차 있었다.

"원래 나이 들면 새벽같이 눈이 떠져. 소윤 씨도 나이 들어봐."

"에이, 팀장님이 무슨 나이를 드셨다고."

"아직 어리니까 그런 소리 하는 거야. 여자 나이 서른다섯이면 몸이 먼저 늙은 걸 안다니까. 그나저나, 소윤 씨 아웃도어 재킷 예쁘다?"

산뜻한 주황색이 소윤과 꼭 어울렸다.

"얼굴이 예쁘니까 옷도 예쁜 거지. 요즘 애들 하는 말로 패션의 완성은 얼굴이야, 얼굴."

"팀장님도 참······."

그 순간 머쓱하게 웃는 소윤의 얼굴에 불안이 스친 이유를, 허 팀장은 리조트에 도착하고 나서야 알았다.

"어? 소윤 씨, 저기 강비산 이사······."

임원용으로 따로 마련된 리무진 버스를 타고 온 비산이 방금 막 버스에서 내린 찰나, 검지를 쭉 뻗어 비산을 가리키고 있던 허 팀장이 순간 말을 잇지 못한 채 소윤을 돌아봤다.

"한소윤 씨······ 지금······ 설마······ 강좀, 아니······ 강 이사님이랑······?"

"······."

"커, 커······ 커플루욱?"

벌겋게 달아오른 소윤의 얼굴은 오로지 민망함 때문이었다.

'그래. 세상에 똑같은 옷이 얼마나 많은데? 우연히 같은 옷을 입고 왔다고 생각할지도 몰라.'

멀리서 소윤을 발견하고 제 쪽으로 다가오는 비산을 보며, 소윤은 마치 자기최면을 걸 듯 중얼거렸다.

"한소윤!"

그 기럭지에, 그 얼굴에, 무슨 아웃도어 모델이 걸어오는 것 같네요, 쌤. 옷까지 같으니 곁에 가면 안 되겠어요. 나를 오징어로 만들 기세예요. 지금.

손까지 흔들며 환하게 웃는 비산을 주위의 직원들이 턱이 떨어져라 벌리며 바라보고 있었다. 그의 눈부신 외모도 외모였지만, 그의 환한 미소는 마치 생전에 본 적 없는 외계인을 보는 것 같은 기분을 들게 할 정도로 직원들에겐 낯선 것이었다.

"나, 나는 잠깐 화장실 좀……."

하지만 정작 소윤은 비산이 제 앞에 오자마자 인상을 쓰며 배를 움켜쥐었다. 아무래도 사람들의 시선이 자꾸만 의식이 돼서 그의 옆에는 도저히 못 있을 것 같았으니까. 그가 손이라도 잡자고 할라치면 빼도 박도 못하고 커플룩이다. 우연의 일치라는 변명은 개나 줘버려야 할 것이 분명했다.

"잠깐."

하지만 애석하게도 화장실 쪽으로 돌아서는 소윤을 비산이 불러 세웠다.

"……네?"

"너 지금 연기하는 거지?"

"아, 아닌데요?"

"누굴 속여? 내가 너만 바라본 게 몇 년인데."

"……."

"너, 뻥치거나 곤란할 때 입꼬리가 아래로 내려가."

다른 사람의 표정은 티끌만큼도 읽지 못하는 그였지만, 소윤의 감정 변화는 귀신같이 캐치해냈다. 비산의 말에 어색하게 자기 입가를 양손으로 더듬어보는 소윤의 손을, 일순 그가 낚아챘다.

"가자."

비산이 기분 좋게 웃으며 소윤을 끌었다. 이로써 변명의 여지가 없는…… 커플룩이다.

숙소에 짐을 내려놓은 소윤은 레크리에이션 시간에 맞춰 허 팀장과 함께 리조트 앞 잔디밭으로 나왔다. 해는 따뜻했지만 바람은 조금 차가웠다. 그래도 비산이 준 바람막이가 있어서 춥지 않았다.

"소윤아."

67명의 직원들이 잔디밭을 거의 다 메워갈 때쯤 비산이 등 뒤에서 소윤을 불렀다.

설마, 직원들이 이렇게 많은 곳에서 손을 잡겠다는 건 아니겠죠? 소윤이 불안한 눈을 하고 뒤를 돌아보는데.

"강 이사."

제법 거친 목소리에 비산과 소윤이 동시에 옆쪽을 바라봤다. 강 회장이었다. 못마땅한 눈이 비산과 소윤의 옷을 번갈아 바라보자, 그녀는 절로 어깨가 움츠러드는 걸 느꼈다.

'이래서…… 안 입으려고 했다고요.'

성큼성큼 두 사람 앞으로 다가온 강 회장의 얼굴이 무서울 정도로 굳어 있었다.

"그 점퍼, 다른 걸로 갈아입고 와요."

제 아들놈이 말을 안 들을 건 불을 보듯 뻔했으니 강 회장으로선 소윤을 설득하는 게 빨랐다. 물론 그것은 설득이라기보다는 명령에 가까웠지만.

"아…… 네."

서릿발 같은 목소리에 주눅이 든다. 슬프기도 하고 원망스럽기도 했다. 알 수 없는 온갖 감정들이 버무려져 올라와, 소윤은 그게 정확히 무엇인지 알 수 없었다.

그녀가 힘없이 리조트 쪽으로 몸을 돌렸다. 하지만 이내 팔이 무언가에 턱, 하고 걸려버렸다. 보지 않아도 알았다. 제 팔을 잡아 세운 이가 누군지.

"싫습니다."

소윤의 팔을 잡아 쥔 채로 비산이 매서운 눈빛을 드러내며 말했다.

"너한테 말한 거 아니다."

"싫다고, 했습니다."

"강비산! 여기가 네 놀이터인 줄 알아?"

결국에는 강 회장의 언성이 높아졌다. 질끈 눈을 감았던 소윤은 물론이고 주위에 있던 모든 직원들이 갑작스런 호통에 놀란 얼굴을 감추지 못했다. 하지만 단 한 사람. 비산만큼은 눈 하나 깜짝 않고 분노가 가득 담긴 눈을 들어 강 회장을 노려봤다.

"이렇게 나를 괴롭게 만들어놓고서는……."

당신 때문에 나…… 이렇게 괴롭다고.

하지만 강 회장은 아랑곳하지 않았다.

"그 옷. 당장 갈아입어요."

강 회장의 날카로운 시선이 다시 소윤에게로 옮겨졌다. 거역할 수 없었다. 비산의 아버지이자 산호그룹의 회장님이시다. 그 어떤 포지션으로도 그를 거역할 수 없었다.

"네……."

소윤이 힘껏 팔을 비틀어 비산에게서 벗어나려 했다.

말이라도 잘 들어야, 예뻐하시지 않을까? 절망감 속에 묻힌 그 작은 희망 한 톨에 의지한 채로 소윤은 억지로 몸을 돌렸다.

"한소윤……."

이거 놔요, 하는 소윤의 얼굴이 비산의 서늘한 눈에 맺힌다. 가슴이 아프다. 그래서…… 화가 난다. 왜 우리는 당신 때문에 불행해져야 하는 거지?

"쌤, 아니, 이사님 이 손 좀……."

"마음 단단히 먹어."

"……네?"

"나 지금……."

"……?"

"너한테 키스할 거니까."

"……!"

거부할 새도 없이, 비산이 소윤의 허리를 거세게 잡아당겨 그녀의 입술을 침범했다.

"으읍……!"

그녀는 사람들의 시선이 느껴졌다. 강 회장의 분노하는 얼굴이 절로 상상이 갔다. 심장이 요동친다.

쌤, 이 옷 벗으면 한다고 했잖아요. 근데…… 이게 뭐예요.

사람들의 웅성거리는 소리가 마치 환청처럼 귓가에 윙윙거렸다.

"으으읍!"

거세게 그의 가슴팍을 밀었지만 비산은 떨어지질 않았다. 밀어내면 밀어낸 만큼 소윤을 끌어당겨, 그녀의 입술을 짓눌렀다. 1초

라는 시간이 마치 1시간처럼 길게 느껴진 건, 바로 앞에 강 회장님
이 있다는 사실 때문이겠지.

도대체 왜……! 왜 이러는 건데요?

소윤은 결국 자신이 할 수 있는 한 최대한으로 세게, 그의 가슴
팍을 밀쳐냈다.

이렇게 한다고 얻어지는 게 뭐예요, 대체……!

눈앞이 까매져서, 머리가 하얘져서. 누구의 눈도 제대로 바라보
지 않은 채, 소윤은 강 회장이 있는 쪽으로 고개를 꾸벅, 숙이고는
도망치듯 그곳을 빠져나갔다.

"한소윤……!"

아차 싶었는지 비산이 팔을 뻗어 그녀를 잡으려 했지만, 한발
늦었다. 대신 짜악! 하고 바윗덩이 같은 강 회장의 손이 비산의 얼
굴을 후려쳤다. 한쪽 볼이 벌겋게 부풀어 올라 돌아간 고개를, 비
산이 느릿하게 바로 세웠다. 마치 아무것도 없는 듯한 그의 얼굴
속에서, 소름 끼치도록 잔인한 모양새로 입꼬리가 올라갔다.

지금, 해보자는 겁니까, 아버지? 아무 말도 뱉지 않았지만, 그의
눈에서 전달되는 또렷한 메시지에 강 회장이 입술을 비튼다.

"좋아. 네 마음대로 해봐, 어디. 단, 봐주는 건 여기까지야."

"그러시든가요. 저도 바라는 바입니다."

진득하게 깔린 두 목소리는 높낮음의 차이와는 상관없이 날카
롭고 따가웠다. 분노로 가득 찬 강 회장을 세워두고 비산은 아찔하
게 깊은 냉소를 지어 보이며 그를 지나쳤다.

해보십시오. 해보자고요. 이제는 지지 않을 겁니다.

소윤이 사라진 쪽으로 바삐 걸음을 옮기는 비산의 눈은 깊은 밤

의 검은 강처럼 차고 음침했다.

"어째서……."

속이 상해서 말간 눈물이 자꾸만 꾸물꾸물 새어 나왔다. 객실로 먼저 들어와 버린 소윤은 침대에 앉아 무릎을 끌어안은 채 후회와 원망을 쏟아내고 있었다.

'안 그래도 탐탁잖으실 게 분명한데, 더 미운 짓만 하고 있잖아, 우리.'

그냥 옷만 갈아입고 나오면 되는 거였는데. 회장님의 심기를 꼭 그런 식으로 건드렸어야 했냐고.

'속상해.'

예쁘게 보여도 모자랄 판에…… 눈엣가시가 되어버렸다. 이제 회장님을 어떤 얼굴로 봐야 하나. 눈을 질끈 감으며 소윤이 무릎에 얼굴을 쿡, 처박고 있는데…….

딩동. 객실의 초인종이 울렸다. 코를 한 번 훌쩍이며 소윤이 얼른 고개를 들었다.

"누…… 누구세요?"

"나야. 문 열어."

언뜻 단호해 보이는 비산의 목소리에 소윤은 발끈했다.

"싫어요. 안 열 거야."

"한소윤."

화가 난 듯한 목소리로 그가 다시 소윤을 부르자, 그녀가 눈썹을 찌푸렸다.

지금 누가 누구한테 화를 내는 거예요? 내가 지금 어떤 기분인데.

"속상해 죽겠어."

"소윤아……."

"나…… 회장님께 예쁨받고 싶었단 말이에요."

"……."

문틈으로 새어 나오는 목소리에 울음이 섞여 있어서, 비산은 고개를 떨어뜨렸다.

"도와주지는 못할망정……."

"하아……."

모르잖아. 우리 아버지가 어떤 사람인지. 너에게 무슨 짓을 했는지.

"문 좀…… 열어봐."

"다신…… 안 그런다고 약속해요."

"뭘……?"

내가 뭘 했다고…….

비산의 얼굴이 괴로운 듯 구겨진다.

더한 짓을 해도 모자라지 않아. 더 독하게, 더 악하게 굴어도…… 너에게 한 짓에 비하면…….

"다신, 회장님 앞에서 나 곤란하게 만들지 마요."

"……."

어떻게 그래? 어떻게 그럴 수가 있겠어, 내가? 너를 이 지경으로 만든 그 사람을, 내가 어떻게 아무렇지 않게 대할 수가 있겠냐고.

"하아……. 소윤아, 일단……."

"약속하지 않으면 문 안 열 거예요."

"……."

비산이 문에 가져다 댄 손바닥을 꽈악, 말아 쥐었다.

그 사람이 무슨 짓을 했는지 네가 알면, 그때 가서 나는…… 네게 버려질지도 모르는데.

절로 어금니가 까득 물어졌다.

하지만, 아무것도 모르는 너에게 난 아무 말도 할 수가 없어.

"그래……. 내가 잘못했어."

"……."

마음에도 없는 말이 감정 없이 흘러나왔다.

잘못하지 않았어. 그렇지만 그렇다고 하자. 그래야 네가 편할 테니까. 그래야 네가…… 날 떠나지 않을 테니까.

"잘못했어…… 내가."

작게 들려온 그 말이 진심인 줄 알고, 소윤이 발갛게 충혈된 눈을 들어 문 쪽을 흘겨봤다.

"다신…… 그러지 마요."

"그래……."

두 번의 대답 끝에, 닫혔던 문이 느리게 열렸다. 눈물이 그렁한 그 눈을 보자, 비산은 미칠 것 같았다. 괴로운데, 화가 나는데.

아무것도 할 수 없다.

"하아……."

긴 한숨을 내쉰 그는 문밖으로 나온 소윤을 와락, 끌어안을밖에.

'어떡하냐…… 너를.'

일그러지는 눈썹 아래에 깊게 감긴 눈이 괴롭기만 했다. 알았노라고 대답했지만, 자신이 없었다. 아버지 앞에서는 절로 날이 섰으

니까. 절로 뾰족해지고 까끌해져서…… 너와의 약속을 지킬 자신
이 없다.

"너도…… 약속해."

"뭘…… 요?"

비산의 가슴에 폭 안긴 채로 소윤이 물었다.

"문 걸어 잠그지 마."

네게로 가는 나를 막지 말라고.

"그럼 쌤도 그러지 마요. 나도 안 그럴 테니까."

"……."

비산은 차마 대답하지 못했다. 그녀를 품에 안은 채 비산은 그
저 눈을 질끈 감을 수밖에. 그녀의 등을 감싼 비산의 손끝에 힘이
들어갔다. 손가락 끝이 하얘질 정도로 꽈악.

ㅁ. 복수의 시작

"소윤 씨…… 밥 먹으러 가자."

레크리에이션이 다 끝나고 저녁 시간에 맞춰 돌아온 허 팀장이 소윤의 눈치를 살피며 물었다. 아까 낮의 일을 모두 눈에 담았던 터라, 걱정이 되지 않을 수가 없었다.

"저 몸이 좀 안 좋아서요. 팀장님 먼저 드세요."

"응? 그래도 뭐 좀 먹어야……. 아니다. 그래. 일단 쉬어."

그런 일을 당하고도 목구멍에 뭐가 넘어가겠나 싶어, 허 팀장은 한 번 더 권해보려던 마음을 접었다.

"죄송해요."

"아니, 소윤 씨가 죄송할 게 뭐 있어. 나중에 입맛 좀 돌아오면 뭐라도 먹자. 응?"

허 팀장은 안타까운 눈으로 소윤을 한 번 바라보고는 곧장 객실을 나섰다.

"……."

공허했다. 아무도 없는 객실에 웅크리고 있는 자신이 우주의 작은 먼지처럼 하찮게만 느껴졌다. 하지만 자신만큼이나 쌤도 마음이 안 좋겠지. 그렇게나 저를 아껴주는 쌤인데, 두 사람을 탐탁잖게 생각하는 회장님 때문에 그렇게까지 할 수밖에 없었던 쌤의 마음도 아마 시커멓게 타들어갔을 것이다.

무엇보다 내가 상처 받는 걸 지독하게 싫어하는 쌤이니까. 침대에 이불을 폭 둘러쓰고 누운 소윤은 객실에 같이 있겠다는 비산을 억지로 돌려보낸 게 마음에 걸렸다. 하지만 어쩔 수 없었다. 그런 일이 있었는데 객실에 같이 있었다는 걸 회장님이 아시게 된다면 상황은 더 안 좋아질 뿐이니까. 더욱이 사적인 공간도 아니고, 회사 워크숍에서 말이다. 상상조차 하기 싫었다. 안 그래도 보는 눈이 곱지 않은데 잘못하면 저를 되바라지고 헤픈 여자라고 생각하실지도 모른다. 섭섭해하는 비산을 객실 밖으로 기어코 밀어냈던 건 그 때문이었다.

"하아……."

심란했다. 머리가 띵하고 울리는 것 같았다. 그녀가 찌릿한 한쪽 머리를 손으로 틀어쥐고 있는데, 딩동, 하고 초인종이 울렸다.

소윤은 한숨을 내쉬었다. 문 밖에 있는 이가 누군지 뻔했으니까.

무거워진 몸을 애서 일으켜 문 앞으로 걸어가는 소윤의 표정은 먹구름이 잔뜩 낀 하늘 같았다.

"오지 마라니까 왜 자꾸…….'

하지만 문을 열어젖히자마자, 음울하던 표정은 당혹스러움으로 일순 뒤바뀌었다.

"한소윤 씨."

"……누구세요?"

"회장님이 모시고 오라 하셨습니다."

"회장…… 님이요?"

"예. 차가 대기하고 있습니다. 가시죠."

"차…… 라뇨? 회장님 리조트에 계신 거 아녜요?"

"회장님 머무시는 별장이 따로 있습니다."

"아…….'

무엇 때문인지 모르겠지만, 소윤은 망설여졌다. 비산에게 아무 말 없이 가도 되는 걸까? 무슨 얘기를 듣게 되는 걸까? 마음의 준비라도 해야 하는 걸까? 이런저런 혼란들이 눈앞으로 쏟아졌지만, 자신을 기다리고 선 남자를 보자 퍼뜩 정신이 든다.

"자, 잠깐만요."

소윤은 객실로 들어가 가지고 온 옷 중에 가장 단정한 옷을 골라-단정이라고 해봐야 티에 등산용 바지지만- 입은 후 거울을 보며 머리를 다듬었다.

"후우~"

크게 한 번 심호흡을 하며, 눈을 크게 떴다.

주눅 들지 않을 거야. 울지도 않을 거야. 그 어떤 말을 듣게 되어도 웃을 거야. 나.

몰려오는 두려움을 억지로 밀어내며 거울 속에 비친 저를 향해 소윤은 고개를 한 번 끄덕, 했다.

해가 넘어간 가로수 길은 스산하기만 했다. 리조트를 미끄러지 듯 빠져나가는 고급 세단 안에서, 소윤은 긴장감을 떨쳐내고자 심호흡을 하고 있었다.

회장님이 자신을 부른 이유를 어쩐지 알 것 같아서, 그녀는 맞잡은 손에 힘을 주었다. 분명, 다짐했다. 그 어떤 소릴 들어도 절대 주눅 들거나, 울지 않을 거라고.

'괜찮을 거야. 괜찮을…… 거야.'

애써 떨리는 속을 진정시키려 노력하고 또 노력했지만 아무리 애를 써도, 좀처럼 긴장이 풀리지 않았다. 어깨가 단단하게 굳어 결릴 정도로 소윤의 온몸은 경직된 상태였다.

그렇게 10여 분을 달려 도착한 곳은 산 중턱에 으리으리하게 지어진 대형 별장이었다. 차창 너머로 보이는 거대한 별장은 마치 소윤을 짓누르기라도 할 것 같은 모양새로 서 있었다.

별장의 입구에 차를 막고 있는 화려한 무늬의 고딕풍 철제문은 위쪽에 설치된 폐쇄회로TV로 차량을 확인한 건지, 잠시 후 철컹 소리를 내며 자동으로 열렸다.

"여깁니다."

입구에서도 한참을 들어가 별장 바로 앞에 차를 세운 남자가 사이드 브레이크를 걸며 말했다. 소윤이 움직이기 전에 얼른 차에서 내린 남자는 그녀가 앉은 쪽의 문을 재빨리 열어주었다.

"가, 감사합니다."

"안내해드리겠습니다."

"아…… 네."

그의 뒤를 따라, 차갑게만 보이는 대리석 계단을 한 발 한 발 내디뎌 올랐다. 도살장에라도 끌려 들어가는 기분이었지만, 소윤은 망설이는 대신 입술을 잘근 깨물었다. 잠시 후 현관 앞에선 남자가 품에서 ID태그를 꺼내 키패드에 갖다 대자, 삐릭, 소리가 나며 별장의 묵직한 문이 열린다.

중후한 색감과 은은한 향기, 적당한 온도에 낮게 별장 안을 울리는 클래식 선율까지. 눈앞에 펼쳐진 모든 것들이 그녀의 감각을 건드렸지만, 소윤은 그 모든 것들이 불편하고 성가시기만 했다.

"가시죠."

멍하니 입구에 선 소윤에게 남자가 뒤를 돌아보며 말했다.

"……네."

짓눌린다. 모든 것이 소윤을 짓누르는 듯했다. 하지만 마주할 것이다. 약하지 않은 모습으로, 당당하게. 아버지가 가르쳤던 것처럼……. 마음속으로 다짐하고 또 다짐하며, 온통 앤틱풍으로 치장된 넓은 거실을 지나 복도로 들어섰다. 복도에서도 한참을 걸어 도착한 방 앞에서 남자가 목소리를 가다듬었다.

똑똑.

"회장님. 모시고 왔습니다."

"들어와."

문 안쪽에서 새어 나온 그 목소리는, 예의 그 묵직한 목소리가 맞았다. 남자가 문을 열자마자 소윤의 눈에 제일 처음으로 들어온 건 벽을 온통 뒤덮은 책들이었다. 그곳은 별장 안에 마련된 강 회장의 집무실이었다.

"앉게."

고급스런 투각이 들어간 거대한 호두나무 책상 앞에 앉은 강 회장이 툭, 던지듯 말했다. 그제야 소윤이 강 회장을 발견하고 꾸벅, 허리를 숙였다. 강 회장은 그런 소윤을 본체만체하며 일어나 앞쪽에 마련된 소파에 몸을 앉혔다. 빤한 눈으로 소윤을 바라보던 그가 무심하게 입을 열었다.

"한 교수랑 닮았군."

"우리 아버지를…… 아십니까?"

"알지. 5년 전에 한 번 찾아갔었거든."

소윤의 눈이 도르르 굴렀다. 5년 전이라면 아버지 밑에서 연구를 돕던 비산이 소리 소문 없이 사라졌던 때다.

"본론으로 들어가지."

본론……. 무슨 말을 할지, 알 것 같았다. 그리고 순간 들어온 그녀의 직감은 빗나가지 않았다.

"우리 비산이랑…… 헤어져요."

예상했던 레퍼토리다. 그래서인지 소윤은 오히려 차분한 얼굴이었다.

"미안하지만, 비산이에겐 약혼녀가 있어요. 다온그룹의 외동딸이지."

물론 비산이 단 한 번도 만나주지 않았다는 얘기는 생략했다.

하지만 방금 전까지 아무렇지도 않아 보이던 소윤은 조금 놀란 얼굴이 되었다. 처음 듣는 이야기였으니까. 약혼녀라니. 약혼녀가 있다니. 혼란함으로 시야가 흔들리던 그 순간, 환영처럼 소윤의 눈앞에 비산이 비쳤다. 금방이라도 올 것처럼 매달리듯 자신을 바라보던 그 눈이.

'나…… 버리지 마.'

어째서 그런 말을 했던 걸까, 생각했었던 소윤은 그 말의 의미를 이제야 알 것 같았다. 이런 일이 생겨도, 절대로 저를 포기하지 마라는 거겠지. 알아요. 쌤이 나를 얼마나 사랑하는지. 내가 없으면 쌤은 어떻게 될지. 나는 또…… 어떻게 될지. 다 안다고요.

잠시간 눈을 아래로 깔았던 소윤이 힘주어, 눈꺼풀을 밀어 올려 강 회장을 바라봤다. 제법 단단한 눈빛이었다.

"죄송합니다. 그럴 수 없습니다."

"고집부려봐야, 달라질 건 없어."

"압니다. 하지만 제가 먼저 이사님을 떠나는 일은 없을 겁니다."

약속했으니까요. 절대로 떠나지 않는다고요.

"내 충고 하나 하지. 사람 중에는 절대로 섞일 수 없는 사람이 있어. 물과 기름처럼."

"……."

"아가씨는 물이야. 아무리 올라오려고 해도 절대로 올라올 수 없다네. 섞일 수도 없지. 애써봐야 헛수고야."

"……."

"그러니 비산이 녀석을 사랑한다면, 떠나주게. 내 그에 따른 보상이라면 충분히 할 테니."

올컥, 하고 올라오는 감정을 소윤은 애써 삼켰다. 그리고 최대한 차분하게, 그리고 덤덤하게 올라오는 목소리를 차근차근 뱉어냈다.

"절대로 섞일 수 없는 게 사람이라 하셨죠. 마음 또한 그렇습니다. 암만 돌리려 하셔도 결코 움직이지 않는 게 사람의 마음입니다, 회장님."

"하……. 고집도 제 아비를 닮았군……."

강 회장의 표정이 묘하게 뒤틀렸다. 하지만 소윤은 주눅 들지 않았다.

"죄송합니다. 말씀 다 끝나셨으면 먼저 나가보겠습니다."

예상했던 일이었다. 어찌 보면 당연한 일이기도 했다. 대기업에게 있어 혼사라는 것은 사람과 사람의 만남이기 이전에, 기업과 기업의 합병, 즉 M&A 같은 것이었다. 기업의 몸집을 상당 부분 키울 수 있는 결혼이라는 기회를 저로 인해 날릴지도 모르니, 그 싹을 잘라버리고 싶은 건 당연한 것이었다.

하지만. 집무실을 나서는 소윤의 눈에서 참았던 눈물이 후두둑, 쏟아져 내렸다. 서러웠다. 예쁨받고 싶은 마음도, 잘해보려는 마음도, 너무나 큰 벽에 부딪혀 산산이 부서져버렸다. 보상을 하겠다는 그 말에 모멸감도 느꼈다. 쉽지 않을 거라고 예상했지만, 당면한 현실은 지독히도 쓰라려서.

"나…… 어떡해요, 쌤……."

가슴을 틀어쥐고 도망치듯 별장을 빠져나왔다. 펑펑 쏟아지는 눈물에 잠겨드는 것 같은 기분이었다. 비산의 얼굴 위로 겹쳐지는 또 다른 얼굴 하나에, 별장 입구에 다다른 소윤은 다리에 힘마저 풀려버렸다.

"아빠……. 미안해……."

미안. 이런 꼴 당해서. 귀한 딸이 이렇게 설움 당하고 무시당해서, 아빤 또 얼마나 속상하실까. 너무 아파. 아빠만 생각하면, 나도 싫다고 버럭, 소리라도 지르고 나왔어야 했는데. 바보같이. 버리지 마라는 쌤 얼굴이 떠올라서.

"미…… 안……."

소윤은 두 손으로 얼굴을 감싼 채 오열했다.

"허 팀장!"

저녁을 다 먹고 리조트 안의 상가를 둘러보던 미리는 뒤에서 들려온 낯익은 목소리에 퍼뜩 고개를 돌렸다. 조금은 불안해 보이는 얼굴의 비산이었다.

"예, 이사님?"

"혹시, 한소윤 씨 못 봤습니까?"

"아, 방에 있을 텐데요?"

"아무리 두드려도 조용하던데……."

"잠이 든 게 아닐까요? 아까 입맛 없다고 침대에 누워 있었는데……."

"소윤 씨 아까 어떤 남자랑 같이 고급승용차 타고 나가던데요?"

등 뒤에서 들려온 목소리는 윤혜영 대리의 것이었다. 저녁 식사를 하러 들어가던 길에, 리조트 입구에서 차에 오르는 소윤을 보고 고개를 갸웃했었다.

"그게 언제입니까?"

돌연, 눈에 날카로운 빛을 띠며 혜영의 어깨를 잡아 쥐는 비산 때문에, 그녀는 어버버 하며, 눈을 굴렸다.

"아, 아마…… 두 시간쯤 전인 것 같은데요……?"

아무래도 불길하다.

이를 아득 물며 비산이 황급히 비상계단이 있는 쪽으로 뛰어갔다.

"여기서…… 세워주세요."

"여기서요?"

"예."

눈이 부어 엉망이었다. 이 꼴로 리조트에 들어가면 분명 쌤은 무슨 일이냐며 노발대발하겠지. 가뜩이나 까칠한 부자지간인데, 회장님께 그런 소리를 들은 걸 쌤이 알면 무슨 사달이 날지 생각하기도 싫었다. 소윤은 리조트를 한참 남겨놓은 가로수 길에서 내렸다. 조금 걷다 보면 퉁퉁 부은 눈도 가라앉겠지. 마음 또한 나아질지도 모른다. 충혈된 눈이야 피곤해서 그렇다고 둘러대면 될 것이고.

"감사합니다."

깍듯이 인사를 하는 소윤을 남겨두고 차는 자리를 떠났다.

"하아……."

깊은 한숨이 뱃속에서부터 올라왔다. 차갑게 불어오는 바람에 어깨를 움츠렸다. 멀리 리조트에서 새어 나오는 불빛이 보였다.

'저기까지 가면, 다 잊을 거야. 오늘 일. 깨끗이 지울 거야.'

소윤이 잠시 멈췄던 걸음을 뗐다. 하지만, 습기를 머금은 풀냄새가 그녀의 마음을 진정시킨 것도 잠시.

부아아아아앙.

집어삼킬 듯, 엄청난 엔진 소리가 소윤의 등 뒤에서 들려왔다.

"뭐…… 뭐라고?"

수화기 너머로 들려오는 소리를 비산은 믿을 수 없었다. 아니, 믿고 싶지 않았다.

　"뺑소니라니! 얼마나 다쳤는데?"

　비산은 갑자기 숨이 제대로 쉬어지질 않았다. 머리가 빙글빙글 도는 것만 같다. 한소윤이…… 뺑소니를 당했다니…….

　"아니! 거기가 어딥니까?"

　-강릉병원이요. 아, 잠시만요.

　가슴이 바짝 타들어가는 비산과는 달리 건너편의 목소리는 차분했다. 옆에서 간호사의 목소리가 들렸다.

　-보호자분이시죠? 이거 확인 좀 부탁드립니다.

　-아, 예. 저기 이사님, 제가 조금 이따 다시 전화드리겠습니다.

　뚝.

　"아니……!"

　심장이 미친 듯이 요동쳐댄다. 일순 몸이 비틀거렸다. 마치 풍랑을 맞은 배 위에 서 있는 기분이 들어, 헛구역질이 올라왔다.

　"젠장……!"

　비산은 정신을 놓치기라도 한 사람처럼 휘청거리는 몸으로 객실의 문을 박차고 뛰쳐나갔다.

　곧장 차를 몰고 강릉병원으로 내달렸다. 액셀을 세게 밟아, 이미 차는 낼 수 있는 최고 속도를 내고 있었지만 비산에게는 모자랐다. 이마에서 흘러내린 식은땀은 어느새 그의 목덜미를 타고 내려와 셔츠의 칼라를 적신 상태였다. 운전대를 잡은 비산의 모습은 반쯤 미친 사람 같아 보였다.

　뺑소니라니……. 뺑소니라니.

눈앞에 무언가 단단히 씐 사람처럼, 비산은 아무 생각도 나지 않았다. 그저, 소윤이 무사하길 기도하고, 기도하고 또 기도할 수밖에. 핸들을 쥔 양손이 바들바들 떨어대고 있었다. 고통스럽게 일그러진 얼굴 위로 그의 것이라곤 믿을 수 없는 말간 눈물이 뚝뚝, 떨어져 내렸다.

'제발……. 제발……. 소윤아. 무사해줘, 제발…….'

정신을 차리려는 듯, 그가 한 손을 들어 눈물로 얼룩진 얼굴을 쓸어냈다.

5분 만에 도착한 병원은 리조트가 있는 곳에서 족히 15분은 걸리는 거리였다. 하지만 비산은 빨리 왔다는 생각이 전혀 들지 않았다. 오히려 너무 늦었을까 봐 무서웠다.

그는 회사 관계자에게 빌린 차를 병원 입구에 버리다시피 내버려둔 채 응급실로 뛰어 들어갔다.

"한소윤! 소윤아!"

간호사와 사람들을 비집으며 병상을 둘러봤지만 좀처럼 소윤을 찾을 수가 없었다. 비산은 지나가던 간호사를 아무나 잡고 물었다.

"한소윤 씨, 어디 있습니까?"

빨개진 눈에 눈물이 그렁했다. 잘생긴 그의 얼굴은 고통과 혼란으로 온통 얼룩져 있었다. 30분 전에 구급차를 타고 온 여자 환자가 아닌가 하고 간호사가 입을 열려는데.

"이사님."

낯익은 목소리에 비산이 퍼뜩 고개를 돌렸다.

"송…… 도준 씨."

그는 잡고 있던 간호사를 밀치듯이 놔주고 도준에게 빠르게 다가갔다.

"소윤이 어디 있습니까?"

"소윤 씨, 지금 잠들었……."

"한소윤 어디 있냐니까!"

내가 묻잖아. 한소윤 어디 있어?

원하는 답이 돌아오지 않자, 비산은 저도 모르게 버럭 소리를 질러버리고 말았다. 사람들의 시선이 일순 비산에게로 쏠렸다. 어느새 그는 도준의 멱살을 틀어쥐고 있었다.

"이사님, 일단 이것부터 놓고 말씀하시죠."

"어디 있냐고. 한소윤."

꽉 물린 어금니 새로 새어 나오는 목소리가 섬뜩했다. 지금, 그녀의 얼굴을 보지 않으면 당장이라도 미쳐버릴 것 같았으니까. 붉게 충혈된 눈이 마치 칼끝처럼 날카롭게 도준을 노려봐서, 그는 비산을 안심시키려 입을 뗐다.

"소윤 씨 많이 다치지 않았어요. 저쪽에……."

도준이 손을 뻗어 침대 하나를 가리키자, 비산은 도준의 말을 끝까지 듣지도 않은 채 그를 밀쳐내고 침대로 달려갔다. 촤락. 침대에 둘러쳐져 있던 커튼을 걷자, 볼에 거즈를 붙이고 누워 잠든 소윤의 얼굴이 보였다.

"하아……."

후두둑. 눈 안 가득 들어찼던 눈물이 버티지 못하고 결국엔 떨어져 내린다. 얼마나 놀랐던가. 얼마나 두려웠던가. 그녀를 혹여 잃게 될까 봐 그는 너무 겁이 났다. 한 번도 겪어본 적 없는 두려움이었다, 그것은.

소윤의 머리부터 발끝까지 천천히 살피며, 그녀가 크게 다치지 않았다는 걸 확인한 비산은 털썩, 하고 바닥에 무릎을 꿇었다. 그녀의 안위를 확인하기까지 죽을힘을 다해 버티고 버티었던 두 다리는, 그 순간 모든 힘이 풀려버렸으니까.

'감사합니다. 정말로 감사합니다.'

누구에게 감사한 건지 비산 스스로도 알 수 없었다. 믿지도 않는 신을 찾았던 것도 같다. 그만큼 비산은 절박했다. 마치 자신이 낭떠러지 끝에 서 있는 것처럼 눈앞이 캄캄했었다. 소윤을 잃는다는 것. 세상에 그보다 더 두려운 일이 있을까. 다시는 겪고 싶지 않을 만큼, 무섭고 괴로웠다. 힘없이 툭, 내려앉아 있는 소윤의 손을 잡아 들어 입을 맞추는 비산의 눈썹은 잔뜩 일그러진 채로 파르르 떨었다. 손은 왜 이렇게 가는 건지. 또 왜 이렇게 차가운 건지.

그는 뜨거운 숨을 그녀의 자그마한 손에 불어넣어 주었다.

"미안…… 하다."

소윤아…… 미안. 그렇게 하는 게 아니었어. 네 입장 무시하고, 내 멋대로 행동하는 게 아니었어. 네 마음을 조금 더 헤아렸더라면, 그래서 너와 같이 있었더라면, 이런 일은…… 없었을 텐데.

지금 이 순간, 무언들 후회가 되지 않는 게 없었다.

"뺑소니 차량을…… 봤습니다."

하지만 비산의 감겼던 눈이 등 뒤에서 들려온 그 말 한마디에 무섭게 치켜떠졌다. 그는 다시 매서워진 얼굴을 하곤 꿇었던 무릎을 세워 자리에서 일어섰다.

"어떻게 된 겁니까?"

도준은 비산의 물음에 차분히 기억을 더듬었다. 그는 식사를 마치고 리조트 아래로 난 가로수 길을 산책 중이었다고 했다. 그런데 때마침, 멀리 고급 세단 한 대가 멈추더니 생각지도 못하게 소윤이 차에서 내렸다.

'어? ……한소윤?'

가까운 거리는 아니었지만 소윤의 눈이 퉁퉁 부어 있었다는 걸 어렵지 않게 알 수 있었다. 가로등 불빛에 비친 소윤의 얼굴은 그야말로 엉망이었으니까. 평소와 다른 그녀가 걱정이 되었다. 무슨 일이냐고 묻기 위해 다리를 바삐 움직여 그녀에게로 다가가는데.

부아아아아앙!

갑자기 들려온 엔진 소리는 도준이 손 쓸 새도 없이 소윤에게로 덮쳐들었다.

'한소윤!'

하지만 다행히 반사적으로 몸을 피했는지, 도로에 넘어진 소윤은 놀란 얼굴로 바닥을 짚어 상체를 일으켜 세웠다. 도준은 재빨리 소윤에게로 달려갔다. 그때까지는 단순히 우연한 사고일 거라고만 생각했다. 소윤을 칠 뻔했던 차량 운전자에게 무슨 운전을 그따위로 하냐 욕을 한 바가지로 퍼부어줘야지 생각하며 그녀에게 다가가는데, 그다음이 문제였다. 멀어졌던 검은색 차량이 빠르게 후진을 하기 시작한 것이다.

부아아아앙.

'……!'

처음보다 오히려 더 속도를 붙인 차량이 소윤을 덮치려는 순간.

'한소윤!'

도준이 겨우 자리에 일어선 소윤을 가로수 쪽으로 휙, 하고 잡아당겼다.

끼이이이익! 마치 먹이를 눈앞에서 놓친 맹수처럼, 차가 멈춰섰다. 인도도 없는 가로수 길이었다. 차량의 고의성을 충분히 인지한 도준은 더 생각할 것도 없이 가로수 옆의 무성한 숲으로 소윤을 끌고 들어갔다. 그리고 곧장 소윤을 병원으로 데려왔다.

"그게…… 답니다."

"……"

그제야 비산은 도준의 옷에 묻은 온갖 잡풀과 피부 여기저기에 긁힌 상처들을 발견하고 입을 꾹, 다물었다.

그때, 난 뭘 하고 있었던 걸까. 하지 않으려 했지만, 자책이 든다. 소윤이 목숨을 위협받던 그 순간에 자신은 아무것도 하지 못했다는 사실이 자신을 괴롭혀, 비산은 한 손으로 제 이마를 짚었다. 하지만 그것도 잠시.

"한소윤 씨를 노린 것 같습니다."

도준의 말에 비산의 눈은 일순, 살기를 띠었다.

"의도적인 뺑소닙니다?"

"그런 것 같습니다. 차량 번호판을 청 테이프로 가렸더라고요."

"……"

"다행히 소윤 씨는 가벼운 찰과상만 입었습니다만 까딱했으면 목숨을 잃었을지도 모릅니다. 조금만 늦었어도, 큰일 났을 거예요. 도대체…… 누가 그런 짓을 한 건지……."

느리게 눈을 감았다 떴다. 소윤에게 이런 짓을 할 사람, 딱 한 명 있지.

'제가 끝까지 쥐고 망설이던 주사위를 결국엔 아버지가 던지셨군요.'

아득, 어금니를 단단히 악물었다. 아무리 싫어도…… 이렇게까지 하실 줄은 몰랐습니다. 가만두지 않을 겁니다. 절대 가만두지 않을 거라고요.

당직 의사에게 소윤의 상태를 다시 한 번 확인한 비산은 응급실을 나와 복도로 갔다. 품에서 휴대폰을 꺼내 든 비산의 얼굴에는 감정 따위는 없었다. 단축 버튼을 꾸욱 누르자, 짧은 신호음을 끝으로 낮고 차분한 목소리가 흘러들어 왔다.

-예, 이사님.

"조 실장, 준비했던 거……."

-……?

"……실행에 들어가지."

-예? 정말로…… 하실 작정입니까?

"그래."

-하지만 리스크가 너무……!

"토 달지 말고, 하라면…… 해."

-…….

회사가 처할 어려움 따위는 두렵지 않아. 그런 게 겁이 났으면 애초에 시작도 안 했다고. 몇 번이나 경고했어. 한소윤을…… 절대로 건들지 말라고. 참을 만큼 참은 거야.

"지금, 아무도 나…… 못 막아."

-……예. 그럼…… 지시하신 대로 자료 취합하여 다시 보고드리겠습니다.

"좋아."

인자도, 자비도, 일말의 양심 따위도 없는 얼굴이었다, 비산은.

코끝으로 달콤한 향이 스며든다. 하지만 그것은 과일 향도, 새콤 달콤한 사탕의 향도 아니었다. 스르르. 천천히 눈꺼풀을 밀어 올리자 새하얀 천장이 눈 안으로 쏟아져든다.

"아……."

일순 머리가 지끈거려 소윤은 한쪽 눈을 찡그렸다. 그리고 뒤이어 깨달았다. 달콤한 향은 자신의 팔에 꽂힌 링거에서 나는 향이라는 걸. 뭐가 어떻게 된 건지 잘 모르겠다. 병원에 온 건 분명한데 왜…….

"일어났어?"

아둔해진 머리를 억지로 굴려 기억을 떠올리려고 노력하던 그때, 달콤하고 부드러운 목소리가 소윤의 귀로 흘러들었다.

"……?"

소리가 들리는 쪽으로 고개를 돌리자 너무나 아름답게 웃고 있는 그의 얼굴이 보인다.

"쌤……."

어쩐지 그 얼굴을 보고 있자니 눈물이 왈칵 쏟아졌다. 그와 눈을 마주친 순간 어제의 기억들이 폭포수처럼 쏟아져서만은 아니었다.

"쌤……."

분명 웃고 있는 쌤의 얼굴은…… 지독히도 슬퍼 보였으니까. 게다가 붉게 충혈된 그의 눈가에, 소윤의 가슴이 따끔거렸다.

"······괜찮아?"

"쌤······ 울었어요?"

"······아니."

"······."

'거짓말. 울었으면서······. 많이······ 놀랐죠?'

"미안······ 하다."

아뇨. 그게 아녜요.

"나보다 쌤이 더 놀란 것 같은데."

"······."

비산은 아무 말 없이 소윤의 눈가에 흘러내리는 눈물을 엄지로 천천히 쓸어 닦아냈다. 소윤은 그런 그를 향해 가만, 웃어주었다.

"울지 마."

아파. 절대로 널 울리지 않겠다고 다짐했는데. 다치게도, 아프게도 하지 않겠다고 다짐했었는데······. 정말이지 한심하다, 나.

"아픈 곳은 없어?"

"네. 하나도 안 아파요."

"그래······. 다행이다."

"저 괜찮아요, 정말."

다행이라고 말하는 비산의 얼굴은 그 말과는 다르게 근심이 가득했다. 그래서 소윤은 괜찮다며 부러 웃어 보였다. 하지만 그녀의 속이라고 괜찮을 리 없었다. 간발의 차로 목숨을 부지했지만 정말로 죽을 뻔했다. 도대체 누가 저를 죽이려 한 건지, 소윤은 궁금하면서도 한편으론 진실을 알게 될까 봐 두려웠다. 분명 고의적인 뺑소니였다. 설마 하면서도, 자신을 죽이려고 한 사람이 누구인지 어

286

렴풋이 알 것도 같아서…… 가슴이 답답하다. 하지만 저보다 더 괴로워 보이는 사람이 눈앞에 있었다. 웃고 있지만, 충혈된 눈 안에 근심을 가득 담고 있는 그가 애처로워서, 소윤은 아무것도 드러내지 않은 채 작고 여린 손으로 그의 손을 그러쥐었다.

"소윤아……."

비산이 흔들리는 목소리로 그녀를 불렀다.

너를 잃는 줄 알았어. 그래서 너무 무섭고 괴로웠어. 병원으로 달려오는 그 짧은 시간이 영원처럼 길어서 죽을 듯이 힘들었다고.

내가 너를 지킬 수 있는 길은 단 하나야. 너를 위협하는 싹을 모두 잘라내는 것. 지금부터 나는…… 그 싹을 뿌리까지 뽑아낼 거다. 힘든 싸움이 되겠지. 분명 괴로운 싸움이 될 거야. 하지만…… 너만은 울지 마. 내가 아파도 너는…….

"아프지 마……."

막힌 듯 작게 새어 나오는 그 목소리에 소윤이 고개를 끄덕였다. 그는 소윤과 맞잡은 손을 꼬옥, 힘주어 쥐었다.

"송도준 씨."

병원 복도에서 기다리고 있던 도준이 막 병실을 나온 비산의 부름에 벽에 붙였던 등을 뗐다.

"예, 이사님."

"……"

부를 땐 언제고, 대답을 줬더니 비산은 가만, 저를 바라보고만 있다.

"……?"

어딘지 머뭇거리는 것 같던 비산이 입을 떼고 나서야 도준은 그가 머뭇거렸던 이유를 알았다.

"고맙…… 습니다."

실로 어려운 말이었다. 누군가에게 감사 인사를 한다는 것이 비산에게는 너무나 낯선 것이라서. 비록 소윤이 위험했을 때 그녀를 구해준 이가 자신이 아니라는 사실이 제법 열이 받긴 했지만, 그가 아니었다면 소윤은 정말 그 자리에서 죽었을지도 모른다. 그렇기에…… 죽어도-더군다나 송도준에게는 특히나 더- 하고 싶지 않았던 감사 인사를, 딴에는 최대한 정중하게 한 참이었다.

"아닙니다."

"사례는……."

"그런 거 필요 없습니다."

"……."

사례는 충분히 해주겠다고 말하려던 비산은 도준의 표정을 보고 더 이상 아무 말도 하지 않았다. 그는 상당히 자존심이 상한 듯했다. 평소의 비산이라면 그런 그를 조롱이라도 하려 들었겠지만, 그러지 않았다.

"부탁이 하나 있는데……."

"부탁이요?"

"소윤이…… 며칠만 좀 지켜줘요."

"아……."

죽기보다도 싫었다. 송도준이 소윤의 곁에 있다고 생각하면 떨어져 있는 내도록 피가 거꾸로 솟을 것이 분명하다. 하지만, 지금 당장에 소윤의 곁을 지켜줄 사람은 송도준뿐이었다. 상사의 부탁이어서가 아니라, 제 마음으로 소윤을 걱정하고 지켜줄 만한 사람 말이다.

"사람 좀 더 붙여줄 테니. 당분간만 부탁하겠습니다."

비산에게는 시간이 필요했다. 모든 것을 정상으로 돌려놓을 시간, 그리고…… 절대로 쓰러지지 않을 것 같은 나무를, 뿌리째 뽑을 시간 말이다.

"이 정도 자료면 되겠습니까?"

조 실장이 데스크에 내려놓은 서류들은 읽을 엄두도 못 낼 만큼 두껍게 쌓여 있었다. 그만큼 오랜 시간 동안 공을 들여 조사한 자료들이다.

"임원들의 성과상여금을 과다 지급하고 되받는 방법으로 비자금을 조성했고, 계열사에 상품단가를 높이 책정해서 받음으로써 차익을 챙겼습니다."

"횡령 및 배임은 확실하고."

"김 변호사님께 내용 확인받았습니다. 이 자료가 드러나면 강회장님…… 회장직에서 물러나셔야 할 겁니다."

"좋아. 지금 당장 각 언론사에 자료사본 발송해."

"……."

하지만 비산은 조 실장이 강 회장의 사직에 대해 부정적인 어투로 말했다는 사실을 알아채지 못했다.

"강 회장님…… 해임되시면…… 이사님께도 좋을 게 없을 겁니다."

"상관없어."

강 회장이 쥐고 있는 경영권은 세습이란 이름으로 비산에게 넘어갈 것이었다. 하지만 강 회장이 경영권을 잃고 회장직에서 물러나게 된다면…… 까딱하면 경영권을 다른 사람에게 넘겨야 할지도 모른다. 그러나 비산은 눈 하나 깜짝하지 않았다. 그런 게 겁이 났다면 애초에 이런 자료 따위 조사해두지 않았을 것이다.

'언제 닥칠지 모르는 위험에 대비하는 것뿐이다.'

비산도 이렇게까지 하고 싶진 않았다. 하지만 지켜야 한다.

'한소윤 너 하나만 지킬 수 있다면, 모든 걸 잃어도 상관없어.'

권력이나 명예 따위, 모두 사라져도 그만이다. 아무것도 없었던 가난한 대학생 시절의 자신이 훨씬 더 행복했으니까. 소윤이만 있다면 행복할 확신이 있었다, 그는.

아버지가 쥐고 있는 어마어마한 권력을 휴지 조각으로 만들지 못하면, 언젠가는 소윤에게 닥칠 위험을 막지 못할 것이다.

"나가봐."

머뭇거리고 선 조 실장을 떠밀 듯이 무게 실린 목소리가 그의 입에서 단호하게 내뱉어졌다. 조 실장은 어쩔 수 없이 깍듯하게 허리를 숙인 뒤 이사실을 나섰다.

그리고 다음 날 아침.

포털 사이트와 각 신문사 메인에는 온통 산호그룹 회장의 비리에 대한 기사들로 도배가 되어 있었다. 그리고 회사 앞으로 들어서는 한 대의 차량 안에서 누군가가, 그 기사를 웃으며 바라보고 있었다.

"세워."

"예?"

"세우라고."

"기자들이…… 저렇게 진을 치고 있는데…… 말입니까?"

비산이 웃었다. 잘 쓰지도 않는 법인 차량을 타고 온 건, 다 이유가 있어서였다. 아직 그가 내리지도 않았는데, 차량을 향해 연신 플래시를 터트리는 기자들을 보며 그가 낮게 말했다.

"죄를 지었으면 벌을 받는 게…… 당연한 거 아닌가?"

회사 정문 앞에서 천천히 멈춘 차량의 문을, 그는 끝내 열었다.

흠 하나 없이 잘 닦여 반들반들 빛나는 구두가 바닥을 짚자, 찰칵찰칵 플래시 터지는 소리가 끊임없이 들려왔다.

"나오셨습니까, 이사님."

달려 나온 직원들이 비산에게 다가가려는 취재진을 저지했지만 소용이 없었다. 곤란한 얼굴의 직원들과는 달리, 비산의 얼굴은 평안하기만 하다.

"강민규 회장님의 횡령 및 배임 혐의에 대해 인정하십니까?"

"주주들 사이에서 강 회장님을 해임하자는 움직임이 있는데, 어떻게 생각하십니까?"

천천히 그들의 질문을 들으며 걷던 비산이 문득, 걸음을 멈추었다.

"모든 일에는 책임이 따르는 법입니다."

"그 말씀은, 해임에 동의한다는 뜻입니까?"

자신의 아버지를 해임하겠다는데, 찬성한다는 아들이 세상에 어디 있을까. 직원들이 모두 믿지 못하겠다는 얼굴로 비산을 바라봤다.

"부정하지 않겠습니다."

하지만 비산은 이 짧은 말만 남기고 로비로 들어가 버렸다.

자로 잰 듯 각이 잘 잡힌 그의 뒷모습으로 번쩍번쩍하는 카메라 플래시가 터졌다.

"서울검찰청 경제1팀에서 나왔습니다. 비켜주시죠."

회장 집무실로 들어서려는 검찰들을 막아선 만국에게 제일 앞에 선 남자가 검찰증을 들이밀며 말했다. 언론에서 강 회장의 부정을 대대적으로 보도하자 검찰은 재빠르게 움직였다. 대기업 회장에 대한 여론의 호기심을 곧장 응징이라는 결과로 내어놓지 않으면 검찰에 대한 비판을 피해갈 수 없었으니까.

"주, 주인도 없는 집무실인데 못 들어갑니다!"

만국은 필사적으로 조사관들을 막으려고 노력했다. 하지만 그 노력을 비웃듯, 남자는 품에서 종이 한 장을 꺼내 만국의 얼굴 앞으로 들이밀었다.

"수색영장입니다. 당장 비키시지 않으면 공무집행방해로 연행할 수도 있습니다."

"……."

망연자실한 얼굴로 선 만국을 밀치며 결국엔 검찰들이 강 회장의 집무실 안으로 우르르 들어섰다. 만국은 품에서 휴대폰을 꺼내 들어 곧장 강 회장에게 연락했다

"혀, 형님! 아직 강원도이십니까? 방금 검찰이 들이닥쳤어요!"

-뭐어?

"빨리 오셔야겠습니다. 형님 집무실을 지금 죄다 뒤지고 있어요. 대체…… 이게 무슨 난리인지……."

-지금 가고 있어.

언론 보도 소식을 듣고 곧장 서울로 출발했던 강 회장은 검찰이 이렇게 빨리 움직일 거라곤 생각지 못했다.

-상황 지켜보다 일 생기면 즉각 보고해.

"예, 형님. 그럼 회사로 오실 겁니까?"

-아니. 병원으로 가야지. 나 기다리지 말고 뒤처리나 잘해놔.

"아…… 예, 형님."

강 회장은 있지도 않은 지병을 핑계로 검찰 출두를 거부할 생각이었다. 그렇게 번 시간으로 산호그룹 법무팀과 상의해서 최대한 완벽하게 대응할 준비를 해야 했으니까.

"비산아!"

불안한 마음에 비산에게로 달려온 만국은 초연하기만 한 조카의 표정을 보고 눈가를 구겼다.

"웬 호들갑입니까?"

"큰일 났어. 지금 검찰이 회장님 집무실을 다 뒤지고 있다고!"

"그게 뭐요? 잘못하지 않았으면 뒤져도 건지는 게 없을 텐데."

"야, 강비산!"

"제가 할 수 있는 일은 아무것도 없습니다, 삼촌."

"어쩜 그렇게 매정하냐? 그래도 네 아버지인데!"

"하……."

매정하다는 말에 비산은 헛웃음을 지었다. 정말로 매정한 게 누군데. 사람 목숨 하나쯤 눈 하나 깜빡 않고 위태롭게 하는 사람이 바로 강 회장입니다.

"그러게 죄를 짓지 말았어야죠. 저는 일이 있어 가보겠습니다."

"이 마당에 어딜 나간다는 거냐?"

"그런 것까지 삼촌한테 보고할 이유 없어요."

"……"

"갑니다."

재킷을 챙겨 입고 사무실을 나서는 비산은 마치 아무 일도 생기지 않은 것처럼 담담하기만 했다.

"비정한 것."

등 뒤에서 원망 섞인 만국의 목소리가 들렸지만, 비산은 전혀 개의치 않은 채 달칵, 하고 문을 닫아버렸다.

"대리님, 저 하나도 안 아파요."

"이사님 지시야. 나도 어쩔 수 없어."

"아니, 아픈 곳이 없는데 왜……?"

도준은 더 이상 대꾸를 하지 않았다. 그 모습이 하도 단호해서 소윤도 한숨을 내쉬며 병상에 등을 기댔다.

'사람들 많은 병원이 제일 안전할 겁니다.'

비산의 말이었다. 목숨을 잃을 뻔했던 소윤을 지킬 만한 장소는 많지 않았다. 하지만 사람들이 많은 병원은 안전하다. 보는 눈이 많은 곳에서 소윤을 다시 한 번 위태롭게 하지는 않을 테니까. 강 회장은 똑똑했다. 꼬리가 밟힐 짓은 하지 않을 것이었다.

"송 대리님, 근데 밖에 저 사람들은 대체 뭐예요?"

문 쪽을 가리키며 소윤이 물었다. 검은 옷을 입은 건장한 남자 두 명이 어제저녁부터 저렇게 사찰을 지키는 사천왕이라도 되는 듯 무서운 표정을 하고 병실 밖에 서 있었다.

"이사님이 붙여주셨어. 소윤 씨 위험할까 봐."

"하아. 걱정하는 건 고마운데, 이건 좀 지나치다고요. 그리고 대리님은 이게 무슨 고생이에요. 워크숍도 못 가고."

"눈앞에서 부하 직원이 죽을 뻔했는데, 워크숍이 문제야?"

"……."

"네가 죽거나 다치면 나도 골치 아파서 그래."

도준은 냉정하게 말했지만, 소윤은 그가 저를 걱정하고 있다는 사실을 알았다. 부하 직원에 대한 책임감이 유별난 사람이었으니까.

"가셔도 돼요. 아픈 곳도 없고. 나 지금 당장 퇴원해도 되는데."

"말 들어. 며칠만이야."

"……."

명령조 같은 도준의 말에서 고집이 느껴졌다. 하는 수 없다는 듯 소윤은 입을 삐죽 내밀었다. 더 이상 반항하지 않는 소윤이 기특해 도준은 저도 모르게 그녀의 머리를 가볍게 헝클어뜨렸다. 딱 귀여운 동생을 대하는 태도 그 이상도 이하도 아니었다. 그런데…….

턱. 도준의 손목이 누군가에 의해 소윤에게서 떨어져나갔다.

"손…… 대라는 소리는 안 했습니다."

"쌤?"

"……."

비산이었다. 갑작스런 저지에 황당한 얼굴이 된 도준은 그에게 잡혀진 손목을 비틀어 빼어내며 말했다.

"대지 마란 소리도 안 했잖습니까?"

잔뜩 비뚤어진 대답에 비산의 한쪽 눈가가 꿈틀, 했다.

"앞으로도 손대겠다는 소리로 들리는군?"

"걱정 마십시오. 이사님이 우려하는 일은 절대 없을 테니까."

"왜, 왜 그래요?"

싸늘해진 분위기를 환기시키려, 소윤이 도준의 소맷자락을 잡아당기며 말했다. 비산은 그게 또 못마땅해서, 저도 모르게 입술을 비틀었다. 하지만 제 시간을 내서 소윤을 지켜주고 있는 그에게 내키는 대로 감정표현을 할 수는 없는 노릇이었다.

"몸은…… 괜찮아?"

여러 가지로 못마땅했지만, 애써 억누르며 소윤에게 물었다. 사실은 병실에 들어서 소윤의 머리에 손을 대고 있는 도준을 보는 순간, 주먹이라도 휘두르고 싶은 충동을 느꼈었다. 제 스스로도 치졸하다고 느끼면서도, 희한하게 소윤에 대한 일에서만큼은 한없이 소인배가 되고 만다. 제 여자 하나 제대로 지켜내지 못해서 다른 남자에게 맡기는 주제에. 어쩌면 그래서 더 울화가 치밀었는지도 모르지.

"저 하나도 안 아파요, 쌤."

꽃처럼 웃으며 말하는, 제게는 너무나 소중한 한소윤을 다른 남자에게 맡겨야 하는 이 처지가.

"그래……. 알아."

비산이 소윤의 한쪽 손을 잡아 올려 손등에 입을 맞추었다.

"쌔, 쌤……."

도준이 신경 쓰여서 잡힌 손을 빼어내려 했지만, 비산은 놓아주지 않았다.

"으흠, 저는 그럼 잠시 나갔다 오겠습니다."

민망했는지 도준이 자리에서 일어서자, 소윤은 비산에게 눈을 흘겼다.

'부끄럽게 왜 그래요?'

제 속마음을 눈동자에 고스란히 담은 채로. 하지만 도준이 병실을 나가 문을 닫는 순간. 피할 새도 없이 비산이 턱을 비틀며 다가와 소윤의 입술을 집어삼켰다.

"으읍?"

허리를 숙인 채로 그는 몇 시간 같은 몇 초 동안, 소윤의 입술을 음미했다. 부드럽게, 그리고 거칠게. 타액에 흠뻑 젖은 소윤의 입술에서 천천히 그가 입술을 떼며 말했다.

"보고 싶었어."

한 달을 떨어져 있었던 것도 아니고, 일주일을 떨어져 있었던 것도 아니다. 고작 이틀이었다. 하지만 그는 고요하기만 한 자신의 오피스텔이 그 어느 때보다 들어가기가 싫었다. 소윤이 없는 집은 마치 집이 아닌 것만 같았으니까.

"빨리 해결할게."

"……뭐요?"

해결하다니, 뭘? 어리둥절한 표정으로 소윤이 되물었지만 비산은 슬쩍, 웃어 보이기만 했다. 소윤을 지키기 위해 제 아버지를 궁지로 몰았다는 사실은 차마 말할 수 없었으니까.

"그냥. 여러 가지 문제들."

"……."

"조금만 참아."

"안 그래도 너무 불편해요. 저는 그렇다 치고 송 대리님은 왜 여기 있는 거예요?"

"뺑소니범, 꼭 잡을 거야. 그때까지만⋯⋯."

"언제 잡을 줄 알고요? 못 기다려요. 저 출근도 해야 하고⋯⋯!"

"소윤아."

도저히 못 버티겠다는 얼굴로 쏘아내던 소윤은 나직이 자신의 이름을 부르는 비산 때문에 하던 말을 끝맺지 못했다.

"나⋯⋯ 너랑 결혼할 거야."

"⋯⋯?"

"너랑 행복하게 살고 싶다고."

무슨 말을 하는 거예요? 결혼이니 행복이니. 그게 지금 내가 병원에 있는 거랑 무슨 상관인데요?

소윤은 묻고 싶었지만 그의 말을 마저 들어보기로 했다.

"네가 위험한 꼴은 절대로 못 봐. 그러니 그 위험이 온전히 사라질 때까지만 기다려줘. 최대한 빨리. 해결할 테니까."

"집에 가 있으면 되잖아요. 집에서 가만있을게요."

"아니. 지금은 나랑 관계된 것과는 멀어져 있어야 해."

"⋯⋯왜요?"

"아무래도 그 위험이 내 주위에 있는 것 같아서⋯⋯."

그게 강 회장이라고, 차마 내 아버지라고는 말 못 하겠어. 이 와중에 네가 혹여 사실을 알게 되기라도 할까 봐.

"나, 너무⋯⋯ 불안해."

"하아⋯⋯."

소윤은 흔들리는 눈으로 저를 빤히 바라보는 비산의 볼을 가만 쓰다듬었다. 사고가 난 직후, 눈을 떴을 때, 그의 눈에 가득했던 눈물을 기억한다. 붉게 충혈된 눈과 바들거리며 떠는 그의 손이, 너무 무서웠다고, 너무 걱정했다고 말하고 있었다. 저를 생각하는 쌤의 마음을, 소윤은 차고 넘치도록 잘 알고 있었다. 그래서 소윤은 고개를 끄덕였다. 진실을 알까 불안한 그의 마음을…… 이때는 몰랐으니까.

1ㅁ. 진실

들어가라는 비산의 말을 무시하고 소윤은 링거 거치대를 끌고 병원 앞까지 따라 나왔다.

"위험하니까 그만 들어가."

"여기 병원이에요. 여기보다 안전한 곳이 있을라고?"

아무것도 모르는 소윤은 그의 말이 우습기만 하다. 비록 뺑소니로 큰일을 당할 뻔했지만, 서울에서 예까지 제 얼굴을 보러 내려온 비산을 마중하지 못할 정도는 아니었다.

"……."

가만, 대답 없이 소윤을 바라보던 비산이 그녀의 머리를 흩뜨리는가 싶더니 이내 가녀린 목을 감아 끌어당겼다. 오랜만에 보는, 장난스런 얼굴로. 하지만 곧 소윤의 반듯한 이마에 내려앉은 그의 입술은 제법 오랜 시간 머물러 있었다. 결코 장난스럽지 않게.

그녀의 눈앞에서 개구지게 웃던 그 얼굴은, 소윤이 보지 못하는 곳에서 아프게 일그러졌다. 아랫입술을 잘근 문 채로, 그는 깊이 눈을 감았다.

'힘들게 해서…… 미안해……'

널 지키겠다고 했던 주제에, 오히려 위험하게 만든 것만 같아서…… 차마 할 수 없는 말을 속으로 읊조린 뒤에야 비산은 천천히, 제게서 소윤을 놓아주었다. 그리고 다시…… 웃었다. 장난스러운 윙크까지 해 보이며 그는 소윤에게 제 불안한 마음을 들키지 않으려 노력했다.

'이래야 네가 모를 테니까. 영원히…… 네가 몰랐으면 좋겠어.'

"이제 들어……."

"……으읏!"

병실로 그만 돌아가라고 말하려던 비산은 갑자기 무언가를 발견하고 몸을 움찔 떠는 소윤 때문에 말을 끝맺지 못했다. 몸을 돌려, 소윤이 바라보고 있는 쪽을 바라봤다. 자신이 타고 왔던 검은색 세단이 미끄러지듯 병원 앞으로 다가오고 있었다.

"……"

소윤을 치려고 했던 차도 검은색의 고급 세단이라고 했다. 비슷한 차량이 제게로 다가오자 소윤은 저도 모르게 겁을 집어먹었다. 본능적인 반응이었다. 힘없이 떨어져 있던 비산의 손에 꽈악 힘이 들어갔다. 말아 쥔 주먹은 이내 부들부들 떨어댔다. 화가 난다. 입에서 독이라도 스며 나올 것처럼. 지독히도 화가 났다.

왜 아무 죄도 없는 네가 아파야만 하는 걸까. 왜…….

"다른 차…… 타고 올 걸 그랬다."

"아아……. 그게 아니라……."

"……."

저도 모르게 몸을 움츠렸던 소윤은 비산의 말에 비로소 정신이 들었다. 자신의 생각보다, 공포를 기억하는 몸이 먼저 반응하는 바람에 괜히 쌤에게 걱정만 끼친 것 같았다. 건강한 모습 보여주려고 했는데.

"괜찮아요. 나……."

어쩐지 심각해진 비산의 얼굴을 보자, 소윤은 그를 안심시켜야 겠다는 생각이 들었다.

"나 정말 괜찮아요. 가요. 어서."

무슨 말을 어떻게 해야 할지, 비산은 잠깐 고민하다가 결국 아무 말도 하지 않고 차에 올랐다. 마음이 괴로워서 어떤 말도 나오질 않았으니까. 저를 안심시키려고 괜찮다, 거짓말을 하는 소윤의 모습에 칼에 베인 듯 가슴 한쪽이 따가웠다.

"갈…… 게."

"조심해서…… 가요."

괜찮은 척, 다시 환하게 웃어 보이는 소윤의 모습이……. 비산의 가슴을 재차 쿡, 하고 찔렀다.

"가지……."

"예."

손을 흔드는 소윤을 두고 미끄러져 나가는 비산의 차는 얼마 지나지 않아 시야에서 사라졌다. 비산은 돌아보지 않았다. 보지 않아도 너무 아파서, 차를 바라보며 손을 흔들고 있을 그녀를 차마 바라볼 수가 없었으니까.

"이사님, 가셨어?"

이제 막 병실로 들어서는 소윤을 보고, 도준이 병실 의자에서 일어서며 물었다.

"네. 대리님 어디 계셨어요?"

"아……. 그냥 근처에 있었어. 그보다……."

"……?"

조금은 심각한 얼굴로 도준이 휴대폰을 소윤에게로 내밀었다. 강 회장을 만나러 나가면서 휴대폰을 챙겨 가지 않는 바람에 소윤은 병원에 있는 며칠 동안 어떤 뉴스도 접할 수 없었다. 솔직히 그럴 정신도 아니었고. 잠시 비산과 소윤을 위해 자리를 피해줬던 도준은 오랜만에 휴대폰을 들여다보다가, 포털 사이트의 메인화면에 떠 있는 뉴스를 보고는 놀라지 않을 수가 없었다. 소윤 앞으로 도준이 내민 것은, 강 회장의 횡령과 비리에 관한 기사였다.

"……!"

"그냥 덮일 일이 아닌가 봐. 나왔다가 묻혀버리는 기사랑 달라."

"그럼…… 어떻게 되는 거예요…… 회장님?"

"……."

부정적인 그의 표정에 소윤의 눈이 흔들렸다. 강 회장님은 쌤의 아버지이다. 이렇게 크게 뉴스가 났는데, 서울에서 방금 내려왔던 비산이 이 사실을 모를 리 없었다.

그런데도 쌤은 그런 얼굴로……. 그렇게 애써…… 내게…… 웃었던 거예요?

이 모든 일이 그가 한 짓인 줄은 꿈에도 모르는 소윤은, 그저 강 회장과 비산이 걱정될 뿐이었다. 어떻게 해야 할지 몰라 소윤은 엄지손톱을 잘근 깨물었다. 도르르 눈을 굴리며 자신이 할 수 있는 일을 생각해내려고 노력했다. 그리고 잠시 후, 같은 자리를 빙빙 돌며 왔다 갔다를 반복하던 소윤의 걸음이 제자리에 우뚝, 멈췄다.

"대리님⋯⋯. 저⋯⋯ 부탁이 있어요."

제법 고집 있어 보이는 눈이 도준을 올려다봤다. 도준은 그녀가 무슨 말을 할지 알 것 같아, 하아, 하고 마른 숨을 뱉었다.

"아버지는?"

저녁 시간이 되었지만 비산은 끼니마저 거른 채 상황을 예의 주시하고 있었다. 여론의 시선이 바닥을 찍었을 때, 밀어붙여야 한다. 그래야 아버지가 나락으로 떨어질 테니까.

"지금 주치의를 불러 자택에 머무르고 계십니다."

"암만 쇼해봐야 통하지 않을 거야⋯⋯. 임시주총 시간은 어떻게 됐어?"

"내일 오전 10시로 잡혔습니다."

"이사진 회의는?"

"잠시 후, 저녁 8시 시작입니다."

"좋아⋯⋯. 나가봐."

조 실장이 허리를 꾸벅 숙이고 비산의 집무실을 나갔다. 비산은 내일 오전에 열릴 주총에서 아버지의 경영권을 박탈하기 위해 오늘 중으로 나머지 이사진과 접촉할 계획이었다. 그가 잠시 후 열릴 회의를 위해 막 자리에서 일어서려는데, 노크 소리도 없이 문이 벌컥 열렸다.

"너 인마!"

만국이었다.

"너지? 네놈 짓이지!"

"뭐가 말입니까?"

"도대체 네 아버지한테 무슨 억한 심정으로 이러는 건데?"

"……."

"강비산!"

"소란스럽게 하지 말고 그만 나가주시죠, 삼촌."

"뭐야, 인마?"

결국엔 참다못한 만국이 데스크 앞으로 달려와 비산의 멱살을 움켜쥐었다.

"저라는 증거 있습니까?"

"아암, 있지. 그동안 네 녀석이 형님한테 했던 태도만 봐도 알고도 남지! 검찰이 네 아버지 집무실을 죄다 뒤지는 동안, 너는 꼭 잘됐다는 얼굴이었어!"

"뭐, 나쁘지는 않았습니다."

"뭐, 인마? 아버지가 네 녀석한테 얼마나 신경을 많이 썼는데! 어떻게 네놈이……!"

"하!"

기가 차다는 듯, 비산이 코웃음을 쳤다. 악이 받친다. 실로 가증스러웠다. 관심이라는 허울을 쓰고 제 잇속을 채우려 했던 아버지를 제가 모를 줄 압니까? 결혼을 기업의 이익을 위한 하나의 수단으로 생각했던 아버지에게 소윤은 그저 거치적거리는 방해물이었겠죠. 그래서……!

"그렇게 관심이 많으셔서……! 제가 사랑하는 여자의 아버지를 죽이고, 그 여자마저 죽이려 하셨습니까? 도대체 얼마나! 얼마나 나를 힘들게 해야……!"

"그게…… 그게…… 무슨 소리예요?"

떨리는 목소리에 순간 비산의 눈이 콱 하고 벌어졌다. 귀에 익은 목소리. 그것은, 이곳에서 절대로 들리지 말아야 할 목소리였다. 얌전히 시골의 병원 입원실에나 있어야 할 목소리였다. 하지만 귀에 박힌 그 목소리는, 분명 한소윤의 것이 맞았다. 차마 그쪽으로 바라볼 엄두가 나지 않는다. 마주할 현실이, 진실을 알게 된 그녀를 보는 것이 죽을 만치 두려웠으니까. 하지만 어지럽게 흔들리는 그의 눈동자가, 힘겹게…… 목소리가 들리는 쪽으로 움직였다.

"그게…… 무슨 소리냐니까!"

후두둑. 눈에서 샘솟는 눈물을 닦을 생각도 하지 않은 채 소윤이 문 앞에서 소리쳤다.

"소…… 소윤아……."

"정말…… 이에요? 그게…… 정말……."

펑펑 눈물을 쏟는 소윤의 얼굴은 절망과 혼란이 뒤섞인 채로 엉망이 되었다. 올라오는 울음 때문에 그녀는 말조차 제대로 나오지 않았다. 비산이 걱정돼서 도준에게 부탁해 급히 올라왔는데…… 그녀가 마주한 것은, 힘들어하는 비산이 아니라 전혀 생각지도 못한 충격적인 사실이었다. 소윤은 금방이라도 자리에 주저앉을 것만 같았다. 하지만 안간힘을 다해 버티고 버텼다. 그리고 마지막 남은 힘으로 물었다.

"우리 아버지…… 강 회장님 때문에…… 돌아가신 거예요?"

내가 들은 쌤의 목소리가…… 도저히 믿기지 않아.

"그게…… 사실이냐고요?"

그래서 내게…… 그렇게도 잘해줬던 거예요? 처음부터 다 알고…… 날 찾아온 거였어요? 그래요?

일렁이는 그녀의 두 눈으로 형용할 수 없는 원망과 슬픔이 쏟아져 내렸다. 와르르. 두 사람의 가슴이 무너져 내렸다.

"한소윤……."

칼로 난도질하듯, 무너진 가슴을 재차 헤집는 고통에 눈물을 흩뿌리며 집무실을 뛰쳐나가는 소윤을 멍하니…… 바라보기만 했다, 그는.

몸이 흔들렸다. 아니, 세상이 흔들렸다. 멍하니 소윤이 나가버린 집무실의 문을 바라보던 비산은, 반쯤 미친 사람처럼 허겁지겁 그녀를 뒤쫓았다. 아직 머릿속에서 생각이 하나도 정리되지 않아서, 그녀에게 뭐라고 말해야 할지, 어떻게 해야 할지, 아무것도 떠오르지 않았지만……. 그녀를 잡아야 했다. 어떻게든 그녀를 붙잡아야 했다. 가슴으로 물밀듯이 차오르는 아픔을 견디며 그는 생각했다. 지금 소윤이 얼마나 아플지. 그녀가 얼마나 괴로울지. 그래서 저가 괴롭다는 것조차 잊을 만큼 소윤이 걱정돼서…….

"소윤아……."

미칠 것만 같았다.

"한소윤……."

그녀에게 달려가며, 아무도 듣지 못할 정도로 작은 소리로 소윤의 이름을 불렀다. 제정신이 아니었다. 그렇게 부르면 마치 소윤이 듣기라도 할 것처럼. 입 밖으로 흩어지는 작은 소리들은 그의 마음과는 달리 금세 힘없이 사그라졌다. 멀리, 엘리베이터 앞에서 얼굴을 감싼 채 울고 있는 소윤이 보였다.

"흐흐흑……."

무서웠다. 그녀가 가까워질수록 그의 두려움은 더 커져갔지만, 그럴수록 그녀를 잡아야 한다는 생각 또한 강해졌다. 한 걸음, 또 한 걸음. 그녀에게 다가갈수록 그 가녀린 울음소리가 한 음절, 한 음절 유리조각이 되어 그의 마음에 박히는 것만 같았다. 상처에 소금물을 끼얹은 듯, 어느 곳 하나 쓰라리지 않은 곳이 없다.

"……미안."

참으려 했지만 도저히 참아지지 않는다.

"……미안해. 소윤아."

눈가에 맺혔던 눈물은 서슴없이 비산의 볼을 타고 떨어져 내렸다. 제발…… 울지 마. 내가 다 잘못했어. 다 나 때문이야. 가슴속에 가득 찬 그 말들은 울음에 막혀 올라오지 않아 답답했다. 떨리는 손을 힘겹게 들어 올려, 얼굴을 감싼 채 울고 있는 소윤의 얇은 손목을 잡았다.

"손대지 마요……!"

비산의 손을 세차게 뿌리치는 소윤의 얼굴은 그야말로 엉망이라, 그는 심장이 멎을 것처럼 너무나 아팠다.

"소윤아……."

다시 뿌리칠 걸 알면서도 비산은 그녀의 손목을 다시 쥐었다. 엘리베이터 문이 열리면 그 속으로 빨려 들어갈 그녀를 막아야 했으니까. 이대로 여기서 소윤을 놓치면, 영영…… 그녀를 만나지 못

할 것만 같아, 너무 무서웠으니까. 그는 절벽 끝에 매달린 사람처럼 절박하게, 그리고 애처롭게, 그녀의 손목을 찾아 다시 붙들었다.

"가지 마……. 소윤아 제발……. 나랑 얘기 좀…… 해."

흐느끼는 듯, 울음 섞인 그 목소리는 비산의 것이 아닌 것 같았다. 소윤은 자신의 손목을 잡은 그의 손을 바라봤다. 눈물이 앞을 가려 제대로 보이지 않았지만, 손목에서 느껴지는 떨림은 자신의 것만이 아니었다. 그는 떨고 있었다. 생전 소윤이 보지 못한 모습으로 뚝뚝, 낯설기만 한 눈물을 흘려내며 바들바들…… 떨어대고 있었다. 하지만 어떻게 해야 할지 소윤도 도무지 알 수가 없었다.

그녀가 알게 된 사실이 너무 충격적인 것이라, 지금 솟아오르는 감정을 쏟아내지 않으면 가슴이 당장에 터질 것처럼 답답했으니까.

"왜……! 왜 우리 아버지를……!"

모두에게 존경받던 분이셨어요. 쌤도 우리 아버지, 존경했잖아요. 그런 분을, 왜…….

"도대체 왜!"

이해할 수 없다는 눈이 비산을 올려다봤다.

"……"

"대답해봐요……."

알아, 소윤아. 나도 이해할 수 없어. 그런데 너는……. 한 교수님의 딸인 너는……. 어떻게 이해할 수가 있겠어? 평생 원망해도 좋아. 평생 나를 미워해도 좋아. 그렇지만 소윤아. 네가 없으면, 나는……. 살지 못해. 살 수 없어. 그러니까 제발…….

"제발…… 가지 마……."

두려움에 가득 찬 목소리가 온통 떨리며 뱉어졌다. 용서받지 못해도. 평생 미움으로 나를 바라보더라도.

나는 너…… 못 보내. 절대로 보낼 수 없어. 절대…….

"소윤아……."

눈물이 그치질 않는다. 입이 열 개라도 그녀에게 할 말이 없지만, 비산은 그 어떠한 변명 대신 소윤에게 매달릴 뿐이었다. 그의 애달픈 목소리에도, 소윤은 마치 손에 잡힌 모래처럼 그에게 잡혀주지 않았다.

"이거…… 놔요."

자신의 아버지가 어떻게 돌아가시게 됐는지 궁금하기도 했지만, 지금은 그보다 혼자 이 괴로움을 쏟아내고 싶었다. 지금 당장은, 그의 얼굴을 보고 싶지가 않았다.

"혼자 있고 싶어……."

"아니. 못 놔……."

손목을 비트는 소윤을 아랑곳하지 않고 비산은 그녀를 끌어안았다.

"놔요……. 이거…… 놓으라고!"

비산을 밀치는 그 손길이 아팠다. 가슴을 연신 밀어대는 작고여린 그 손길이 말이다. 슬픔이 가득한 그녀의 움직임이 너무 따갑고 괴로워서 견디기 힘들었지만, 도저히 놔줄 수가 없었다.

어떻게 놔줘. 놓아버리면, 넌 그길로 날 떠나버릴 것만 같은데.

결국, 발버둥 치던 소윤도 포기했는지 그의 품에 얼굴을 묻고오열했다. 비산은 그런 그녀를 더욱 꽉 끌어안았다. 소윤은 이 순간, 어떤 감정을 느껴야 할지 알 수가 없었다.

'네놈 짓이지! 도대체 네 아버지한테 무슨 억한 심정으로 이러는 건데?'

비산에게 쏘아붙이던 만국의 목소리가 선명하게 기억이 난다. 비산의 아버지 때문에 자신의 아버지가 죽었는데, 비산은 아버지인 강 회장을 궁지로 몰아넣었단다. 모든 것을 알고 말이다.

어떤 감정을 느끼고 있는 걸까, 나는. 괴로움? 아픔? 분노? 아니면…… 안타까움……?

아버지를 그렇게 만들어놓고, 강 회장은 지금껏 아무런 죄책감 없이 부귀영화를 누리며 살았다는 사실이 괘씸했다. 하지만 그러면서도, 그런 강 회장을 제 손으로 불구덩이에 밀어 넣는 비산의 마음이 어떨지…… 상상조차 되지 않았다.

어째서 그러는 건데요?

"강 회장님 일…… 정말로 쌤이 그런 거예요?"

"……."

"그럼, 쌤이랑 강 회장님이랑 다를 게 뭐야……."

"널…… 가책 없이 사랑하고 싶었어……."

"날 사랑하지 않았으면 되잖아요."

날카로워진 목소리에 원망이 가득 실려 있었다.

나 같은 거…… 사랑하지 않았으면 좋았잖아.

하지만 비산은 천천히 고개를 가로저었다.

"오래전부터…… 자란 마음이야."

그녀를 사랑하지 않은 게 아니었다.

"……."

사랑하는 제 마음을 알아채지 못했을 뿐이었다. 그리고 이제
는…… 너무나 명확하게 알게 됐다.

"내가 너의 쌤일 때부터. 나 너…… 사랑했어."

다른 사람의 감정뿐만 아니라, 제 감정도 제대로 알아채지 못하
는 자신이었으니까. 사랑하면서도, 사랑인 줄 알지 못했다. 5년 동
안 소윤을 떠났던 이유도, 그래서 그녀를 그토록 그리워했던 이유
도…… 이미 그녀를 사랑하고 있었기 때문이다. 안타깝게도……
그걸 너무 늦게서야 깨달았다. 그래서 막지 못했다. 아버지가 그녀
를, 그녀의 가족을, 그녀의 모든 것을 망칠 동안에, 그저 자신이 그
녀를 떠나 있는 것이 그녀에게 최선이라고 믿었던 바보 같은 자신
때문에……. 결국에 너는 모든 것을 잃고 말았다.

그래. 널 붙잡을 자격 없다는 거 알아. 그런데도 난……. 너를 잃
는다는 걸, 상상조차 할 수 없어. 네가 없는 삶은, 내겐…… 죽음과
도 같은 거야. 소윤아.

"다 얘기해줄게……. 처음부터 다……. 네가 알고 싶은 것 모두
다 말해줄게."

"……."

"그러니까……."

"아뇨……."

하지만 인간은 이기적인 동물이라서, 저를 끌어안고 있는 그의
두려움이 고스란히 전해지는데도 내 아픔이 먼저였다. 소윤은 차
갑게 그의 말을 잘랐다.

"혼자…… 있고 싶어요."

"……."

"쌤 탓이 아니라는 거…… 알아요."

"……"

"그치만…… 어떻게 쌤을 전처럼 볼 수 있겠어요? 내가 어떻게…… 쌤의 아버지를…… 용서할 수 있겠어요?"

올려다보는 눈이 절대로 그럴 수 없다 말했다.

놓기 싫어. 아무리 그렇다 해도 놓기 싫어. 하지만 너의 그 아픈 눈을 보면…… 나는 거역할 수 없어. 너를, 너의 뜻을…….

띵. 엘리베이터의 문이 그녀의 등 뒤에서 느리게 갈라졌다. 힘주어 저를 밀어내는 소윤을 비산은 잡지 못했다. 차마, 잡을 수가 없었다. 눈물로 얼룩진 두 사람의 모습이 너무나 아프게 서로를 향하고 있었지만……. 끝내는. 고작 엘리베이터의 문 하나에 너무나 쉽게 가로막히고 말았다. 그는 아프고 아픈 눈을 들어, 마치 집어삼켜지듯 사라지는 그녀의 모습을 끝까지 눈에 담았다. 엘리베이터의 문이 잔인하게 닫히는 그 순간까지.

"흐흑…… <u>흐으윽</u>……"

짐승의 울음소리 같았다. 비산의 입술 사이로 새어 나오는 소리는. 눈물이…… 멈추질 않는다. 시간이…… 고통 속에 영원히 멈춘 듯했다.

"소윤 씨!"

엘리베이터에서 튕겨져 나오듯 로비로 뛰쳐나오는 소윤을 불러 세운 건 허미리 팀장이었다. 워크숍 첫날 짐도 모조리 두고 사라진 소윤을 그 누구보다도 걱정했었다. 이튿날 송 대리에게 연락을 받고서야 사고가 있었다는 것을 겨우 알 수 있었는데, 갑자기 회사에 나타난 소윤은 눈물범벅인 채로 회사를 뛰쳐나간다.

"무슨 일이야?"

워크숍에서 사라졌던 날의 자초지종을 듣기도 전에, 모든 게 엉망인 것처럼 보이는 소윤이 걱정되어 미리가 그녀의 팔을 붙잡으며 물었다. 반대쪽 손으로, 움츠리는 그녀의 어깨를 잡자 소윤의 떨림이 고스란히 미리에게 전해졌다.

"아……."

소윤의 상태는 심각해 보였다. 평소의 또박또박 말 잘하던 소윤이 아니라서, 미리는 그냥 소윤을 보내서는 안 되겠다 생각했다.

"나 퇴근하는 길이야. 일단…… 나가자."

"아뇨……. 저 그냥 혼자……."

"아냐. 나 지금 상사로서 소윤 씨한테 명령하는 거야. 내 말 들어."

아무래도 그녀를 혼자 두면 안 될 것 같았다. 괴로움과 불안이 소윤의 온몸에서 느껴지는데, 이대로 보냈다간 무슨 사달이 날지 모르겠어서, 미리는 마치 경찰이 죄인을 붙들 듯 소윤의 팔에 팔짱을 단단히 낀 채 그녀를 자신의 집으로 끌고 갔다.

"가자. 우리 집."

"하아……."

비산은 눈물로 범벅이 된 얼굴을 한 손으로 쓸어내며 깊은 숨을 내쉬었다. 자꾸만 소윤의 모습이 떠올라, 숨조차 제대로 쉴 수가 없었다. 가슴이 조여들었다. 호흡조차 제대로 되지 않을 정도로 강하게…… 가슴이 조여들었다.

항상 그녀를 잃을까 노심초사하면서도, 정작 마음의 준비는 하지 못했다. 그래서…… 도저히 감당할 수가 없었다. 가슴 안쪽을 예리한 도구로 긁어내듯 말도 못 할 이 고통을 말이다.

머릿속이 복잡했다. 무얼 어떻게 해야 할지 잘 떠오르지가 않는다. 속이 괴로워서 썩어 문드러지는 것 같은데도, 그는 마무리를 지어야 했다.

회의 장소가 바뀌었다는 소식을 듣고 비산은 차에 오른 참이었다. 최대한 은밀하게 진행해야 했기에, 회의 장소는 외부 노출이 최소화되는 곳으로 바뀌었다. 저녁 8시였던 회의 시간도 9시로 미루어졌다. 주총 전에 이사진들이 물밑접촉을 한다는 게 알려지면 좋을 게 없었으니까.

하지만 좀처럼 운전대를 잡을 수가 없었다. 머리가 고장이 나기라도 한 것처럼, 소윤이 자꾸만 떠올랐다.

'사랑해요, 쌤.'

제 앞에서 행복하게 웃어 보이던 그 예쁜 얼굴과 눈물로 얼룩졌던 그녀의 얼굴이 교차하며 그의 가슴을 잔인하게 뜯어냈다. 아픔은 다시금 그의 볼을 타고 내렸다. 끄윽, 끄윽, 이를 악물고 울음을 참아내려 애쓰는 그 소리가 애달프게 차 안을 맴돌았다.

하지만 결국 다시, 그의 입매가 일그러졌다. 질끈 감겨진 눈 아래로 후두둑, 하고 그렇게나 막으려 애썼던 아픔이 떨어져 내린다.

보고 싶다. 이 이기적인 마음은 그렇게나 너를 괴롭혀 놓고도 정신을 못 차리고 또 널 그리워해. 나보다 더 아플 너를 배려하지 못하고, 그저 보고 싶어서……. 보고 싶어…… 죽을 거 같아서.

"소윤……아…… 흐으윽…… 한소윤……."

그 이름만 앓듯이 뱉어냈다. 그 보고 싶은 이름을, 죽을 듯이 아픈…… 그 이름을.

소윤을 그렇게 만든 아버지를 무너뜨릴 기회는 지금뿐이라, 정신을 바짝 차려야 하는데도, 이 여물지 못한 마음은 자꾸만 모래성처럼 하릴없이 무너져 내렸다.

부릉.

얼마를 그렇게 괴로움에 몸부림쳤을까. 시동을 걸기까지 꽤나 오랜 시간이 걸렸다. 아직도 추스르지 못한 마음은 폭풍 속을 유영하듯 어지럽기만 했다.

미칠 것만 같다. 소윤이 걱정돼서. 그리고 그녀가, 저를 완전히 떠나가 버릴까 봐 너무 두려워서…….

하지만 정신을 차려야 한다. 반드시 마무리를 지어야만 했다. 그래야 소윤이 안전할 수 있을 테니까. 그래야…… 소윤에게 조금은 덜 미안할 테니까. 그녀를 사랑하는 마음에, 그는 항상 죄책감을 얹고 있었다. 온전히 웃을 수 없는 사랑이었다. 지독한 그 사랑에도 그는 마음 한편으로 괴로움을 안아야 했다. 이제 그 마음의 짐을 조금이나마 덜 때다. 아직도 떨려오는 손에 힘을 주어, 그는 핸들을 꽈악 쥐었다.

끼기기기긱.

거친 마찰음을 내며 비산의 차가 주차장을 빠져나갔다. 앞을 주시하는 비산의 눈은 슬픈 빛에도 불구하고 독기를 잔뜩 품은 채였다.

-50미터 앞에서 우회전입니다.

내비게이션에서 흘러나오는 여자의 목소리에 비산이 신경질적으로 미간을 좁혔다.

"뭐야…… 이거."

차창 밖으로 보이는 풍경은 이사진들의 회의가 열릴 만한 곳이 절대로 아니었다. 서울 외곽지역으로 들어서고 얼마 지나지 않아 내비게이션이 안내한 곳은 야산으로 둘러싸인 후미진 길이었다. 맞은편에서 차라도 오면 교행하기도 힘들 정도로 좁은 울퉁불퉁한 길. 드문드문 서 있는 주황빛의 가로등 불빛 말고는 미세한 빛한 줄기조차 보이지 않았다. 비산은 차를 세우고 휴대폰을 꺼내 들었다.

-네.

"조 실장, 이사진 회의가 열리는 곳 주소, 누가 줬어?"

-아, 성 이사님이 전해주셨습니다만. 뭐가 잘못됐습니까?

"아무래도 주소가 잘못……."

비산이 다시 주소를 알아보라고 말하려던 그때.

꽝!

"……!"

차량의 에어백이 펼쳐질 정도로 세게 누군가가 비산의 차를 뒤에서 들이박았다. 그 충격이 얼마나 컸는지, 차가 앞으로 튕겨져 나가듯 밀렸다.

"윽……!"

다행히 벨트를 매고 있어서 비산은 다치지 않았지만, 전혀 대비 없이 들이닥친 충격 때문에 목과 어깨에 뻐근한 통증이 전해졌다.

"대체 이게……."

일반적인 접촉사고라고 하기엔 가해진 충격이 너무나 컸다. 도로라고도 할 수 없는 비포장 외길에서, 그것도 시야가 좁은 야간에 이 정도의 충격을 줄 정도의 속력을 낸 운전자라면 두 가지뿐이었다. 음주운전이거나 혹은 작정하고 부딪혔거나.

　하지만 룸미러로 뒤차에서 내리는 남자를 본 순간, 비산은 벨트를 풀어내고 차에서 뛰쳐나갔다. 마스크에 모자를 깊이 눌러쓴 남자의 손에 들려 있는 것은 분명, 쇠파이프였다. 애석하게도 음주운전이 아니었다. 어둠 속에서 천천히 다가오는 괴한의 모습이 위협적이었다. 잘못됐다. 무언가 상당히…… 잘못됐다.

　비산은 그가 할 수 있는 한 최대한의 속도로, 괴한의 반대편으로 내달렸다. 혼란스러운 머리를 재빠르게 굴렸다. 함정이다. 성 상무가 전해줬다는 주소는 가짜였다. 그리고 기가 막힌 타이밍에 괴한이 나타났다. 사람 하나 죽어도 아무도 알아채지 못할 정도로 인적이 드문 이곳에 말이다. 게다가 방금 전, 자신의 차를 박은 차량은 검은색의 세단이었다. 소윤을 치려고 했던 차 역시 검은색 고급 세단이다. 이것이 그저 단순한 우연인 걸까? 비산의 등 뒤로 비산만큼이나 급박한 발소리가 따라왔다. 그래서 알았다.

　'아버지가…… 아니야…….'

　비산이 어릴 적부터 그의 주위를 철저하게 통제했던 아버지. 그가 유일하게 건들지 않았던 사람은. 강비산. 바로…… 그였으니까.

　이사진 회의가 소집된 장소는 산호그룹 본사 건물의 12층 회의실이었다.

　"다 모이셨습니까?"

"아직, 강 이사님이 오지 않으셨습니다."

"어찌할까요? 조금 더 기다려볼까요?"

"5분만 더 기다려보고……."

강 회장 다음으로 많은 지분을 가진 비산을 회의에서 뺄 수는 없어, 이사들이 조금 더 기다리자 입을 모을 때였다. 회의실의 문이 열리고, 모두의 시선이 문 앞의 남자에게로 향했다.

"……조 실장?"

조 실장의 입가에 보일 듯 말 듯 덤덤한 미소가 스몄다. 조금 전그는 비산과의 통화를 끝낸 참이었다. 그리고…….

-윽……!

수화기 너머로 들려오는 그 소리에 그는 미소를 지으며 통화 종료 버튼을 밀었다. 내일이면 모든 것이 계획된 대로 될 것이다.

"강 이사님께서 지금 일이 생기셔서 대리인으로 제가 왔습니다. 회의…… 진행하시죠."

항상 비산의 그림자처럼 그의 곁에서 오랫동안 업무수행을 해왔던 조 실장의 말을 그 순간 아무도 의심하지 않은 건, 어쩌면 당연한 일이었다.

"하아…… 하아……."

비산은 그가 할 수 있는 최대한의 속도로 비포장 도로 위를 내달리고 있었다. 하지만 그가 괴한을 등 뒤에 두고 달린 것은 도망을 가기 위해서가 아니었다.

멀리 보이던 가로등 아래에 도착한 비산의 눈빛이 돌연 서늘하게 바뀌었다. 어둠 속에서는 휘두르는 쇠막대를 방어할 수가 없었다. 어릴 때부터 강민규 회장은 남자는 강하게 커야 한다며 그에게 여러 가지 운동을 시켰었다. 그의 몸이 탄탄한 이유는 타고난 것이 결코 아니다. 비산이 결혼을 강제하는 강 회장의 뜻에 반해 집을 나가기 전까지 그는 오래도록 무에타이와 복싱 등을 배웠었다. 쇠파이프 앞에서도 그는 두렵지 않았다. 원래가, 두려움을 느끼지 못하는 인간이지 않은가. 소윤을 제외하고 그에게 두려움을 주는 이는 이 세상에 존재하지 않았다. 그래서 그는 이 상황을 마치 계산을 미리 다 해놓은 사람처럼 차분하게 풀어갔다.

"누가 보냈지?"

겁이라도 집어 먹은 얼굴이어야 정상이었지만 비산은 아무런 감정도 느껴지지 않는 얼굴로 차분하게 물었다. 때문에, 당황한 건 오히려 괴한이었다.

"이잇!"

대답 대신 그는 쇠막대를 치켜들어 있는 힘껏 비산을 향해 내리쳤다. 하지만 비산은 믿을 수 없을 정도로 민첩하게 쇠파이프를 피했다. 그가 거칠게 몇 번을 더 휘둘러봤지만 마치 약이라도 올리는 것처럼 잽싸게 피하길 여러 번. 얼핏, 비산의 얼굴에 웃음기가 도는 것도 같아서 괴한의 등에 식은땀이 흘러내렸다. 그가 다시 한 번 있는 힘껏 쇠파이프를 내리쳤을 때였다.

"으윽!"

비산이 바닥에 주저앉았다. 분명 쇠파이프에 맞지 않았는데 말이다. 하지만 살짝 당황한 듯한 남자는 기회를 놓치지 않으려는 듯 다시 쇠파이프를 치켜들었다. 그가 노리는 곳은 비산의 머리였다. 하지만 그 순간 바닥에 몸을 웅크린 비산이 고개를 들었다. 번뜩이는 그 매서운 눈빛보다 미소를 띤 그의 입매가 더 섬뜩했다.

"허헛!"

깽그랑. 바닥에 쇠파이프가 나뒹굴었다. 상대가 눈앞에서 흉기를 제게로 휘두르면 대개 눈을 감거나 반사적으로 방어를 하는 게 보통이지만 남자가 둔기를 휘두르는 순간, 비산은 민첩하게 그의 허리춤으로 달려들어 그를 넘어뜨렸다. 휘두르는 무기 앞에 눈 하나 깜짝하지 않는 사람이, 바로 비산이었다. 그가 맞지 않았으면서도 맞은 것처럼 바닥에 주저앉았던 이유는 멀리서 두 사람의 모습을 고스란히 담고 있는 제 차량의 블랙박스 때문이었다. 괴한에겐 살인미수죄. 자신에겐 정당방위를 인정할 수 있는 증거. 가로등 아래에서 선명하게 찍혔을 두 사람의 모습은 법정에서 비산에게 유리하게 작용할 것이다. 그는 목숨을 위협받는 지금 이 상황이 즐거웠다.

"그렇단 말이지……."

괴한의 몸에 올라타 마스크로 가려진 그 얼굴이 피떡이 될 때까지 주먹을 내리치는 동안, 소름 끼치는 미소가 비산의 얼굴에 그려졌다. 그는 미친 사람처럼 하하, 하고 웃기도 했다. 아버지가 아니었다. 적어도, 소윤을 죽이려고 했던 이가 제 아버지가 아니라는 사실에, 비산은 그 순간, 형용할 수 없는 기쁨을 느끼고 있었다.

-송 대리. 지금, 어딥니까?

수화기 너머로 들려온 목소리는 숨이 가쁜지 고르지가 않았다. 불길했다.

"무슨 일…… 이신데요?"

소윤의 부탁으로 그녀를 강릉병원에서 서울까지 태워준 게 바로 그였다. 원래라면, 그녀는 지금 비산과 함께 있어야 한다. 그런데.

-일이 생겼습니다. 지금 급히 이곳으로 좀 와줘야겠어요.

대체 무슨 일일까. 급하게 들려오는 비산의 말투가, 도준을 더욱 긴장 속으로 몰아넣었다.

하지만 한 시간 후, 비산이 알려준 곳에 도착한 도준은 자신의 상상보다 훨씬 더 나쁜 상황에 입을 다물지 못했다.

"어, 어떻게 된 겁니까, 이사님?"

찾아오기도 힘든 곳이었다. 야산으로 둘러싸인 비포장도로 한가운데 엉켜 있는 두 대의 차량은 언뜻 보기에도 상태가 좋지 않았다. 하지만 더 놀라운 것은, 비산이 뒤쪽 차량의 도어를 열었을 때 도준의 눈으로 들어온 광경이었다.

"이, 이게……?"

남자 하나가 청 테이프로 온몸을 포박당한 채 누워 있었다.

"이자가 날 죽이려고 했어."

"……!"

"혹시 전에 한소윤을 치려고 했던 차량과 이 차, 동일 차량 아닙니까?"

소윤을 제외하고 도준이 유일한 목격자였다. 차량번호를 모르니 육안으로 차량의 형태를 비교하는 방법밖에는 달리 방법이 없었는데, 도준이 놀란 마음을 추스르며 한 걸음 물러서 차량을 살폈다.

그러고 보니, 그런 것도 같다. 혹시나 몰라 도준이 차량 뒤 쪽으로 가보니, 역시나 번호판이 청 테이프로 가려져 있다.

"트렁크에 청 테이프가 묶음으로 있더군."

"아무래도…… 맞는 것 같습니다."

"그럼, 이자가 한소윤과 나를 노리는 놈이 누군지 밝혀줄 열쇠군."

비산이 공포에 찬 눈으로 저를 올려다보는 남자를 서늘한 눈으로 내려다봤다. 한소윤을 죽이려고 했던 것은 아마도 아버지와 제 사이를 이간질시키려는 의도일 것이다. 그렇다면……. 머릿속에 얼른 스쳐 가는 얼굴이 있었지만, 확실하진 않았다. 비산은 차량에 몸을 밀어 넣어 남자의 머리를 잡아당겨 앉혔다.

촤악!

"으윽!"

입에 붙은 청 테이프가 인정사정 볼 것 없이 뜯겨나가자 남자는 고통스러운 표정을 지었다. 상대의 고통 따위 전혀 느끼지 못하는 비산은, 남자의 어깨에 다정하게 어깨동무까지 한 다음 입을 열었다.

"네놈이 날 죽이려고 했던 장면이 블랙박스에 고스란히 녹화가 됐어. 지금 이대로 경찰에 넘기면 네놈은 최소한 살인미수로 형을 살 거야."

"……"

"누가 시켰나?"

"나 혼자…… 꾸민 짓이다."

누가 시켰는지 불면 자신에게 돈을 준 사람까지 엮일 텐데, 미치지 않고서야 말할 리 없지.

"좋아. 그럼 방법을 달리하지."

"……."

"그쪽에서 준 돈의 두 배."

"……?"

"네놈은 어차피 이러나저러나 살인미수야. 하지만 나는 네놈이 목적이 아니거든. 이 모든 일을 꾸민 놈을 살인교사죄로 잡아넣을 수만 있다면, 그놈이 준 돈의 두 배를 네놈에게 줄 수 있지. 네 목적은 당연히…… 돈일 테고?"

"어떻게…… 믿어……?"

그 말에 비산이 소름 끼치는 얼굴로 입꼬리를 당겨 올렸다.

"그쪽에서…… 얼마 받았지?"

침대 옆으로 난 조그마한 창으로 아침 햇볕이 비스듬히 내리쬐고 있었다. 울어서 잔뜩 눌려진 눈꺼풀을 소윤이 힘겹게 들어 올리자, 온통 낯설기만 한 풍경이 눈에 들어왔다.

'아, 어제…… 팀장님 댁에서 잤지, 나.'

"좀…… 괜찮아졌어?"

등 뒤에서 들려온 물음에 소윤이 고개를 돌리자, 허 팀장이 냉수 한 컵을 내밀었다. 어제만큼은 아니지만 소윤의 얼굴은 여전히 엉망이었다. 그녀는 허 팀장의 물음에 대답 없이 고개만 두어 번 끄덕일 뿐이었다. 밤새 아무 말 없이 울기만 하는 소윤을 허 팀장은 말없이 토닥여주었다. 무슨 일인지도 모르면서, 말간 눈물을 뚝뚝 흘려내는 소윤을 보며 그녀도 같이 울었다.

"출근…… 안 할 거야?"

"저…… 이제 출근 안 할 거예요."

"뭐어?"

"……."

"도대체 무슨 일인데……?"

말하고 싶지 않았다. 머릿속에 떠올리는 것조차 너무 힘들어서.

'가지 마…….'

온갖 두려움을 담고 흔들리던 그의 눈을 기억한다. 그가 저를 얼마나 사랑하는지 너무 잘 알고 있어서, 그래서 그가 그동안 얼마나 괴로웠을지 또한, 알 것 같아서……. 그래서 소윤은 더 아팠다. 차라리 그가 강 회장님을 감쌌더라면 그에게서 돌아서는 발걸음이 조금은 가벼웠을 텐데.

얼마나 아팠을까. 얼마나 괴로웠을까.

제 아버지를 낭떠러지 끝으로 몰아가기까지, 아마도 쌤은 죄책감을 떨치지 못했을 것이다. 하지만 용서할 수 없어. 세상 그 누구보다 따뜻하고 인자하신 아버지였다. 그런 분을 제게서 앗아간 강 회장을 절대로…… 용서하지 않을 것이다.

"나, 갔다 올게, 소윤 씨. 냉장고에 국이랑 반찬이랑 있으니까, 데워 먹어. 끼니 거르지 말고. 내가 전화해서 확인해볼 거야?"

"……네."

대답이 시원찮았지만 허 팀장은 짠한 눈으로 소윤을 바라볼 뿐, 더 이상 아무 말도 하지 않았다. 그녀는 시계를 한 번 확인하곤 신발장에서 베이지색 펌프스를 꺼냈다. 그리고 한쪽 발을 구두에 막 끼워 넣었을 때.

Rrrrrrrr.

허 팀장이 최근에 장만한 명품백 안에서 요란한 벨소리가 들렸다.

"어? 송 대리? 이 시간에 웬일이지?"

업무 외에는 생전 허 팀장에게 전화를 하지 않는 도준이 출근 시간도 전에 전화를 하다니. 허 팀장은 고개를 갸웃하며 전활 받았다.

"어, 송 대리."

-팀장님, 혹시 어제, 회사에서 한소윤 씨 못 보셨습니까?

"소윤 씨?"

허 팀장의 눈이 퍼뜩 소윤에게로 향했다.

"지금 나랑 같이 있는데?"

아래로 떨어졌던 소윤의 시선 역시, 미리에게로 향했다. 어제 저를 서울까지 태워줬던 도준은, 아마도 강 회장님 일이 잘 해결됐는지 궁금해서 전화를 했을 것이다. 그렇지만, 그보다 훨씬 더 복잡한 일이 생겼다는 것을 송 대리님은 모르시겠지. 힘 빠진 눈꺼풀이 다시 찬찬히 아래로 가라앉았다. 하지만 다음 순간 미리의 목소리를 들은 소윤은 자리에서 벌떡, 일어설 수밖에 없었다.

"뭐? 강 이사님이…… 다치셨다고?"

손이 떨려서, 아니 다리에 힘이 풀려버려서 소윤은 순간 몸이 휘청거렸다.

"무, 무슨…… 일이에요?"

현관에 선 허 팀장에게 안간힘을 다해 다가가며 소윤이 물었다.

"저기, 소윤 씨…… 놀라지 마. 강 이사님 어제…… 괴한에게 죽을 뻔했다고……."

"······헛!"

제 손으로 입을 틀어막았다. 철렁 떨어진 심장은 이미 최고 속도로 내달리고 있었다.

"괘, 괜찮대요? 어디를 다친 거예요? 얼마나 다치셨대요?"

왈칵 쏟아지려는 눈물을 가까스로 참아내며 소윤이 힘겹게 물었다. 그녀의 목소리가 꼭 바람 앞에 흔들리는 촛불 같았다.

"소윤 씨······ 진정하고······. 저기······ 아무래도 나······ 오늘 자기랑 같이 있어야겠다."

진정하라는 허 팀장의 말에 또 한 번 가슴이 철렁 내려앉는다.

"지금······ 어디 있어요, 비산 쌤."

힘을 가득 실은 소윤의 목소리는, 그 떨림과는 반대로 당장 답하지 않으면 안 될 것처럼 단호했다.

"강남병원. 태워줄게. 같이 가자."

옷을 갈아입을 생각도 하지 못했다. 소윤은 잠옷으로 입었던 간편한 차림 그대로, 현관으로 가서 신발처럼 보이는 사물에 무작정 발을 끼워 넣었다.

11. 다시…… 제자리로

"뼈는 이상 없습니다."

"알아요."

"진짜…… 아프신 거 맞습니까?"

"죽을 만큼 아프다니까."

거짓말이었다. 다치질 않았는데 아플 리가 있나. 외관상 멍이나 가벼운 찰과상조차도 없는 데다가, 초음파상으로도 근육이나 인대에 이상을 전혀 찾아내지 못했다. 하지만 산호그룹 재단의 강남병원은 그룹의 2대 주주인 비산의 몸 상태를 의사의 소견만으로 판단할 수 없었다. 대주주인 강 회장이 아무런 지병이 없음에도 온갖 병명을 단 진단서들을 받았던 것처럼, 비산이 아프다면, 특히나 죽을 만큼 아프다고 하면 가볍지 않은 진단서를 끊어야 할 것이었다.

"가 봐요."

호화로운 1인 병실에 누운 채, 주치의를 쫓아내듯 비산이 툭, 던졌다. 허리를 깊이 숙인 의사가 병실을 나가자 비산의 눈이 돌연 날카로워졌다.

지난 밤, 괴한과 협상을 끝내고 그를 경찰에 넘겼다. 비산의 수가 먹혔다면 그는 비산이 진술하라 시킨 대로 조서를 작성할 것이다. 그렇다면 이제 해야 할 일은 임시주총에서 강 회장의 해임안을 부결시키는 것과…….

"……."

한소윤, 그녀의 오해를 푸는 것. 비겁하긴 해도, 비산은 도준을 시켜 자신이 많이 다친 것처럼 소윤에게 알려달라고 부탁했다. 그래야 그녀가 자신을 만나줄 테니까. 설마 많이 다쳤다는데, 오지 않는 건 아니겠지?

그렇게 초조한 마음을 달래고 있길 30분. 드륵! 병실의 문이 급하게 열렸다.

"……!"

소윤…… 이다. 그렇게나 보고 싶던……. 한소윤. 그녀가 서 있었다. 얼굴은 눈물로 엉망이 된 채로.

"소윤……아……."

아픔으로, 눈물로 얼룩진 소윤의 얼굴을 비산은 똑바로 바라보려고 노력했다. 절로 일그러지는 얼굴 탓에, 눈앞을 흐리게 하는 물기 탓에. 그는 얼굴을 바로 들 수가 없었다. 자꾸만 아래로 떨어지는 고개가 야속했다. 아프지…… 말라고 했잖아. 근데 왜 울어……. 왜…… 아픈 거야, 넌. 내가 얼마나 걱정했는데. 내가 얼마나…… 널…….

"……쌤."

제계로 천천히 다가오는 소윤이, 차오르는 눈물 때문에 자꾸만 눈 안에서 일렁였다. 비록, 울고 있는 소윤의 모습이었지만. 저를 걱정해 달려온 그녀가 너무나 기뻐서……. 그토록 그리웠던 그 얼굴을 보니, 너무나 안심이 돼서…….

"……!"

병상 앞으로 다가온 소윤의 허리를 비산이 와락, 끌어안았다.

다시는 놓지 않을 것처럼. 다시는…… 떠나보내지 않을 것처럼 꽈악.

"……보고 싶었어."

"……."

"죽을 만큼……."

"흐흑……."

마지못해 소윤은 제 허리를 꽉 끌어안은 비산의 머리를 쓰다듬었다. 아무 말도 나오지 않았다. 울음이 자꾸만 목 안으로 채워져서 아무 말도 할 수가 없었다. 건강해 보이는 그의 모습에, 다만 속으로 안도할밖에.

다행이에요. 쌤이 많이 다치지 않아서…… 얼마나 다행인지 몰라요.

그녀가 뺑소니를 당했던 그때처럼. 그리고 그때, 비산이 죽을 만큼 두려웠던 것처럼. 소윤 역시 무사한 비산의 모습에 그저 감사할 뿐이었다.

"흐윽……."

소윤이 신고 온 짝이 다른 운동화를 보며 비산 역시, 목이 메었다. 온갖 감정이 가슴을 채워서 그는 한참 동안이나 울음을 쏟아냈다.

"어떻게…… 된 거예요?"

서로의 온기와 눈물을 나누며 끌어안고 있길 몇 분, 비산은 밀착된 몸을 떼어내며 묻는 소윤의 물음에 이번 일에 대한 이야기를 천천히 풀어놓았다.

"그럼…… 회장님이 하신 일…… 아녜요?"

"아직 자세한 건 확인해봐야겠지만…… 그런 것 같아. 나와 아버지의 관계를 무너뜨리려고……."

다시 미안함이 밀려온다. 비산의 눈이 가득 아픔을 담고 소윤을 향했다. 설사 소윤을 죽이려고 했던 사람이 아버지가 아니라고 해도, 그녀가 제 회사의 이권다툼에 이용됐다는 사실에 마음이 쓰렸다.

"미안……."

"……."

소윤은 다시 눈물이 그렁해진 눈으로 그를 바라봤다. 안다. 그가 그동안 얼마나 죄책감에 시달렸을지. 아픔은 오롯이 혼자만 안은 채로 참아온 주제에 또 미안하다고 말하는 그가…… 밉고도 고마웠다.

"그만해요."

"……?"

"미안하다는 말."

"아……."

순간 그만하라는 말의 의미를 몰라, 철렁 내려앉았던 가슴을 다시 쥐여주듯, 소윤이 다정한 투로 말했다.

"나 괜찮아요. 이제 그만 아파할게."

폭풍이 그녀의 가슴을 세차게 두드리고 여전히 잔여 바람이 가슴을 휘젓고 있지만, 그렇다고 그를 두고 다시 숨을 수 없었다.

마음껏 울며 비워내고도 싶었다. 하지만 이렇게 엉망이 되고도 내게 미안하다 말하는 그를 혼자 둔다면, 내 가슴은 더 아프겠지.

차라리 함께 울자, 소윤은 생각했다.

"고마워……."

그만 아파하겠다는 그 말이 그는 그렇게 고마울 수가 없었다. 그렇게 예쁠 수가 없었다.

"고마우면…… 빨리 나아요. 이렇게 병실에 앉아 있는 거…… 쌤이랑 어울리지 않아."

"도대체가 넌…… 가만히 둘 수 없게 만들잖아, 자꾸."

보는 것만으로는 성에 차지 않아. 눈에 담는 걸로는 이 갈증이 해소되지 않는다고. 비산이 몸을 당겨 침대 끝에 걸터앉았다.

"바로 앉아요. 아직 몸이 성치 않을 텐데."

"나 괜찮아."

"아니잖아요."

"설사 어디가 제대로 부러졌다고 해도. 키스할 힘은 남아 있어."

그러면서 그가 소윤의 허리를 감아 제 쪽으로 당겼다. 소윤의 눈높이가, 언제나 저보다 한참이나 높았던 비산의 눈높이와 같아졌다.

"그래도……."

입술이 닿을 듯 가까이 다가왔지만, 그녀가 망설이며 그의 가슴팍에 닿은 손에 힘을 주자, 그가 입술 앞에서 속삭이듯 말했다.

"안 해주면…… 나……. 병날 거야……."

"……."

달래듯, 애원하듯. 눈꺼풀을 천천히 내리깔며 말하는 그 낮은 목소리에, 소윤의 발끝이 오므라든다. 그리고 곧, 애가 탄만큼 뜨거워진 입술이 소윤에게로 닿았다. 머리카락을 비집고 그녀의 목덜미를 움켜쥔 그 커다란 손이, 그렇게나 그리웠던 소윤의 살결을 쓰다듬었다. 말캉하게 그녀의 입술 사이를 비집고 들어간 그가 입술 안으로 감춰진 속살들을 휘저었다. 소윤은 숨이 막혔다. 어떻게 호흡해야 할지 모를 정도로 격렬한 그의 키스에 말이다.

그가 다쳤다는 소식을 들었을 때, 저가 그를 얼마만큼 사랑하는지 비로소 깨달았다. 그저 사랑하는 정도가 아니었다. 모든 허물을 다 덮어버릴 수 있었다. 그의 아버지가 지은 죄를, 절대로 용서할수 없을 것만 같던 일을. 아무 일도 일어나지 않은 것처럼 묻어버릴 수 있을 정도로. 그를 사랑한다.

그가 없으면. 그렇다 생각하면. 금세 어디선가 굴러온 돌덩이가 가슴에 얹혀져.

"사랑…… 해요."

그의 입술이 슬쩍 떨어져 나갔을 때, 소윤이 나직이 뱉은 말이었다.

"하아……."

달뜬 숨을 토하며 비산이 소윤의 양어깨를 쥐고 그녀를 바라봤다. 짙어진 눈에 가득 담긴 그녀의 모습이 다시 소윤의 눈에 맺혔다. 그녀가 제게서 떠난 반나절이 마치 영원과도 같았다. 그녀가 제 눈앞에서 사라지고, 그는 짐승처럼 울음을 토해야 했다. 그 우울감과 괴로움이 한시도 그를 가만두지 않아, 미칠 것 같았다. 그녀가 보고 싶어 매 순간 매 순간 괴로워서……. 죽을 것만 같아서…… 비산이 기억하는 그의 삶 안에, 가장 힘들었던 반나절을 보내야 했다. 하지만 지금, 그녀가 제게로 와주었다. 그것으로도 모자라 그녀는 제게 사랑한다고 말한다. 꿈만 같았다. 영혼이 갈리듯 괴로웠던 시간들이 마치 꿈이었던 것처럼, 지금 제 눈앞에 서 있는 소윤의 모습에 행복했다. 한순간 저를 지옥의 불구덩이에 떨어지게 했던 그녀는, 천사 같은 모습으로 나타나 저를 구제해주었으니.

이젠…… 되돌려놓겠어. 모든 것을 제자리로 돌려놓을 거야.

"소윤아."

"……?"

"난, 너 하나면 돼."

"……."

소윤을 바라보는 그 진실한 눈에, 그녀는 갑자기 울컥, 눈물이 쏟아졌다.

"너 하나만 있으면……."

"……알아요."

알고말고요. 그녀의 희고 가는 손이, 비산의 머리를 가만, 쓰다듬었다. 비산이 기분 좋은 듯 눈을 느리게 감았다 떴다. 그녀에게 말하지 못한 게 하나 더 있다. 비산은 늦기 전에 말해야 한다고 생각했다.

"나…… 다른 사람의 감정을…… 못 읽어."

"……?"

"너만…… 유일하게 너만……. 내가 감정을 읽을 수 있는 사람이야."

"그게…… 정말이에요?"

소윤은 조금은 놀란 얼굴이 되었다. 처음 알게 된 사실이었으니까.

"어릴 때 큰 충격을 받은 적이 있어…… 그때부터 다른 사람의 감정을 읽을 수 없게 됐지."

"아……."

비산은 제 눈앞에서 죽어가던 레트리버 테오의 눈망울을 아직도 잊을 수가 없었다.

"소윤아."

"네……."

"나…… 이 일 모두 해결하고 나면……."

"네."

"너의 그 웃음. ……나한테 줘."

내가 유일하게 알아볼 수 있는 너의 그 웃음을.

"……?"

"평생 네 웃는 모습, 보고 싶어 나."

"……아."

소윤의 어깨에 있던 한쪽 손을 들어, 그녀의 고운 볼을 쓰다듬었다. 촉촉한 표면을 엄지로 쓸어내는 그 손길이 한없이 부드럽기만 하다.

"이거…… 프러포즈예요?"

그가 슬쩍 웃으며 고개를 끄덕였다.

"이렇게 로맨틱하지 않은 프러포즈가 세상에 어디 있어요?"

핀잔과는 다르게 소윤의 눈에서는 눈물이 흘러내렸다.

"미안……. 마음이 너무 급해서."

"치…….'"

"마음 같아서는 너 도망 못 가게 혼인신고서에 도장부터 찍고 싶은데."

"풋. 뭐예요?"

"웃었어? 너 울다가 웃으면 거기에 뭐 나."

"아, 쌤!"

장난기 가득한 비산의 말에 소윤이 결국엔 웃어버렸다.

미안해요. 쌤. 아프게 해서. 내가 아플까 봐 그렇게 괴로워했던 쌤을, 내가 아파서 또 그렇게 힘들었던 쌤을…… 이제 다시는 아프게 하지 않을게요.

"나…… 평생 웃게 해줘야 해요?"

소윤의 대답에 비산이 세상 더없이 행복한 얼굴로 웃었다.

"당연하지. 이렇게 사랑스러운 넌데."

그가 다시 그녀를 제 쪽으로 콱, 끌어당겼다. 턱을 비틀며 다가오는 그의 얼굴은, 어제 죽을 뻔한 사람이라곤 믿기 어려울 만치 행복해 보였다. 웃으며 그가 키스했다. 세상 더없이 잘생긴 얼굴은 근사하기 짝이 없는 그 미소를 품은 채, 소윤에게로 덮쳐들었다.

자꾸만, 웃음이 멈추질 않아. 사랑해. 소윤아. 사랑한다.

네가 아니면 들리지도, 보이지도 않을 만큼 오직 너만.

사랑한다……. 한소윤.

"금방 다녀올 테니까 꼼짝 말고 있어."

"그래도……."

말끝을 흐리는 소윤의 목소리에 걱정이 잔뜩 실려 있었다. 환자복의 단추를 하나씩 풀어내던 비산이 움직임을 멈추는가 싶더니, 손을 뻗어 소윤의 볼을 다정하게 쓰다듬었다. 그녀를 안심시키기 위함이었다.

"꼭 쌤이 가야 하는 거예요? 몸도 성치 않은데."

"나 멀쩡하다고 했잖아."

"조 실장님한테 부탁하면 되잖아요."

"조 실장…… 그놈이었거든. 너랑 나, 위험하게 만든 자의 하수인이."

"……!"

아무렇지도 않게 말하는 비산과는 달리, 충격적인 사실을 알아 버린 소윤은 두 손끝을 입술에 가져다 댔다.

"세상에, 어떻게 그럴 수가……."

"나도 참 미련했지."

저를 노리는 위험이 바로 옆에 있었는데도 눈치채지 못하다니. 비산이 허탈한 듯 헛웃음을 쳤다.

"조 실장님이 하수인이라면…… 그럼 누가 그런 짓을 시킨 거예요?"

"……."

어젯밤, 저를 죽이려던 놈이 모든 걸 불었었다. 설마 했다. 설마 삼촌이려고. 아버지가 회장직에서 물러나면 가장 먼저 수혜를 받는 사람이 누구인지 뻔히 알고 있었지만, 그래도 아니겠지 했는데.

남자는 자신에게 이 일을 시킨 사람이 누구인지 알지 못한다고 했다. 보여준 연락처도 비산이 처음 보는 번호였다. 하지만 남자는 만약의 상황을 대비해 녹음한 파일이 있다며 비산에게 들려줬다.

-죽이든지, 못해도 반신불수로 만들어놔.

그의 휴대폰에 저장된 번호는 낯선 것이었지만 녹음 파일에서 흘러나온 목소리는 분명 만국의 목소리가 맞았다. 평소처럼 아둔 하지도, 선하지도 않은 목소리는 소름 끼치도록 간악하게 들렸다.

남자는 후에 만국이 약속했던 금액을 주지 않았을 때를 대비해 이 통화 내용을 녹음했다고 했다. 비산은 이를 악물었다. 대포폰을 사용하면서까지 치밀하게 계획한 청부살인. 눈에 불을 켜고 어떻게 네 아버지께 그럴 수 있냐고 제게 호통을 치던 모습이 모두 연기였다니. 알고 나서도 믿을 수가 없었다. 선한 얼굴과 우유부단한 행동 뒤에, 그는 오랜 기간 흉악한 음모를 꾸미고 있었다는 사실이 소름 끼쳤다. 아니, 그보다 그런 만국의 놀음에 놀아났다는 사실이 미치도록 열 받았다. 소윤과 자신, 그리고 아버지까지……. 모두를 위험하게 만든 그를 절대로 가만두지 않을 것이다.

"확실해지면 알려줄게."

"……그래도. 오늘만 좀 쉬지."

"싸우려면 일단, 내 자리를 지켜야 해. 자리를 잃고 나면 싸울래 야 싸울 수도 없어."

임시주총 시간이 얼마 남지 않았다. 판은 이미 벌어졌고 그들이 놓은 덫은 포획을 실패했다. 이제, 반격할 차례다.

'자근자근…… 씹어주마.'

비산은 환자복의 단추를 모두 끌른 다음, 멀쩡한 팔과 다리에 반깁스를 하기 위해, 간호사 호출 버튼을 눌렀다.

임시주총의 아침이 밝았다. 제법 많은 주주들이 임시주총이 열리는 회의장에 모여들었다. 주주들의 얼굴은 무겁기만 했다. 강 회장의 이번 스캔들은 회사에 분명한 악재였으니까. 그렇다고 그가 회사에 기여한 바를 무시하는 것도 쉽지 않은 일이었다. 강 회장의 경영능력은 탁월했다. 때문에 주주들은 딜레마에 빠질 수밖에 없었다. 그의 횡령과 배임 혐의에 책임을 물리고 불안정한 경영체제를 시작하느냐, 아니면 회사 공금을 죄의식 없이 횡령한 그의 행태를 눈감아주고 사태가 진정되길 기약 없이 기다리느냐. 그 때문에 아직도 결단을 내리지 못한 주주들도 많았다.

"이번 임시주총은 다들 아시다시피 본사 정관 17조에 의거, 현재 횡령 및 배임 혐의를 받고 있는 강민규 회장의 회장직 해임의 건을 상정하기 위해 소집되었습니다."

김무진 상무의 목소리가 묵직하게 회의장을 울렸다.

"그럼 '강민규 회장의 회장직 해임의 건'의 의결에 앞서, 발언권을 행사하실 주주 분께서는 손을 들어주시기 바랍니다."

하나둘, 김 상무의 말이 끝나자 팔을 치켜드는 사람들이 보였다. 그중에는 강민규 회장의 동생 강만국 사장이 있었다.

"강만국 사장님, 먼저 발언하시죠."

임원 자격으로 단상에 마련된 데스크에 앉아 있던 만국이 앞에 놓인 마이크를 제 쪽으로 당겼다.

"11.7%의 지분을 가진 주주로서 발언하겠습니다. 강민규 회장께서는 일부 임원들에게 성과상여금을 과다 지급하여 이를 돌려

받는 수법으로 다년간 비자금을 챙겼습니다. 또한, 언론에 알려진 대로 계열사에 상품단가를 높이 책정해서 받음으로써 수십억 원의 차익을 비자금으로 조성했습니다. 저는 강민규 회장님의 혈육으로서 그를 비호해야 할 입장이지만, 강 회장님이 회사에 끼친 손해가 막중하여 강민규 회장의 회장직 해임의 건에 찬성하는 바입니다."

회의장이 일순 술렁였다. 모두의 예상을 깨고 강만국 사장은 강민규 회장의 해임의 건에 찬성표를 던졌기 때문이다. 그리고 그 순간, 멀리서 지켜보던 조 실장과 강만국은 아무도 알아채지 못하게 음흉한 눈짓을 교환하고 있었다.

"저도 발언하겠습니다."

주주들이 웅성거리는 틈을 타, 뒤에 있던 조 실장이 앞으로 나서며 말했다. 단상에 올려진 데스크 중 하나는 비산의 것이었다. 그 앞으로 성큼성큼 다가간 조 실장은, 품에서 종이를 한 장 꺼내들어 주주들에게 내보였다.

"저는 2대주주이신 강비산 등기이사님의 대리인으로 이 자리에 나왔습니다. 이것은 투표권 위임장입니다. 강비산 이사님께서는 강만국 사장님과 뜻을 같이하겠다고 입장을 밝히셨습니다."

조 실장의 발언에 회의장 안은 일순 소란스러워졌다. 소주주들의 예상과는 상당히 다른 방향으로 임시주총은 진행되고 있었기 때문이다. 비록 언론에서 그가 강 회장의 해임안에 동의한다는 뜻을 우회적으로 밝히긴 했지만, 강 회장의 아들이라고 익히 알려져 있는 강비산 등기이사는 2대 주주로서 당연히 강 회장의 해임안을 반대하고 나설 줄 알았으니까. 하지만.

"강비산 이사님께서는 2대 주주로서, 강민규 회장님의 회장직 해임의 건에…… 찬성하는 바입니다."

그리고 연이어 이사진들 역시, 강민규 회장의 해임안에 찬성의 뜻을 표했다. 어제 이사진 회의에서 조 실장은 비산의 뜻이라며 강 회장의 해임의 건에 찬성표를 던질 것을 주문했다. 속내는 어떨지 몰라도 그들은 모두 고개를 끄덕일 수밖에 없었다. 21.3%의 지분을 가진 비산의 뜻은, 차기 회장의 뜻이나 다름없었으니까.

임시주총은 그렇게 마무리되어가고 있었다. 사회자가 이사진들의 발언이 끝나고 다시 마이크를 들었다.

"자, 그럼 강민규 회장님의 회장직 해임의건 의결에 들어가겠습니다. 주주 분들은……."

"잠깐만요!"

그때였다. 등 뒤로, 낯익은 목소리가 날카롭게 들려온 것은.

"……!"

조 실장의 얼굴이 돌연 푸르스름한 납빛으로 바뀌었다. 만국도 마찬가지였다. 회의장으로 들어온 것은 도준의 부축을 받고 서 있는 비산이었다. 팔에는 깁스인지 붕대인지 모를 것을 감은 채였다. 그의 모습에 주주들은 모두 입을 벌렸다.

"저도…… 발언하겠습니다."

"아……. 조금 전에 대리인께서 이사님 대신 발언하셨는데요."

사회자가 곤란한 얼굴로 마이크에 대고 말했다.

"저는 금번 임시주총에 대리인을 세운 사실이 없습니다."

날카로운 눈빛이 단상에 앉아 사시나무 떨듯 떨고 있는 조 실장을 향했다. 회의장이 다시 한 번 소란스러워졌다.

"아…… 사실관계 확인은 그럼 천천히 하도록 하고……."

사회자 역시 미심쩍은 얼굴로 조 실장을 바라봤다. 분명 그는 투표권 위임장이라며 서류까지 제출한 상태였다. 만약 이것이 위조된 것이라면 그냥 넘어갈 수 있는 문제가 아니었다.

"그럼, 발언하시죠."

비산이 도준의 부축을 받아 천천히 단상 위로 올랐다. 조 실장과 만국은 비산의 독하게 가라앉은 시선을 애써 피하고 있었다.

'조 실장. 그리고…… 삼촌.'

이가 갈렸다. 이제야 퍼즐의 조각이 제대로 맞춰졌다. 저를 배신한 이 배은망덕한 인간들을 어떻게 씹어 먹을까 고민하던 비산은, 일단 자신이 해야 할 일에 집중하기로 하고 얼른 자리를 내주는 김 상무의 데스크 앞에 섰다.

"저는 21.3%의 지분을 가진 2대 주주로서, 금번 주총의 최대 안건인 강민규 회장님의 회장 직 해임의 건에 반대하는 바입니다. 물론 이번 횡령의 혐의로 인해 우리 산호그룹의 이미지를 실추시킨 사실은 부정할 수 없지만 그동안 회장님께서 이룩하신 업적들을 무시할 수 없는바, 앞으로도 지금처럼 탄탄한 재무상태를 유지하고, 또한 더욱 발전하는 산호그룹이 될 수 있도록 최선을 다하는 모습을 보여주실 것으로 믿습니다. 저는 이번 사건이 경영의 투명성을 한층 강화하는 계기가 될 것이라 믿어 의심치 않습니다. 검찰의 조사 결과도 아직 나오지 않은 상태에서 지금껏 잘해오신 최고 경영자의 해임을 성급하게 밀어붙이는 것은, 오히려 산호그룹을 더욱 위태롭게 하는 일이라고 생각합니다."

또박또박 말을 이어가는 비산의 목소리엔 잔뜩 힘이 들어가 있었다. 그래서 더 설득력이 있었다. 비산은 앞에 앉은 이사진들에게 눈짓을 보냈고, 그들은 모두 그 신호를 이해한 듯 고개를 끄덕였다. 그리고 결국 강민규 회장의 해임의견은 부결되었다.

"삼촌, 서프라이즈가 기다리고 있습니다. 기대하시죠."

임시주총이 끝난 직후, 도준의 부축을 받아 자리에서 일어난 비산이 비릿한 웃음을 흘리며 만국의 귀에 대고 속삭이듯 말했다.

"……."

적어도 이번 안건만 통과가 되었더라면 만국은 해볼 만한 게임이었다. 강 회장이라는 거대한 벽만 없으면, 자신이 싸워야 할 상대는 자신의 조카인 강비산 하나니까. 지분 차이만 제외하면 경력으로 보나 이미지로 보나, 비산보다는 자신이 경영인에 적합하다고 믿고 있었다. 하지만 강 회장의 해임에 실패한 이상, 경영권 장악은 물 건너갔음이 분명했다. 게다가 서프라이즈를 준비했다는 비산의 말이 두렵기만 하다.

얼굴이 붉게 상기된 만국은 눈을 치켜떠 회의장을 빠져나가는 비산을 노려봤다. 바들바들 떨리는 손이 데스크 위에 놓여진 서류들을 단숨에 구겨버렸다.

"어떻게…… 된 거야……?"

만국이 비산과 강 회장 앞에서는 단 한 번도 내본 적 없는 목소리를 밀어냈다. 악이 가득 담긴 목소리는 옆에 앉은 조 실장을 향하고 있었다.

"어떻게 된 거냐고!"

천둥 같은 호통이 다시 조 실장의 귓전을 때렸다. 반신불수가 되거나 죽었어야 했다. 아니, 적어도 지금 이 자리에…… 나타나지 못했어야 했다. 임시주총 직전까지 살인청부업자와 연락이 닿질 않아 설마설마했지만 주총 시간까지 비산이 나타나지 않았기에 두 사람은 안도하고 있었는데, 결국엔 모든 게 수포로 돌아갔다.

경영권 장악은 물론이고, 비산이 제게 그런 식의 말을 남긴 것을 보면 모든 걸 알았음이 분명했다. 공포감이 몰려온다. 이제 다 끝났다는, 모든 것을 잃게 될 거라는, 아찔한 공포감. 하지만 그 공포감이 실제로 체감되기까지는 그리 오랜 시간이 걸리지 않았다.

"서초경찰서 강력1팀에서 나왔습니다. 강만국 씨 되시죠?"

만국은 임시주총이 끝나고 곧바로 사무실로 가, 자신의 발목을 잡을 만한 것들이 있나 살피던 중이었다. 생각보다 빨리 들이닥친 형사들은 얼마 전, 검찰이 강 회장의 집무실을 압수수색하던 날처럼 만국의 눈앞에 경찰신분증을 내밀었다.

"……."

"살인교사 혐의로 당신을 체포하겠습니다."

"살인교사라니?"

뻔뻔한 얼굴로 물었다.

"일단 서로 함께 가시죠. 여기, 체포영장입니다."

"……."

형사는 도주의 우려가 있다고 판단해 발부받은 체포영장을 만국의 앞으로 내밀었다.

"당신은 묵비권을 행사할 수 있으며 변호사를 선임할 수 있고, 당신의 모든 발언은 법정에서 불리하게 작용할 수 있습니다."

형사가 미란다의 원칙을 읊으며 만국의 한쪽 팔을 집어 들어 수

갑을 채웠다.

"변호사에게 연락할 수 있게 해줘요."

하지만 변호사를 불러봐야 별 소용 없을 거라는 걸 만국은 어렴풋이 짐작하고 있었다. 자신의 조카이자 형님의 아들인 강비산은 그가 아는 한 세상에서 가장 철두철미한 인간이었으니까. 만국은 알고 있었다. 그를 죽이는 방법 말고는 자신이 그를 누르고 회장직을 이어받을 수 없다는 것 역시도. 죽이지 못한 이상. 그를 절대…… 이길 수 없다. 별다른 반항 없이, 만국은 형사들이 이끄는 대로 얌전히 이끌려 나갔다.

같은 시각. 조 실장 역시 임시주총이 끝나자마자 증거들을 은폐하기 위해 회사로 달려왔다.

"이걸…… 찾나 보지?"

"……!"

데스크의 서랍을 뒤지던 조 실장이 놀란 얼굴로 뒤를 퍼뜩 돌아봤다. 비산의 손에 들려 있는 서류는 조 실장이 오래도록 심혈을 기울여 조작한 서류들이었다.

"아버지가 그랬다며? 난 찾으라고 했지, 조작하라고 한 적 없는데?"

"제, 제가 한 거…… 아닙니다. 이사님이 시키신 것 아닙니까?"

"하……! 나에게 덮어씌우겠다?"

"덮어씌우다뇨…… 사실을 말했을 뿐입니다."

"조 실장이 까먹어서 얘기해주는 건데, 나…… 아버지 아들이야."

"……두 분, 사이가 좋지 않으셨다는 거…… 직원들 대부분이 아는 사실입니다."

"그게…… 증거가 될 것 같나?"

"……."

"조 실장, 날 그렇게 오래 보고도 모르나? 조 실장이 싸워야 할 상대는 내가 아니야."

"……?"

"삼촌이 살인교사 혐의를 순순히 인정할 것 같아? 조 실장은 삼촌이 시키는 대로 했을 뿐이지만, 삼촌은 모든 혐의를 조 실장에게 떠넘길 거라고."

"……!"

"둔한 거야, 멍청한 거야? 지금, 삼촌이랑 너. 산호그룹이랑 상대가 될 것 같다고 생각하는 건가?"

"……."

"포기해. 인생 더 피곤해지고 싶지 않으면."

"……."

독이라도 푼 것 같은 비산의 눈빛에, 조 실장은 끝내 무릎을 꿇었다. 쉽게 끝날 것 같지는 않았다. 만국의 꼬임에 넘어간 대가는, 만국이 제시했던 찬란한 미래와는 거리가 멀어서…… 조 실장은 떨어뜨렸던 머리를 좀처럼 들지 못했다. 후회가 밀려왔지만 때는 이미 늦었다.

"잘 해결됐어요?"

조금은 피곤해 보이는 얼굴로 비산이 병실에 들어섰다.

"응."

"저 꼼짝 않고 여기 있었어요. 잘했죠?"

"그래."

비산이 소윤에게 커다란 손바닥을 쭉 뻗었다. 소윤은 예의 그 사랑스런 얼굴로, 그의 따스한 손바닥 위에 제 손을 얹었다. 부드러운 감촉이 좋았다. 그녀에게서 나는 은은한 비누향도 좋았다. 그녀가 이 병실에 머문 시간 동안 차갑던 병실마저도 따스해진 것만 같았다. 조물락거리던 손을 끌어당겨, 비산은 그녀를 제 품에 폭, 안았다. 절로 웃음이 난다. 세상을 독하게 물어뜯던 비산은, 희한하게도 소윤의 따스함 앞에서는 길들여진 강아지처럼 온순해졌다.

다른 세상 같았다. 소윤이 있는 세상은 그가 살아온 세상과는 완전히 구분된 것처럼 온통 온기가 가득했다. 그래서 조금은 후회스럽기도 했다. 아버지와 저 사이를 가로막은 벽은 모두 비산이 스스로 쌓아 올린 것이었다. 아버지에 대한 원망과 분노가, 눈앞에 보이는 사실마저도 왜곡해버렸으니까. 조금 더 귀 기울여 들었더라면. 조금 더 믿었더라면. 아마도 이렇게까지 되지는 않았을 것이다. 저도, 소윤이도, 아버지까지도…… 이렇게 힘들진 않았을 것이다. 하지만 아직 기회는 있다.

"집에 들러서 옷부터 갈아입어야겠다."

"옷이요?"

"응. 갈 데가 있어."

조금 겁이 나는 것도 같다. 하지만 용기를 내야겠지. 너와 내가, 온전히 행복하기 위해서는 반드시 해야 할 일이 있다.

"그 몸으로 또 어딜 가려고요……?"

"……아버지한테."

"강 회장님…… 께요?"

소윤이 눈을 동그랗게 떴다. 강 회장님 앞에서는 언제나 날카롭게 날을 세우던 그가, 먼저 아버지를 찾아가겠다고 나서니 놀랄 수밖에.

"용서를 구하고. 너를 인정받을 거야."

네가 아무런 거리낌 없이 웃을 수 있도록.

'모두가 행복할 수 있는 길. 반드시 찾아올게. 소윤아.'

비산이 소윤의 머리를 다정하게 쓰다듬으며 웃어 보였다.

로얄 알버트의 레이디 헤밀턴 찻잔은 강민규 회장의 집 분위기와 딱 맞는 중후한 멋을 내며 응접 테이블에 놓여졌다. 비산은 가만, 자신 앞에 놓인 찻잔을 내려다봤다. 차마 자신의 아버지, 강민규 회장의 얼굴을 마주할 수가 없어서였다.

"임시주총…… 얘기 들었다."

자신의 동생이, 자신의 해임안건에 찬성표를 던졌다는 이야기도. 비산이 나타나 해임안건에 반대표를 던지고 결국엔 해임안을 부결시켰다는 이야기도.

"몸은…… 괜찮은 거야? 깁스했다던데……."

하지만 그가 물어온 것은 만국이 해임안에 찬성표를 던진 이유도, 자신에게 불리한 발언을 한 주주들의 이야기도 아니었다. 비산은 의식적으로 앞에 놓인 찻잔의 손잡이를 만지작거렸다. 그답지 않은 행동이었다.

"괜찮…… 습니다."

"어쩌다 다친 거야? 깁스는 왜 풀고 왔어?"

348

"……."

"조심 좀 하지. 쯧."

혀 차는 소리가 아프게 들려와, 그는 고개를 더 숙였다.

"죄송…… 합니다. 아버지."

"……."

죄송하다 말하는 비산을 강 회장은 놀란 얼굴로 가만 바라봤다. 그러더니, 허허, 하며 실없이 웃는다.

"살다 보니 네게 죄송하단 소리도 다 들어보고……."

나쁘지 않았나 보다. 자꾸만 허허, 하며 웃는 그 목소리가 가슴을 찌른다. 그 흔한 말 한마디조차 듣지 못해 이리 기뻐하시는 제 아버지의 모습에서, 비산은 평소와 다르게 많은 감정이 느껴졌다.

그럴 리 없는데. 소윤이 외엔 자신의 속을 이리도 쓰라리게 만드는 게 세상엔 없을 줄 알았는데. 이상하게도 바위처럼 단단하던 가슴이 물러졌다. 그리고 결국엔 너무나 허무하게…… 무너져버렸다. 눈물 한 방울이 소리 없이 볼을 타고 흘러내렸다. 들키지 않으려고 애를 써봤지만, 소용없다는 걸 안다.

아버지의 관심사는 내도록…… 하나밖에 없는 아들이었으니까.

"왜…… 무슨 일이라도 있는 게냐?"

"……."

아버지를 위험에 빠뜨린 게 저라고 어떻게 말해야 하는 걸까.

하지만 용기를 내야 했다. 오랫동안 묵혀온 감정의 얼룩들은, 자신의 오해에서 비롯된 것이었다. 또다시 실수를 하는 일은 없어야 한다. 그러기에…….

"그 전에, 하나만 물어봐도 되겠습니까?"

"그래."

"소윤이의 아버지, 그러니까 한 교수님의 J바이온…… 혹시 아버지가 넘어뜨린 겁니까?"

"무슨 소리냐, 그게……. J바이온을 넘어뜨리다니. J바이온이 한 교수의 회사인지도 몰랐다."

"그게 정말…… 입니까?"

"한 교수에게 너를 돌봐준 것에 대한 사례까지 했었어. 그건 지금 당장 성 비서를 불러 물어보면 알 거야."

거짓말은 아닌 것 같았다.

"그럼…… 소윤이를 그렇게 반대하실 이유…… 없었잖습니까."

"그건 이야기가 다르지."

"……어째서요?"

"아무리 집안이 다르고 부모가 없는 고아라고 해도 다 이해할 수 있다. 하지만 결혼까지 해서 애까지 낳았던 아이잖니. 내가 어떻게 그 아이를……."

"그게…… 무슨……?"

"만국이가 그 아이 뒷조사를……."

"하아……. 그거…… 삼촌이 저와 아버지 사이를 이간질하려고 꾸민 거짓말입니다."

비산의 얼굴이 싸늘하게 식었다. 순진한 얼굴로 만국은 오래전부터 두 사람 사이를 이어주겠다며, 오히려 야금야금, 금이 가게 만들고 있었던 것이다.

"그게…… 사실이냐?"

"소윤이의 가족관계 증명서, 곧장 떼 오겠습니다."

"……."

임시주총에서 자신의 해임안건에 찬성표를 던진 것도 괘씸한데, 하나밖에 없는 아들과의 관계를 이 모양으로 만든 이가 자신의 동생이었다는 사실에 강 회장은 조금 충격을 받은 얼굴을 하고 있었다. 하지만 그것으로 다가 아니었다. 하아, 하고 짧게 숨을 내쉰 비산이 말아 다물었던 입술을 어렵사리 열었다.

"아버지의 횡령혐의…… 제가 언론에 제보한 겁니다."

"……뭐?"

"……."

차마 들지 못했던 시선을, 그제야 어렵사리 들어 올렸다. 놀란 얼굴로 자신을 바라보는 강 회장의 눈이 비산의 괴로운 눈과 맞닿았다. 화도 나고, 배신감도 들었다. 하지만 이제 와서 그 사실을 실토하는 건, 그만한 이유가 있을 것이라고 강 회장은 생각했다.

"대체…… 뭣 때문에……."

"아버지를…… 오해했습니다."

"……."

"그래서…… 미웠습니다. 제게 아버지는 줄곧 그랬습니다."

미운 존재였어요. 분노와 증오의 대상이었습니다. 그런데 그게 이리도 아프게 내게 돌아올 줄은 몰랐습니다. 아버지.

"……."

한동안 입을 다물고 있던 강 회장은 '괜찮다.' 그 한마디로, 비산을 용서했다. 고통스러워하는 비산의 얼굴이 마음 아파서 그거면 됐다고 생각했다. 이리 자신을 찾아와 용서를 구하는 제 아들 녀석의 모습 하나면 된다고.

"아버지……."

저를 보는 아들의 얼굴이 일그러졌다. 자식의 눈물을 보는 일이 이렇게 힘든 건지, 처음 알았다. 말간 눈물은 좀처럼 멈추지를 않아서 강 회장은 가슴이 찢어지는 듯 아파왔다.

"울지 마. 사내 녀석이……."

제 속에서도 울음이 비처럼 쏟아져 내리고 있었지만, 강 회장은 애써 억누르며 말했다.

"이거면 됐다. 이거면……. 내게 와주었잖니. 내 편이 돼주었잖아."

그거면 충분하다. 강 회장은 오랜 세월 동안 굳어 있었던 입가를 천천히 늘어뜨렸다.

"고맙다, 산아."

산아. 정말로 오랜만에 들어보는 부름. 언제부턴가 아버지는 저를 성까지 붙여, '강비산'이라고 불렀었다. 이름에 실린 아버지의 목소리는 언제나 날카롭고 매서웠었고. 그런데 한없이 부드러운 목소리로 아버지가 저를 불러준다. 다시, 예전처럼. 아주 오래전에 그랬던 것처럼. 그리고…….

"한소윤, 그 아가씨…… 정말로 결혼한 사실이 없다면, 내, 다시 보게 데려와 봐."

똑바로 봐주시겠다고 했다. 비산은 그제야 조금, 웃을 수 있었다.

"정말…… 이십니까?"

아니, 사실은 화색이 되었다.

"웃지 마. 정들어."

아버지도 저런 농을 할 줄 아시는구나, 생각하며 비산이 답했다.

352

"소윤이를 제대로 보시면, 아버지…… 다른 며느릿감은 눈에도 안 들어올 겁니다."

확신에 찬 목소리로 말하는 아들 녀석을 보며, 강 회장이 콧방귀를 뀌었다.

"그 콩깍지 언제 벗겨지나 보자, 어디."

"벗겨지긴요. 아마 곧, 아버지도 씌게 되실 겁니다."

비산이 보이지 않을 만큼 작게 웃으며, 다 식은 차를 입에 댔다.

역시 한소윤이다. 네가 없는데도 네 이야기만으로도 이렇게 따뜻해지니. 행복해지니까.

부자는 그렇게 까마득한 시간을 거슬러 아주, 아주 오래전에 그랬던 것처럼 웃었다.

삐리릭. 고요한 가운데, 전자음과 함께 문이 열리자 집 안 가득 구수한 된장국 냄새가 가득했다. 비산의 입가에 절로 미소가 지어졌다. 아버지와 이런저런 이야기를 나누다 보니 늦어져버렸다. 차를 몰고 집으로 오는 동안, 그는 이동하는 그 짧은 시간을 참지 못해 발을 동동 굴러야 했다. 신호라도 걸릴라치면 핸들 위에 얹힌 손을 가만두질 못했다. 소윤이 보고 싶어 안달이 나 미칠 지경이었으니까. 아버지와 이야기가 잘됐다는 소식을 들으면 저보다 더 좋아하겠지. 활짝 웃으며 기뻐하는 그녀의 얼굴이 상상이 갔다.

그 웃음이 빨리 보고 싶어, 그는 한달음에 달려온 참이었다.

'외로우셨을 것 같아요, 회장님. 그러니까…… 진심으로 말해요.'

병원에서 옷을 갈아입기 위해 집으로 왔던 두 사람은 조금 긴장한 상태였다.

'그래.'

소윤은 평소보다 더 신경 써서 그의 넥타이를 매어주며 말을 이었다.

'아무리 좋은 말을 해도, 진심이 없으면 닿지 않는 법이니까. 진심을 다해요.'

'응.'

가만, 제 넥타이에 집중하고 있는 그녀를 내려다봤다. 떨어져 있던 손이 저도 모르게 참지 못하고 올라와 소윤의 볼을 만지작거렸다.

'누가 어른인지 모르겠다, 이젠.'

옅은 미소로 말하는 비산을 보며, 소윤도 함께 웃어주었다.

그리고 그녀의 말대로 진심을 다했더니, 마치 아무것도 아니었던 일처럼 너무나 가뿐하게 풀려버렸다. 오래도록 얽히고설켰던 두 사람의 관계는 허무할 정도로 간단하게 제자리를 찾았다. 모두가 소윤이 덕분이다. 실내슬리퍼에 발을 끼워 넣고, 비산은 곧장 주방으로 향했다. 하지만 소윤은 그곳에 없었다. 고개를 틀어 벽시계를 보니 10시가 넘었다

"소윤아."

낮은 목소리에 힘이 들어가 있었지만 그의 부름에도 기척은 없었다. 어쩐지 초조했다. 입안이 바짝 말라 목까지 따가웠다. 그리고 이윽고 주위를 가만 둘러보던 그가 문득, 소윤의 침실 쪽으로 고개를 돌렸다. 비산의 걸음이 천천히 소윤의 방 쪽으로 향했다.

'벌써 자고 있으면, 김빠지는데……'

꼭 어린애 같다는 생각을 했다. 100점 맞은 시험지를 들고 와서

는, 부모님을 찾아 이 방 저 방 기웃거리는 어린애 말이다.

달칵. 문틈 사이로 비산의 짙은 눈이, 깊은 음영이 진 그의 얼굴과 함께 드러났다. 불도 끄지 않고 앞치마를 두른 채 침대 머리맡과 반대 방향으로 누워 자고 있는 그녀의 모습이 보인다. 아무래도 저를 기다리다 까무룩 잠이 든 모양이다.

"하……."

허무한 마음이 밀려왔다. 모든 게 다 잘됐다고, 이 기쁜 소식을 빨리 알려주고 싶었는데……. 칭찬받고 싶었다. 잘했다고. 고생했다고 환한 웃음으로 제게 말하는 그 말간 얼굴이 보고 싶었는데. 아쉬운 표정을 지으며, 그가 문을 닫았다. 하지만 거의 다 닫혔던 문은 멈칫하더니 스르르 다시 열린다. 아까보다 훨씬 더 많이, 비산이 방으로 들어서기 딱 좋을 만큼.

'앞치마만…… 벗겨주고 가야지…….'

속으로 괜한 다짐을 하며 그가 소윤의 곁으로 다가왔다.

'딴 게 아니고, 그냥…… 불편해 보여서야.'

다시 한 번, 자신을 다잡듯 그가 속으로 중얼거렸다. 어렵사리 그녀의 뒤에 몸을 비스듬히 뉘인 그는, 조심히 소윤이 두른 앞치마 끈의 매듭을 풀어냈다. 조심조심. 마치 아기를 다루듯 조심스러운 손길은 그녀의 잠을 깨우지 않기 위해서였지만, 사실 당장이라도 깨우고 싶은 마음을 짓누르느라 그는 애를 먹는 중이었다. 그녀의 머리를 손으로 받쳐 들고, 목에 걸린 끈을 위로 빼내었다. 고작 앞치마 하나 벗겨준 것뿐인데 왜 이렇게 더운 건지, 목은 또 왜 이리도 타는지. 비산은 괜히 혀로 마른 입술을 적시며 넥타이의 매듭을 느슨하게 당겼다. 여전히 소윤은 새근새근 고른 숨소리를 내며 자고 있었다. 그런데 그게 또 못내 서운하다. 너무 조심조심 벗겼나, 하는 유치한 생각도 들었다. 아쉬운 듯 입맛을 쩝, 다신 그가 결국 몸을 일으키려고 팔을 세운 찰나.

"으음……."

소윤이 뒤척이며 몸을 제 쪽으로 돌아누웠다. 상체를 반쯤 일으켰던 비산은 깊이 잠든 듯 보이는 소윤의 얼굴을 보며, 끌리듯 다시 자리에 누울 수밖에 없었다. 꼭 저를 유혹하는 것만 같았다. 소윤은 그저 고른 숨소리를 내며 자고 있을 뿐인데도, 꼭 자신을 유혹하는 것만 같아서…… 그는 일어나는 대신, 한쪽 팔을 굽혀 제 머리를 받치고, 소윤의 얼굴을 감상이라도 하듯 가만 바라봤다.

촘촘하고 긴 속눈썹은 위쪽으로 동그랗게 말려 있었다. 그게 또 너무 귀엽고 사랑스럽다. 발간 볼은 또 어떻고, 동글동글한 콧방울은? 진짜 아버지 말대로 눈에 콩깍지가 씐 걸까. 어쩜 이렇게 하나같이 다 사랑스러운지. 꼼지락꼼지락 움직이는 입술을 가만 바라보던 비산이 귀여워죽겠다는 듯, 코를 찡그리며 함박웃음을 지었다. 하지만 웃으면서도 제가 웃고 있다는 것이 순간 믿기지 않아서, 함박웃음을 짓던 비산의 입이 조금 풀어졌다. 물론 여전히 미소는 잃지 않은 채였다. 소윤을 만나고, 하루하루가 그저 놀라울 따름이다. 그녀를 사랑하고 있었다는 걸 알아채는 데까지만 5년이 걸렸지만, 영원히 사랑 따위는 하지 않을 것 같던 제 차가운 심장은 이제 그녀로 인해 열렬하게 뛴다. 눈물 따위가 무엇인지도 모르던 자신은, 소윤으로 인해 눈물이라는 걸 흘려봤다. 웃음 또한 마찬가지다. 살면서 웃어본 기억이 거의 없었던 그를, 매번 이렇게 웃게 만드는 그녀가, 비산은 기적이라고밖에 설명할 길이 없었다.

소윤은 비산에게 있어 기적 같은 존재였다.

그가 검지를 세워 그녀의 곧게 잘 뻗은 콧등을 간질이듯 천천히 쓸어내렸다. 코끝을 지나 인중으로 내려온 손끝이, 이윽고 그 귀여워 미치겠는 입술에 닿았다. 따뜻하고 부드럽다. 꼭 그녀처럼.

"하아……."

도저히 안 되겠다.

"난 나가려고 했는데, 네가 돌아본 거야."

네가 유혹한 거라고. 그러니까 내 탓 하지 마. 아주 작은 소리로 속삭이는 그의 표정은 행복함과 장난기가 섞여 있었다.

"안고만 잘게."

뭐, 그러다가 나도 모르게 다른 걸 할지도 모르겠지만.

조심히 몸을 일으킨 비산이 자켓의 단추를 풀어 침대 헤드에 던지듯이 걸쳤다. 풀어낸 넥타이도 함께. 셔츠의 단추를 몇 개쯤 풀고 난 뒤, 비산은 다시 소윤의 옆에 누웠다. 아까보다 더 바짝 다가붙어서. 조심히 그녀의 머리를 들어 제 팔을 끼워 넣어 팔베개를 했다. 한쪽 팔로는 그녀를 제게로 더 바짝 끌어안았다. 좋아서 죽을 것만 같았다, 비산은. 지옥 같던 어제가 믿기지 않을 만큼 행복해서 죽을 것만 같다. 팔이 저려서 떨어져 나가도 좋았다. 그냥 이대로만, 평생 소윤과 함께 이렇게 살 수만 있다면 얼마나…… 좋을까. 그의 잘생긴 얼굴이 부드러운 미소를 그리며 소윤에게로 다가왔다. 그녀의 반듯한 이마에 머물러 따듯한 흔적을 남긴 입술은 잠시 후 아쉬운 듯 천천히 떨어져 나갔다.

"깨어 있었다면 더 좋았을 텐데."

투정부리는 듯한 그의 말투가 어린애 같았다.

"키스하고 싶어서 죽을 것 같지만, 참는 거야. 너 빚진 거다, 나한테? 알지? 내가 또 이자는 확실하게 받는 거?"

아무 대답 없이 고른 숨을 내쉬는 소윤을 보며 그가 웃었다. 장난스럽게 말하는 비산은 행복한 미소를 머금고 눈을 감았다. 행복하다. 죽어도 아쉬울 게 없을 만큼 많이. 침대에 거꾸로 머릴 두고 누워도, 편한 옷을 입지 않아도, 포근하기만 한 밤이었다. 두 사람에겐.

"아이고, 팔 잘리는 줄 알았네."

소윤이 베고 잤던 팔을 주무르며 비산이 장난스럽게 말했다.

"그만해요. 누가 그러고 자래? 자기가 함부로 들어와 누운 거면서."

"함부로라니! 다 내 집이고 내 방인데. 내가 화장실에서 자든 베란다에서 자든 무슨 상관이야?"

소윤이 식탁 위에 된장찌개를 내려놓으며 입을 삐죽이자, 비산은 기다렸다는 듯 찌개를 한술 뜨며 어울리지도 않는 너스레를 떨어댔다.

"갑갑해 죽는 줄 알았다고요."

자꾸만 저를 놀리는 비산 때문에 심통이 나 말은 그렇게 했지만, 사실 소윤은 너무 아늑해서 의아함에 눈을 떴다. 비산은 마치 아기를 품에 끌어안듯 자신을 꼬옥 끌어안은 채 잠들어 있었다.

눈을 뜬 순간, 꿈같은 그의 얼굴에 심장이 아침댓바람부터 얼마나 빠르게 내달렸는지 모른다. 흩어진 머리카락 아래로 눈을 감은 쌤의 모습이, 숨 막힐 정도로 잘생겼었다는 건 절대 말하지 않을 거다.

"너, 나한테 빚졌어. 어제."

"빚이라니? 무슨 빚이요?"

정갈하게 반찬이 담긴 접시를 식탁 위에 올리는 소윤의 얼굴은 영문을 몰라 어리둥절한 표정이었다. 그런 소윤을 말없이 가만 올려다보던 비산이 갑자기 수저를 탁, 하고 내려놨다.

"아무래도 어제 진 빚은 지금 갚아줘야겠다, 너."

"뭐예요? 왜?"

벌떡, 자리에서 일어선 비산은 소윤을 잡아먹을 듯 뇌쇄적인 눈을 한 채 성큼성큼 소윤에게로 다가갔다. 갑자기 제게로 다가오는 그의 모습에 당황해, 소윤은 저도 모르게 뒷걸음질 쳤다. 탁. 차가운 한기가 소윤의 등에 닿았다. 냉장고에 막혀 더 이상 뒤로 갈 수도 없었다.

"왜, 왜 그러는데요?"

짙어진 눈이 한층 더 깊어진 건 그저 기분 탓인지도 모른다. 하지만 저를 내려다보는 그의 눈길에 소윤은 마치 제 몸이 타들어가는 듯한 기분이 들었다.

"키스하고 싶었는데, 네가 자서 못 했잖아. 네 책임이야."

"무, 무슨…… 그게 왜 내 책임이에요……?"

부끄러운 듯 기어들어가는 소윤의 목소리가 마음에 들었다. 냉장고를 양손으로 짚어 소윤을 제 앞에 가둔 비산이, 그 잘생긴 얼굴을 비뚜름하게 틀었다. 날렵한 턱 선이 기울어지며 살짝 벌어진 그 섹시한 입술이 다가온다. 그 요염한 움직임에 소윤은 숨이 막힐 지경이었다. 하지만 왠지 부끄러워 고개를 틀며 그의 입술을 피했다.

"찌개…… 먹었잖아요……."

괜한 핑계를 대면서…….

소윤의 말에 천천히 다가오던 입술이 그녀의 입술 바로 앞에서, 딱 멈추었다. 하지만 이내, 나지막이 속삭이는 그 감미로운 목소리에…… 소윤의 정신이 몽롱해진다.

　"그것도…… 네 책임."

　낮게 깔린 그 음성에 소윤의 심장이 아래로 뚝, 떨어졌다. 살짝 튼 그녀의 턱을 잡아 제 쪽으로 당긴 비산은 더는 망설일 것 없이 소윤의 입술을 머금었다. 그녀의 입술을 벌리고 그 사이를 헤집는 그 움직임이 제법 안달이 난 것처럼 느껴져서, 소윤은 좋다고 생각했다. 이상하다. 찌개 냄새는커녕 아이스크림처럼 달콤함만 느껴져서, 소윤은 정말로 이상하다…… 생각했다.

　"하아……."

　비산은 분명, 키스만 하려고 했다. 그런데, 하얗게 보이는 소윤의 목선이 너무 예뻐, 입술은 마치 제게도 의사가 있는 것처럼, 그녀의 볼과 귀를 지나 가녀린 목을 타고 내려갔다. 이 아이 앞에서는 왜 제 이성이 쓸모가 없어져버리는 건지.

　"쌤……."

　"으응……?"

　셔츠 새로 드러난 그녀의 깊은 쇄골에 입을 맞추며 비산이 대답인지 신음인지 모를 소리를 냈다.

　"밥…… 먹어요. 국 다 식어요."

　"……응."

　분명 응이라고 대답했는데, 비산은 제게 묻은 입술을 뗄 생각이 없어 보였다.

　"쌤……. 출근해야죠……."

"……토요일이야."

"아……."

소윤의 가느다란 허리를 끌어안은 그의 손이 힘껏, 그녀를 제게로 밀착시켰다. 토요일이라는 답은, 출근을 안 해도 된다는 뜻보다는 하던 일을 멈추지 않아도 된다는 뜻 같이 들렸다. 쌤의 단단한 몸의 굴곡이 고스란히 닿아 느껴졌다. 그의 몸은 불처럼 뜨겁기만 하다.

"……싫어?"

싫냐 묻는 쌤의 목소리는 왜 이렇게 또 섹시한 건지. 그렇게 묻는데 어떻게 싫다고 대답해요? 물론 싫지도 않지만.

"그게 아니라……."

"그럼…… 됐어."

반쯤 감긴 쌤의 눈을 보니, 이미 말리기에는 늦은 것처럼 보였다.

"저기…… 아버님은요……?"

"……."

하지만 소윤은 어제 일이 너무 궁금해서 참을 수가 없었다. 아버님과의 오해는 다 풀렸는지, 아버님이 여전히 저를 미워하시는지. 궁금한 것투성인데. 아쉬운 듯, 소윤의 목덜미에 쪽, 하고 키스를 한 비산이 어렵사리 그녀에게서 떨어졌다.

"진짜 너는……."

"……."

"얄미워."

"엥? 뭐가요?"

"하필이면 지금 같은 순간에 꼭 그런 걸 물어봐야 해? 대답을 안 할 수가 없잖아."

"아……."

"나중에 들으면…… 안 돼?"

그러면서 그는 한 손으로 다시 냉장고를 짚으며 얼굴을 가까이 가져다 댔다. 오늘따라 촉촉하게 젖은 듯한 그 눈이 섹시하면서도 측은했지만, 소윤은 어제 일을 듣는 게 우선이었다.

"나 진짜 궁금한데……."

"푸흐~"

못 말린다는 듯, 비산이 바람 빠지는 소리를 내며 상체를 뒤로 세웠다. 소윤은 눈을 초롱초롱하게 빛내며 흘러내렸던 셔츠를 여몄다. 귀가 강아지처럼 쫑긋 세워진 것도 같았다.

"진짜 한소윤……."

어찌 이리 귀엽냐? 비산이 소윤의 머리를 헝클어트렸다. 괜히 저만 몸이 달뜬 것 같아, 얄미운 마음에 부러 더 많이 머리를 헝클여버렸다.

"악! 쌤~ 머리 망가져요!"

"그래! 망가지라고 그런다!"

웃음 반 아쉬움 반의 얼굴로 장난을 치던 비산이 다시 소윤의 머리를 쓰다듬어 단정하게 만들어주었다.

"이야기 잘됐어, 어제."

"아……."

"아버지랑 오해 풀었고, 너를 힘들게 만든 사람이 아버지가 아니라는 것도 확실하게 알았어."

"……다행이다."

그동안 죄책감에 힘들어했던 게 억울해서 미치겠어. 알았다면, 그때 널 떠나지 않았을 텐데. 너 하나 지키겠다고 널 떠나 있어야 했던 그 시간이. 너무 아까워서……. 비산은 소윤의 얼굴을 가만 내려다보며 생각했다. 얼마나 행복했을까. 그때 널 가졌더라면. 아버지에 대한 증오와 너에 대한 그리움으로 흘려보낸 그 5년을 나는 행복으로 가득 채웠겠지. 하지만 지금이라도 늦지 않았다. 널 갖지 못해 괴로워했던 시간만큼, 나는 네게 더 몰입할 거야. 너만 보고 너에게만 귀 기울여, 흘려보낸 5년이 하나도 아깝지 않게……. 지독하도록 널 사랑할 테니까.

"아버지가…… 너 다시 보고 싶대."

"……."

"너랑 식사하고 싶다고, 날짜 잡으라 하셨어."

"……정말요?"

"그래."

소윤이 함박웃음을 지었다. 마치 바이러스처럼, 그 웃음은 곧장 비산에게로 옮겨졌다.

……좋아. 네가 그렇게 날 보고 웃으면. 나는 세상을 다 가진 기분이 돼버려서.

"한 번만……."

"……?"

"……키스 말이야."

수줍은 듯 웃으며, 소윤은 제게로 다가오는 쩜을 다시 받아들였다. 행복하다. 희망조차 없어 보이던 강 회장님과 저의 관계가, 또 다른 출발점에서 다시 시작된다 생각하니, 돌아가신 아버지도 기뻐하실 거라고 생각하니…… 행복해서, 가슴이 벅차서…… 그의 입술을 머금은 채로, 소윤은 웃었다. 그리고…… 울었다.

"나, 괜찮아요?"

"예뻐. 너무 예뻐."

그토록 사랑하는 한소윤인데 뭔들 안 예쁠까. 그녀가 거적을 걸치고 있어도 비산의 눈에는 예뻐 보일 것이다. 소윤이 못 말리겠다는 듯, 웃으며 고개를 가로저었다.

"아니, 말고요. 단정하냐고요?"

"그래. 단정하고 예뻐."

하지만 그녀는 단정하다는 말에도 만족스럽지 못한 건지, 가슴에 양손을 얹고 후우~ 하고 심호흡을 했다.

"그렇게 긴장돼?"

코스요리가 70만 원이 넘는다는 레스토랑의 입구에서 가다 서다를 반복하며 망설이고 있길 벌써 몇 분이었다.

"시간 다 돼간다."

20분이나 일찍 왔건만, 이러다가 아버지를 입구에서 만날지도 모른다는 생각이 들어 비산이 겁주듯 말했다.

"아, 알았어요. 들어가요."

바짝 긴장한 그 모습이 나쁘지 않았다. 아니, 예뻤다. 오래도록 틀어졌던 관계가 하루아침에 살가워지진 않겠지만, 그래도 소윤이 있다면 어쩐지 화목할 것 같다는 생각이 문득, 들었다.

"후우……."

미리 예약된 프라이빗 룸에 들어오자마자 소윤은 다시 크게 숨을 내쉬었다. 안 그래도 두근거리던 심장은, 갈수록 더 요란하게 뛰어댔다.

"하아…… 나 떨려서 죽을 것 같아요……."

"떨 것 없어. 평소대로 하면 돼."

자리에 앉자마자 소윤은 가슴을 부여잡고 머리를 식탁 위에 콕, 박았다. 잔뜩 긴장하는 소윤을 달래기 위해 비산은 손을 뻗어 그녀의 등을 가만 쓸어주었다. 하지만 암만 그 손길이 부드럽고 따뜻하다 해도, 이 순간만큼은 먹히질 않았다.

"이쪽입니다."

그렇게 몇 분이 지나고, 룸 밖에서 직원의 목소리가 들려왔다.

소윤은 박았던 머리를 바로 세우고 얼른 자리에서 일어섰다. 동작이 얼마나 민첩한지, 보고 있던 비산은 기가 차서 웃음이 다 나올 지경이다. 이내 문이 열리고, 강 회장이 룸으로 들어섰다.

"아, 안녕하십니까. 회, 아니, 아버님……!"

이건 무슨 유치원 새싹반 배꼽인사도 아니고.

"오셨습니까."

"일찍 왔네. 앉아요."

워낙에 표정이란 게 없는 분이라는 건 익히 알고 있었지만, 강 회장은 더 이상 무뚝뚝할 수 없을 정도로 무표정한 얼굴로 말했다.

꼴깍. 절로 마른침이 넘어간다. 목이 탔다. 자리에 앉자, 비산은 곧바로 음식을 주문했다. 직원이 메뉴판을 들고 나가자 곧장 정적이 찾아왔다.

"저, 저기…… 아버님. 제가 아버님을 위해서 준비한 게 있는데요……."

정적을 견디기 어려웠던 걸까, 헤어질 때 드려야지 했던 선물을 소윤이 부스럭거리며 꺼내놓았다.

"이게 뭔가?"

"아…… 제가 직접 만든 겁니다."

5단짜리 찬합은 보기에도 음식이 한가득 들어갈 것처럼 커 보였다. 뚜껑을 열고 한 단, 한 단 찬기가 식탁 위에 올려질 때마다, 강 회장의 눈이 커지는 게 보였다. 잡채부터 시작해 대추와 밤이 들어간 갈비찜에, 먹음직스럽게 양념이 된 장어구이까지 있었다. 평소 비산이 즐겨 먹던 메추리알 조림과 깻잎순 된장무침, 각종 야채를 다져 만든 계란말이. 거기에 파슬리와 토마토로 장식해 예쁘게 담긴 모양새까지. 최고급 레스토랑에서 고가의 코스 요리를 드시는 분이 이런 걸 좋아할까 싶었지만, 소윤은 새벽같이 일어나 반찬 하나하나 온 정성을 다해 준비했다. 그녀가 가장 잘할 수 있는 게 바로 요리였으니까. 조금이라도 아버님께 잘 보이고 싶은 마음이 꼭 전해지길 바라면서.

소윤이 이번엔 커다란 백을 뒤적이더니, 직접 끓여 왔다며 보온병을 꺼내, 들고 온 용기에 닭계장을 담아냈다. 국이 아직 식지 않았는지, 뽀얗게 연기가 나고 있었다. 무표정은 무표정인데, 강 회장의 입꼬리가 살짝 올라갈 듯 말 듯 하는 걸 소윤은 예리한 눈으로 캐치했다. 이에 자신감이 붙었는지 아까보다 한 톤 높아진 목소리로 소윤이 말했다.

"아버님, 부끄럽지만 제가 별명이 장금이거든요. 한장금이요."

실룩이던 강 회장의 입이 결국은 참지 못하고 허허허허 하는 너털웃음을 쏟아냈다. 생각했던 것보다 마음에 든다, 이 아가씨. 한 교수의 성품을 떠올려보면 모 없이 잘 자랐을 것도 같았다.

"드셔보세요, 아버님."

방긋 웃으며 예의 바르게 소윤이 건네는 숟가락을 받아 든 강 회장은 닭계장을 한술 떠먹은 뒤 속으로 외쳤다.

'합격!'

물론 닭계장이 너무 맛있어서…… 만은 아닐 것이다.

"조심히 들어가세요, 아버님!"

마이바흐의 뒷좌석에 올라탄 강 회장을 향해 소윤이 활짝 웃으며 인사를 올렸다.

지이잉. 차창이 내려감과 동시에 무뚝뚝한 강 회장의 얼굴이 드러났다.

"소윤 양, 약속…… 꼭 지켜요."

"네? 아…… 하…… 하하!"

어색하게 웃는 소윤의 옆구리를 비산이 쿡 찔렀다. 아주 재미있어 죽겠다는 얼굴로.

"얼른 대답해."

"아…… 네. 네에!"

좀처럼 나오지 않는 대답을 비산의 재촉에 숨넘어가듯 해버렸다. 그제야 굳어 있던 강 회장의 얼굴에 보일 듯 말 듯 미소가 비친다.

"그럼, 다음에 또 봐요."

"아! 네, 아버님! 살펴 가세요!"

멀어져 가는 강 회장의 차를 멍하니 바라보는 소윤의 얼굴은 잘 익은 수박 속처럼 빨갰다. 힐긋, 소윤의 얼굴을 본 비산이 웃음을 참으며 그녀의 머리를 헝클어뜨렸다. 그는 이 상황이 정말이지 재미있어 죽을 것 같다.

"가자."

"……에?"

"약속 지키러."

"……."

키득거리는 비산의 손에 잡혀 차로 향하는 소윤의 표정은 혼이 나간 것처럼 멍하기만 하다. 예쁨받고 싶었다. 강 회장님, 아니 아버님께. 그거면 충분하다 생각하고 나온 자리인데.

'이 결혼, 허락 못 해요.'

소윤이 해 온 음식을 먹으며 레스토랑 음식보다 훨씬 더 맛있다며 칭찬을 아끼지 않으시던 강 회장님이었다. 자신감이 오른 소윤은 애교까지 부려가며 강 회장의 마음을 사로잡기 위해 노력했는데. 청천벽력 같은 그 말에 놀라, 소윤은 그 어떤 말도 하지 못한 채 식탁 밑에서 꼼지락거리던 손으로 시선을 옮겨버렸다. 하지만 곧이어 들려온 말에 소윤은 고개를 퍼뜩, 들 수밖에 없었다.

'손주 셋 이상…… 안 낳아주면.'

'……예?'

놀랐던 비산도, 강 회장의 그 말에 피식하고 웃었다.

아버지. 의외로 저랑 죽이 참 잘 맞는단 말입니다.

옆에서 고개를 끄덕이고 있는 비산을 한 번 힐끔 쳐다본 소윤이, 어색하게 하하하, 웃을밖에.

'약속하기 전까지는 이 결혼 절대 허락할 수 없어요.'

아버님은 단호하셨다. 결혼의 조건이 아이 셋이라니……. 선뜻 대답하지 못하고 소윤이 눈을 도르르 굴리고 있는데.

'어쩔 거야?'

마치 자기는 원하지 않는다는 듯이, 결정을 소윤에게로 떠넘기는 쌤이 그 순간에는 아주 잠깐 때려주고 싶을 정도로 얄미웠다.

'아…… 그게 저…….'

'아직 그만큼 우리 산이를 사랑하지 않는 건가?'

벼랑 끝 전술이었다. 당장에 낭떠러지로 떨어지게 생겼는데 어찌 대답을 안 할 수 있겠는가.

'아, 아닙니다!'

'그럼, 약속할 수 있어요?'

끄응. 아직 결혼에 대한 생각도 제대로 해본 적이 없는데 갑자기 애를, 그것도 셋씩이나 낳겠다는 약속을 하라니. 잠시간 곤란한 얼굴을 짓던 소윤은 자신의 입만 빤히 바라보고 있는 두 남자 때문에, 울며 겨자 먹기로 답할 수밖에 없었다.

'네……. 약속…… 하겠습니다.'라고.

12. 가족이 되다

　비산의 얼굴에서 웃음이 떠나질 않았다. 그런 그를 소윤은 어이
없다는 얼굴로 바라봤다. 이건 무슨 부자공갈협박단도 아니고.

　"잘 들었지? 아버지 말?"

　"몰라요. 그때 가서 생각하지, 뭐."

　"어? 너 이렇게 말 바꾸기야? 아버지한테 가서 확 다 이른다?"

　"쌤!"

　"나는 아버지의 소원을 들어드릴 마음의 준비가 이미 다 되어
있어."

　"아니, 갑자기 웬 효자 코스프레예요? 언제 그렇게 말을 잘 들었
다고?"

　"어제부터 효자가 되기로 결심했지. 그런 의미에서 나는 아버지
의 말에 충실하겠어."

"참나. 그게 무슨……."

"당장 오늘부터 아버지의 소원을 성취해드리기 위해 최선을 다하겠단 말이야."

"……."

이거 갑자기…… 집에 가기가 무섭다.

"그거야…… 결혼하고 나서……."

"아버지가 외아들 하나 키우면서 전전긍긍하셨을 걸 생각하면 그러면 안 되지. 하루라도 빨리 손주를 보시게끔……."

"아니! 쌤……!"

"아버지가 연세도 있으시잖아?"

"그거야 그렇지만……."

"내가 전에 디자인팀 김 부장한테 들었는데. 애들은 일찍 낳아 후딱 키우는 게 좋대."

"저기요……."

"지금 가지면…… 내년 8월에 낳겠네? 더워도 요즘은 에어컨 다 튼다고 하니까 괜찮을 거야."

"무슨, 결혼도 하기 전에……!"

"우리 아버지가 얼굴은 상당히 보수적이지만, 의외로 깨어 있으신 분이야. 속도위반쯤은 충분히 이해하실 거라고. 아니, 이해가 뭐야? 두 팔 벌려 환영하실걸?"

"하아……."

소윤은 아버지의 지령에 갑자기 맹목적으로 충성하겠다는 의지를 보이는 쌤을 어떻게 설득시킬지에 대해서 고민했다. 이거 뭐, 틈이 없다. 절대로 설득당할 것 같지 않다. 오히려…….

"……."

제게로 향하는 그윽해진 눈이 평소보다 몇 배는 더 뜨거워서, 소윤의 몸도 같이 달아오르는 것 같은 기분이 들었다.

띵. 오피스텔 건물에 도착해 팬트하우스로 올라가는 내도록 뜨거운 눈길을 주던 쌤은 엘리베이터의 문이 열리기 무섭게 소윤의 손을 잡아끌었다. 철컥. 현관문이 등 뒤에서 닫히는 소리와 함께 그의 입술이 틈도 주지 않은 채, 소윤을 덮쳐왔다.

"으읏, 쌤……!"

소윤의 목소리가 들리지 않는 것처럼, 그는 대답 대신 소윤의 허리를 감아 제게로 단단히 밀착시켰다. 더욱 단단해진 그의 몸이 느껴져, 소윤은 몸을 움찔 떨었다. 그녀의 머리카락 사이를 파고든 다른 손이 소윤의 희고 가는 목덜미를 잡아 쥐었다. 급작스런 상황 때문인지, 안달하는 그의 숨결 때문인지, 소윤 역시 짜릿한 느낌에 뱃속이 열기로 휩싸였다.

하지만 하루 종일 강 회장님과의 만남에 긴장했던 그녀는 따뜻한 욕조에 몸을 좀 담그고 싶다는 생각이 먼저 들었다. 조금 더 솔직하자면, 좋은 향기가 나는 상태로 그를 받아들이고 싶기도 했고.

"저, 저기 쌤……."

"……."

"쌤, 저…… 읍!"

말 좀 하려는데 자꾸만 그가 입술로 제 입술을 막는다. 결국엔 소윤이 비산의 가슴팍을 힘주어 밀어냈다.

"쌤…… 나 씻고 싶은데……."

"그래?"

그러냐고 묻는 비산의 말에 격하게 고개를 끄덕였건만.

'그럼, 씻어.'라는 제법 쿨한 그의 대답과는 다르게, 비산은 소윤의 뒤를 강아지처럼 졸졸 따랐다.

"왜, 왜요?"

소윤이 곁눈질을 하며 자꾸만 저를 따라오는 비산이 의심스러운 듯 물었다. 하지만 그에게서 돌아온 대답은 가히 충격적이었다.

"같이 씻게."

우뚝. 욕실로 걸어가던 소윤의 걸음이 급하게 멈췄다.

"예에? 그, 무, 무슨!"

벌겋게 달아오른 소윤의 얼굴이 꼭 완숙 토마토같이 새빨개서 비산은 웃음이 나려는 걸 애써 참아야 했다.

"어차피 이제 결혼도 할 건데. 네가 아버지랑 약속했잖아. 손주 셋 낳아주겠노라고."

"아니, 그거랑 같이 씻는 거랑은……!"

"처음도 아닌데 왜 이래, 아마추어같이?"

능글능글 웃으며 농담인지 진담인지 모를 질문으로 소윤의 말허리를 잘랐다. 소윤은 어이가 없었다.

하지만 억울해 죽겠다는 표정의 소윤에게 날아온, 비산의 결정적 한마디.

"결혼하면 같이 씻고 그러는 거야, 원래."

"예에에? 저, 정말요?"

사색이 된 소윤의 얼굴이 우스꽝스러웠다. 빨갛다 못해 아예 팡! 하고 터져버릴 것 같았으니까. 갑자기 장난기가 발동했던 비산은 자신의 말에 아연실색하는 소윤이 재미있어 더 짓궂게 굴었던 참이다. 결국 참지 못하고 푸하하 웃음을 쏟아낸 그가 소윤의 한쪽 볼을 살짝 꼬집었다.

"귀엽기는……. 씻고 와."

비산의 말에 그제야 소윤이 덜컥 집어먹었던 겁을 뱉었다.

"하아……. 무슨 그런 장난을 쳐요……?"

간 떨어질 뻔했잖아요. 안도하듯 크게 한숨을 내쉰 다음 울 듯한 얼굴로 제게 따져 묻는 소윤이, 비산은 또 귀여워 죽겠다.

"이번만 봐주는 거야. 다음엔 안 봐줘. 내가 너 씻겨줄 거야. 아주 구석구석 깨끗하게."

그거…… 진심 아니죠? 농담이죠?

떡 벌어진 입과 퉁방울만 하게 커진 눈이 비산을 향했다.

"푸핫! 농담이야, 농담. 네가 자꾸 그런 귀여운 반응을 보이니까 놀려먹고 싶잖아."

"우, 우씨……. 몰라요!"

다시 또 속았다는 생각에 약이 오른 듯 옷을 챙겨 욕실로 들어가는 소윤의 볼이 뿌 하고 부풀려져 있었다. 확, 진짜로 같이 들어갈까 보다. 닫힌 욕실 문을 가만 바라보던 비산은, 자꾸만 비죽비죽 웃음이 올라와서 한 손으로 입을 가렸다. 대단한 재주다, 한소윤. 이렇게 나를 달뜨게 만들고, 또 이렇게 나를 웃게 만드는 네가…… 좋아서 미칠 것 같아.

"그럼 나도…… 아버지 소원 성취 해드릴 준비를 해야겠군."

입가에 웃음이 가득한 채로 비산은 자신의 방에 있는 또 다른 욕실로 향했다.

출근 준비를 하는 비산의 얼굴이 어째 영 못마땅하다. 그런 비산을 아는지 모르는지, 소윤은 그의 목에 넥타이를 매느라 여념이 없었다.

"이러기야, 너?"

전날 밤, 그렇게나 전의를 다지며 샤워를 마친 비산은 소윤의 방문이 단단히 잠긴 걸 발견하고 실망을 금치 못했다. 실망 정도가 아니다. 좌절이다, 좌절.

"뭘요?"

짐짓 아무것도 모른다는 얼굴로 능청스럽게 묻는 소윤이 얄미워 비산이 그녀의 한쪽 볼을 콱, 꼬집었다.

"아! 아!"

소윤은 문득 고등학교 때 그의 모습이 떠올랐다. 내어준 숙제를 해놓지 않으면 어김없이 그는 이렇게 볼을 꼬집었었지. 꼬집힌 볼은 살짝 아팠지만 기분은 나쁘지 않았다. 오히려 그때의 추억이 떠올라서 그녀는 좋기까지 했으니까. 웃는 건지 우는 건지 알 수 없는 얼굴로 소리를 꽥 지르는 소윤의 얼굴이 우스꽝스러웠던지, 그가 어쩔 수 없다는 듯 픽, 하고 웃었다. 못났기도 하고, 귀엽기도 하고, 사랑스럽기도 하고. 이제 그만 놔줄까 했지만 비산은 아직도 심술이 안 풀려, 나머지 한쪽 볼마저 콱, 하고 잡아 늘렸다.

"아~ 딘따! 이거 안 나오?"

"안 놔줄 거야."

"내가 뭐르 자모태따고~!"

"몰라서 물어? 몰라서?"

"우으우!"

볼이 양쪽으로 늘려진 소윤의 얼굴이 아주 가관이었다. 폭 찌그러진 찐빵 같다고나 할까. 아, 정말…… 못생겼는데도 왜 이렇게 사랑스러운 거야. 붕어처럼 뻐끔거리는 입술이 반들반들 빛나고 있었다.

"이거 봐, 이거 봐……. 가만있는 사람을 이렇게 유혹하면서…… 너 가만 보니 선수다, 선수?"

내가 어젯밤에 얼마나 애가 말랐는데. 기대를 시키지를 말든가. 사람 그렇게 달뜨게 해놓고선.

"안 되겠다. 이거라도 해야겠다."

그러곤 쪽. 비산은 뻐끔뻐끔 움직이는 소윤의 입술에 입을 쪽, 하고 맞췄다. 그리고 나서야 그녀의 볼을 꼬집은 손을 놨다.

"귀여우니까 봐준다. 내가."

"아, 쌤!"

볼이 얼얼해서 소윤은 양 손바닥으로 볼을 문지르며 억울하단 표정을 지었다.

"내가 무슨 유혹을 했다고 그래요? 내가 언제?"

"방금도 입술 내밀고 유혹했잖아, 너."

"그게 무슨 유혹이에요? 쌤이 꼬집으니까 입술이 늘어나서 말하려면 억지로 힘을 줘야 하니 그런 거죠!"

"몰라! 내가 그렇게 느끼면 그런 거야."

"참나! 어이가 없어서."

"어이없는 건 나거든? 치사하게 방문을 잠그냐?"

"치사하다뇨. 쌤이 어제 쌤의 얼굴을 못 봐서 그래요. 나 잡아먹히는 줄 알았다고요."

"그게 뭐…… 어때서? 우리 곧 결혼할 건데."

비산은 출근하기 위해 현관 앞에 서서도 계속 구시렁구시렁거렸다. 보아하니 어젯밤, 그는 나름 많은 것을(?) 기대했나 보다.

"늦겠다. 빨리 가요."

"하아…… 출근하기 싫다."

"그래도 가야죠."

"한소윤 씨. 보내기 싫은 척이라도 하지그래요?"

"나도 병가 오늘까지인데요, 뭐. 오늘 하루만 자유로울래요."

"내가 너 좋아한다고, 그렇게 자만하다가는 큰코다친다, 너? 나중엔 같이 있어달라고 사정사정해도 같이 안 있어줄 거야. 나한테 매달리기만 해봐, 너."

아쉬워하는 소리가 한 번이라도 듣고 싶어서 비산은 심술 난 아기처럼 굴고 있었다. 하지만 쌤의 그 표정이 얼마나 웃긴지, 소윤은 하마터면 참고 참았던 웃음을 쏟아낼 뻔했다. 삐진 얼굴도 참 잘생겼단 말이에요.

"……쌤."

방금 막, 등을 돌려 현관을 나서려는 비산을, 소윤이 슬쩍 불러 세웠다.

"……?"

심술이 난 표정으로 고개를 제게로 돌린 그에게, 소윤이 수줍게 말했다.

"사랑해요."

정색을 하며 치, 하고 콧방귀를 뀌는 비산의 입꼬리가 슬쩍 올라가는 게 보였다. 그 모습이 얼마나 사랑스러운지. 쌤, 왜 이렇게 귀여운 거예요? 자꾸만 입가로 웃음이 기어오르잖아요.

"한소윤."

꾸물꾸물, 웃을 듯 말 듯 입을 움직이던 소윤을, 그가 불렀다.

"네?"

"……."

"……?"

가만 저를 바라보던 비산이 다가오더니 일순, 상체를 앞으로 기울였다. 순식간에 그의 따뜻하고 촉촉한 입술이 소윤의 입술 위로 겹쳐졌다. 피할 겨를도 없이 당해버린 키스에, 소윤은 입고 있는 니트의 끝자락을 꼬옥 쥐었다.

"너……"

"……?"

"오늘은……가만 안 둬."

"……."

"각오해."

슬쩍 떨어진 입술이 제 앞에서 낮게 속삭였다. 온몸이 다 짜릿할 정도로 섹시한 목소리라서, 소윤은 꿀 먹은 벙어리처럼 입만 꾹 다물고 있었다.

[주차장으로 나와.]

퇴근 후, 비산은 곧장 오피스텔로 달려왔다. 문자를 보내고 기다리는 몇 분의 시간이 왜 이렇게 길게만 느껴지는지.

머릿속에 집이라도 지은 건지, 소윤의 얼굴이 하루 종일 머리에서 빙빙 돌았다. 보고 싶어 당장에 소윤에게로 가고 싶었지만, 그

378

는 참아야 했다.

'나중에. 결혼하면요.'

지난밤, 잠겨 있는 건 소윤의 방문만이 아니었다. 그 방의 열쇠가 없었던 게 아니었다. 비산이 그 방에 들어가지 못한 이유는, 아직은 무언가를 꺼리는 것 같은 소윤 때문이었다. 아직은 불안하겠지. 암만 나를 믿어준다 하더라도, 확실하지 않은 상황은 당연히 완벽한 안정을 줄 수가 없을 것이다.

"쌤?"

멍하니 차창을 응시하던 비산이 퍼뜩 조수석 차창으로 고개를 돌렸다. 비산이 차에 있는 걸 확인하고 소윤은 곧바로 차에 올랐다.

"무슨 일이에요? 왜 안 들어오고……."

"갈 데가 있어서."

"어디요?"

"가면 알아. 벨트 매자."

소윤의 벨트를 끌어당겨 다정한 손길로 매준 비산은 근사한 미소를 지어 보이며 차를 출발시켰다. 매일 보는 미소지만, 볼 때마다…… 설렌다. 그 근사한 미소가 자신만을 향한다는 사실은, 그녀를 행복하게 만들었다. 차창 밖으로 지나가는 풍경들을 바라보며 소윤이 살포시 웃었다.

"……."

비산이 어디로 향하는지 알게 된 후부터 소윤은 아무 말도 하지 않았다. 눈에 익은 길이었다.

"가자……."

차에서 내려 비산의 손에 끌려가면서도, 미어 차는 감정 때문에 입을 꾹 말아 다물고 있을 뿐이었다. 소윤의 운동화가 머뭇거리며 한 발, 한 발 다가와 선 곳은…….

"……아빠."

한 교수의 유골함이 안치된 봉안묘 앞이었다. 유리창 안에서 환하게 웃고 있는 한 교수가 소윤을 바라보고 있었다.

뚝. 뚝. 어김없이……. 예상했던 대로……. 소윤의 눈에서 후두둑, 말간 눈물이 떨어져 내렸다. 산호그룹에 입사한 이후로는 한 번도 오지 못했었다. 어쩔 수 없었지만, 그게 또 죄송하고 마음 아팠다. 가만, 소윤의 등을 쓰다듬으며, 그녀가 울음을 마음껏 쏟아낼 때까지, 비산은 기다렸다.

"……갑자기 ……여긴 왜 온 거예요?"

어느 정도 마음이 진정이 되고 나서야 소윤이 눈가의 물기를 닦으며 물었다.

"허락받으려고. 우리 결혼."

"……."

비산이 다정하게 웃으며 소윤의 머리를 쓰다듬어주었다. 그는 부러 더 따뜻한 미소를 지어 보였다. 그리곤 봉안묘 앞으로 한 발 가까이 다가가 유리창 안, 한 교수의 얼굴을 바라보며 입을 열었다.

"교수님, 저…… 소윤이랑 결혼할 겁니다. 허락…… 해주실 거죠?"

"……."

소윤은 다시금 하릴없이 굴러 내려오는 눈물방울을 훔쳐냈다.

"행복하게 해주겠습니다. 지금보다 훨씬 더 많이…… 웃게 해주겠습니다."

"흐흐흑……."

결국엔 참아내지 못하고 등 뒤에서 터져 나온 흐느낌은, 아버지가 살아 계셨으면 좋았을 텐데…… 하는 안타까움 때문이었다.

울컥. 비산의 가슴으로도 감정이 차올랐다. 남의 슬픔도, 나의 슬픔도 제대로 느끼지 못하는 그가, 제게 따듯함을 주었던 소윤과 그의 아버지 한 교수에게 느끼는 감정은 희한하리만치 생생했다.

하지만…… 비산은 참았다. 목소리가 흔들렸지만, 가슴이 복받쳐 올랐지만, 참고 또 참으며 허락을 구했다. 적어도 한 교수님께는 믿음직한 사위가 되기 위해서…….

"아버님이 다 못 주신 사랑, 제가 주며 살아가겠습니다. 열 배, 백 배 더 많이요."

파르르 떨리는 그의 입술은 꼭, 금방이라도 무너질 것처럼 위태로워 보였지만, 그는 끝까지 힘주어 말을 이어갔다.

"사랑합니다. 제 목숨보다 더. 세상 무엇보다 더요. 그러니…… 허락해주십시오."

약속했었다. 소윤이를 지켜주겠노라고. 좋은 사람 있으면 결혼도 시켜주겠다, 했었다. 그 약속이 못내, 죄송해서……. 죄책감으로 괴로워했던 지난날들이 아파서……. 끝내는 뚝, 하고 떨어지는 눈물을 그는 막지 못했다.

죄송합니다, 교수님. 평생 그 빚…… 갚겠습니다. 평생…… 행복에 살게, 웃음에 살게…… 아끼며 살아가겠습니다. 그러겠습니다.
……장인어르신.

"여기가…… 어디예요?"

소윤이 둥그런 눈으로 주위를 둘러보며 물었다. 처음 와보는 곳
이었다.

"나 살던 곳."

"쌤이…… 살던 곳이요?"

소윤이 놀랄 수밖에 없었던 이유는, 그가 안내한 단칸방짜리 집
이 사람 몸 하나 뉘이기 어려울 정도로 작았기 때문이다. 단지 작
을 뿐만 아니라 습하고 어두컴컴했다, 그곳은.

어릴 때부터 부러울 것 없는 환경에서 자랐을 것이다. 비록 외
롭고 메마르게 자랐지만, 생활에 있어서는 모자란 것 없이 풍족하
게. 그런데 그런 쌤이 이런 곳에서 살았다니.

5년 전, 가난한 대학생이라고 알고 있었던 그는, 사실은 우리나
라에서 손꼽히는 기업의 외아들이었다. 이전과 완전히 다른 환경
에서 제대로 먹지도, 입지도 못했을 쌤을 생각하니 어쩐지 짠한 마
음이 들었다.

"힘들었겠어요."

하지만 소윤의 말에 비산은 그녀가 생각했던 것과는 전혀 다른
답을 내어놓았다.

"아니, 전혀."

"……?"

"오히려 행복했어. 전엔 느껴본 적 없는 따스함을 느꼈으니까."

"따스함이요?"

보일러나 제대로 돌아갔을까, 온수는 나오기나 했을까. 비산이 말한 따스함이란 그런 것이 아닌데, 낡은 방을 둘러보며 소윤이 의아한 눈을 들었다. 그 눈을 바라보며, 비산은 다시, 근사하게 웃는다.

"이 집…… 내가 샀다?"

"……?"

"너 과외해주면서, 너네 집에 갈 때마다 느꼈던 온기가 그립더라. 지금을 제외하고 내 인생에서 가장 행복했던 때였으니까."

"아……."

낡아빠진 한쪽 형광등이 깜빡거렸다. 하지만 그게 거슬리지 않을 정도로, 소윤은 비산의 말에 집중했다.

"그래서, 그때를 잊고 싶지 않아서. 집에 돌아가자마자 이 집을, 이 건물을 통째로 사버렸어."

비산은 한쪽에 마련된 오래된 책상 앞으로 다가갔다. 먼지가 가득 앉아 있었지만, 그것 말고는 5년 전 그 모습 그대로였다. 각종 공학서적들, 책상 어귀에 붙은 채로 색깔이 바래버린 포스트잇들.

그리고 책상 책꽂이 한쪽에 보이는 상자 역시, 놓아졌던 모습 그대로다.

"놀이동산에 처음 갔던 기분, 혹시 기억해?"

"네? 그럼요. 엄청 설레었었는데. 막, 갔다 와서도 계속 생각나고……."

"나도 그랬어. 어릴 때, 엄마 아빠가 아닌 보모랑 같이 갔었는데도 너무 재미있어서, 다음 날 또 가자고 졸랐었지."

소윤은 그 말을 듣는 순간 가슴 한편이 찌르르했다. 언제나 곁에 아버지가 있었던 소윤과는 달리, 비산은 줄곧 외로웠을 것이다. 그 많은 사람들에게 둘러싸여 있는데도 빈껍데기 같은 기분이었겠지.

"이거."

비산은 짠한 눈으로 저를 바라보는 소윤 앞으로 집어 들었던 상자를 내밀었다.

"이걸 볼 때마다, 꼭 그때처럼 설레었어."

"이게…… 뭔데요?"

"열어봐."

손바닥보다 조금 더 큰 그 상자 안에 도대체 뭐가 들어 있을지, 예상조차 되지 않았다.

설레다니. 대체…… 뭐기에?

조심스레, 상자를 열자 소윤의 눈에 들어온 것은 귀여우면서도 익숙한…… 그녀의 글씨체였다.

-쌤 살 좀 찌세요~

-쌤 자꾸 내 볼 꼬집으면 나도 쌤 꼬집을 거야!

-숙제 너무 많아요, 쌤!! ㅜㅜ

-심심한데 우리 딸기 우유나 한잔하러 갈까요? ^_^

쌤 가방이나 책에 몰래 붙여뒀던 포스트잇을, 그는 하나도 버리지 않고 모아놓았었다.

"하…… 이걸 다……."

"저녁 늦게, 책상에 앉아 컵라면 먹으면서 나, 이 메모들 보고 힘냈어. 웃기도 하고. 어쩔 땐 울기도 했지."

"……"

"감정이라는 거, 참 오랜만에 느껴봤었어. 그게 너무 따듯하고 좋아서…… 내게는 이것들이 그냥 종이가 아니었거든."

"……."

"행복이었어, 설렘이었고."

누가 보면 정신이 나갔다고 생각했을 것이다. 혼자 메모를 손에 쥐고 배실배실 웃는 비산의 모습은 스스로도 믿지 못할 정도였으니까. 그때부터였나 보다. 널 사랑했던 게. 그때는 아니라고 생각했다. 따뜻함이라든가, 웃음이라든가. 내게 너무 낯선 것들이라서, 그저 그 생경함에 설레었던 거라고…… 믿었으니까.

너를 지키자고 널 떠나 있던 5년 동안 네게 갈 수 없어서, 난 이곳에서 이렇게 너를 만났던 거야. 그런데도 난, 그게 사랑인 줄 몰랐다. 그저 그 따뜻함이 그리운 거라고 생각했어. 그냥…… 향수 같은 거라고.

비산은 가만, 저를 올려다보는 소윤의 볼을 손가락을 들어 천천히 쓸어내렸다. 네가 어떤 존재인지, 내게 넌 어떤 사람인지, 너에게 알려주고 싶었어.

"내가 너무 미련해서 몰랐던 거야. 널 얼마나 오래, 또 얼마나 깊게 사랑했는지."

"……."

"너 아니면 안 돼, 난. 그때부터 지금까지. 이 세상에 날 움직일 수 있는 사람은 오직 너. 한소윤뿐이야."

잘생긴 입매가 호선을 그리며 길게 늘어졌다. 눈부신 그 미소 위에 보이는 깊은 그의 눈동자는, 확신에 가득 차 있었다.

"아직도 난…… 설레. 너만 생각하면 가슴 뛰고, 너만 생각하면 숨이 가빠져."

달콤하게 뱉어지는 그 말들이 좋았다. 수줍은 듯한 소윤의 미소
가 다시 비산을 들뜨게 만든다.

"평생…… 사랑하게 해줄래?"

"이런 볼품없는 프러포즈는 저번 한 번으로 족하다고요."

행복한 마음을 감추며 소윤이 귀여운 심통을 부렸다.

"계속할 거야. 네가 질린다고 화내도 할 거야."

쿡쿡, 웃으며 비산이 답했다.

"그러니까 빨리 대답해. 아니면 이런 허접한 프러포즈 평생 봐
야 할지도 모르니까."

"그건 좀 아닌 것 같은데요?"

소윤도 올라오는 웃음을 억지로 참으며 말했다. 행복했다. 진심
이 가득 담긴 볼품없는 프러포즈도, 장난기 가득한 그의 농담도.

그만 있으면. 쌤만 있으면. 소윤은 더없이 행복할 거라고…… 확
신했다. 비산은 가만 소윤의 허리를 감아 제게로 당겼다. 그녀의
입술 앞에서 더없이 관능적인 얼굴로 그가 웃으며 속삭였다.

"사랑해……."

달콤하기만 했다. 솜사탕처럼 부드럽고 달콤한 그 목소리에는
행복감이 가득 차 있었다.

"나도…… 사랑해요."

그가 활짝, 웃었다. 콧잔등이 찡그려질 정도로 환하게.

"사랑스럽기는……."

웃음기 가득한 그의 입술이 소윤의 입술 끝에 닿았다. 천천히
그녀의 입술을 벌리고 들어간 그 말캉한 움직임은, 소윤의 정신을

아득하게 만들 정도로 달기만 하다. 허리를 감았던 그의 큰 손이 소윤의 등 뒤에서 천천히 움직였다. 감미로운 그의 입술이 야릇하게 그녀를 휘감았다. 그러다 문득, 그가 그녀에게서 입술을 뗐다.

"……?"

"하아……."

작게 숨을 내쉰 그가 반쯤 감긴 눈으로 소윤을 바라봤다. 흐트러진 머리카락 사이로 보이는 눈이 너무나 짙고 섹시해서, 소윤은 저도 모르게 흡, 하고 숨을 들이마셨다.

"집에 가야겠다."

"……?"

"얘기했잖아. 오늘 너 가만 안 둔다고."

"아……."

"각오는 단단히 했겠지?"

"음…… 그게……."

"좋아."

"에?"

머뭇거리는 소윤의 대답을 듣지 못한 건지, 아니면 듣고도 모르는 척하는 건지, 비산은 소윤을 차에 태우고 곧장 오피스텔로 향했다.

처음이 아닌데도, 이상하게 긴장이 몰려왔다. 하지만 오피스텔에 들어서자마자 무섭게 제게로 달려드는 비산을 소윤은 막을 길이 없었다. 그녀를 벽에 몰아붙인 비산의 흐트러진 얼굴은, 잔뜩 굶주린 짐승처럼 거칠었다.

"하아…… 하아……."

짙어진 숨결이 소윤의 목덜미에 와 닿았다. 그는 어제와 확연히 달랐다. 이래서 각오하라고 했던 건가. 소윤의 목덜미에 뜨끈한 타액이 묻었다. 그의 입술은 닿을 수 있는 곳이라면 어디든 흔적을 남기려는 듯, 격렬하고 집요하게 그녀의 곳곳을 비집었다.

"하아……. 쌤……."

그는 어제보다 훨씬 더 빠른 손놀림으로, 소윤이 입고 있던 블라우스의 단추를 풀어냈다. 눈 깜짝할 사이에 그녀의 새하얀 상체가 드러나자, 비산은 다시 그녀의 부드러운 피부 곳곳을 머금었다.

아찔하다. 예민하게 살아나는 감각이, 그를 더 이상 밀어낼 수 없게끔 만들었다.

"……쌤. 나 씻어야 되는데……."

"두 번은…… 안 속아……."

그녀의 예민한 부분들을 입술로 슬쩍슬쩍 건들며, 그는 자신의 집념을 드러냈다.

"아뇨…… 속이는 거 아니라……."

"하아……. 같이해, 그럼……."

"웃……."

오늘은 안 돼. 오늘은 양보 안 할 거야, 한소윤.

"꺄아!"

그는 소윤을 그 넓은 어깨에 둘러메고, 자신의 방, 욕실로 향했다. 그녀가 버둥거리든지 말든지, 기필코 아버지께 효도하겠다는 집념으로.

쏴. 뿌얀 연기를 내뿜으며 아래로 끊임없이 떨어져 내리는 물방울들이 꼭 비가 내리는 것 같았다. 그 비를 맞으며 저를 바라보는 비산의 눈빛은 까마득한 절벽 아래처럼 깊고 아득했다. 소윤이 작게 몸을 떨었다.

"어, 어쩌자고요……."

샤워부스에 들어와 그는 문을 닫았다. 그녀를 벽에 몰아넣고 제 양팔 사이에 가둬버린 참이다. 도망칠 수도, 저항할 수도 없었다. 물론 그러고 싶지도 않았지만. 다만 조금 부끄러울 뿐이었다.

샤워기에서 쏟아진 물에 그의 셔츠가 온통 젖어버렸다. 셔츠 아래 숨겨졌던 단단하고 아름다운 그의 몸이 보란 듯이 적나라하게 드러났다.

"저번처럼…… 당할 순 없잖아……."

"이, 이제 안…… 그래요."

눈을 어디에 둬야 할지 몰라 시선을 이리저리 옮기며 소윤이 입술을 꼼지락거린다. 그게 또 너무 귀엽고 사랑스러워서, 비산이 그 유려한 턱을 비틀며 소윤의 입술을 머금었다. 한없이 달다. 꿈같이 포근하고 한여름의 태양처럼 염염했다. 그의 키스는 언제나 그렇게 소윤의 몸을 녹이려 들었다.

"하아……."

부드럽게 움직이는 그의 손길이 소윤의 몸을 휩쓸자, 소윤은 다리에 점점 힘이 풀리는 것 같은 기분이 들었다. 하지만 부끄럽고 민망한 마음도 적지 않았다. 그의 키스가 너무 달콤하지만, 그의 손길이 온 감각을 자극하는 듯 짜릿했지만.

"쌤…… 부끄러워요……."

달아올라선지, 아니면 정말 부끄러워선지 소윤의 얼굴은 빨갛게 익어 있었다.

"난 안 부끄러운데?"

"……쌤이야 그렇겠죠……."

그는 전혀 동요하지 않는 듯, 소윤의 몸을 연신 어루만졌다. 그러면서 하는 말이,

"하고…… 싶어."

"……."

화악. 안 그래도 빨갛던 소윤의 얼굴은 더 이상 붉어질 수 없을 정도로 새빨개졌다. 신음처럼 속삭이는 그 말은 꼭 소윤의 귓가를 간질이는 듯했으니까. 아니, 온몸이 간지러웠다.

"하아……."

몸을 타고 흐르는 호르몬이 살갗 밖으로 튀어 나오려는 듯 꿈틀거렸다. 그의 그 말이 왜 이렇게 그녀를 달뜨게 만드는 건지. 소윤은 눈을 빠르게 깜빡였다. 아무런 대답이 없는 소윤을 다그치듯 그가 다시 입술을 움직여 느리게 목소리를 밀어냈다.

"안…… 돼?"

전에도 해봤는데 안 될 게 뭐 있냐마는. 어쩐지 목이 막힌 듯이 대답이 나오지 않았다. 아니, 사실 어떤 대답을 해야 할지 잘 모르겠어서.

"저기…… 쌤……."

망설이는 듯한 목소리를 비산이 막고 나섰다.

"이번엔 정말…… 나 못 물러서……."

그의 몸에 부딪혀 튕겨져 나온 물방울에 젖어버린 소윤의 속옷

을 그가 밀어 올렸다. 아름다운 굴곡이 그의 눈앞에 드러났다. 더는 참을 수가 없다. 만지고 싶어서, 안고 싶어서. 너를 온통 탐하고 싶어서……. 그의 몸은 거칠게 그녀를 몰아붙였지만, 그의 눈은 애원하듯 달래듯, 동정심마저 불러일으키는 모양새로 그녀를 향하고 있었다.

쌤 연기하는 거죠. 그런 눈으로 그렇게 말하면 내가 넘어갈 거라 생각하는 거죠. 그런데 어떡해요? 쌤이 그렇게 말하면, 연기인 거 빤히 알면서도 넘어가려는 걸요. 어쩔 수 없이 쌤한테 말려요, 나.

자신보다 세 뼘은 더 큰 비산을 올려다보던 소윤이, 그의 볼을 한 손으로 가만 쓸어냈다. 비에 젖듯 물에 젖은 그의 얼굴이, 젖은 머리카락 사이로 보이는 그의 아득한 눈이, 그 순간 소윤 또한, 가지고 싶어 미칠 것 같았다. 그래서 그녀는 어쩔 수 없었다.

"그래요……. 마음대로 해요."

비산의 입가에 근사한 미소가 어렴풋이 떠올랐다. 그 사랑스러운 입술이, 그 대답에 책임지라는 듯 그녀에게로 달려들었다. 식지 않는 열기 때문에 샤워부스는 뽀얗게 흐려졌다.

뜨겁고도…… 끈적한 밤이었다.

"오셨습니까?"

벌떡 자리에서 일어난 허 팀장이 허리를 얼른 숙였다. 소윤을 데려다주러 비산이 소셜미디어팀 사무실까지 납신 참이었다. 그렇게 부담스럽다고 그냥 가라고 했건만, 고집이 얼마나 센지.

"한소윤 씨, 그동안 오래 쉬어서 잘 못 따라가는 게 많을 겁니다. 그래도 너그러이 봐주세요."

"아, 그럼요! 걱정 마시고 올라가십시오!"

허 팀장이 호탕하게 웃으며 답하자, 흡족한 얼굴로 그가 소윤의 볼을 쓰다듬고는 사무실을 나갔다. 사무실을 나가면서도 뒤돌아 강렬한 아이 컨택을 소윤에게 날렸다.

"……세상에."

비산이 사라지자마자 허 팀장이 뱉어낸 감탄사였다.

"소윤 씨, 강좀, 아니 강 이사님한테 무슨 짓을 한 거야?"

"네?"

"사람이 달라져도 너무 달라졌잖아. 혜영 씨, 강좀, 아니 강 이사님 방금 웃는 모습 봤어?"

"전부터 가끔 보긴 했는데, 오늘 정점을 찍은 것 같습니다. 입꼬리가 귀에 걸리다 못해 없어질 기세던데요?"

"나는 닭 되는 줄 알았잖아. 소윤 씨 볼 부비부비 할 때 표정 봤니? 아주 그냥, 눈에서 버터가 줄줄 흐르더라, 흘러."

"그만들 하세요."

민망한 듯 소윤이 웃으며 말했다.

"우리 강 이사님 별명 바꿔야겠어. 강좀비 말고 강버터로. 사랑이 좋긴 좋나 보다."

"그러게 말입니다."

줄곧 입을 다물고 있던 도준이 옆에서 거들었다.

"신입, 너 강 이사님 말 믿고 일 대충대충 하면 혼난다?"

송 대리가 살벌한 말투로 말했다. 물론 그의 입꼬리는 슬쩍 올라간 채였지만.

"옙! 여부가 있겠습니까? 확실하게 하겠습니다!"

군기가 바짝 들어 목청껏 외치는 소윤의 모습이 우스웠다. 오랜만에 소셜미디어팀 사무실이 화기애애한 웃음으로 가득 찼다.

나른했다. 따스한 날씨도 아닌데, 왜 이렇게 잠이 오는 거지?

"피곤해?"

졸려서 침대에 누워 있는데, 비산이 다가와 그녀의 뒤에 누웠다.

"아직 7시밖에 안 됐는데, 벌써 졸리면 안 돼."

은근슬쩍 그녀의 허리를 감아 안은 비산이 소윤의 귀에 대고 속삭이듯 말했다.

"쌤……. 나 지금…… 너무 졸려요…….."

안타깝게도 이미 소윤의 목소리는 꿈나라로 여행을 시작하는 중이었다. 하지만 잦아드는 그 목소리에 비산이 콧잔등을 찡그리며 웃었다. 정말이지 귀여워 미칠 것 같다.

"자지 마."

그런 그녀를 도저히 자게 내버려둘 수가 없었다. 비산의 손이 그녀의 옷을 슬금슬금 파고들었다. 부드러운 살결은 뜨끈했다. 손에서 느껴지는 그 감촉에 비산은 점점 욕구가 차올랐다.

"소윤아……?"

하지만 애석하게도 한소윤은 요지부동이다. 아무래도, 오랜만에 출근을 해서 피곤했던 모양이었다.

"지금 자면…… 어떡해?"

응석받이 막내아들처럼, 비산이 이미 잠들어버린 소윤에게 칭얼거려봤지만 그녀는 이미 깊이 잠이 든 것 같았다.

"……"

그래도 조금 더 자극하면 깨지 않을까……. 슬금슬금 올라간 손이 그녀의 속옷 위를 움켜쥐었다.

"으응……."

분명 귀찮다는 반응이었는데, 비산은 '아이 좋아'로 알아들었는지 씨익, 하고 웃었다. 주물럭주물럭. 아기 피부처럼 부드러운 소윤의 살결을 비산이 칠전팔기의 정신으로 어루만졌다. 하지만 어째, 더 이상의 반응을 보이지 않는다. 입이 살짝 벌어진 걸 보니, 단단히 깊이 잠이 든 모양이다. 비산은 쩝, 하고 입맛을 다셨다. 얼마나 피곤했으면, 7시밖에 안 됐는데 이렇게 곯아떨어졌을까. 조금 안타깝기도 했다. 그 작은 체구로 며칠간 그렇게 많은 일을 겪고, 또 아무렇지 않게 회사에 출근한 그녀가. 대견하고 예쁘면서도, 안타까워서…….

'내 욕구보다 소윤이 우선이지.'

하는 수 없이 비산은 그녀를 깨우는 걸 포기했다.

"동기, 동기, 동기야~ 우리 소윤이 예쁜 소윤이~ 잘도 잔다, 잘도 잔다~"

애기를 재우듯 잔뜩 낮아진 목소리로 그가 자장가를 불러주었다. 어느새 새근새근 숨소리를 내며 미동도 하지 않는 소윤의 모습에, 비산은 피식, 하고 웃어버렸다.

"아쉽네."

소윤의 허리를 감아 안은 그의 손이 아까완 달리 피부를 쓰다듬듯, 천천히 움직였다.

"그래도 자니까. 참아야지."

요즘은 정말 미친 게 아닌가 하는 생각이 들 정도로, 소윤을 자꾸만 안고 싶다. 어서 빨리 결혼을 서두르든가 해야지, 원. 혼자 안달 난 것 같아서 억울하긴 하지만 그래도 어쩌랴. 좋아죽겠는걸.

　이제는 업무 진행에 방해를 받을 정도로 소윤이 생각난다. 하루종일 그녀 생각만 하다 보니 저도 모르게 자꾸 애가 마르는지, 집에 오면 그녀를 가만히 둘 수가 없었다.

　"병이네, 병."

　자꾸만 움직이고 싶은 손을 비산은 어마어마한 정신력으로 참아냈다.

　"후……."

　'차라리 방에서 나가야지. 보고 있으니 힘들어 죽겠네.'

　결국엔 그가 침대에서 몸을 일으켰다. 이불을 끌어 올려 그녀에게 덮어준 다음 불을 끄고 방을 나서는 그의 발길이 무거웠다.

　'뭐가 이리 힘든 거야. 좋으면 좋은 대로 또 힘드네.'

　어렵사리 그 방을 빠져나온 비산은, 다시 심호흡을 한 번 크게한 뒤 집을 나섰다.

　"운동이라도 해야겠다. 생각 안 나게."

　마치 가속도가 붙듯 갈수록 깊어지는 욕망에, 비산은 요즘…… 많이 힘든 참이었다.

　딱. 딱. 딱. 몽블랑 만년필의 끄트머리가 책상에 부딪히며 소리를 냈다. 분명, 비산의 시선은 데스크 위의 결재서류에 붙어 있었지만, 그 서류 안에 깨알처럼 박혀 있는 글들이 무슨 뜻인지는 도저히 알 수가 없었다. 아니, 정확히 말하면 글이 눈에 들어오지 조차 않았다. 최근 며칠 동안 마치 정신병이라도 걸린 사람처럼, 눈이 가는 곳곳마다 소윤이 보인다. 아예 머릿속에 눌러앉았나 보다 싶을 정도로 극심한 증상이라, 벌써 며칠째 결재해야 할 서류들은 산더미처럼 밀려 있었다. 게다가 새로 들어온 비서는 아직 업무 적응이 되지 않아, 도움은커녕 방해만 되고 있었다. 그리고 결정적으로 어젯밤, 소윤을 제대로 안아보지 못한 아쉬움에 증상은 더 악화가 되었다. 마음을 다잡아도 도저히 집중이 되질 않아, 그가 들고 있던 서류파일을 접어 책상 위에 짜증스럽게 툭, 던졌다.

소윤이 보고 싶다. 지금 당장 일이고 뭐고 다 팽개치고 소윤을 안고 싶어 미치겠다. 만약 이게 병이라면, 처방은 하나밖에 없었다.

결혼.

물론 지금의 생활과 크게 다를 건 없겠지만, 결혼을 했다는 사실만으로도 소윤에게 안정감을 줄 수 있을 것이다. 매번 그녀를 안고 싶어 안달하는 저를 보며 망설이는 소윤을 보는 게, 그 자신도 마음 한편으로는 조금 불편했으니까.

그리고 무엇보다도, 아버지에게 축복받는 결혼을 하게 된다면 소윤도 더없이 행복할 것이다. 그녀에게 항상 주고 싶다. 웃음이든 행복이든, 좋은 건 뭐든지 다. 그런 생각을 하자 비산은 도저히 참을 수가 없었다. 소윤이 보고 싶어서, 아니 목소리라도 듣고 싶어서 결국엔 품에 있던 휴대폰을 꺼내 들어 소윤에게로 전화를 걸려던 찰나.

Rrrrrrr.

손에 쥔 휴대폰이 먼저 울렸다. 소윤이 아닌가 하고 액정을 확인했던 비산의 일순 눈이 콱, 하고 커졌다. 한소윤이라는 이름 대신 액정에는 전화번호만 덩그러니 떠 있었다.

"......?"

하지만 번호의 끝 네 자리가 익숙한 것으로 보아 전화를 건 사람은 강 회장이 분명했다. 휴대폰으로 전화가 온 건 처음 있는 일이라서, 비산은 조금 긴장을 했던 것도 같다.

"예, 아버지."

전화 한 통조차 하지 않는 부자지간이었다. 서로에게 할 말을 전할 때도 비서를 통해서 했을 정도로 삭막했던 사이. 그나마 그 할 말이란 것도 업무적인 이야기뿐이었다. 그러다 보니 서로의 전화번호를 알지도, 알려고 노력하지도 않았다. 그저 서로 다른 삶을 사는, 남보다 못한 사이. 딱 그거였는데.

강 회장은 제법 떨리는 마음으로 아들에게 전화를 한 참이었다.

-밥은 먹었니?

"예. 아버지는요?"

-먹었지.

"아……."

예상보다 침묵은 빨리 찾아왔다. 당연한 것이었다. 아무리 화해를 했다고는 하지만, 오래도록 벽을 쌓고 살아온 기간 동안 대화를 단절하다시피 살았던 탓에, 무슨 말을 어떻게 해야 할지조차도 떠오르지 않았다. 하지만 불편할 정도의 어색함과 침묵에 비산이 아랫입술을 잘근 깨물었을 때, 수화기 너머로 조금은 상기된 강 회장의 목소리가 다시 들려왔다.

-소윤 양은? 잘 지내고 있어?

"아…… 네."

-그…… 잡아야 하지 않겠니?

"네?"

-날짜…… 말이다.

"무슨……?"

-니들 결혼 날짜.

"……?"

잠시간 멍하니 허공을 응시하던 비산의 입꼬리가 슬금슬금 기어올랐다.

"결혼…… 이라 하셨습니까, 지금?"

-허허, 녀석 가는귀가 먹었나……. 그래. 결혼!

더듬더듬 물었지만 그 목소리 안에 기뻐하는 아들의 감정이 느껴져서 강 회장은 허허 웃었다.

전에도 느꼈지만 아버지. 우린 의외로 죽이 참 잘 맞는 것 같습니다. 어찌 그리 저의 마음을 잘 아시는지!

그래서일까, 불편하기만 할 것 같던 아버지와의 통화는, 그의 생각보다 훨씬,

좋았다.

13. 지독하게 그리고 뜨겁게

비가 오고 있었다. 고요한 가운데, 토독, 토독 비 오는 소리가 듣기에 좋았다. 아버님이 갑자기 점심을 같이 먹자 하신다며, 비산은 소윤을 근처의 한정식집으로 데려온 참이다. 긴장되는 자리인데도, 소윤은 어쩐지 빗소리에 졸음이 쏟아졌다. 저도 모르게 감겨오는 눈꺼풀이 무겁기만 하다.

툭.

"아……."

옆에 앉아 졸고 있는 소윤을 바라보던 비산이 장난기가 발동했는지 그녀의 이마를 손가락으로 콩, 건드렸다. 화사한 그의 웃음이 민망한 듯 이마를 문지르며 웃는 소윤을 향하고 있었다.

"졸려?"

"비가 와서요……. 원래 비 오는 날은 졸리잖아요."

"요즘 피곤한가 보다. 계속 조는 거 보니."

"내가 그랬나⋯⋯."

"응. 너 요즘 시도 때도 없이 졸아."

어쩐지 부끄러워하는 소윤의 얼굴을 자세히 보고 싶어, 비산은 상체를 앞으로 기울여 고개를 비틀었다. 식탁에 엎드려 저를 올려다보는 비산을 소윤이 힐끔, 눈으로 흘겼다. 그의 앞머리가 옆으로 쏠렸다. 그 아래로 드러난 눈이 축축한 날씨처럼 젖어 있었다. 게다가 그의 얼굴 가득 고인 미소가 여자의 것보다 아름다워, 소윤은 얼굴을 붉힐 수밖에.

"왜, 왜요."

"귀여워서."

"놀리지 마요."

"놀리는 거 아냐. 진짜 귀여워서 그래."

"⋯⋯."

어쩐지 아무 말도 할 수 없었다.

쌤이 저런 얼굴로, 저렇게 사람 애간장을 녹이는 미소를 지으며 귀엽다고 말하면, 난 꿀 먹은 벙어리가 되고 말아요. 어쩜 저렇게⋯⋯ 사람을 설레게 만드는 건지.

콩닥콩닥 뛰는 가슴은, 길게 뻗은 그의 손끝이 소윤의 볼에 닿자 최고조에 달했다. 식탁에 엎드린 채로 그가 팔을 뻗어 소윤의 얼굴을 건드렸다. 부드럽게, 그리고 천천히 움직이는 손끝의 감촉에, 온몸이 전율했다. 하지만 그것은 비산도 마찬가지였다. 제 손 끝에 닿는 소윤의 촉감이 현실성 없이 너무나 좋았다. 온몸에 전기가 통하듯 찌릿했다. 그녀에게 뻗은 손은 여전히 거두지 않은 채로 그가 말했다.

"꿈같다……."

"뭐가요?"

"이렇게 내 손에 네가 만져지는 게."

천천히 움직이던 그의 손끝이 소윤의 입술에 가 닿았다. 잔뜩 가라앉아 더 섹시해진 그의 눈이, 손끝을 따라와 소윤의 탐스러운 입술을 담았다.

"하지 마요. 손에 립스틱 묻겠다."

고개를 살짝 틀어 입술에서 그의 손가락을 떼어냈다. 화장품이 묻겠다는 건 핑계였다. 간지러운 그 손길에 괜히 몸이 달뜨는 것 같았으니까. 곧 아버님도 오실 텐데. 떨어져나간 손을 하릴없이 내린 비산은 아쉬운 마음을 속으로 삼켰다. 당장이라도 그 도톰한 입술을 훔치고 싶었지만, 이제 곧 그녀는 온전히 제 것이 될 테니까.

'참지, 뭐. 대신, 참은 만큼 갚아줄 거야. 너.'

여전히 테이블에 기댄 채 그가 웃었다. 아까완 조금 다른 웃음. 의미심장한 미소였다.

트르륵. 미닫이문이 특유의 소리를 내며 갈라지자, 소윤이 용수철이 튕겨 오르듯 자리에서 빨딱 일어섰다.

"오셨습니까, 아버님."

아버님이란다. 강 회장은 그 말 한마디에 올라가려는 입꼬리를 애써 짓눌러 참았다.

"그래, 앉아요."

왠진 모르겠지만 소윤은 강 회장이 전보다 편하게 느껴졌다. 그의 얼굴이 좀 더 부드러워졌다든가, 말투가 다정해졌다든가 그런 건 전혀 아닌데도 말이다. 미리 주문해뒀던 음식이 테이블 위에 놓이기 시작했다. 어색한 분위기를 달리하기 위해, 소윤이 생각해뒀던 이야기를 꺼내려던 때였다. 레몬 조각과 함께 접시에 담긴 석화가 소윤의 앞에 놓이자 순간 속이 울렁거렸다.

"우읍……!"

"……?"

"괜찮아?"

"아…… 갑자기 속이…… 우욱……!"

참으려 했지만 올라오는 헛구역질을 막을 수가 없었다. 평상시엔 그렇게 좋아했던 석화였는데, 올라오는 비린내가 너무 역하게 느껴졌다. 별수 없이 소윤은 입을 가린 채로 퍼뜩 방을 빠져나갔다.

"체했나……."

걱정스러운 얼굴로 비산이 자리에서 냉큼 일어섰다. 소윤이 구역질을 하는 모습은 처음 보는 거라서 여간 걱정이 되는 게 아니었으니까. 하지만 소윤을 따라 나가려던 비산의 팔을 강 회장이 턱, 하고 잡아 세웠다.

"……?"

"소윤 양 혹시……."

강 회장의 얼굴이 어울리지 않게 해맑아 비산은 순간 움찔했다.

"혹시…… 뭐요?"

"아이 가진 거…… 아니냐?"

"예에?"

무슨 그런 말씀을 하시냐고 말하려던 비산은, 요즘 부쩍 잠이 많아진 소윤의 모습이 갑자기 마음에 걸렸다.

"병원 가보자."

강 회장의 눈이 일순 반짝하고 빛났다.

"지금요?"

"그래. 지금 당장."

"그러지 말고, 제가 나중에 소윤이랑 다녀와서 전화드릴게요. 식사도 시켰는데, 아깝잖아요."

"식사 그까짓 것 어차피 소윤 양이 해준 밥보다 맛없어. 그러지 말고 가자, 병원."

"……."

아버지의 눈빛이 예사롭지 않았다. 손주 태어나면 너는 국물도 없을 줄 알아, 하는 그 눈빛이…… 이거, 극성도 보통 극성이 아니다.

"……네? 뭐라고요……?"

믿기지 않는다는 눈이었다. 기쁨보다는 당혹스러움이 드러나는 얼굴 속에서 두 눈이 빠르게 깜빡였다. 밥을 한 술 뜨기도 전에, 상 다리가 부러지도록 차려진 상을 두고 갑자기 병원을 가자시는 강 회장님 때문에 그녀는 어안이 벙벙했었다. 어떤 병원으로 가는지, 또 무슨 검사를 하려는지 알고 나서는 더더욱 황당했고.

그리고 지금, 검사 결과를 듣고 난 소윤은 머리가 하얘지는 것 같은 느낌이 들었다.

"임신입니다. 축하드려요."

"하아……."

사실 저가 어떤 감정을 느끼고 있는지 정확히 파악이 되지 않았다. 당혹스러움은 분명한데, 그 뒤로 따라붙는 감정들은 기쁨과 슬픔, 걱정과 혼란이 뒤엉켜 있어서 도무지 어떤 표정을 지어야 할지 알 수가 없었으니까. 멍한 얼굴로 진료실을 나오자 초조한 듯 제 손을 만지작거리는 강 회장님이 보였다.

"소윤아."

소윤을 먼저 발견한 건 비산이었다. 그 역시 평소와는 조금 다른 긴장한 모습이었다. 강 회장도 소윤을 보고는 퍼뜩 그녀에게로 다가갔다.

"의사가…… 뭐라 그래?"

"그래, 소윤 양. 결과 어떻게 나왔어?"

"아…… 그게…….."

말하기를 망설이는 소윤 때문에 강 회장은 입안이 바짝 말라들었다. 하지만 소윤을 재촉하는 대신 강 회장은 그가 할 수 있는 최대한으로 집중해, 소윤의 입을 바라봤다.

제발, 제발, 제발. 소리 없이 입만 뻐끔거리며 강 회장이 대답을 기다렸다.

부디 강민규의 3세가 생겼다고 말해주렴. 그럼 내가 너를 평생 업고 다니마!

강 회장 평생에 이렇게 떨렸던 건 비산이 태어난 후 처음이었던 것 같다. 자식 욕심이 유별났다, 강 회장은. 그래서 그게 해가 되는지도 모르고 아들에게 집착했었다. 강압적이게 굴었던 것도, 다 비산이 잘되었으면 하는 마음에서였다. 하나밖에 없는 아들에게 사랑이라고 준 게 상처가 되고 아픔이 됐다. 그걸 너무 늦게 깨달았지만, 한 번 겪었으니 충분하다. 그게 옳은 방법이 아니라는 거, 이제는 잘 안다.

같은 과오를 범하지 않도록 우리 손주한테는 내가 잘하마. 그러니까 제발…….

"임신…… 이래요."

결혼도 하지 않았는데, 이런 말을 하기가 정말로 민망했지만, 그녀의 걱정과는 다르게 강 회장의 얼굴에 웃음이 만개했다. 아니, 만개 정도가 아니라 강 회장의 온 주변이 다 꽃밭으로 변한 것 같았다. 정말로 처음 보는 얼굴이었다. 심지어 아들인 비산마저도, 아버지의 그런 표정은 처음 보았다. 저렇게 근엄하신 분이 저런 얼굴이라니. 소윤은 기뻐하는 강 회장을 보고 그제야 마음이 놓여 덩달아 웃음을 지었다. 강 회장은 지체할 것도 없이 소윤의 손을 덥석 잡았다.

"고마워요, 소윤 양."

소윤의 손을 두 손으로 따뜻하게 감싸 쥐며 강 회장이 말했다.

처음엔 기뻐 웃던 강 회장은, 이번엔 눈시울을 붉혔다.

"내가 너무 고마워……."

외로웠었다. 아들에 대한 사랑이 너무 과해서, 과한 만큼 채워지지 않는 그 빈자리가 항상 허하고 쓸쓸했었다.

"소윤 양 덕분이야…… 이게 다…….."

손수건을 꺼내 들고 얼른 눈물을 훔치며 강 회장이 고개를 숙였다. 더 이상 나빠질 수 없을 만큼 위태로웠던 아들과의 관계가 회복된 것도, 다 소윤 덕분이었다.

"내가 너무…… 외로웠어……. 내가 너무…… 힘들었어…….."

가만, 옆에서 듣고 있던 비산이 고개를 숙였다.

"그래서 너무…… 고마워요. 이렇게 나를 행복하게 해줘서……."

결국엔 소윤의 눈에서도 뜨거운 눈물이 흘러내렸다. 혼란하던 마음이 더할 나위 없이 따뜻해진다. 가슴 가득 들어찬 온기에 자꾸만 눈물이 샘솟았다.

"울지 마. 애기한테 안 좋아요."

소윤의 어깨를 다독여준 강 회장은 뒤돌아서 벽을 바라보며 다시 눈물을 훔쳤다. 언제나 커 보이기만 하던 아버지의 어깨가 언제 저렇게 작아졌을까. 언제 저렇게 내려앉았을까. 새삼 비산의 가슴이 아파왔다. 늦었지만…… 지금부터 잘하면 된다. 어렵사리 비산이 손을 들어 아버지의 작아진 어깨를 잡았다.

"흐흐흑……."

아버지를 위로하기 위해 했던 행동이었는데, 강 회장은 어깨에 내려앉은 비산의 손길에 그동안 안고 있던 설움을 쏟아냈다. 소윤이 역시 강 회장의 등을 다독여주었다. 함께 웃고 축하해주어야 하는 자리에, 강 회장은 울고, 비산과 소윤은 그를 다독여주고 있었지만, 나쁘지 않은 풍경이었다. 아니, 아름다웠다.

가족. 각자였던 그들은, 그렇게 따뜻한 이름으로 하나가 되었다.

차를 타고 가면서, 소윤은 많은 생각이 들었다. 아까는 당혹스러움에 제대로 하지 못했던 인사를 해야겠다는 생각 또한 그중 하나였다. 보기에는 아무런 변화가 없는 배를 손으로 쓰다듬으며 소윤이 작은 소리로 말했다.

"반가워……. 우리 아기."

운전을 하고 있던 비산이 손을 뻗어 소윤의 나머지 손을 잡아 쥐었다.

"고마워. 소윤아."

"나 오늘 그 소리 참 많이 듣네요."

"응. 들을 자격 있어. 충분해. 천 번이고 만 번이고 들어도 모자라."

소윤은 가만, 웃었다. 한 아이의 엄마가 된다는 것. 어른이 된 후보다 아주 어렸을 때 그런 생각을 더 많이 했었다. 엄마가 없이 자랐던 그녀였기에, 어린 시절 엄마가 있었다면 어떨까, 하는 상상을 줄곧 했었으니까.

나중에 내가 엄마가 되면 우리 아이 슬프지 않게 비가 오면 학교 앞에서 우산 들고 기다리고, 소풍날이면 가게에서 산 김밥 대신 정성껏 만든 김밥을 싸줘야지. 학교 다녀오면 손 씻으라고 잔소리도 하고, 늦잠 자는 아이를 간지럽 태워 깨워줘야지.

"……."

어느새 눈물 한 줄기가 소리 없이 볼을 타고 흘러내렸다.

넘어지면 일으켜주고, 상처에 밴드도 예쁘게 붙여줄 거야. 손잡고 놀이공원도 함께 가고, 아이스크림이랑 솜사탕도 사줄 거야.

너와 웃고, 울고. 사랑한다고 말해줄 거야. 닳고 닳도록 안아주고 사랑해줄 거야. 너의 자라는 모습 하나하나 눈에 담아 소중하게 간직하고. 또……. 또…….

"……행복하게 해줄 거야."

희한한 얼굴이 되었다. 웃고 있던 입술이 일그러졌다, 다시 웃기를 반복한다. 사진만 간직했던 엄마의 모습이, 소윤이밖에 없다던 아빠의 모습이 그녀의 머릿속을 스친 것도 그녀의 그 희한한 얼굴에 한몫했다.

"아빠……."

소윤은 올라오는 울음을 참을 수가 없었다. 결국은 얼굴을 두 손으로 감싸고, 막을 길 없는 흐느낌을 쏟았다. 살아 계셨더라면 아빠도 좋아하셨겠지. 소윤은 그제야 병원에서 자신이 느꼈던 감정들을 이해할 수 있었다.

아이가 생겨서 기뻤다. 그러면서도 이 소식을 들어줄 아빠가 없어서 슬펐다.

축하해요. 우리 아빠……. 할아버지 됐네.

집으로 가는 동안 소윤은 끊임없이 눈물을 쏟아냈다. 유난히 아빠가 보고 싶은 날이었다.

1년 6개월 후.

언제 나오나 했던 아이는, 금세 뒤집기를 하더니 어느새 배밀이를 시작했다.

딩동. 아이를 등에 업고 빨래를 널고 있던 소윤이 얼른 인터폰 앞으로 달려가자, 익숙한 얼굴이 화면 안에 보였다.

달칵.

"어머, 아버님 회사는 어쩌시고요?"

강 회장이었다. 출근 시간이 훌쩍 지났는데 회사에 가지 않으신 모양이다.

"우리 시우가 너무 보고 싶어서 견딜 수가 있어야지. 발이 안 떨어져, 발이."

그러면서 애가 타는 듯 강 회장이 양팔을 내밀었다.

'어서 내게로 넘겨.'라는 신호였다. 시아버님이지만 이럴 때 보면 참 귀엽단 말이지. 안달복달하는 표정이 저가 알던 강 회장님이 맞으신가 할 정도로 우스꽝스러웠다.

"아이구우~ 우리 시우~ 이 할애비, 안 보고 싶었쩌?"

어울리지 않는 혀 짧은 소리는 그렇다 치고. 아버님, 시우 어젯밤에 보셨잖아요. 아직 10시간도 안 지났다고요.

기가 차서 웃음만 나왔다. 저렇게 좋으실까.

"너는, 힘들게 집안일 하지 말고 도우미 쓰라니까, 왜 말을 안 들어? 그러다가 몸 상하면 어쩌려고."

"괜찮아요. 집안일 하는 거 재미있고, 힘들지도 않은걸요."

아버님이 워낙 시우를 잘 봐주셔서 말이지요. 전 아버님이 전직 베이비시터인 줄 알았어요.

하루가 멀다 하고 집에 찾아오는 강 회장 때문에 곤란한 것은 비산뿐이었다. 소윤과 오붓한 시간을 좀 가질라 치면 초인종을 누르는 강 회장 때문에, 소윤에게 멀리 이사를 가자고까지 했을 정도니까. 비산은 소윤이 때문에, 강 회장은 시우 때문에 애가 단 하루하루를 보내고 있다. 그게 재미있기도 하고 또 행복하기도 해서, 소윤은 해사한 웃음을 지을 수밖에.

"이사님, 강만국 전 사장, 재판 날짜 잡혔습니다."

"언제야?"

"익월 10일입니다."

"얼마 나올 것 같아요?"

"강만국 전 사장은 살인교사 죄로 징역 5년 이상 나올 것으로 예상되고, 조 실장은 사문서 위조 등 죄가 중하지는 않지만, 손해 배상 청구 소송을 진행할 예정입니다."

"좋아. 나가봐요."

"예."

김 변호사가 이사실을 나가자마자 비산은 아득아득 올라오는 화를 억누르며 입술을 매만졌다. 소윤이와 저 사이에 엉킨 실 같던 세월들은 모두 강만국 사장이 만들어놓은 허구였다. 그게 너무 분해서 참을 수가 없었다. 그렇게 오랫동안 우리 집안을 쑥대밭으로 만들어놓고, 소윤과 닿지 못하게 온갖 음해와 이간질을 일삼았던 만국이었다. 그런데, 뭐? 고작 5년?

비산이 소윤을 지키려고 떠나 있던 시간이 5년이었다. 아버지께 한소윤을 애까지 낳은 이혼녀로 오해하게 만들고, J바이온을 고의적으로 무너뜨려 한 교수님이 죽음에 이르게까지 만들었다. 거기다 두 사람의 목숨까지 위협했는데 5년은커녕 50년을 해도 모자라다고. 까득, 하고 어금니가 물린다. 마음 같아서는 분이 풀릴 때까지 주먹을 휘두른 다음 진창에 처박아버리고 싶었다.

"하아……."

하지만 그럴 수 없다. 이제는 인간답게 살기로 했으니까.

'참아야지.'

비산이 데스크 위에 놓인 액자로 시선을 옮겼다. 사진 속에는 시우를 안고 활짝 웃는 소윤의 모습이 생생하게 담겨 있었다.

시끄러웠던 속이 단번에 고요해진다. 희한하다. 어떻게 소윤이의 저 미소만 보면 모든 분노가 다 가라앉는지. 게다가 비산을 닮아 이목구비가 또렷한 시우를 보면, 부끄러운 어른이 되지 말아야겠다는 생각이 먼저 들었다. 조금 더 너그럽고, 조금 더 이타적인 사람이 되어야지, 하는 다짐을 하루하루 시우를 보며 하고 있는 참이다.

"그래, 참자. 시우랑 소윤이 얼굴 봐서…… 참는 거야."

그는 후우, 하고 크게 숨을 내쉰 뒤, 오늘 저녁에는 시우가 좀 더잘 자길 바라며 다시 일에 몰두했다.

"응애~! 응애~!"

"어구~ 우리 시우가 잠투정을 하는구나~ 자장, 자장 우리 아기~잘도 잔다, 우리 아기~"

아기가 한 명 태어나면 엄마는 1년 동안 900여 시간을 덜 잔다더니, 그 말이 딱 맞는 듯했다. 시우는 꼭 새벽에 한 번씩 깨서는 목청껏 울다가 한참을 어르고 달래야 겨우 다시 잠이 들었다.

"후우……."

문턱에 서서 한쪽으로 몸을 기댄 비산이 아쉬운 눈을 하고는 거실에서 시우를 안고 왔다 갔다 하는 소윤을 바라봤다.

"먼저 자요. 나 시우 재우고 잘게."

"싫은데……."

"시우 재우려면 좀 있어야 해."

"나…… 너 못 안고 잔 게 벌써 1주일이 넘었어."

"……."

눈썹 꼬리가 아래로 추욱~ 처진 게, 오늘따라 비산이 참 딱해 보였다. 하지만 어쩌랴, 지금은 비산보다는 시우인걸. 여전히 시우의 울음소리는 잦아들지 않았다.

"어유~ 우리 시우가 많이 졸렸어요? 근데 잠이 안 들어서 짜증이 났어?"

대꾸는 하지 않고 다시 시우를 보며 둥개둥개하고 있는 소윤이 야속하기만 했다.

"이리 줘봐. 내가 재워볼게."

비산이 소윤에게로 다가가 시우를 받아 안았다. 처음엔 바스러질 것처럼 작던 아기가 하루가 멀다 하고 쑥쑥 자라더니 이젠 제법 무거웠다.

"너 하루 종일 시우 보느라 힘들겠다. 사람 불러. 고생하지 말고."

"몰라서 그래요. 아버님이 와서 시우를 얼마나 잘 봐주시는데."

"아버지 극성이야 태어나기 전부터 알았으니까. 그래도 잠시 잠깐이지. 아버지도 일이 있으신데."

"아버님 하루 종일 시우한테 붙어 계셨어요. 오늘은 업무 보고를 우리 집에서 받았다니까."

"업무 보고를?"

"비서님이 서류를 챙겨 들고 우리 집에 찾아왔었어요."

"와…… 그 정도면 병이네, 병."

"당신이 누구 극성을 닮았는지 이제 알겠어."

"극성이라니, 내가?"

"전에 그랬잖아. 나 출장 갔을 때 부산까지 쫓아왔잖아요. 그뿐이야? 송 대리님이랑 말도 섞지 말라고 얼마나 유치하게 굴었는지."

"내가 어, 언제?"

"정말 유전자가 무섭다니까. 시우도 나중에 극성스러워지는 거 아닌가 몰라. 교육 잘 시켜야겠다."

사실은 비산도 잘 알고 있었다. 하지만 제 눈에 보이는 게 소윤뿐인데 어쩌랴. 일에 몰두하고 싶고, 다른 생각도 하고 싶지만, 그게 되질 않았다. 이왕 소윤에게 정곡을 찔린 거, 한번 우겨나 보자.

"그렇게 잘 알면 나 이렇게 방치하지 마."

"엥? 방치라뇨?"

"이게 방치지 뭐야. 시우도 중요하지만 우리에겐 우리의 시간이 필요하다고."

"참 나……."

나이만 더 먹었지, 이건 무슨 어린애 저리 가라였다. 입을 삐죽이며 시우를 안고 살살 흔들던 비산이 조용해진 시우를 내려다보더니 싱긋 웃었다.

"잔다."

"어? 정말이네?"

신기하게도 시우는 소윤이 달랠 때보다 훨씬 빨리 잠이 들었다. 아주 조심조심, 그는 숨조차 내뱉지 않으며 방으로 들어가 아기침대에 시우를 내려놓았다. 도둑고양이처럼 살금살금 방을 빠져나온 비산이 조심스럽게 문을 닫은 뒤, 삼켰던 숨을 후우 뱉어냈다.

"와, 잘 재운다. 앞으로 계속 쌤, 아니 여보가 재워요."

"그래, 그 정도쯤이야 껌이지. 그럼, 이제 우리는 그동안 못했던 숙제를 좀 해볼까?"

돌연 비산의 눈빛이 촉촉하게 젖어들었다.

숙제라니, 무슨 숙제? 짐짓 모르는 척, 고개를 갸웃하는 소윤의 손을 얼른 낚아챈 비산은 곧장 그녀를 안방으로 데리고 들어갔다.

시우를 가졌을 때는 시우 가졌다고 안지 못하고, 시우를 낳고나서는 시우 보느라 또 안지 못했다. 도대체 나는 언제 너를 제대로 안아보는 걸까? 애타는 가슴처럼 그의 입술도 타닥타닥 말라붙어 있었다.

"오늘은 피곤하다 해도 안 봐줄 거야."

"……!"

방으로 들어서자마자 비산은 그녀에게 키스를 퍼부었다. 급하고, 격렬했다. 그래서 더 짜릿하기도 했다.

"흐읍! 쌤……."

거칠어진 그의 호흡에 맞춰 그의 가슴이 들썩거렸다. 비산은 참을 수가 없었다.

후두둑. 뭔가 뜯어지는 소리가 나더니, 소윤의 셔츠에서 단추들이 온 사방으로 튕겨져 나갔다.

"아니, 쌤!"

단추를 풀 시간마저 아까웠던 비산이 소윤의 셔츠 앞섶을 뜯어내듯 벌렸던 것이다. 울상이 된 소윤은 아랑곳하지 않은 채, 비산은 허리를 기울이며 소윤을 침대로 눕혔다. 그녀의 드러난 살결 위에 연신 키스를 퍼부으며. 그의 입술은 한껏 달아올라 뜨겁기까지 했다. 오랜만에 맞닿은 피부는 전기가 통하는 듯 찌릿했다. 제법 오랜 시간 참아온 탓에 비산은 반쯤 정신이 나간 사람처럼 소윤에게 덮쳐들었다.

"하아…… 하아……."

그의 호흡이 소윤의 귀로 몽롱하게 들려왔다. 섹시한 그의 눈빛이 슬쩍 감긴 채로 소윤을 오롯이 담았다. 젖은 듯한 그 눈빛이 소윤의 온몸을 조여오는 듯했다. 아름다웠다. 그는, 여자인 자신보다 아름다운 모습이었다.

"오늘은…… 기필코…… 널 안을 거야."

사실 이전에도 몇 번 시도를 한 적이 있었지만, 시우가 귀신같이 알고 깨는 바람에 번번이 실패를 했었다. 그런데 오늘의 비산은 단단히 작정을 한 듯했다. 소윤의 손목을 잡아 위로 올려 짓누른 그가, 나직하게 말했다. 잔뜩 잠긴 섹시한 목소리로.

"무슨 일이 있어도…… 안 멈춰."

"하아……."

발갛게 달아오른 소윤의 얼굴이 너무나 섹시했다. 흐트러진 머리카락 사이로 그녀의 몽롱한 듯한 눈이 선명하게 드러났다.

"너 지금……."

"……?"

"섹시해…… 너무."

그건 쌤이 더하거든요.

소윤이 속에 말을 숨긴 채 그를 바라봤다. 잠시간 서로 눈을 맞춘 두 사람은 다시 격렬한 키스로 서로의 온도를 나누기 시작했다.

하지만.

"응애. 응애."

멀리서 들려온 그 소리에, 두 사람의 움직임이 뚝, 멈췄다.

"시우 울어요."

소윤이 반사적으로 몸을 일으키려는데, 비산이 돌덩이처럼 굳

지독하게 그리고 뜨겁게 415

은 채 비켜주질 않았다. 딱딱하게 굳은 얼굴은 흡사 삐친 아이 같았다.

"시우 운다니까!"

그의 단단한 가슴팍을 다시 한 번 거세게 밀어내자,

"하아……."

비산이 저러다 정말로 땅이 꺼지겠다 싶은 한숨을 내쉬고는 몸을 비꼈다. 그는 엎드린 채 총알같이 방을 뛰쳐나가는 소윤의 뒷모습을 보다, 곧장 얼굴을 침대로 묻어버렸다.

"으으……."

괴롭다. 안고 싶어 미치겠는데. 몸은 이미 하늘로 치솟았는데. 더 이상 아무것도 할 수 없어서, 비산은 울고 싶은 심정이었다. 그러다 문득, 비산의 머리에 섬광 한줄기가 퍼뜩 스쳤다.

"아. 그 방법이 있었지……."

침대에 파묻었던 얼굴을 천천히 들어 올렸다. 땀에 젖은 머리칼 사이로, 깊고 짙은, 그의 근사한 눈이 드러났다. 그리고 그 근사한 눈은 참으로 야무지게, 초롱초롱 빛을 냈다.

"아니…… 아버님이 이 시간에 어쩐 일로……."

이미 시간은 자정을 넘기고 있었다. 갑작스런 아버님의 방문은 소윤을 당황케 하기에 충분했다.

"무슨 일 있으신 거예요?"

무슨 안 좋은 일이라도 있는 게 아닌가 걱정부터 들어 물었지만, 그렇다고 하기엔 강 회장의 표정이 너무나 좋아 보였다. 하늘 높은 줄 모르고 솟고 있는 강 회장의 광대가 그의 기분을 말해주고 있었으니까.

"산이 녀석, 시우 좀 봐달라고 전화했더라고."

"네에?"

아니, 이 늦은 시간에 아들을 봐달라고 아버지께 전화하는 비산은 뭐고, 그 부탁에 또 총알같이 달려오는 아버님은 뭔지.

"저기……."

괜찮다고, 돌아가시라고 말하려던 소윤은 그리 가깝지도 않은 거리를 설레며 오셨을 아버님을 생각하니 차마 입이 떨어지지 않았다. 하지만 그런 소윤과는 다르게 어느새 옆으로 다가온 비산이 소윤의 어깨에 팔을 걸치며 물었다.

"아버지, 시우 봐주실 수 있죠?"

부탁하는 사람의 말투가 어째 강압적이다. 강 회장이 혹시나 기분이라도 상하지 않을까 생각했던 소윤은 즉각적으로 돌아오는 강 회장의 답에 하릴없이 웃고 말았다.

"두 번 말해 뭐해, 입만 아프지. 내 일주일도 봐줄 수 있다. 아니, 일주일이 뭐냐. 내가 그냥 데려다 키울 자신도 있어."

"하…… 하하하……."

아버님, 시우를 정말…… 사랑하시나 봐요. 엄마인 저도, 가끔은 힘들어서 쉬고 싶기도 한데, 아버님은 그러지 않으신가 봅니다. 내리사랑이라더니, 정말 그 말이 맞나 봐요.

어쩔 수 없이 소윤은 시우를 내드려야 할 상황이 되었다. 소윤은 비산에게 눈으로 찌릿찌릿 레이저 빔을 쏘아댔다.

이게 말이 돼? 지금 자기 사리사욕 채우자고, 하나밖에 없는 아들을 아버님께 맡겨? 아버님 고생하시는 건 안중에 없고? 이렇게 철없는 아들이자 아빠를 보았나! 지금 본인 한 사람 때문에 몇 명이 희생을 하는 거야?

생각할수록 화가 났다. 하지만 아버님이 계시니 대놓고 표현할 수도 없는 노릇이었다.

"아버님, 힘드실 텐데……."

"걱정 마. 하나도 안 힘들어. 이렇게 예쁜 손주를 보는데 무에가 그리 힘들다고."

그러네요. 아버님 보니까 지금 딱, 춤이라도 추실 기세세요.

"심야영화 본다며? 얼른 나가서 보고 와. 가서 해 뜰 때까지 놀다 와도 되니까, 마음 놓고 놀다 와."

심야영화? 소윤은 처음 듣는 이야기였다. 아마 비산이 둘러댄 핑계겠지. 울며 겨자 먹기로 소윤은 부랴부랴 나갈 준비를 했다.

"그럼, 다녀오겠습니다."

"그래, 잘 다녀와."

강 회장은 연신 웃는 얼굴로 두 사람을 마중했다. 등 떠밀려 나가는 기분이었지만, 어쩌랴. 저리 좋아하시는데. 쫓겨나듯 집을 나선 소윤은, 현관문이 등 뒤에서 닫히자마자 비산을 쏘아봤다.

"이게 지금 무슨 짓이에요?"

"뭐, 어때……? 아버지가 시우를 워낙 좋아하셔야 말이지."

소윤의 눈치를 보며 기어들어가는 목소리로 그가 답했다. 사실 비산은 딱히 자신이 잘못했다는 생각이 들지 않았다.

아버지는 시우 때문에 애가 마르고, 저는 소윤이 때문에 애가 마르는데, 한 큐에 이 두 가지 문제를 해결하는 방법 아닌가. 이 얼마나 합리적인가.

"아버지도 좋고, 나도 좋고…… 모두가 행복한 길이잖아……."

"이게 무슨 모두가 행복한 길이에요? 아버님한테는 민폐고, 나도 마음이 안 놓인다고요."

이제 배밀이하는 아이를 떼놓은 어미 마음을 이 철없는 애 아빠가 어찌 알겠냐마는.

"이건 너무해요. 무슨 급한 일이 생긴 것도 아닌데, 이 늦은 시간에 아버님을 부르다니요."

"그럼 어떡해. 사람 이렇게 달뜨게 만들어놓고. 나도 참을 만큼…… 참았다고……."

"……."

이해는 한다. 얼마나 저를 안고 싶었으면 이렇게까지 할까 싶기는 하지만.

"그래도 우리는 절제할 줄 아는 어른이잖아요."

"한계니까 그러지. 절제도 어느 정도 수용 가능한 선에서 해야 의미가 있는 거야. 이건 절제가 아니라 고문이라고."

고문에 악센트를 줘 말하는 비산의 눈이 처량하기 그지없었다. 정말 힘들긴 한가 보다.

하지만 당장에 어디 호텔로 데려갈 기세였던 그는 소윤을 데리고 극장으로 온 참이다.

"정말로 영화 보려고 그랬던 거예요?"

"응. 우리 저거 보자."

비산이 지목한 것은 얼마 전 개봉한 로맨스 영화.

"저런 거 좋아해요?"

"아니, 네가 좋아할 것 같아서."

비산의 말에 소윤이 가만 웃었다.

"좋아요. 봐요."

티켓팅을 하고 팝콘과 음료를 사서 시간에 맞춰 영화관으로 들어섰다. 많이는 아니지만 드문드문 사람이 앉아 있었다.

"앉자."

두 사람은 영화표에 찍힌 번호를 찾아 계단을 올랐다. 그런데 어찌 된 일인지 앞에 올라가는 비산이 멈출 생각을 하지 않는다.

알고 보니, 그가 선택한 자리는 영화관의 가장 뒷자리였다.

"중간쯤으로 하지. 너무 멀다."

"그럴 걸 그랬나?"

게다가 가까이서 보니 좌석은 커플석이었다. 중간에 팔걸이도 없는.

"불편해 보여요."

"그럼 나한테 기대."

비산이 먼저 앉으라고 소윤에게 손짓을 했다. 그녀가 앉자 비산은 얼른 붙어 앉는다.

"졸지 마."

"안 졸아요."

사실 안 졸 자신이 없긴 했다. 요즘 시우 본다고 피곤에 찌들어 살고 있으니, 저도 모르게 잠이 들지도 모른다. 하지만 영화가 절반쯤 진행됐을 때, 소윤은 결코 잠이 들 수 없다는 사실을 깨달았다. 비산이 제 손을 잡고 엄지로 손등을 살살 문지르고 있었기 때문이다. 그저 손일뿐인데, 그 움직임이 어찌나 야릇한지.

소윤이 힐끔, 비산을 곁눈으로 올려다봤지만, 그는 영화에 집중한 듯 보였다. 그렇게 10분쯤 지났나, 갑자기 비산의 손이 소윤의 허리를 감싸 안았다. 앉으면 어쩔 수 없이 생기는 허리 살 때문에 신경 쓰였지만, 그보다 더 신경 쓰이는 것은 비산의 손길이었다.

주물주물. 처음에는 예사로 생각했는데 그 손이 점차적으로 올라오기 시작했다.

"하, 하지 마요."

아무도 제 쪽으로는 보지 않는데도, 소윤은 신경이 쓰이는지 연신 주위를 의식했다. 그런 소윤의 모습이 비산은 재미있었다.

"하지 마라니까 더 하고 싶네."

비산의 손이 소윤이 입고 있던 니트를 비집고 들어왔다.

"미, 미쳤어."

누가 들을세라 잔뜩 낮춘 목소리였다. 한 손으로 그의 손을 막으려 해도 돌덩이처럼 꿈쩍도 하지 않았다. '아니, 지금 공공장소에서 뭐 하는 짓이에요?' 하는 눈빛이 비산에게 가 닿았지만, 비산은 아랑곳하지 않고 하던 일에 몰두했다.

그러더니 결국은,

"흐엇?"

소윤의 하얀 목덜미에 그의 입술이 와 닿았다. 정말 딱, 죽을 것 같았다. 극장에서 이게 무슨 짓인지. 그런데 희한한 것은, 그렇게 생각하면서도 소윤은 비산의 움직임에 철저하게 휘둘리고 있었다는 것이다. 왜 이렇게 자극적인 건지. 그나마 양옆으로 사람이 없었다는 게 다행이었다. 소윤의 아랫배로 열기가 올라왔다. 비산의 품에 안겨본 지 오래라 그런지, 그녀 역시 이성보다 본능이 더 빨리 반응했다.

"그만……."

더는 위험하다. 몸이 자꾸만 달아올라. 하지만 그 사실을 먼저 알아챈 건, 소윤이 아니라 비산이었다.

"아무도 안 봐. 그러니까 조금만 더……."

그녀의 몸이 이미 뜨거워졌다는 것을 그는 손에 느껴지는 체온으로 알고 있었다. 그녀를 더 자극시키고 싶었다. 그래서 애원하게 만들고 싶었다. 아까보다 훨씬 더 과감하게 비산의 손이 움직였다.

그녀의 치마 밑단으로 슬쩍 손을 넣은 그가, 점차적으로 손을 밀어 올렸다. 그녀의 허벅지 안쪽에 비산의 손이 닿자 그녀는 저도 모르게 얕지 않은 신음을 뱉었다.

"흐읏!"

그리고 그와 동시에 비산의 움직임이 멈췄다.

"하아…… 하아……."

"……?"

조금 전, 그녀를 애원하게 만들고 싶다던 생각은 머릿속에서 날아가고 없었다.

"나가자……. 나…… 더는 못 참겠어."

"……."

그녀의 신음 소리 한 번에, 애원하게 만들겠다는 결심은 와르르 무너지고 만 것이다. 소윤이 대답도 하기 전에, 그가 소윤의 손을 낚아채 자리에서 일어섰다. 덩달아 일어선 그녀는 그가 가는 대로, 하릴없이 끌려갈 수밖에 없었다.

골탕 먹이려고 했다. 그녀가 난감해하는 모습이 재미있어서, 곤란하게 하고 싶어 이곳으로 데려온 건데. 매번 참을 수 없을 정도로 달뜨는 것은 자신이었다. 아무렴 어때. 내가 더 좋은걸. 내가 더 안고 싶고, 내가 더 갖고 싶은걸.

근처에 있는 호텔까지 가는 동안, 비산은 아무 말이 없었다. 카드 키로 호텔 객실의 문을 열 때까지도 말이 없던 그는, 객실의 문이 열리자마자 짐승이 된 것처럼 소윤에게 달려들었다. 뜨거운 호흡과 거침없는 그의 움직임에. 소윤의 몸은 열에 녹아내리는 쇠처럼 뜨겁고 눈부시게, 녹아내렸다.

그녀의 아름다운 몸을 덮고 있는 거추장스러운 것들을 거칠게 벗겨낸 비산은 머뭇거릴 이유가 없었다. 그녀의 피부 위를 제 입술로 촘촘하게 덮었다. 그녀의 모든 곳에 자신의 자국을 남기려는 것처럼, 그 부드러운 피부 위를 끈적한 타액이 덮어 번들거리도록. 제 입술을 그녀의 온 피부에 비볐다. 그리고 그 더운 입술이 그녀의 작고 여린 꽃잎을 덮은 순간, 그녀는 몸을 강하게 비틀었다. 달아오르는 열기를 따라서, 그녀는 절정을 향해 달려가고 있었다. 그 여린 모습을 보는 게 좋았다. 그 작은 몸부림을 보는 것이 좋았다. 그래서 비산은 좀 더 집요하게 굴었나 보다. 마치 오랫동안 풀지 못한 한을 푸는 듯이, 비산은 격렬하게 소윤을 괴롭히고 또 괴롭혔다. 그녀가 녹초가 될 때까지, 그는 절정의 순간을 미루고 미뤄가며 말이다.

"하아…… 이제 그만…… 해요."

정말 이러다간 몸살이라도 날 것 같아서, 소윤이 애원하듯 말했다.

"이런 식의 애원은…… 하아…… 좋지 않은데?"

"으읏…… 네?"

"내가 널…… 그동안 얼마나 안아보고 싶었는데…….”

"……."

"거봐…… 너도 몰아서 하니까…… 피곤하지?"

"뭐…….”

"그러니까 이제 우리…… 아버지 찬스…… 자주 애용하자…….”

"흐읏…… 뭐예요?"

"우리 아직…… 하아…… 아버지께 효도하려면 둘을 더…… 으읏!"

"……."

하나도 지금 버거운 마당에 이 남자가 지금 대체 무슨 소리를 하는 거야?

밤새 소윤을 그렇게 괴롭힌 비산은, 녹초가 되어 집에 가자는 소윤을 끌어안고 그대로 잠이 들어버렸다. 그 바람에 강 회장은 밤새 행복했다. 시우의 자는 모습을 보느라 좀처럼 잠이 들지 못하던 강 회장은 하늘이 푸르스름해질 때쯤에야 겨우 잠이 들었고, 비산은 그때 다시 깨어 소윤을 또 괴롭혔다. 그리고 이날, 소윤과 비산에게는 둘째가 생겼다.

비산은 품에서 잠든 소윤을 가만 바라봤다. 사랑스럽기만 하다. 한소윤이라는 여자가 할머니가 되어 쭈글쭈글해져도. 그때까지도 비산은 지금처럼 지독하고 뜨겁게 사랑할 자신이 있었다. 이 세상에 존재하는 여자라고는, 한소윤 그녀밖에 없으니까. 그의 눈에 보이는 건 오직 한소윤, 그녀뿐이니까. 그래서 그녀를 가진 지금 이 순간, 그녀를 안고 있는 지금 이 순간이…….

꿈만 같다. 그리고 이 꿈은 단언하건대, 그녀가 살아 있는 한 영원할 것이다.

지독하게, 그리고 뜨겁게. 비산은 오직 그녀만을 사랑할 테니까.

그리고 그건, 소윤 역시 마찬가지였다.

따뜻한 그의 입술이, 잠든 소윤의 이마에 제법 오래도록 머물렀다.

에필로그 1. 안녕. 나의 아팠던 시간들

아장아장. 첫돌이 지난 시우는 잔디밭 위에 조심스럽게 발을 디뎌 앞으로 나아갔다. 멀지 않은 곳에, 소윤이 두 팔을 벌린 채 시우를 기다리고 있었다.

"아고, 잘 걷네!"

응원하는 그 목소리에 시우도 신이 난 듯 조금 더 빨리 발을 내디뎠다. 선연한 하늘과, 온통 초록빛으로 뒤덮인 풀밭. 그 위에 올라 선 두 모자의 모습은 눈에 넣어도 아프지 않을 만치 고왔다.

"……."

하지만 멀리서 흐뭇한 얼굴로 두 사람을 바라보고 선 강 회장의 마음은 그 표정과는 다르게 무겁기만 했다.

"가시죠, 아버지."

"그래."

뒤에서 비산이 부르지 않았다면, 시우를 보는 척하며 조금 더 망설였으리라. 하지만 그는 몸을 돌려 비산의 뒤를 따랐다.

"여깁니다."

"……."

한동안 무거운 얼굴로 눈앞을 응시하던 강 회장이, 어렵사리 입을 뗐다.

"오랜만입니다, 사돈……."

볼 낯이 없었다. 봉안묘 안에서 환하게 웃고 있는 한 교수의 얼굴을 말이다.

제 아들이 제 아비보다 좋아하고 따랐던 사람이라, 강 회장은 한때 그를 미워했었다. 정확히 말하면 시기였지.

아들놈 맡아줘서 고맙다 말하며, 굳이 받지 않겠다는 사례금을 억지로 쥐여 줬던 것도, 그 때문이었다. 자존심 상하게 하고 싶었다. 한 교수가 제 아들에게 베푼 선행을 이깟 돈 몇 푼으로 빛바래게 하고 싶었다.

그래서 지금, 강 회장은 차마 한 교수의 사진 앞에 고개를 들 수가 없었다. 그것은 비산 또한 마찬가지였다.

"우리가…… 죄인입니다."

"……."

한 교수의 회사가 망하게 된 것이 강 회장의 동생이자, 비산의 숙부인 강만국 사장의 탓이라는 건, 부인할 수 없는 사실이었다. 강 회장은 고개를 더 깊이 조아렸다.

"용서해주십시오, 한 교수."

줄곧 바닥을 향하고 있던 시선을 강 회장이 어렵게 들어 올린

건, 손에 쥐어진 흰 국화꽃 한 송이를 봉안묘 위에 올려놓기 위함
이었다.

"소윤이…… 눈물 같은 거 흘릴 일 없게, 아들 간수 잘하겠습니
다. 그러니까 걱정 마시고 편히 쉬어요, 사돈."

"……."

비산은 그저 입을 다물고 있을 수밖에 없었다. 너무나 선명하게
각인된, 한 교수님의 모습이 그 순간 떠올랐기 때문이다.

비산이 한 교수를 처음 만난 건, 그가 우연히 한 교수의 연구실
로 들어가게 되면서였다. 무작정 집을 나와 하염없이 걷던 비산은
들고 있던 돈을 아끼려 근처 대학교 구내식당을 찾았다. 배를 채우
고 나서 학교를 둘러보던 그의 눈에, 때마침 열려 있는 한 교수의
연구실이 들어왔고, 호기심에 무작정 안으로 들어섰던 그는 책상
위에 놓인 책 한 권을 별생각 없이 집어 들었다.

가볍게 읽기 시작했던 그 책은, 시간이 갈수록 비산의 흥미를
이끌어냈고, 그 흥미는 집중으로 이어졌다.

"누구신가?"

그래서 저에게 묻는 그 소리를 비산은 듣지 못했다. 그렇게 책
한 권을 그 자리에서 다 읽을 때까지, 한 교수는 마치 없는 사람처
럼 연구실 한쪽에 앉아 그를 지켜봤다.

"집중력이 대단하구만."

"……!"

비산은 그 소리에 하마터면 책을 떨어뜨릴 뻔했다. 놀라 제 손
에서 흐트러진 책을 제대로 잡아, 책상 위에 올려놓은 그가 둘러

대듯 말했다.

"아, 죄송합니다. 문이 열려 있어서……."

"쉽지 않은 책인데, 이해는 했나?"

"네? 아…… 어느 정도는……."

"어느 정도라……. 그럼 루소 선도의 정의를 말해볼 수 있겠
나?"

"아. 수직면의 배광곡선의 하나로, 그 곡선의 면적이 전광속에
비례하도록 한 직각 좌표 곡선을……."

"쉽게 답하는 걸 보니 제어공학과인가?"

"아닙니다. 경역학과를 다니고 있습니다."

"그래? 그럼 루소 선도를 어떻게 알지?"

"방금 책에서……."

"자네…… 지금 농담하는 거지?"

"아닌…… 데요."

그 어이없을 정도로 비범한 학생을, 한 교수는 절대 놓치면 안
되겠다고 생각했다. 마침 비산은 갈 곳이 없다고 했고, 한 교수는
그런 비산을 연구실에 두지 않을 이유가 없었다.

종래에는 재학 중인 학생이 아님에도 불구하고 한 교수가 가장
아끼는 애제자가 되었다. 실제로 비산은 한 교수의 프로젝트에 지
대한 도움을 주기도 했다.

그렇게 한 교수와 지내면서 비산은 1년 새 너무 많이 달라진 자
신을 발견했다. 그리고 그 즈음, 한 교수의 부탁으로 외동딸인 한
소윤을 가르치기 시작했다. 그것이 처음이었다. 그에게 지켜내야
할 무언가가 생긴 것은 말이다.

비산은 아직도 선명하게 기억했다. 소윤의 과외를 시작한 지 1년, 그리고 한 교수를 알게 된 지 2년여가 다 되어갈 무렵, 소윤의 과외를 마치고 나온 비산을 불러 세운 한 교수가 장난인지 진담인지 모를 얼굴로 했던 말을.

"혹시나 내가 잘못되면, 우리 소윤이 자네가 좀 거둬주게."

"갑자기 왜 그런 말씀을……"

"사람 일이란 게, 언제 어떻게 잘못될지 아무도 몰라. 소윤이 엄마가 그렇게 될지 누가 알았겠나. 소윤이 엄마가 죽고 나서야 알았지. 나 역시 그렇게 하루아침에 죽을지도 모른다고."

"교수님……."

"나 장난으로 하는 말 아닐세. 그러니까 새겨들어. 나 죽으면 다른 거 없어. 우리 소윤이…… 사람 될 때까지만 보살펴주다가 좋은 사람 생기면 결혼시켜주게나. 나 대신 친정 오빠 노릇 좀 부탁하네. 그 예쁜 웃음…… 잃지 않게 해줘."

"……."

하지만 그로부터 몇 달이 채 안 되어, 비산은 한 교수와 소윤을 떠나야 했다. 그리고 꼬박 5년 후. 그가 한 교수와 다시 조우한 건, 중환자실에서였다. 아니, 정확히 말하자면 중환자실 밖 유리창 너머로 온갖 의료장비를 몸에 달고 누워 있는 한 교수의 옆모습을 본 게 다였다.

5년 동안 그들에게 떨어져 있으면서도 비산은 혹시나 아버지가 그들을 다치게 할까 봐, 조 실장을 시켜 두 사람의 안위를 살폈었다. J바이온의 주가폭락 소식과 함께, 한 교수가 쓰러졌다는 이야기를 하루 만에 알고 달려올 수 있었던 것도, 그 때문이었다.

지금의 강 회장처럼, 그때의 비산 역시 감히 한 교수를 마주할 자신이 없었다. 아니, 자격이 없었다. 소윤은 기억하지 못하지만, 병원에서 그녀를 발견한 비산은 얼른 벽 뒤로 몸을 숨겼었다. 5년 만에 처음 보는 소윤의 얼굴은 그녀답지 않게 어둡고 초췌해서, 비산은 마른 손으로 얼굴을 비비며 도망치듯 병원을 빠져나올 수밖에 없었다. 다 자신의 잘못만 같아서. 이 모든 일의 진실을 파헤칠 용기조차 나지 않았었다. 그때는.

어쩌면 교수님은, 당신에게 닥칠 일을 미리 알고 있었는지도 모른다. 그래서 그때, 그런 말씀을 하신 건지도.

어떻게 하면 이 죄가 씻어질까. 헛된 바람일지도 모르겠다. 하지만 봉안묘 앞에서 강 회장이 비산에게 건넨 한마디 말이, 그를 일깨워주었다.

"한 교수가 무얼 바랄지만 생각해."

'한 교수님이 바라는 것⋯⋯.'

그제야 다시 떠올랐다. 한 교수님의 마지막 말이 말이다.

'우리 소윤이 그 예쁜 웃음⋯⋯ 잃지 않게 해줘.'

몸을 돌려 납골당을 빠져나가려던 비산이 문득 걸음을 멈추고 다시금 고개를 돌려 한 교수의 사진을 바라봤다.

언제나 그 웃음을 볼 때면 마음 한구석이 쓰라렸는데.

어쩌면⋯⋯ 행복하실지도 모르겠습니다. 지금 교수님은⋯⋯. 하늘에서 환하게 웃고 있는 소윤의 모습을 내려다보면서 말입니다.

그런 생각 때문이었을까, 저를 보고 웃는 한 교수님의 모습이 더 이상 아프게 느껴지지 않았다.

'약속 꼭 지키겠습니다. 아시잖습니까, 저 한 교수님이 그렇게 믿어주시던 수제자 강비산이라는 걸요. 교수님이 아무 때나 내려다보셔도, 언제나 소윤이 웃는 얼굴 보실 수 있게. 항상 행복하게 해줄 테니까, 다시 한 번 저…… 믿어주세요, 교수님.'

비산이 한 교수의 사진을 보며 웃어 보였다. 처음이었다. 이곳에서 한 교수님을 향해 웃어 보인 것이.

하얀 국화꽃 한 송이가 놓인 봉안묘의 그 좁은 공간이, 오늘따라 너무도 자유로워 보였다. 납골당 바깥의 청명한 하늘 역시, 마치 한 교수님의 맑은 웃음 같아 보여서, 비산은 이날, 처음으로 평안한 마음으로 납골당을 나설 수 있었다.

에필로그 ㄹ. 신혼, 그 격렬하고 뜨거운

"하버지! 나, 이고 읽을 줄 안다?"

"오오~ 정말? 그럼 읽어봐 어디."

"시…… 신속…… 배…… 달. 맛과…… 향이 다, 다…… 릅니다?"

"이야~!"

강 회장이 박수를 치며 시우를 추켜세웠다.

"우리 시우가 천재였네? 4살밖에 안 됐는데 이거 어떻게 읽어?"

"응. 엄마가 시우 그림에 제목 쓰기 하라고 했어. 그래서 알아."

"세상에~ 우리 똑똑박사, 못하는 게 없구나!"

주말이 되자 어김없이 강 회장은 손주를 보러 비산의 집에 들른 참이었다. 시우가 그린 그림이며 삐뚤빼뚤 글자를 쓴 종이들을 우표 수집하듯 들고 가, 문이고 벽이고 도배를 해놓으셨을 정도로 그는 손주 사랑이 각별했다.

"할애비 뽀!"

강 회장이 시우에게 한쪽 볼을 내밀며 검지로 콕콕 찍었다. 그러자 시우가 배시시 웃으며 다가와 강 회장의 이마에 쪽, 양 볼에 쪽, 콧등에 쪽. 그리고 마지막으로 입술에 쪼오옥! 하고 뽀뽀를 해주었다. 강 회장은 기분이 좋아서 쓰러질 지경이었다.

"있잖아, 하버지! 아빠가 엄만테 매일 이케 뽀뽀한다?"

갑작스런 시우의 말에 식사 준비를 하던 소윤의 얼굴이 발개졌다. 4살이라고 별생각 없었는데 다 보고 있었구나 싶어, 민망함이 몰려왔다.

"엄마는 아빠 거니까!"

안 그래도 아버님 앞이라 부끄러워 죽겠는데, 욕실에서 막 샤워를 마치고 나온 비산이 눈치 없이 거들었다. 소윤이 눈살을 찌푸리며 비산을 쏘아봤다.

"왜? 맞는 말인데."

그러면서 비산이 소윤에게로 다가온다. 어찌 불안불안하다 했더니, 소윤의 볼에 쪽, 하고 뽀뽀를 했다. 발개진 얼굴이 더욱 시뻘게졌다.

'아버지 계신데 뭐 하는 거예요?' 하는 소윤이의 눈과 '아버지 계시니까 이 정도로만 하는 거야.' 하는 비산의 눈이 마주쳤다. 어쩔 줄 몰라 하는 소윤의 모습이 예뻐 죽겠어서, 비산이 까마득히 잘생긴 그 얼굴로 웃어 보였다. 하여튼 귀엽긴.

"시, 식사하세요."

저를 흐뭇하게 내려다보는 비산과 부러 눈을 마주치지 않으려 몸을 틀며 그녀가 말했다.

'제발 아버님 계신 곳에서는 뽀뽀나 스킨십 이런 것 좀 안 하면 안 돼요?'

전부터 누누이 말했던 것이었지만, 매번 비산은 능청스럽게 '내 건데 뭐?' 하며 능구렁이처럼 넘겼다. 물론 아버님이 계시면 덜하긴 한다. 평소에는 아주그냥 껌 딱지처럼 붙어 있으려고 하는 그이니까. 둘째를 낳고 나서부터는 애들한테 저를 뺏겼다고 심통을 부리기까지 했다. 아이를 둘이나 낳았으면 좀 시들해질 법도 한데, 어찌 된 게 아버님이나 남편이나 시들해질 줄을 모르는지. 물론 아버님의 열렬한 손주 사랑은 소윤에게 감사한 것이었지만, 비산의 저를 향한 사랑은 좋기는 한데, 몸이 힘드니까…….

시우를 식탁 의자에 앉히자, 강 회장이 얼른 제 쪽으로 시우를 끌어당겼다.

"넌 식사 준비 한다고 고생했으니, 시우 맘마는 내가 먹이마."

소윤이 식사 준비를 안 했어도 강 회장이 먹였을 거면서, 괜한 핑계를 대며 유아용 숟가락으로 이유식을 후후, 불며 저었다.

"집안일 많이 하면 나중에 고생해요. 사람 쓰라니까 고집은."

"괜찮아요. 제가 재미있어서 하는 건데요, 뭐."

항상 저를 걱정해주시는 아버님이 감사했다. 소윤은 작게 웃으며 수저를 들었다. 시현이도 자고 있고, 오랜만에 편하게 식사를 해보려고 했는데.

"……."

슬쩍, 소윤의 허벅지 위에 올라온 손 때문에 소윤이 얼른 고개를 옆으로 돌려 비산을 째려봤다.

진짜 이 사람이, 날이 갈수록 왜 능구렁이가 되어가는 거야!

비산은 정말 아무 일도 없는 것처럼 밥을 넘겼다. 왼손으로는 소윤의 허벅지를 조물딱조물딱거리면서. 아버님 계셔서 이거, 뭐라 할 수도 없고. 하여튼 틈만 나면 이렇게 엉겨오는 비산 때문에 요즘 소윤은 피곤해 죽을 지경이었다.

"참…… 아가. 시현이 이제 곧 돌인데……."

"네? 아……. 돌잔치 장소는 알아보고 있어요, 아버님."

"저…… 그게 아니라……."

"……?"

"약속한 거…… 있잖니……?"

"……."

설마, 아버님, 둘째 돌도 아직 안 된 마당에…… 벌써……?

"지금 가지면 두 살 터울이라, 터울도 딱 좋고……."

사실 아버님이 시우를 너무 잘 봐주셔서 아이들 키우는 게 그렇게 힘들거나 하진 않지만, 둘이면 충분할 것 같습니다만.

"저기, 아버님 요즘엔……."

소윤은 '하나만 키우는 집도 많아요.'라며 자신의 정당성을 주장하려 했다. 하지만.

"요즘엔 형편만 넉넉하면 넷 키우는 집도 많더라. 유일기업 김 회장네 큰아들이 애가 넷이라지?"

"일단 애들 좀 키우고 나서……."

"나이 들어 애 낳으면 힘들어, 네 몸도 생각해야지."

"낳지 않으면 힘들지도 않을 텐데요……."

"낳기만 해. 그럼 내가 보모 다 붙여줄 테니까. 그리고 나처럼 유능한 보모가 있는데 무에 걱정이니?"

"……."

"맞아요, 아버지. 유일기업 큰아드님이 애들 보는 재미로 요즘 산다고 저도 들었어요. 넷이니까 지들끼리도 그렇게 잘 논다고."

여전히 소윤의 허벅지를 야릇하게 쓰다듬으며, 비산이 얄밉게 거들었다.

"그래, 아가야. 그래서 내가 준비했단다."

"……?"

강 회장은 주섬주섬 품에서 무언가를 꺼내 내밀었다.

"비행기표야. 내가 보모랑 애들 며칠 봐줄 테니까, 놀다 오려무나."

"아, 저기……."

"그럼 그리 알고, 비산이 너는 소윤이 여왕처럼 모셔. 애미가 얼마나 고생을 하는데……."

"넵! 아버지. 여부가 있겠습니까?"

이미 비산의 광대는 하늘로 하염없이 승천 중이었다. 허벅지를 만지작거리는 손이 그래서 더 응큼하게 느껴졌는지도 모른다. 소윤은 참다못해 비산의 손등을 회 뜨듯 얇게 꼬집어 비틀었다.

"으읏!"

하지만 그녀도 잘 알고 있었다. 이 두 부자의 집착과 고집을 꺾는 것은 불가능하다는 걸.

인천공항에서 코로르로 가는 비행기에 탑승하고 소윤은 불안한 마음에 비행기모드로 전환되어 사용할 수 없는 휴대폰만 만지작 거렸다.

"왜?"

"걱정돼서요. 시우, 시현이."

"아버님이 얼마나 애들을 잘 보는데 걱정이야?"

"그건 그렇지만, 그래도……."

"나를 그렇게 걱정을 좀 해봐."

비산은 입술을 불퉁하게 내밀며 답지 않은 질투를 했다.

"나 요즘 애들한테 너 뺏긴 거 같아."

"엥? 무슨 그런 소릴? 애들 보면 안 예뻐요?"

"누가 안 예쁘대? 예쁜 건 예쁜 거고, 너 안고 싶은 건 또 다른 문제지. 너 요즘 나한테 너무 소홀해."

"……."

"너무 애들만 끼고 있고, 나는 거들떠도 안 보잖아."

소윤은 그의 죽는 소리에 하릴없이 웃었다.

아, 이 남자 왜 이렇게 귀엽대?

"어차피 여기까지 왔는데, 애들 걱정은 하지 말고 나한테만 집중해. 안 보여? 나 얼굴 까칠한 거. 나 완전 도자기 피부였는데……."

"피부 좋기만 하네, 뭐! 아니 그리고, 피부 꺼칠해진 게 왜 내 탓이에요?"

어이없다는 표정으로 소윤이 비산을 올려다봤다. 하지만 돌아온 대답에 소윤의 눈이 퉁방울만 하게 커져버린다.

"그게 다 내가 음기를 못 받…… 읍!"

남사스러워서 정말!

소윤이 질색을 하며 비산의 입을 틀어막았다. 누가 듣기라도 했을까 봐 연신 주위를 살피는 모양이 아직도 아가씨인 것만 같았다.

"픕!"

자꾸만 이렇게 귀엽게 구니까, 자꾸만 내가 개구지게 굴잖아. 어쩜 애 둘인 엄마가 이렇게 귀여운지. 입이 틀어막힌 채로, 비산은 소윤의 볼을 살짝 꼬집어 흔들었다.

"너 애가 둘이야. 뭘 그런 걸로 부끄러워하냐? 귀엽게."

"진짜, 너무 달라졌잖아요. 강좀비였다면서? 사람이 어쩜 이렇게 능글맞아졌대요?"

"내가 얘기했잖아. 너한테만 이러는 거라고."

항상 그랬다. 장난도 너한테만 치고, 웃어 보이는 것 역시 너뿐이었다. 나를 두렵게 만드는 것 역시 너였고, 날 슬프게 만드는 것 역시 오직 너뿐이었다.

"너라서 이러는 거야, 나."

"피~"

너라서.

그 말이 제법 듣기 좋았다. 소윤은 올라가는 입꼬리를 들키지 않으려 부러 창밖으로 시선을 돌렸다. 가득 차오른 행복감이 더해졌기 때문일까, 창밖으로 보이는 풍경은 유난히 인상적이었다. 어둠이 깔린 구름 위는, 꼭 꿈속을 유영하는 것처럼 느껴졌으니까.

현지 시간으로 오전 10시. 팔라우의 최고급 리조트의 로열스위트룸으로 안내된 소윤은 눈이 휘둥그레질 정도로 넓고 좋은 스위트룸을 둘러볼 생각도 않고 침대 끝에 걸쳐 앉았다. 그런데 자꾸만 비산이 소윤의 팔을 잡아끌었다.

"이렇게 좋은데…… 나 좀 쉴래요."

"그러지 말고 나가자. 응?"

"나 피곤한데. 몇 시간만 자면 안 될까요? 한 3시간만이라도……."

"나야 좋지. 네가 제대로 잘 수 있을지가 걱정이다만……."

"네?"

"아니, 나야 네가 누워 있으면 옆에 있고 싶으니까……. 옆에 누워 있으면 또 만지고 싶고…… 키스도 하고 싶고…… 다시 옷도 거추장스러워질 테고……."

어쩐지 능글능글한 웃음에 소윤은 눈을 게슴츠레하게 떴다.

"쌤……."

"맞아. 네가 생각하는 대로야. 안 나가면 난 너랑……."

"알았어요. 알았어!"

무슨 말인지 충분히 알겠다는 듯, 소윤이 혀를 쯧, 차며 일어섰다.

"진작 그럴 것이지. 너 막상 가보면 그냥 잘 왔다 싶은 정도가 아닐걸?"

"그렇게 좋아요?"

"환상적이다, 라는 말이 어떤 건지 온몸으로 체험할 수 있을 거야. 가자."

결국, 소윤은 버티지 못하고 그를 따라 리조트를 나섰다. 하늘이 파랬다. 눈앞의 모든 것이 선명하고 또 아름다웠다. 시도 때도 없이 저를 원한다 말하고 표현하는 비산 때문에 조금은 피곤하긴 했지만. 사랑받고 있어서. 과할 정도로 넘치게, 그의 사랑을 받고 있어서……. 푸르른 하늘처럼 싱그러운 미소가 그녀의 입가를 떠나지 않았다. 하지만 소윤은 미처 알아채지 못했다. 밖으로 나간다고 해서 그가 저를 가만둘 거라고 생각했던 건 그녀의 착각이라는 걸 말이다. 어떤 의미에서, 얼마나 고단한 하루가 될지 소윤은 짐작조차 하지 못했다.

리조트에서 차로 5분쯤 이동한 뒤, 선착장에서 보트를 타고 얼마쯤 갔을까, 석회암으로 이루어진 엘 마르크 섬이 나타났다. 작은 섬 안에 있는 호수는 보기에는 특별할 것이 없어 보였다. 오히려 투명한 에메랄드빛의 바다에 비하면 볼품없을 정도로 어두운 빛의 호수였으니까. 오기 전에 비산이 기대치를 워낙에 높여놔서, 소윤은 조금은 실망한 표정이 될 수밖에 없었다. 그를 따라 호수에 입수할 수 있도록 마련된 엔트런스로 올라서자 현지인 관리자가 구명조끼를 들고 두 사람 앞으로 다가왔다.

"Let me do it(내가 할게요)."

"O. K."

비산이 팔을 뻗어 관리자에게서 구명조끼를 받아 들었다. 하나를 내려놓고 소윤의 팔에 구명조끼를 끼워주었다.

"근데 해파리가 안 보이는데요?"

"오늘처럼 햇볕이 강한 날에는 수면 가까이 오지 않아."

구명조끼의 버클을 꼼꼼히 채워주며 비산이 말했다. 소윤은 버클 채우기에 열중인 비산의 얼굴을 가만 올려다봤다. 그가 이렇게 친히 입혀주니 기분이 꽤나 괜찮았다.

'네가 매주니까…… 좋아. 매일 해줘…….'

그의 집에 처음 왔을 때, 넥타이를 바로 매어주던 소윤에게 그가 한 말이었다.

'이런 기분이구나…….'

애기처럼 아침마다 제게 몸을 굽혀 넥타이를 매달라는 그의 기분을 알 것 같았다. 별거 아닌 것 같아도, 누군가가 나를 살뜰히 챙겨주는 그 느낌이 마음을 가득 채워줬다.

"그래도 걱정 마, 소나기가 잦으니까 비가 내리면 해파리들이 수면 위로 올라올 거야."

"여기, 언제 와봤어요?"

"안 와봤는데?"

와본 적이 없다 말하는 비산의 표정이 뻔뻔하기까지 했다. 너무 설명을 잘해줘서, 소윤은 당연히 그가 와본 적이 있을 줄 알았다.

"그런데 어떻게 다 알아요?"

약간은 얄미운 표정을 지으며 소윤이 물어오자, 그가 손가락으로 소윤의 볼을 살짝, 꼬집었다.

"내가 모르는 게 어디 있어?"

"헐~"

"인터넷 보고 공부 좀 했다, 왜?"

출국하기 전까지 그는 여행사에 전화만 몇십 번을 했는지 모른다. 여행사에서 나눠주는 가이드북과 인터넷을 뒤져 정보란 정보는 다 긁어모았다. 해파리 호수에 들어오는 것 역시, 그가 미리 현지에 전화를 넣어 단체가 아닌 두 사람만 들어갈 수 있도록 시간을 조정해뒀던 참이었다. 비산이 자신의 구명조끼까지 챙겨 입은 다음 소윤에게 찡긋, 윙크를 해 보였다.

"들어가자."

커다란 물안경을 쓴 비산이 스노클링 호스를 입에 물었다. 호수에 쉽게 들어갈 수 있게끔 설치해놓은 사다리를 타고 그가 먼저 내려가 소윤을 기다렸다. 그녀가 조심스럽게 사다리를 밟자, 혹시나 미끄러질세라 그가 뒤에서 소윤을 받쳐주었다.

"조심해."

"네."

천천히, 그녀가 물속으로 들어갔다. 시원한 느낌과 함께, 물속을 들여다본 소윤은 두 눈을 크게 떴다.

'세상에…….'

셀 수 없을 정도로 많은 해파리 떼가 호수 안을 가득 채우고 있었다. 분홍빛, 혹은 약간의 노란빛을 띠는 조그마하고 동글동글한 해파리들이 너무나 아름답게 유영하고 있다. 꿈같은 그 광경에 놀라움은 감동이 되어 찬찬히 퍼진다. 온몸에 전율이 일었다. 천천히 손을 뻗어 귀여운 해파리를 건드렸다. 몽글몽글 살에 닿는 느낌이 부드럽기만 하다. 소윤은 마치 자신이 우주의 한가운데에 떠 있는 것처럼 느껴졌다. 몽환적이다. 말로는 설명할 수 없을 만큼 신비롭고, 환상적이었다.

배를 타고 오는 동안 가이드에게 들은 바로는 바다와 단절된 채 살아온 해파리들의 촉수가 천적이 없어 서서히 퇴화되었다고 한다. 그래서 독이 없다고 했다. 기운이 없어서 쉬자고 했지만, 소윤은 비산의 말대로 정말 안 왔으면 후회했을 것이 분명했다. 평생 다신 볼 수 없는 광경 같아서, 그녀는 그 숨 막히는 모습을 두 눈에, 그리고 가슴에 꼭꼭 담았다.

비산은 아이처럼 좋아하는 소윤을 뿌듯한 마음으로 바라봤다. 하지만 나중에는, 조금만 더 있다가 나가겠다는 소윤을 억지로 끌어내야 했다. 벌써 지치면 안 된다고. 그가 소윤을 설득해 물 밖으로 나오며 가이드에게 눈짓을 했다. 그러자 가이드는 다음 코스로 이동하자며 두 사람을 이끌었다. 사실 비산은 두 사람만 오붓하게 있을 수 있는 장소를 마련해달라고 특별히 부탁해두었던 참이었다. 호수를 따라 엘 마르크 섬의 안쪽으로 두 사람을 안내하는 가이드와 함께 몇 분을 걸었을까. 우거진 숲 사이에 조그만 오두막 같은 곳이 보였다. 얇은 천을 깔아놓은 오두막 위에는 각종 과일과 빵, 그리고 와인이 준비되어 있었다. 가이드는 친절하게 두 시간쯤 뒤에 오겠다고, 웃으며 사라졌다. 소윤은 이것이 온전히 비산에 의해 준비된 것이라고는 까맣게 몰랐다. 그저 모든 여행객들이 젤리 피시 레이크에서 거치는 코스라고만 믿었다.

"와~ 맛있겠다."

역시 물놀이를 하고 나면 허기가 진다며, 그녀가 빵 하나를 집어 먹는 사이.

"어유, 피부 많이 탔겠다."

어쩐지 오버스러운 비산의 목소리가 들려왔다.

"자외선 크림 아까 나오면서 발랐어요."

"여기 적도야. 자외선 크림은 30분마다 한 번씩 발라야지."

"끈적이고 싫은데."

"너 그러다가 나중에 흑인 된다? 시우가 너 못 알아보면 어쩔래?"

"……."

무슨 말 같지도 않은 소릴.

그의 속이 너무 뻔히 보여서, 안 져주려고 했는데 시우 얘기까지 하니 소윤은 별수 없이 자외선 크림을 꺼내 들었다. 그녀가 자외선 크림의 뚜껑을 열어 손바닥에 크림을 짜려고 하는 순간.

"소윤아."

비산이 크림을 얼른 낚아챘다.

"왜요?"

"내가…… 발라줄게."

뭐, 어느 정도 예상했던 레퍼토리였다. 그가 굳이 그렇게 자외선 크림의 중요성을 강조할 때부터 감이 왔었다.

"그래요. 그럼."

하는 수 없이 소윤이 뒤돌아 앉았다. 인디핑크의 비키니가 그녀의 흰 피부와 유난히 잘 어울렸다. 자외선 크림을 꾸욱 손바닥에 짜낸 비산이 천천히 소윤의 어깨를 어루만졌다. 그녀의 목과 어깨선, 그리고 쇄골까지 마사지하듯 천천히, 그리고 부드럽게. 팔을 타고 내려간 그의 손은 손등까지 꼼꼼하게 크림을 문질러 발랐다.

찌익. 다시 크림 짜는 소리가 뒤에서 들렸다. 이번엔 등이었다. 등 전체를 어루만지듯 문지르는 그의 손에 희한하게 몸이 움찔거렸다.

"빠, 빨리 발라요."

"그래."

대답은 그러겠노라 했지만, 어쩐지 그의 손길은 빨라질 기미가 보이지 않았다. 오히려 더 느려지고, 더, 야릇해졌으니까. 허리께에 그의 손이 닿자 소윤은 저도 모르게 몸을 비틀었다.

"웃, 간지러워요!"

그게 또 민망했던지, 그녀가 괜히 버럭 소리를 질러버렸다. 하지만 비산은 그런 소윤의 모습이 귀엽고 재미있기만 했다.

근데 소윤아, 너도 좋으면 좋다고 말해. 네가 좋다고 말하는 모습…… 보고 싶어.

비산은 부러 그녀의 등을 어루만지던 손을 멈추고 물었다.

"……싫어?"

"아니…… 싫은 건 아닌데……."

"그럼…… 좋아?"

"무, 무슨 크림 발라주는 거 가지고……."

"대답해봐. 싫은지 좋은지."

"……."

"응?"

싫을 리가 있겠어요? 그렇게 길고 예쁜 손으로, 그렇게 다정하게 나를 어루만지는데. 쌤의 그 그윽한 눈빛이 보지 않아도 상상이 된다고요. 그래서 사실은 몸이 달아요. 고작 크림 하나 발라주는 것뿐인데도.

소윤이 차마 하지 못한 말을 속으로 뱉고 있을 동안에도 비산의 손은 움직이지 않았다. 그녀가 좋다고 말할 때까지 움직이지 않을 심사였다. 소윤은 달싹거리는 입술을 열어, 조심스럽게 진심을 말했다.

"좋…… 아요."

그래. 그렇지. 만족스러운 얼굴로 비산이 다시 소윤의 등을 어루만졌다.

나도 좋아. 너만 보면, 자꾸만 엉큼해지는 나지만, 어쩌겠어?

좋은걸. 마냥…… 좋은걸…….

등을 어루만지던 손이, 천천히 소윤의 허리를 타고 그녀의 몸을 감아 안았다. 그의 뜨거운 체온이 등 뒤에서 고스란히 전해졌다. 소윤은 천천히 눈을 감았다. 그가 소윤의 귀 아래쪽에 입을 맞추는 동안, 그녀는 달아오른 숨을 천천히 뱉어야 했다. 그의 뜨거운 숨이, 목덜미를 간질였다.

"어때……?"

"……응? 뭐가…… 요……?"

"여기서……."

"……."

"어떠냐고……?"

소윤의 미간이 옅게 일그러졌다.

여기서 뭘 어쩌자고요?

그 말의 의미를 이해함과 동시에 좀 황당했지만. 그럼에도…… 그를 밀어낼 수가 없었다. 조금씩, 조금씩, 저를 감아 안는 그 손길은 도저히 뿌리칠 수 없을 만큼 아찔하고 끈적했으니까.

"……안 돼요."

"그래……?"

안 된다고 말하는데, 그래? 하며 멈추지 않는 건 대체 어쩌겠다는 건지.

"안 된다…… 고요……."

"으응……."

꿈틀거리며 비키니 안을 비집고 들어오는 그의 손에 소윤은 안 된다는 말이 전혀 소용이 없다는 걸 알았다.

안 된다니까요……. 안 돼요……. 이러면…… 안 되는데……. 그런데 눈앞이 다시…… 아득해진다.

달콤하기만 한 손길이 감겨왔다. 간질이듯 조심스러운 그의 손 길에 소윤은 어쩐지 애가 탔다. 이따금씩 들리는 새의 울음소리를 빼곤 주위는 조용했다. 그래서일까, 그가 소윤의 등과 어깨에 입을 맞추는 소리가 유난히 크게 들린 것은. 너무나 좋은데, 이곳에서 이러면 안 될 것만 같아, 결국엔 소윤이 야무지게 다물렸던 입술을 움직였다.

"저기……."

기어들어가는 목소리가 너무 작았나 보다.

"저…… 이제 우리……."

"……."

샌드위치와 과일을 좀 먹을까요? 라고 물으려고 했던 소윤은, 그가 듣지 못했던 게 아니라는 걸 알아차렸다. 그가 충분히 들릴 만큼의 소리로 말했지만, 그는 대답 대신 그녀의 등 뒤에 예쁘게 묶여 있던 비키니의 매듭을 풀어냈다.

"헛!"

그러려고 그런 건 아니지만, 너무 놀란 소윤이 질색을 하며 자리에서 벌떡 일어섰다. 풀어진 비키니의 앞을 두 팔로 고정시킨 채로.

"……왜?"

"여, 여기 밖이에요."

"그래서?"

"누가 보면 어쩌려고……."

"여기까지 안 들어와. 그리고 사람이 있으면 어때? 너랑 나랑 좋으면 된 거야."

"어떻게 그래요……. 누군가가 보고 있을 거라 생각하면 좋고 나쁘고를 떠나서 너무 창피하다고요."

순간 비산은 그녀의 그 말이 서운했다.

왜 그렇게 다른 사람을 의식하는 건지 이해할 수가 없었으니까. 우리의 즐거움을 왜 얼굴도 본 적 없는 타인을 위해서 포기해야 하는 거지? 이곳에서 우리의 시간은 한정되어 있는데.

살아온 환경이 달라서일까, 두 사람은 그런 면에서는 많이 달랐다. 이타심이란 게 없는 비산은, 자신만 좋으면 남이야 어떻게 되든 상관없는 사람이었으니까. 하지만 소윤은 달랐다. 최소한의 사회적 통념은 지켜야 한다고 생각하는 그녀였다. 그런 시각 차이는 매번, 비산을 소윤에게 매달리게끔 만들었고.

"가자."

"네? 이거…… 안 먹어요?"

바닥에 차려진 과일과 샌드위치가 눈에 밟혀, 그녀가 말했지만.

"별로."

"……"

더운 날씨에도 한기가 느껴질 정도로 차가운 말이 돌아왔다. 소윤은 금방 알아챌 수 있었다. 그의 한 톤 낮아진 목소리에서, 그의 말투에서, 그의 태도에서…… 그가 지금, 삐졌다는 걸.

"……."

어떻게 해야 할지 몰라, 일단 그를 따라 오두막을 내려왔다. 한 발 앞서가는 비산은 뒤를 돌아보지도 않고 걸었다.

"저기…… 하늘 좀 봐요. 꼭 비 올 것 같다."

괜히 풍성하게 부푼 구름을 가리키며 말해봤지만.

"어."

여전히 냉랭한 대답이 돌아오자, 소윤은 기운이 쫙 빠지는 것 같은 기분이 들었다. 그 이후로 한마디 대화도 없이 선착장까지 간 두 사람은, 다시 리조트까지 정말 필요한 몇 마디의 말 외에는 일절 하지 않은 채로 갔다. 힘들다는 생각이 들었다. 겪어보니, 몸이 힘든 것보다는 마음이 힘든 게 그녀를 정말로 피곤하게 만드는구나 싶었다.

"저기……."

리조트 로비에 들어서며 소윤이 그를 부르려고 입을 떼는데,

"Hey."

몸에 딱 달라붙는 아이보리색 원피스를 입은 외국인 여자가 은근한 눈웃음을 보내며 비산에게 말을 걸었다. 한눈에 봐도 미인형의 금발 여자였다. 별로 대답하고 싶은 마음은 없었으나, 상황이 상황이니만큼 비산은 응대해주기로 했다.

한소윤. 너도 애 좀 타봐.

"Hi."

"What's that?(그거 뭐예요?)"

여자가 비산의 손에 들린 나무 조각품을 가리키며 말했다. 오전에 소윤이 리조트 근처 상점에 들러 산 기념품이었다.

"Can I take a look?(좀 볼 수 있을까요?)"

"Sure.(물론이죠.)"

"It's so cool. Where did you buy?(멋지네요. 어디서 샀어요?)"

안 그래도 잘 알아듣지도 못하는 영어인데, 속닥거리듯 말하는 두 사람 때문에 소윤은 귀를 쫑긋 세우고 슬금슬금 다가갔다. 여자의 목소리가 끈적끈적한 게 아무래도 작업을 거는 것 같단 말이지.

"Did you come here alone?(혼자 왔어요?)"

때마침 비산의 뒤에 바짝 다가섰던 소윤이 그 말을 정확하게 알아들었다.

"Nope. With my wife.(아뇨. 와이프랑요.)"

"Ah……."

그의 대답에 소윤의 썩어가던 얼굴이 일순 확 폈다. 이때다 싶어, 그녀가 비산의 팔에 팔짱을 꼈다.

"하, 하이~"

이 사람아, 이 멋진 남자는 Sold out이야. 내 거라고. 어디서 눈길을 줘? 기분 나쁘게 다리는 왜 저렇게 긴 거야. 가슴은 멜론이냐?

그녀답지 않게 온갖 악담을 속으로 하면서도, 소윤은 애써 눈웃음을 지었다. 내게서 나는 쿨내를 맡아라! 하고 말이다. 저도 모르게 한없이 좁아진 속내를 감추려고 그랬는지도 모른다.

갑자기 제 팔짱을 타이트하게 끼며 외국인 여자에게 어색한 인사를 하는 소윤의 모습이 귀여워 비산은 하마터면 쿡, 하고 웃을 뻔했다. 아무렇지 않게 손을 흔들며 사라지는 여자의 뒷모습을 소윤이 짧은 순간 매운 눈으로 흘겼다.

그래, 그렇게 소유욕을 드러내봐. 내가 누구 남자야? 한소윤, 바로 네 거라고. 그런데, 이렇게 쉽게 넘어갈 수는 없지. 복수는 제대로 할 거야. 삐진 척 연기는 조금 더 하는 걸로.

"가, 가요."

소윤이 팔짱을 낀 팔을 잡아끌며 말했지만, 비산은 대꾸를 하지 않았다. 사실, 그녀에게 서운하긴 했으니까. 연기라고 했지만, 절반은 연기가 아니었다. 짚고 넘어가고 싶었다. 사람들 앞에서 부끄러워할 수도 있지만, 그게 우리의 순간을 방해하는 건 싫어.

달칵. 스위트룸으로 들어서자 숨 막히는 정적이 두 사람을 따라 들어왔다.

소윤은 제게 등을 지고 선 비산을 바라봤다. 그의 등을 바라보던 눈이, 이내 힘없이 아래로 떨어졌다. 어쩔 수 없다. 그를 화나게 한 건 분명 자신이니까. 잘근, 아랫입술을 깨물었던 소윤이 결심한 듯, 눈을 들어 올렸다.

"아까는…… 미안해요."

힘겹게 떨어진 입술 사이로, 주눅 든 목소리가 새어 나왔다.

그가 특별히 준비한 자리인데, 그를 뿌리치는 바람에 마음이 상했을 테지. 하지만 소윤의 말에 돌아선 비산은 그녀의 사과가 만족스럽지 않았나 보다.

"뭐가 미안한데?"

여전히 싸늘한 표정, 싸늘한 목소리였다.

"쌤…… 뿌리친 거……."

"아닌데."

"……?"

"그거 아니라고."

"그럼…… 뭔데요?"

"네 마음."

"내…… 마음이요?"

"내게는 우리 두 사람이 세상 그 무엇보다 중요해. 그런데 너는 아닌 것 같아서."

"아녜요. 나도 중요하다고 생각……."

"그럼 증명해봐."

"……."

"항상 매달리는 건 나야. 넌 창피하다 피하고, 부끄럽다 피하고."

"아……."

"아까도……. 왜 우리의 시간을 있지도 않은, 얼굴도 모르는 사람들 때문에 망치려 드는 거야?"

나는 이렇게 매 순간 너한테 목마른데, 너는 그렇지 않은 것 같아서 속상해.

"나만…… 널 사랑하는 것 같아서……."

소윤을 바라보던 시선을 다른 곳으로 떨어뜨리는 비산의 모습에, 그녀는 두 손을 꼬옥 말아 쥐었다.

몰랐다, 그가 서운했을 거라고는. 오히려 너무나 당연한 것처럼 생각했다. 서로를 원하면서도, 항상 표현하는 쪽은 그였으니까. 생각해보면, 매번 그랬다. 아직까지 부끄러움이 많은 자신 때문에 노력하는 건 언제나 비산이었고, 그런 관계가 너무 익숙해서 소윤은 표현해야겠다, 생각조차 하지 않았다. 자신도 못지않게 그를 사랑하는데도…….

"아니에요."

소윤의 눈에 일순 힘이 들어갔다. 바닥을 헤집던 비산의 짙은 눈이, 소윤에게로 향했다.

"아니라고요."

"……?"

소윤이 한 발, 한 발 그에게로 다가서며 또렷한 목소리로 말했다.

그게 아니라고. 나 역시, 쌤을 지독하게 사랑한다고. 평소와 다른 눈빛이었다. 그녀답지 않게 농밀하고, 그녀답지 않게 유혹적인 눈길이 비산의 심장을 죄어왔다. 어느덧 코앞까지 다가온 그녀가 천천히 팔을 들어 비산의 가슴팍을 손가락으로 가만 쓸어 내렸다.

꿀꺽. 그가 마른침을 넘겼다. 평소의 그녀답지 않은 낯선 행동 때문이었을까, 소윤의 움직임 하나하나가 상당히 자극적이게 느껴졌다. 그리고 다음 순간, 그대로 비산을 밀어 침대로 넘어뜨린 소윤은 그의 몸 위로 요염하게 엎드렸다.

"내기할래요? 누가 더…… 사랑하는지?"

조금은 놀란 얼굴로, 그리고 설레는 마음으로 비산이 소윤을 바라봤다.

"그런 내기라면, 100%…… 이길 자신 있어."

섹시미가 줄줄 흘러넘쳐서, 주워 담아야 할 정도로 치명적인 미소가 그의 얼굴에 비쳤다. 그 입술을 훔치고 싶었다. 자신 있어 하는 그 잘생긴 입술을.

"나라고 질 줄 알고요?"

소윤이 몸을 바짝 숙이자 그녀의 기다란 머리카락이 비산의 얼굴 옆으로 쏟아져 내렸다. 코가 닿을 듯, 입술이 닿을 듯. 마치 약이라도 올리는 것처럼 바짝 다가간 소윤이 매혹적인 얼굴을 하고는 희미하게 웃어 보였다. 비산은 그 미소를 보는 순간, 깊은 충동에 사로잡혔다. 그런 그의 마음을 알아챈 것처럼 소윤이 속삭인다.

"해봐요, 어디."

내기…… 해보자고요.

여전히 그에게 몸을 숙인 채 그의 얇은 티셔츠를 위로 밀어 올렸다. 옷을 쓸어 올리는 동안 손아래에서 느껴지는 복근과 잔잔한 근육들이 마치 조각상의 것처럼 단단했다. 고작 티셔츠를 밀어 올리는 그 작은 손길에 그의 정신이 아득해지고 있었다는 것을 그녀는 알지 못했다. 그녀가 이렇게 적극적이었던 적이 없었다. 아마도 이런 예상치 못한 상황이 그를 더 흥분에 빠뜨리게 하는 듯 보였다.

"하아……."

그가 젖은 숨을 한껏 뱉어냈다. 반쯤 덮인 눈두덩이 아래로 길게 뻗은 속눈썹이 파르르 떨렸다. 그리고 그 속눈썹 아래로 드러난 그의 눈동자가 몽환적인 빛을 띠며 소윤을 응시했다.

"섹시해……."

앓는 듯 그가 읊조렸다. 홍조를 띤 소윤의 얼굴은 그 순간, 세상에서 가장 야한 얼굴처럼 느껴졌다.

"……그래요?"

그가 그렇게 말하니, 소윤은 어쩐지 더 섹시하게 보이고 싶어서 몸을 일으켜 세우며 앞으로 쏟아졌던 머리를 한쪽으로 쓸어 넘겼다. 그의 몸 위에 요염하게 올라앉은 소윤의 모습은 아름답기만 했고, 언제나 보던 모습이 아니라 훨씬 더 그의 본능과 욕구를 자극했다. 그녀가 하는 대로 견뎌보려던 비산이었지만, 결국엔 참지 못하고 몸을 일으켜 그녀의 몸을 감아 안았다. 몸을 가린 작은 천 조각 하나를 벗겨내는 것쯤은 일도 아니라는 듯이, 눈 깜짝할 사이 그는 그녀의 옷을 벗겨 올렸다. 머리 위로 쭉 뻗은 소윤의 두 팔 끝에 잠시 걸렸던 옷가지가 하릴없이 바닥으로 툭, 떨어지자, 그의 눈앞에 드러난 매끈한 피부가 그를 안달 나게 만들었다.

잘생긴 입술 끝에 치명적인 미소가 일순 어른거렸다.

아름답기만 하다. 우윳빛 피부는 그녀의 굴곡을 더욱 돋보이게 해주었다. 비산은 기다리지 못하고 소윤의 몸 곳곳을 입술로 빨아들였다.

"하앗……!"

그녀가 몸을 움찔했다. 그의 입술이 닿는 곳마다 열꽃이 피었다. 붉게 피어난 그 자국을 따라서, 짜릿한 감각이 그녀를 괴롭혔다.

흐트러진 그녀의 얼굴과 땀으로 젖어 달라붙은 머리카락. 공기가 가득 섞인 그녀의 가느다란 목소리가 그를 반쯤 미치게 만들었다. 결국엔 다시 그렇게 되었다. 제 스스로가 참을 수가 없는걸.

가만히 당해보려고, 그녀가 하는 양을 지켜보려고 했지만 그의 몸은 마치 누군가의 조종을 당하기라도 하는 것처럼 이성의 말을 듣지 않았다.

그 어느 때보다도 예민하게 살아난 감각이 두 사람을 휘몰아쳤다. 거칠어진 그의 움직임에 소윤 역시 몸이 달아올랐다. 그는 얇은 유리 인형을 다루듯 조심스럽다가도, 굶주린 맹수처럼 공격적으로 그녀를 침범했다. 미칠 듯이 타오른다. 모든 것을 집어삼킬 것 같은 기세로…… 습기를 머금은 공기, 달짝지근한 체향, 황홀한 그 목소리. 모든 것들이 절대 지워지지 않을 기억처럼 두 사람에게 또렷하게 각인되었다.

불같은 밤이었다.

모든 것을 다 태우고도 영원히 꺼질 것 같지 않은 그런 불처럼.

뜨거운 열기가 쉬지 않고 얽혀드는, 그런…… 밤이었다.

황홀함, 그리고 그 뒤로 밀려드는 피로감에 두 사람은 파김치가 된 채로 침대 시트에 몸을 묻었다. 뽀얗게 드러난 소윤의 등을, 비산의 손가락이 가만가만 쓸어내렸다. 마치 간질이듯 개구진 그 움직임에 소윤이 몸을 움찔움찔했다.

"내가…… 이긴 거지?"

"뭐가요?"

"내기 말이야. 누가 더 사랑하는지."

"나인 것 같은데?"

"무슨, 당연히 나지. 내가 너보다 적어도 100배는 널 더 사랑할 거라고."

"어떻게 그렇게 확신해요?"

"내가 널 사랑하니까. 내 마음은 누구보다도 내가 잘 아니까."

"그치만 내 마음은요?"

"응?"

"내 사랑보다 100배 더 클 거라면서요? 어떻게 확신해요? 내 사랑이 얼마나 큰지 가늠하는 방법이 있는 것도 아닌데."

"그건⋯⋯."

순간 소윤은 그에게 미안한 마음이 들었다. 그가 그렇게 생각하게끔 만든 건, 바로 자신이었으니까.

하지만 나도 많이⋯⋯ 사랑해요. 여자들이 당신을 보고 넋을 놓을 때마다, 나 역시 질투가 난다고요. 겉으로 표현하지 않은 것뿐이에요. 그런데 표현하지 못했던 게, 당신을 서운하게 했을 거라곤 생각 못 했어요.

"미안⋯⋯ 해요."

"뭐가⋯⋯?"

"너무 표현을 못 한 것 같아서⋯⋯."

"음⋯⋯ 그건 부정하지 않을게. 앞으로 조금씩이라도 표현하면 돼."

"어떻게 표현해야 좋을지 모를 정도로 당신을 사랑한다면⋯⋯. 믿을 수 있어요? 쌤을 보면⋯⋯ 난 아직도 떨리고, 설레고, 오래전, 쌤이 나의 쌤이었던 그때처럼⋯⋯ 가슴이 두근거려요."

조심조심 나직하게 뱉어낸 그 말이, 마치 노랫소리처럼 달콤하게 들렸다. 비산은 행복했다. 아이들을 돌보느라, 저를 돌아봐주지 않았던 소윤에게 매번 투정만 부렸던 자신이 조금 부끄럽기도 했다. 나만 애타는 게 아닐까, 나만 그녀를 갈망하는 게 아닐까, 하던 불안감이 일순 사라졌다. 그래서 비산은 기뻤다. 아버지와의 약속을 지키려는 목적으로 온 여행이었지만 약속보다 더 많은 것을 얻을 수 있었던 여행이었으니까.

자신의 사랑이 일방적인 것이 아니라는 걸 확인하는 건, 그의 생각보다 훨씬 더 기쁜 일이었다.

4박 5일의 짧기만 한 여행이 끝났다. 인천공항 게이트로 들어서자마자, 베이비 캐리어에 시현이를 안은 채로 서 있는 강 회장의 모습을 보고 소윤은 하마터면 웃음이 터질 뻔했다.

"아버지, 힘들게 왜 나오셨어요?"

"시우가 애미를 너무 보고 싶어 해서 데리고 나왔어."

베이비 캐리어를 메고 한 손에는 시우의 손을 꼬옥 쥔 그 모습에서 대기업 회장의 권위는 찾아볼 수가 없었다.

"엄마!"

소윤을 보자 얼른 달려가 안기는 시우를 눈으로 좇으며 강 회장이 말했다.

"고생했다."

"고생은요, 아버님이 고생하셨죠."

고생한 것치고는 너무 얼굴이 피긴 하셨지만요.

사실 얼굴만 보자면 소윤이 훨씬 더 고생을 한 것 같긴 했다. 핼쑥해진 얼굴이 팔라우의 무더위 때문인지, 빡빡한 관광 스케줄 때문인지, 아니면 다른 이유 때문인지는 잘 모르겠지만.

"재미있었어요. 아버님도 같이 가셨으면 좋았을 텐데……."

"아니다. 난 시우랑 얼마나 재미있게 놀았는지, 원 없이 놀았구나."

강 회장의 말대로 그는 손주들을 혼자 독차지할 수 있어서 너무나 행복한 시간을 보낸 참이었다. 강 회장을 따라 나온 심 실장이 비산과 소윤의 짐을 받아 먼저 나섰다.

"이쪽입니다."

그의 안내를 따라 걸어가며, 소윤이 시현이를 받으려 손을 뻗었지만, 강 회장은 '집에 가면 실컷 안을 건데, 내가 좀 더 안고 있으마.' 하며 철벽을 쳤다. 솔직히 몸이 피곤해서 그런지, 시현이를 안아보고 싶은 마음보다는 빨리 가서 쉬고 싶다는 생각이 더 강해서, 소윤은 못 이기는 척 그대로 뒀다.

그녀가 시우의 손을 잡고 심 실장을 따라가는 동안, 강 회장이 어쩐지 음흉해진 눈으로 비산의 팔을 잡아 제 쪽으로 당겼다. 잔뜩 낮춘 목소리가 은밀했다.

"그래, 일은…… 잘됐냐?"

"네? 무슨 일……?"

"거 있잖아. 거……."

"……?"

눈치 없이 못 알아듣는 비산이 답답했던지, 강 회장이 아까보다 더 낮춰진 목소리로 말했다.

"셋째……."

"아아……."

어찌나 손주 욕심이 많으신지. 셋째를 가지면 다시 독수공방해야 할 아들은 생각 못 하시는 아버지가 조금은 야속했지만 약속은 약속이니까.

"약속…… 지킬 수 있을 것 같습니다."

"그래?"

허허허, 호탕하게 웃는 강 회장을 보며 비산도 하릴없이 따라 웃었다. 아버지를 웃게 하는 사람이 자신이 될 줄은 생각도 못 해 본 일이었다.

어둠만 가득한 터널 속을 헤맨 그 세월이 믿기지 않을 정도로.

비산은 지금 행복했다. 뭐가 그렇게 재미있는지, 시우의 손을 잡고 깔깔거리며 가는 소윤의 뒷모습을 가만 바라봤다. 시현이를 끌어안은 채, 아직 태어나지도 않은 셋째 손주를 떠올리며 아빠 미소를 짓고 있는 아버지도.

제게는 없을 것만 같았던 행복. 그 행복으로 둘러싸인 지금의 자신이 믿기지 않았다. 가슴이 벅차올랐다. 뭉클, 하고 올라오는 감정은 생소하면서도 희한한 것이었다.

행복할 것이다. 평생 행복하게 할 것이다.

넝쿨째 굴러 들어온 한소윤이라는 복덩어리를, 비산은 평생토록 놓아주지 않을 것이라 다짐하며, 그는 행복하게 웃었다.

그리고 몇 달 후. 아버지를 두 배로 기쁘게 할 소식이 전해졌다.

"쌍둥이라는데요?"

허공에 대고 만세를 부르는 강 회장과, 조금은 난감한 얼굴을 한 두 사람. 하지만 소윤과 비산은 알았다. 조금은 힘들지만, 곱절로 행복한 미래가 그들을 맞을 준비를 하고 있다는 걸.

세상 누구보다도 단단하고 행복한 가정이 될 거라는 걸.

기뻐하는 강 회장을 옆에 두고, 소윤은 저를 품에 포옥 안은 비산을 올려다봤다.

'사랑해요…… 쌤.'

오래전에 그랬던 것처럼. 지금이 처음인 것처럼. 그리고 그녀의 그 눈빛에 답하듯, 그가 부드러운 미소를 지어 보였다.

'사랑해…… 한소윤.'

영원토록 널. 미치도록 너만을…….

사랑한다.

한소윤.

-마침-

작가 후기

내게 글을 쓴다는 것은 현실도피와도 같다. 육아라는, 하루에도 수십 번씩 행복과 고통을 오가는 치열한 현실에서의 도피. 너무나 사랑스러우면서도 한편으로는 날 괴롭히지 못해 안달 난 아이들처럼 엄마에게 매달리는 세 아이들은, 그래서 내게 행복이면서도 죄책감이다.

아이러니하게도 나는, 전혀 다른 이 두 세계를 왔다 갔다 하며 마음의 안정을 찾는다. 육아가 힘들 때는 휴가를 가듯 글을 썼고, 글이 안 풀릴 때는 아이들과 실제로 여행을 다니며 소재를 얻기도 했다.

글을 쓴다는 핑계로 언젠가 아이들의 소중한 시간을 너무 많이 놓쳐버린 내 자신을 후회하지 않을까? 그런 불안에 시달리면서도 내가 글을 놓지 못했던 이유는 단 하나, 행복하기 때문이다.

많은 작가들이 그렇듯 글을 쓰는 순간은, 나를 다른 세계로 인도한다. 온전히 내 생각과 의지만으로 하나의 이야기를 만든다는 것, 그 달콤한 유혹에서 나는 결코 헤어 나올 수 없다는 것을, 이제는 너무나 잘 알고 있다.

그래서 고맙고 미안하다. 항상 바쁜 엄마 밑에서 예쁘게 잘 커주는 아이들에게, 그리고 불평불만 없이 아내의 일을 존중해주는 남편에게. 사랑하는 내 가족에게 말로 다 못 할 감사한 마음을 전하며, 이 책을 언제나 날 응원해주시는 아버지와 시부모님, 그리고 소설에 나오는 한 교수님처럼 하늘에서 나의 웃는 얼굴을 보며 기뻐하실 내 어머니께 바친다.